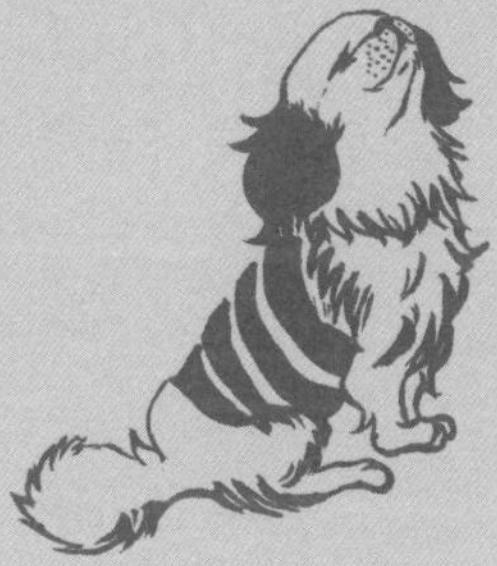

我因思爱成病

—— 狗医生周乐乐和病人李兰妮

李兰妮 著

人民文学出版社

图书在版编目（CIP）数据

我因思爱成病：狗医生周乐乐和病人李兰妮／李兰妮著．—北京：人民文学出版社，2012

ISBN 978-7-02-009452-3

Ⅰ．①我… Ⅱ．①李… Ⅲ．①长篇小说—中国—当代 Ⅳ．①I247.5

中国版本图书馆 CIP 数据核字（2012）第 192780 号

责任编辑　刘　稚
责任校对　李晓静
装帧设计　李思安
责任印制　苏文强

出版发行　人民文学出版社
社　　址　北京市朝内大街 166 号
邮政编码　100705
网　　址　http://www.rw-cn.com

印　刷　北京新魏印刷厂
经　销　全国新华书店等

字　数　332 千字
开　本　710×1000 毫米　1/16
印　张　23　插页 15
印　数　13001—16000
版　次　2013 年 1 月北京第 1 版
印　次　2015 年 7 月第 3 次印刷

书　号　978-7-02-009452-3
定　价　39.00 元

如有印装质量问题，请与本社图书销售中心调换。电话：01065233595

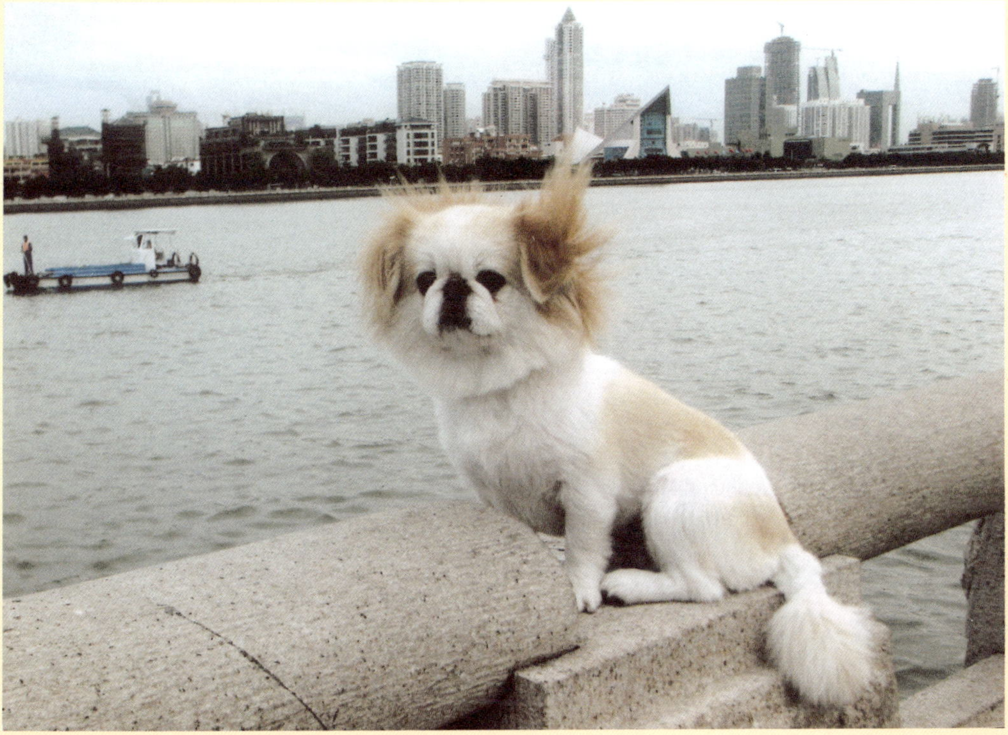

目 录

001　引　子

007　1. 初　遇——周乐乐与"9·11"

　　五只小狗崽，依偎在报纸上眯觉。毛茸茸，胖嘟嘟，半个巴掌大，刚会睁眼，不会走只会爬

023　2. 魔　咒——周乐乐闯生死关

　　养犬指南：幼犬要长到两个月后才能离开母犬，否则极易夭折

045　3. 训练日——不认李兰妮是老大

　　十大难调教狗狗，北京犬名列前三。人指东，他看西。人命令他趴下，他非气宇轩昂地站立

069　4. 初次诊疗——俘获新粉丝

　　电梯门一开，妈咪迎面就见乐乐激动地对她摇尾巴，尾巴越摇越快，呼呼作响，好像小朋友迎接外国政要：欢迎！欢迎！

095　5. 生理课——周乐乐与众芳邻

　　为避免母狗发情的气味飘进来骚扰周乐乐，李兰妮经常紧闭门窗，出门散步宁可绕远，挑狗迹稀少之地走

115　6. 情有独钟——闷骚诗人毛毛

　　毛毛是宅男，没有一个狗朋友，父母几乎不带它下楼玩。清晨，或半夜，它在天台嘘嘘，用尿迹写下一泡泡诗篇

133　7. 惊　魂——周乐乐探亲之旅

　　李兰妮抱起他，说：给我锻炼去，再不练就废啦！没等周乐乐醒过神来，他已被李兰妮扔进了深水区

151　8. 非暴力抵抗——周乐乐住院记

　　我也很担心啊，没见过乐乐这样绝食的。我把贵宾犬的狗粮换给他吃，那是鸡肉味的，他不吃，巴哥犬的狗粮是牛肉味的，也不吃

169　9. 大清洗——周乐乐蒙冤记

　　李兰妮尖叫：把他泡在药水里。不许把他捞上来。我不想看他，这么脏。讨厌死了

189　10. 遇人不淑——周乐乐理赔案

　　报上登坏消息，据统计狗狗伤人若干，狂犬病发作案例若干。平时喜爱狗狗的人现在见到狗狗，收起笑意，面色严峻

207　11. 合法居留——不甘心的狗身份

　　"出去！狗不许进校园""我们就住西区，马上走""你的狗办证没有？""……暂时还没有""这只狗没证，不能走。没收，拿证来领"

231　12. 险象环生——周乐乐的内忧外患

　　娇娇中毒了，不知小命保不保得住。乐乐，有人想毒死小朋友。乐乐出门要小心

263　13. 伤　逝——周乐乐追爱

　　想想周乐乐相熟的几个小伙伴，当年就像大观园里的少男少女，活泼可爱。转眼间，死的死，伤的伤，离去的离去……

281　14. 暗黑天使——孤独直到冷漠

　　周乐乐开始惹事，频频惹事。他专找猛犬单挑。故意在沙发垫上撒尿。突然袭击男人

303　15. 快乐找得回来吗——李兰妮托孤

　　夜晚子时，李兰妮倚床就着台灯看书。看着看着走神了。有种感觉在分散她对书本的注意力，她往腿上扫了一眼：乐乐的小脑袋瓜正枕在她腿上

329　16. 见　证——实习医生周乐乐

　　李兰妮号叫。房屋震动，耳朵疼痛。她倒在地板上。周乐乐用前爪使劲扒拉李兰妮，似乎要唤醒她的神志

355　尾　声

爱是恒久忍耐，又有恩慈。

凡事包容，凡事相信，凡事盼望，凡事忍耐。

爱是永不止息。

　　　　——《圣经·新约》哥林多前书13章第4、7、8节

引 子

基本资料	病人姓名	李兰妮		
	祖　　籍	黑龙江省宾县	出 生 地	广东湛江
	家庭出身	革命军人	户 籍 地	深圳市福田区
	家庭住址	广州市海珠区		

病史	9岁	父母驻地调防，独自生活
	14岁	静脉血管瘤手术
	17岁	内分泌紊乱、胃下垂，住院半年
	22岁	内分泌严重紊乱，住院三个月
	1983年夏	进入深圳某报社
	1986年夏	连续噩梦，初次看精神科
	1988年12月	右甲状腺癌全切除手术
	1998年12月	癌转移，再次手术
	1999年3月	癌转移，持续低烧、咳嗽不止
	2000年2月	获知患癌真相
	2000年2月20日	右甲状腺癌及颈部淋巴结清扫手术
	2000年5月12日	又见可疑淋巴结，化疗
	2001年12月17日	又见可疑淋巴结，专家建议手术
	2002年12月23日	问诊，疑患抑郁症
	2003年春节后	确诊为抑郁症
	2003年4月2—12日	连续梦到死亡，抑郁症状爆发

（接上表）	2003年4月12日	开始服用抗抑郁药
	2003年4月20-21日	自杀意欲极为强烈
	2003年6月	抗抑郁药开始生效
	2003年7月30日	立遗嘱
	2003年10月18日	首次遇见周乐乐
	2003年10月19日	将周乐乐带回广州家中
	2003年10月20日	试行宠物疗法
	2004年3-5月	抑郁症再度爆发，医生怀疑其为双相抑郁症
	2006年12月13日	淋巴结增生，怀疑癌转移，医生建议手术
	2007年	抑郁症反复发作，医生定论双相躁狂抑郁症
	2008年6月	抑郁症发作过程中昏厥
		至今不间断每日服用抗抑郁药——赛乐特、佳乐定，癌症术后终身服药——优甲乐。曾服用多种抗抑郁药、抗癫痫药及中草药

基本资料	狗医生姓名	周乐乐
	性　　别	男
	出身血统	混血儿 母系北京犬，父系疑似蝴蝶犬

成长记录	一个月时	半个巴掌大，体重约 500 克
	六个月	身高约 15 厘米，体长约 33 厘米，体重约 2500 克
	一岁三个月	体重约 4500 克
	七岁	身高 21 厘米，体长 43 厘米，体重 5500 克

备注	北京犬：起源于中国，从秦始皇时代到清王朝，一直是皇宫玩赏犬。高贵神秘。又名狮子犬、京巴。精力旺盛，自我意识强烈，生性轻视别人。 蝴蝶犬：原产于法国。十六世纪法国路易十四宫廷盛行饲养此犬之风。聪明胆大，喜欢亲近人。 狗医生：是一个动物治疗项目。科学家研究发现，人多与小动物接触，能改变心情，减轻心理压力。通过选拔性格温顺的狗狗，定期去医院慰问病人，能让病人及身心障碍人士感受到动物无条件的爱，得到安慰。

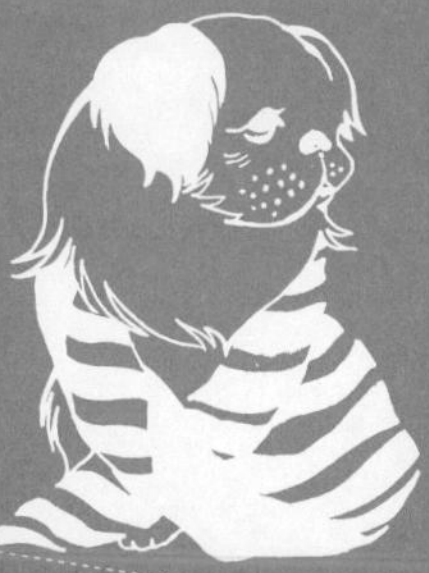

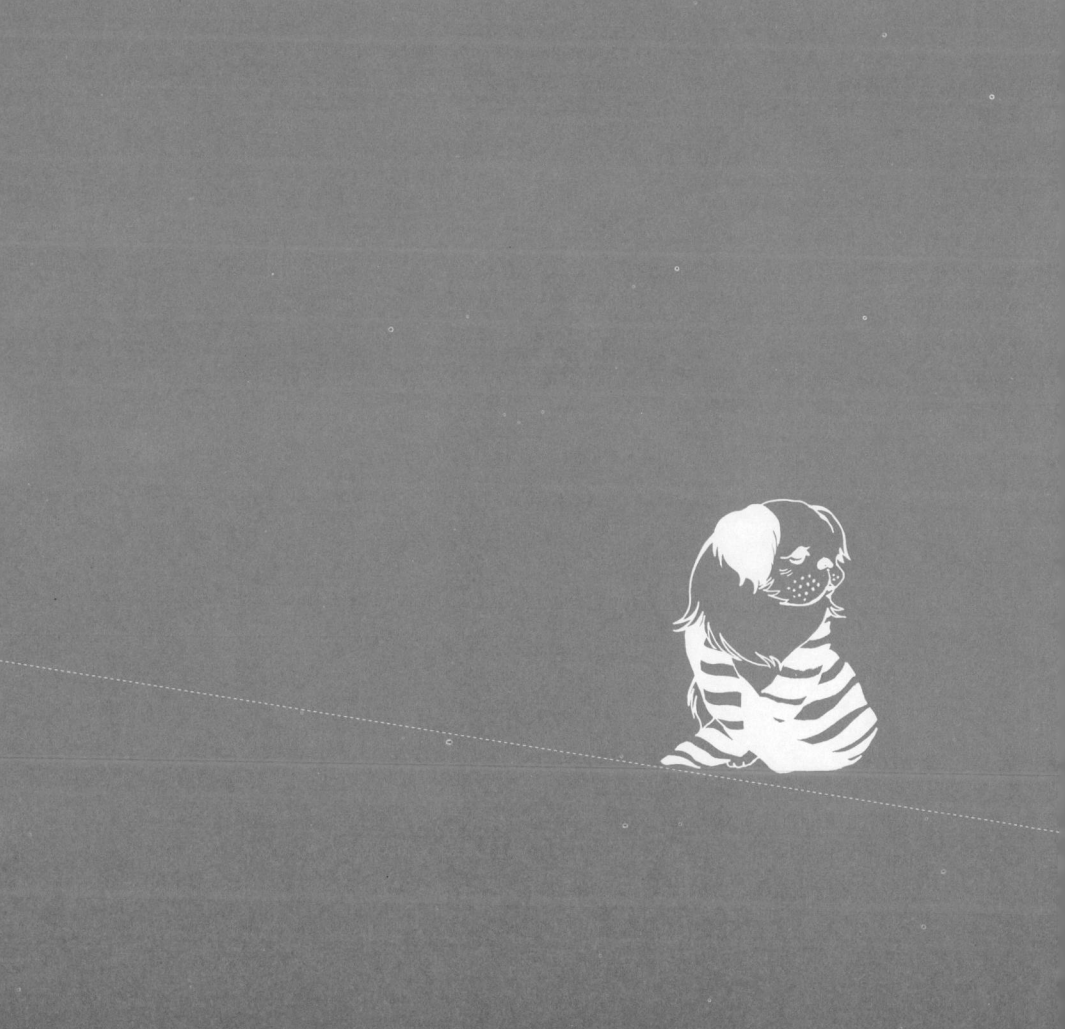

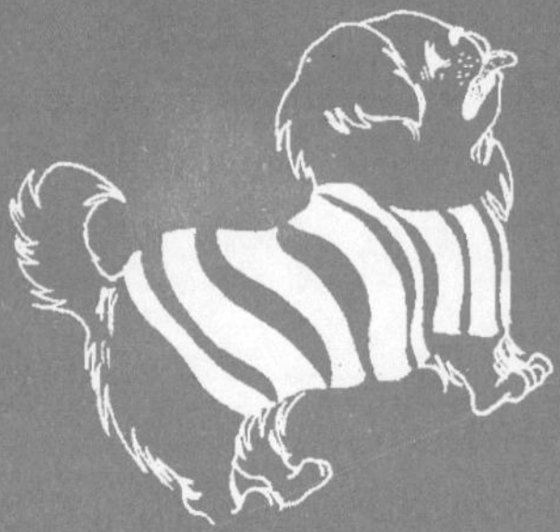

1. 初　遇
——周乐乐与"9·11"

::五只小狗崽，侬偎在报纸上眯觉。毛茸茸，胖嘟嘟，半个巴掌大，刚会睁眼，不会走只会爬偶遇是天意。

李兰妮刚从癌症、抑郁症的泥沼中爬出来，惊魂未定。

她在穗病休，半年没回深圳了。这次返深两天报销医药费。此时路过此处是偶然。

狗崽崽出生以来，头一回出门晒太阳。

五只，煨依在报纸上眯觉。毛茸茸，胖嘟嘟，半个巴掌大，刚会睁眼，不会走只会爬。

命中注定，这一天，这时辰，她会路过这片青草地。天凉风轻，阳光柔软。小狗崽多好玩啊！摸摸呀。可爱哟。李兰妮逐个儿把五只狗崽崽摸了又摸。一颗心瞬间变成快融化的巧克力。

狗崽崽的主人是个黑瘦的中年人，随口问：想买吗？三百块钱一只。

这么便宜？陷阱吧？

李兰妮知道自己有冲动购物的毛病，警告自己：赶快走，不要回头。

李兰妮走了，可没走多远就站住了。实在忍不住要回头。你怕什么嘛？跑什么呀？你表现得很理智，没有动念，要表扬。你是抑郁症病人，要学会表扬自己，奖励自己。怎么奖励呢？再跟小狗狗玩一会儿。一小会儿。

李兰妮问：小狗多大了？

一个月零五六天吧。

掐指算：9月12哇9·11！

她追问：是9月12日，还是9·11呢？

反正就是这两天，记不清了。

9·11和9·12差别太大啦。9·11让人立刻想到恐怖袭击。

有没有搞错？这里是二〇〇三年中国深圳，小姐你尽想不好的事。拜托你不要乱说。再说它们就成恐怖分子了。不想买你走哇。

走就走。确实没打算买。

且慢。书中读到过宠物疗法。十本抗抑郁书有七本提到过宠物辅助疗法，也就一笔带过，不曾详解。李兰妮捧书纳闷：宠物疗法有用么？麻烦吗？为什么不举例说明？咋疗呢？

她又走神了。刹那间，魂游南北东西。

回过神来，看见狗崽崽主人手中捏着她递过去的三百元。

心中疑惑：没打算买呀，怎么就付钱了？熟悉的分裂感又强迫呈现，意愿与动作违背，无法控制地要把钱交出去。

那人颇感意外，道：你真的想买吗？你最好想清楚。

想不清楚。但是，钱已经交出去了，李兰妮讨厌反悔。

五只里选一只。怎么选？这么小，五官没长开，站都不稳。什么脾气？长大啥模样德性？选公的还是母的？

李兰妮想不过来了。开始焦虑。熟悉而模糊的梦境。考试。试卷看不清楚，黑板上有题目。哎呀，不认识那些字。不是汉语。不是英语。害怕。怕。快想啊。好像是已经考过了。别害怕。不是在梦里。镇定。这里是现实。深呼吸。看啊，多可爱的狗崽崽。软塌塌的，互相枕着小脑瓜儿小肚皮小胳膊腿儿。喜欢吗？喜欢。喜欢的感觉就是治病的疗法吧？

眼前五只狗崽崽，两男三女。两只纯白色，两只白里有黑斑点，一只黄白色。别的小狗的毛，贴身，紧，顺。黄白色小狗的毛却蓬松，有点可疑。毛色不同，毛状不佳。嘿，这只小狗一点不自卑，睡姿最放松，大咧咧露出小肚皮。李兰妮用手轻轻拨拉他，人家连眼睛都懒得睁一下。想起"坦腹东床"几个字，大概王羲之童年就是这脾性。

狗崽崽家就在附近。卖主建议李兰妮去看看它们的父母。

到了卖主家才知道，女当家的要考察买主，面试若不过关，退钱。不卖。不稀罕三百元。

三百是小意思啦。真要卖，五千块。其实就是白送，要给我家珠珠的 baby 找好人家。哪，三条硬指标：一、住在附近，以后我们要探访的；二、养过狗，不能过把瘾就丢掉；三、你家经济条件要过得去，最好有个自己的小院子。狗狗喜欢玩的嘛。

那女人操一口广东普通话。因旁边站着的丈夫相貌平庸，衬托出她薄有姿色。这户人家应该比李兰妮有钱。男人在一家殷实国企，有房有车，女人闲在家中炒炒股打打牌，满屋红木家具锃亮，复式楼居透出丰衣足食的家底。而李兰妮衣衫素旧，面带病容，一副落魄难民模样。

夫妻俩打算退钱。

这时，女人的目光被狗崽崽的父母所吸引：母狗摇尾巴嗅李兰妮的裤脚，母狗是白色北京犬，温柔敦厚；公狗顽皮撒娇舔她的手。这是只京巴蝴蝶串儿，活泼健康。

女人笑了，对丈夫说：好像珠珠很喜欢她耶。别人来看 baby 它会凶，大声吼，还会咬人家。奇怪耶，可能是有缘分哦。

听出来了。这户人家老公跟着老婆的感觉走，老婆跟着她的宠物珠珠感觉走。几年前，女人心情差，炒股遇熊市，搓麻总输钱。女人病了，偏头痛。脾气大。亲戚送来一只京巴。女人抱着京巴玩，心情脾气都好转。不料京巴生病，死在宠物医院。女人痛悔送错了医院，天天哭她的宝贝。想起就哭，哭完又想，恶性循环。老公心疼老婆，发誓要给老婆买一只纯种白京巴。每天抽空东奔西跑，找宠物店，看养狗场。要纯种的、雪白的、漂亮的、出生两三个月的、母的、健康的、乖巧的、合老婆眼缘的、能治老婆心痛头痛毛病的。跑了无数地方，寻寻觅觅，兜兜转转，心到功成。

珠珠就是夫妻二人的掌上明珠。

两夫妻大方表示：没有别墅小院不要紧，每天带狗狗出去散步一次就行；狗崽养在广州可以，今后带它回深探亲一次就行。没养过狗可以电话请教，养不了及时送狗崽回母家就行。

珠珠似乎真看上了李兰妮，默默任李兰妮挑选它的孩子。它不安，只是在客厅走来走去，关注李兰妮的一言一行。那只小狗爹不时要过来捣乱争宠，珠珠总能迅速截住它，把它挡在一旁。

事已至此，李兰妮仍犹豫。

她提起过养狗话题。朋友说，孩子你都不愿意生，要三思；养狗比养人还麻烦。医生说，你要量力而行，仓鼠金鱼啊猫啊鹦鹉乌龟啊，都属宠物范畴嘛。

李兰妮摸着黄白色小小"王羲之"，问：这是男孩女孩？

男的。

就要这只。

这只排行老三，小小一点就会争地盘抢奶吃，把哥哥姐姐妹妹全挤到一边去。你初次养狗最好选母的，小母狗听话跟人亲。

人家说得很诚恳。李兰妮也使劲点头。强迫症又出现了。就要这只。

随你吧。baby 没断奶，你现在抱走养不活。我们帮你养到两个月大，到时你来拿。放心，我们说话算话。

不是不相信人家。就是有病。抑郁症强迫症妄想症。就是控制不住立马要抱走。

女人叮嘱道：你抱走 baby 时，它会嗯嗯叫，像小孩子哭闹，你可要抱紧了，小心别从胳膊上漏下去。快走，别回头，珠珠会追出来的，万一咬你，不许踢它踩它。

李兰妮紧张起来，问：这是它第一胎第一只被抱走的孩子吧？

这是它第二胎。女人骄傲地指指那只小狗爹，说：仔仔是第一胎，四只留了最漂亮的这一只。

李兰妮顿时傻了。什么？！太混乱了，蝴蝶犬怎么又是哥又是爹呀？这样的狗崽子不能买。必须问清楚狗爹身份才能买。

男人指着蝴蝶犬解释说：仔仔呢，是珠珠生的。它爸是纯种蝴蝶犬。前年专门配的种。我们没打算让珠珠再生第二胎。今年珠珠又怀上了，搞不清谁的种。

只能算在它头上啰。

狗崽身份可疑。

是9·11的生日吗？是乱伦的后代吗？查不清楚啊。

暗定主意:走。如果"王羲之"哭闹，不要了。还给他们。如果珠珠追咬不放，搁下，还给珠珠。

半个巴掌大。不能抱，只能捧。贴着心口捧，软软的，茸茸的，暖。轻。小。李兰妮用很大的力气绷着内劲捧，越怕掉，越觉得就快掉下去了。前怕看不清楼梯踏空，后怕母犬发怒扑上来撕咬。李兰妮做好了彻底放手的准备。时刻准备奉还。

珠珠没有一点要追讨孩子的动静。

小小"王羲之"没嗯一声。它微睁眼睛，似看非看，闭上眼睛，接着睡觉。

捧着捧着。有一种非现实感。又要走神了。李兰妮极力控制，不许自己魂游四方。小心啊，小心这是一条命！

上火车前半天，李兰妮在深圳不停地飞奔，到书店买书，到宠物店买狗粮。她以救火队员的速度冲进书店，直奔生活类专柜，只要书的封面上有"养狗"二字，看都不看书中写啥她就买。一冲进宠物店，她就火急火燎喊：老板——买狗粮！店员问：要什么牌子的？

不知道。反正要好牌子的。

成犬还是幼犬吃的?

一个月的狗崽。刚买的。

没断奶呀，养不活的。它还不能吃狗粮。

李兰妮听了很堵心，二话不说奔另一家。一气跑了六家。

一个月？不行！起码要两个月才养得活。

必死无疑。你赶快还回去。

寄放在我们店里帮你养吧。价钱会贵一点。有话在先，死了不赔。这种事很难说的，要看运气。

赠你两句啦，小心，细心。也不是没有一点希望的。狗粮你就别买了。你就买衣服啊玩具啊还有饭盆沐浴液干洗粉饮水器……万一死了，这些东西可以送人嘛。

你试试啰，求神保佑啰，这个世上还是有奇迹发生的。

为了蒙混上车回广州，李兰妮特意选择了晚班列车。

出租车、准高速动车、广州地铁还要倒线路。每一个环节都忐忑战战兢兢。一路上，她怀里的白色大挎包要敞开透气，拉链不能拉上，钱包、证件、手机、钥匙都不设防。她用真丝白围巾在挎包里垫了个窝，又用苏绣手帕盖在乐乐身上避人眼目。左想想，怕车上工作人员逮个正着；右想想，怕贼惦记一路跟踪择机下手。想累了，翻书。恶补养狗常识。

李兰妮在电视上见过一只拉布拉多犬，它考取了正式的狗医生牌照，每月一次，女主人定期带它到福利院探望孤寡老人和被遗弃的儿童。不论那些老人小孩怎样抱它摸它亲它，它始终保持憨厚迷人的微笑，让在场所有人都轻松快乐。

李兰妮以为所有品种的狗狗都跟那只拉布拉多相似，友善乖巧。西方电影里的狗明星更是个个忠诚、聪明、顺从、贴心。

闪念：牵一只小狗散步很惬意。

想过在广州物色一只短毛、受过训练、品种优秀、少见的狗。百分百听话，会主动体贴主人，老实，爱干净，打理起来不麻烦，不容易生病，省心。最好吃得少，拉得少，没有狗的臭味道。

想想而已。没有做好养狗的心理准备。

严重抑郁时期，大半年宅在家中，她翻阅过二十本抗抑郁书。书中所说的疗法，她好奇，就拿自己做实验。药物疗法、认知疗法、信仰疗法、运动疗法、光照疗法、香薰疗法、饮食疗法，她都在试用。

她吃赛乐特、丁螺环酮、佳乐定；写认知日记；读经祷告；每天争取散步四十分钟；没有阳光的日子里，她对着上千瓦的浴霸灯作光照疗法，一天三次，一次二十分钟。

香薰她用的是玫瑰复方精油、玫瑰纯露喷雾水、薰衣草纯精油。白天用红蜡烛点着纯白色的香薰小炉，小碟子里倒满温水，滴上几滴玫瑰精油，把自己关在书房里熏；夜晚改用插电的天蓝色香薰灯，碟子里的水中滴入薰衣草精油，在卧室里熏。气郁时就朝脸上喷玫瑰水，以此振作精神。

饮食疗法也在试。过去她不喜欢吃巧克力、香蕉、杏仁，如今不管爱不爱吃，只要书上介绍了，她都每天吃一点。

她试图把这样的综合疗法转换成生活方式，期望不要活得太煎熬。

她还没有试过宠物疗法。

好几本国外抗抑郁书都在辅助疗法那一章提到什么光照疗法、饮食疗法、宠物疗法等等，奇怪的是，别的疗法有具体内容，比如光照疗法，买什么样的专用灯、每天怎么疗两小时以上、注意事项洋洋洒洒一两页纸。而宠物疗法就一句，往往放在辅助疗法章节的最后：养宠物对抑郁病人有好处，建议试试宠物疗法。

这类书多是西方人写的，对他们来说，宠物疗法不需要展开说，不必教。他们有这样的文化背景和人文传统。就像中国人治感冒，辅助疗法提到喝姜汤，对中国人来说，姜汤怎么煮怎么喝不需要展开说。

李兰妮看看车厢里没有列车员巡视，旁人都在眯眼打瞌睡，她把手伸进挎包偷偷去摸小狗崽，担心：不会被闷死吧？她的手指摸到了小鼻子小嘴巴小尾巴小脚丫，没声音，没动静，说明什么呢？

往坏里猜，晕车了？憋得快没气了？能活着到家吗？能养活吗？能活几天？

往好里猜，小狗崽识时务，知道要藏着掖着，别让人逮住缴获了。

李兰妮手头带了几本书，其中一本是德国人写的《狗》，还有一本是中国人编写的名犬介绍，有图有文。她有些晕车想吐，在车上看书头痛眼睛痛。但是闲着心虚焦虑，只得嘴里含块话梅姜，翻看与小狗崽对应的信息。

蝴蝶犬因耳朵上的毛像翩翩蝴蝶而得名。

小狗崽的耳朵不像蝴蝶呀。混血串串儿，但愿串优点别串缺点。柔弱、聪颖，这是优点。

喜户外运动？

正好当跟班，陪散步。

北京犬又名狮子犬，传说中被认为是麒麟、狮子的化身。

没看出哪里像麒麟、狮子。目前看，模样倒有点像熊猫baby。

性格特点——高贵、骄傲、倔强、独立。喜欢提醒主人它的皇室专宠背景，希望成为整个家庭的中心。自尊心很强，如果对它不够尊重，它会闷闷不乐，直到你认错为止。

看到这里，李兰妮有点懊恼。这种个性能指望它当宠物狗医生吗？小爷一个。谁伺候谁呀？

万一这只狗崽脾气像足京巴，李兰妮岂不是要沦为宫女？讨厌！决不能让这种事情发生。必须及早防范，严厉管教，让小狗崽往温顺、服从的方向长。从娃娃抓起！提醒它：买它的人就是它的主子。

近年路过宠物店，或看人家遛狗，李兰妮只盯着特有型特有范儿的狗。比如松狮、金毛、拉布拉多、大麦町、哈士奇、斗牛犬等等。她会用目光追随好一阵子，心里痒痒一阵子，过一把干瘾。至于什么京巴、西施、蝴蝶、博美犬，她只会扫一眼，懒得细看，心里很不屑地想：太普通。俗。不可列入选择范围。

此时坐在列车上，李兰妮心里自我批判。

真是有病！神经病。精神类药吃了半年，人都吃蔫巴了，居然还失控。没做任何功课，就买狗养狗。居然买的还是这种串串狗。十分钟，一摸一看，就被这个小狗崽拿下。

李兰妮你就是有病不可救药。这个小狗崽有资质当宠物狗医生吗？你凭什么把它训成狗医生？宠物疗法在书上就一句话，你懂吗？你身边有人懂吗？

你就是吃药吃多了严重弱智。上公厕看标示都认不清男厕还是女厕，脑子短路嘛。现在清醒了吧？不是什么疗法都能尝试的。

光照疗法，可以试。照灯。没有专业灯，买个浴霸灯。错了好办，不照就是了。

香薰疗法，可以试。薰衣草、迷迭香、檀香、薄荷、玫瑰精油，你一一试，好闻能接受的精油你就接着用，难闻不能接受的精油试一两回就扔掉，把那些小瓶子扔进垃圾桶，就OK。

但是，宠物疗法不可以试。试验不成，这家伙不能扔。这是一条命。据说寿命可达十五年。比你命长。

李兰妮你是癌症抑郁症病人耶。癌症转移，开过三次刀，五个疗程化疗，目前带癌生存；又是严重抑郁症病人。随时可能因癌转移恶化一个月之内死掉，也有可能严重抑郁失控死于非命。你死了，小狗崽到时投靠谁？它是活生生一条命，怎么试？

那是二〇〇三年四月十一日上午，精神卫生科医生给我开了抗抑郁药赛乐特。我说，要吃多久呢？医生说，三个月。不超过六个月，你就可以慢慢减药、停药了。

六个月过去了。我问：什么时候可以减药啊？我厌倦看病，害怕吃药，憎恶加药。半年多了，抗抑郁药不减反加。除了赛乐特、丁螺环酮、佳乐定这三种药恒久霸占处方单，还总有其他药轮番上场，说是增强药效、缓解副作用。对我来说，吞下去效果都一样。恶心，想吐又吐不出来，肠痛胃痛头痛……数不过来多少地方痛。吃毒药缓释毒药大概就是这感觉吧。

不想过这样的日子。渴望死神带我走。

记得服用赛乐特头一周,我不知道药物说明书上有这样的警告:"抗抑郁药治疗的早期会诱导某些患者病情恶化和出现自杀倾向。""这些药物会增加重度抑郁症和其他精神疾病患者的自杀意念和自杀行为。""要告诫家属和护理人员,应当密切监测患者的兴奋、易怒、行为异常变化……以及自杀倾向。"

没有人告诫我和家属。我没有护理人员。我独自在家熬。

九岁独立生活。十四岁独自去做血管瘤手术。二〇〇〇年二月作淋巴癌转移清扫手术后,全身插满各种监测、医疗管线动弹不得。

手术前后,父亲想到"肿瘤医院"几个字就血压升高,不能看望我。弟弟高烧四十度,在医院通宵打点滴,不能帮助我。母亲只能上午看望我一次。先生教学忙,手术当晚照看我一晚。第二晚开始,我没再让他陪护。我自己拔掉身上各种监测管线,照料自己。直到出院,我没让任何亲戚朋友来探望陪护我。

化疗近五个月,心脏受不了晕倒。一群朋友叫120将我送去深圳福田急救中心。朋友们问:要不要叫你家人从广州赶过来?我说:真的不用。如果挺不过来,要死,家人来了也没有用。如果挺过来,不死,家人来了空折腾。

从得知癌症真相、手术、化疗,我没有流过一滴眼泪。手术五个月后,作CT检查,又见可疑淋巴结,医生告诉我,也许是复发了,也许是没有清扫干净。二〇〇一年十二月,在北京肿瘤医院头颈科,专家说,住院开刀吧。左边、右边颈部各要开一刀。专家叫来学生,拿我当失败手术的标本当场讲解。医生说,你不介意吧?我微笑说:不介意。我谢绝手术提议。回到广州。我梦见自己在一个陌生的城市流浪。昏黑荒凉的街头,心中恓惶,忽然见到一位朋友,我哭着对她说:我又要开刀了。我害怕。梦醒之后,我依然刚强。我最庆幸的是,我没有要孩子。无牵无挂。

到了二〇〇二年底，抑郁症确诊时，我对北大深圳医院精神科博士说：我这么乐观不可能抑郁。我就是失眠做噩梦。博士说：白天你用意志力控制自己，夜晚潜意识就浮出水面，所以你就连续梦见死亡。我把博士开的抗抑郁药扔掉了。扛到二〇〇三年四月，我不得不承认：李兰妮，你是抑郁症病人。你必须吃抗抑郁药。

幸亏我经历过毒药般的化疗药的熬炼，否则我撑不过吃抗抑郁药的第一个月。我留下过这样的文字记录："服药后，头皮脸皮至颈部火辣辣烧，强烈恶心。从食管到胃部痉挛。手脚冰凉抽筋。眼眶潮湿。眩晕，震颤，忽冷忽热。极口渴，舌头干得焦痛发麻。喝水不能解渴，反引发呕吐。小便困难，坐在马桶上怎么也尿不出来。冷汗。四肢、头颈血管里鲜血沸腾，像锅炉烤得皮肤筋肉干痛。吃完药，趴在沙发上，腹部紧紧顶着两个靠枕止痛；跪在沙发上，抱着塑料盆干呕；脚勾沙发背头抵地，头往木板地上磕，就想把大脑磕得没知觉。

死神俊朗的身影出现了。他像王子赶着马车来接灰姑娘。跳吧。阳台不高，双手一撑就上去了。跟我走。飞起来。你是一只蝴蝶。飞啊。

这声音很清晰，很温柔，很体贴，很耐心。

开始写遗书。

阳台防盗网有一扇做紧急出口的小门可打开。没必要穿新衣服，穿一套半新半旧的宽松衣服，要穿绑鞋带的运动鞋，免得路人见到白尸布下酱紫色的赤脚恶心。

上帝救我！不要让我受诱惑。

混乱中很多脸很多眼睛嘴巴催，走啊，心飞意狂。阳台伸出很多手像蜘蛛精的网在吸，走啊。意识断电。

1. 初 遇

意识恢复时，有个声音冲出喉咙大声喊：我就不死！我就不死！我就不死死死——声音在屋子上空轰响转着弯飞。声音很陌生。

医生不同意减药。医生说：你有可能是双相的，躁狂抑郁。这样就更难治，更危险。

辅助疗法赶紧上。电休克疗法要不要试一试呢？据说，电击后也许会出现部分失忆。失忆也行啊。正好把那些童年阴影、病痛记忆删除清空。我询问过，电休克治疗要住进康宁医院或脑科医院才能做。没来得及实验电击疗法，稀里糊涂撞上宠物疗法。

有没有人能告诉我宠物疗法怎么疗？这个小狗崽能当医生吗？它不会出师未捷身先死吧？我不会犯下意外伤害罪吧？我习惯不与人近距离长久相处，即使是家人。我该怎样与这个小狗崽相处？茫然。焦虑。

谁呀？一个女人。总摸我。她的手香香，好闻。手指细细，凉。发生什么事情了？好像又换地方了。今天第一次晒太阳哦。风香香。草香香。这个女人香香。我喜欢抱抱，她总抱我换地方。这叫外面耶。外面听起来好大好大，好多好多声音。太好玩了。原来我总在一个地方睡觉觉，地盘一点点。气味天天一样，不好玩。外面太棒了。味道那么多，都往我鼻子里钻。我是谁？我好厉害，好了不起。嗯，我喜欢这样。舒服。我要睡觉觉。好舒服哦，我想怎么躺就怎么躺。跟我抢地盘的几个家伙不见了。我是老大。这是我的地盘。饿饿。哪里有奶吃？鸡肝粥呢？闻不到。听不到。什么情况？有风吹进来。手香香。能吃吗？要不要舔一下？

女人呼吸。说话轻。她说：喂——小朋友，我们快到家了。你没事吧？哼一声来听听。你不吭声我害怕。你听我说啊，我是姐姐。我叫姐姐。你是乐乐。快乐的乐，欢乐的乐。你的名字叫周乐乐。记住哦。姐姐。乐乐。你懂吗？周乐乐。名字好听吧？咱们正在回家的路上。就是你和我还有哥哥的家。乐乐？你哼一声嘛。回到家，要好好表现。一定要让哥哥喜欢你。摸一下小肚皮。瘪瘪哟。回家姐姐给乐乐喝牛奶，还给乐乐煮鸡肝粥。

听懂了。奶。粥。这个姐姐好，知道我饿。她的手凉凉，香。我喜欢。

嘘嘘——我在软软的丝巾上撒了一大泡尿。丝巾小窝窝很吸水。很爽哈。

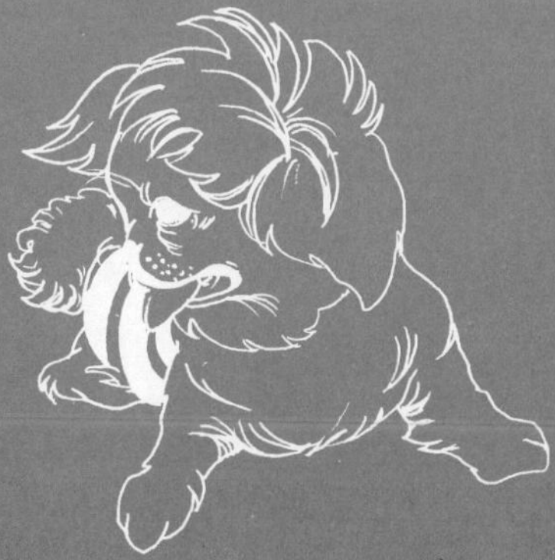

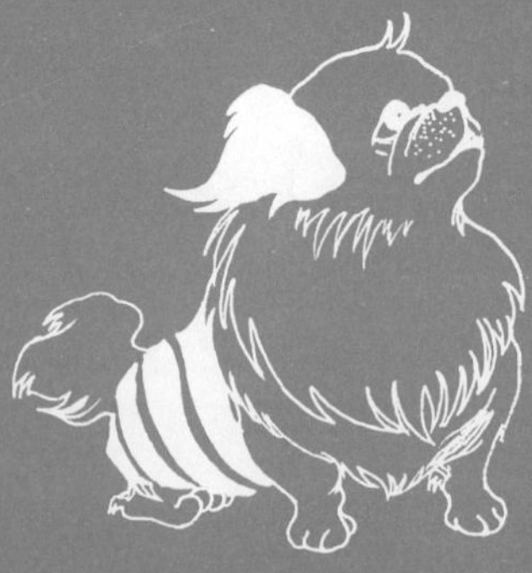

2. 魔 咒
——周乐乐闯生死关

∷养犬指南：幼犬要长到两个月后才能离开母犬，否则极易夭折子时。广州家中。

这是典型的双城丁克家庭。深圳户口本上一女人,广州户口本上一男人,家庭财政 AA 制,谁的地盘谁做主。

狗崽崽要成为常住广州儿童,周户主的第一印象很重要。他好奇地看着李兰妮从白色挎包里掏出狗崽崽。狗崽崽不赏脸,不睁眼,俨然天之骄子,在地板上翻了一个身,继续睡大觉。没有半点讨好家长的意思。

李兰妮连忙解释:书上说,这么小的狗,一天要睡十几个小时。

哼。你想清楚了?你真能养活它?

没……没想清楚。但是名字想好了。咱们叫它乐乐。让它跟你姓,周乐乐。

干吗不跟你姓李?是你非要买。

我巴不得它姓李。可是,李乐乐没有周乐乐响亮。先这么叫着呗。我想好了,我是它姐姐,你是它哥哥。

为什么不是爸爸妈妈?

我不愿意当妈。我没想过要当妈。

那你买它干什么?

试试宠物疗法啊。培养它当医生,跟我散步,给我解闷,听我的话,当我的保镖。我当它的老大。

行。你能搞定它就行。你种花花死,种树树死,种仙人掌都能种死。你能管好自己就不错了。

不懂就学呀。我买了好几本书。

你看书今天看明天忘。你养过热带鱼、养过巴西小乌龟、小鹦鹉,还有麻雀什么的,养几天就给你养没了。这只小狗……要是养不了,快送回去,免得养死了你更抑郁。

李兰妮心虚，不得不使劲点头。

她抄下了那广东女人的手机号码，以便求援，并承诺，如果养不了一定送回原地。此时她的负面思维开始蔓延。

万一狗崽崽半夜突然有病死了怎么办？

它没吃东西会不会饿死？

它这么小会不会渴死呢？

它要是半夜哭嚎不止怎么办？

万一它夜里乱爬不小心被踩死怎么办？

把它放在哪个角落才安全？

她本想实验一下宠物疗法治抑郁症，没想到，实验还没开始，她的病情在加重。她越看周乐乐越担心。她翻出药盒子，加吃了一片抗抑郁药。过了二十分钟，急需壮胆，她又找出一片抗焦虑药吞下。

已是凌晨，李兰妮把周乐乐抱到自己的书房。她睡沙发上，用自己的旧衣服给乐乐铺了个小窝，乐乐睡沙发下。熄灯后，李兰妮不时伸手去摸周乐乐，试探它是冷是热是死是活。周乐乐悄无声息。

李兰妮害怕，脑子里全是叫嚣声："一个月，养不活。这么小，养不活的。要死了，要死了死了死了死了。"幻觉又来了，右眉骨上有个幽灵在晃，不出声地告诉李兰妮：那是一条命。李兰妮实在忍受不住时，就会突然从沙发上跳起来，开灯，蹲在地板上，使劲拨拉周乐乐，把它捧到灯下用力摇晃，直到周乐乐睁开眼睛，发出轻微哼哼声，李兰妮的幻听幻觉才减轻。周乐乐不怕也不闹，睁眼看看立刻合眼又睡，被放回小窝会哼哼两声，又亮出小肚皮显得很舒坦，从小肚皮的起伏看出他呼吸很均匀。这姿势有安定疗效，好像在告诉李兰妮：我好着呢。唔。睡觉觉我要睡觉觉。

加吃的抗抑郁、抗焦虑的药片没起明显作用。李兰妮启动过神经系统的自我保护装置，阴郁的闪念一冒头，记忆的电闸就自动关闭。这个黑夜，神经系统的自我保护装置失灵了。记忆中被遮蔽的底片渐渐在黑暗中显现。那是三年前的事。

　　李兰妮做完淋巴癌转移清扫术，接着是五个月的化疗。每个月服用二十一天嘧福禄等化疗药，还差七天就要结束化疗时，心脏不支，她被120救护车送去医院急救。

　　此后，有一段在深圳独自养病的日子。她不愿给任何亲友添麻烦，希望自己在深圳家中一人扛难以忍受之痛。她要靠止痛片止痛。右颈上的淋巴癌清扫时，摘掉的四个淋巴结中有三个有癌转移，挖肉、血管结扎、局部神经切断，伤口深、长、很痛。化疗后，神经系统、肠胃系统、血液系统、免疫系统、心脏系统、肝脏系统、泌尿系统、经络系统统统受到伤害，那种从里到外的痛、浑身分不清痛点欲哭无泪的痛，止痛药是止不住的。它无时无刻不在摧毁人的生存意志。

　　那段日子里，白天她会痛得昏昏沉沉奄奄一息，晚上她会痛得拖着病躯在屋中不停地走来走去，轻声对自己说：好痛哦。痛啊，啊好痛——痛啊……怎么办……上帝啊，帮帮我！给我勇气坚持，给我力量坚强。不要那么痛好吗？求求你求求你……呀。

　　止痛片吃下去半个小时才有效。效果维持两小时左右。不能无时限随痛随吃。李兰妮每天痛出一身又一身冷汗。头发根儿里满是虚汗，睡衣湿透、枕头、床单透着汗印。

　　只能咬牙熬着。默默熬。不流泪不哽咽地熬。

　　九岁时她曾经很想哭，独自坐在海岛小学的宿舍门外想家。那是一个月圆之夜，她望着月亮，不知家人在哪里，家在哪里。她张开嘴要哭时，喉咙哽咽，一直哽咽着不能放声哭泣，因不知该呼唤谁来爱护她？

　　小孩子摔跤了，疼痛了，害怕了，委屈了，会本能地边哭边喊：妈妈呀——爸爸啊——

　　九岁的李兰妮突然在那个月圆之夜醒悟了，喊妈妈爸爸没有用，爸爸妈妈不会爱护她在乎她。可是，她哭的时候嘴里能喊谁呢？谁会可怜她保护她呢？没有。没有！

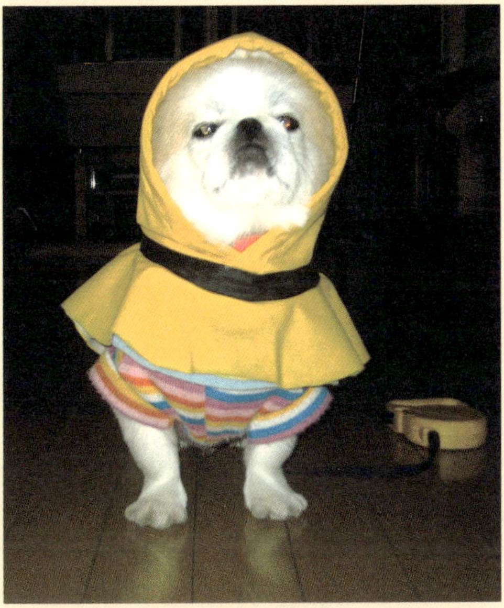

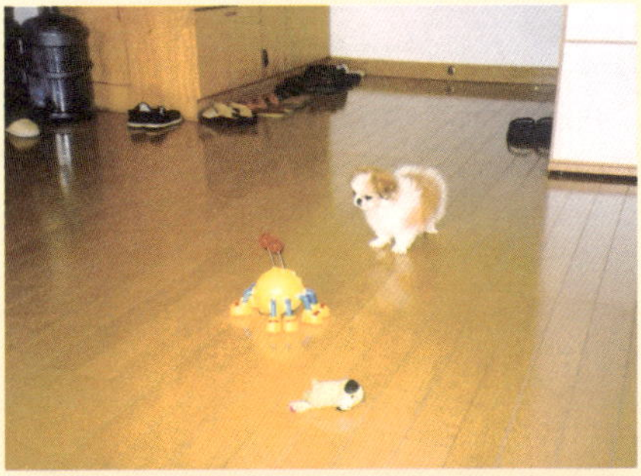

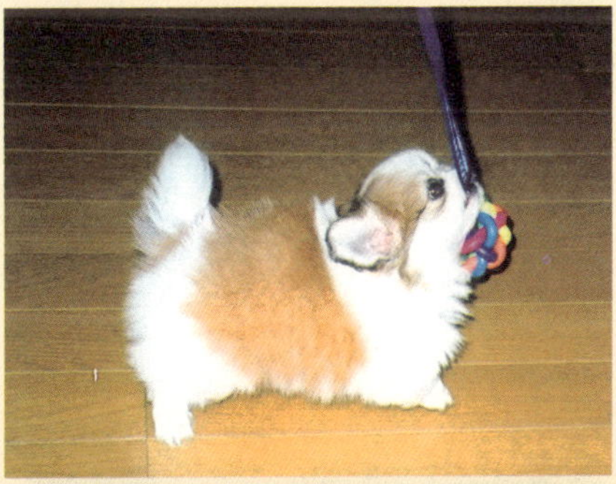

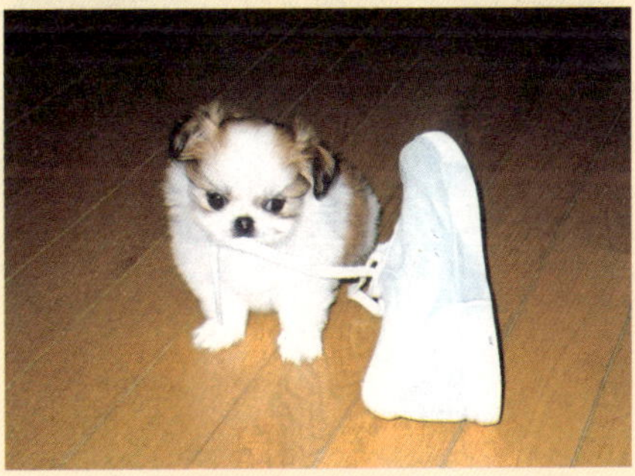

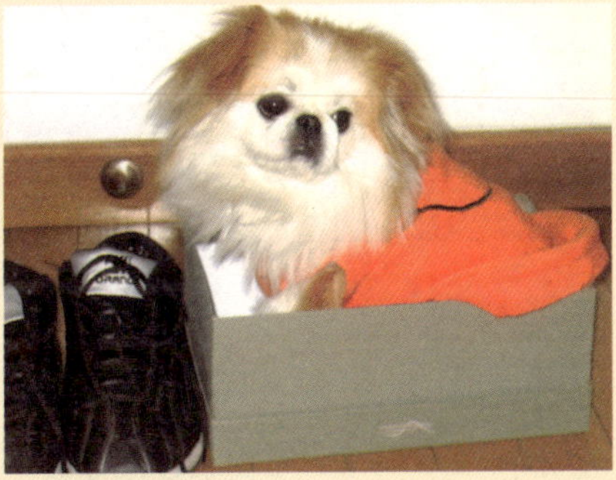

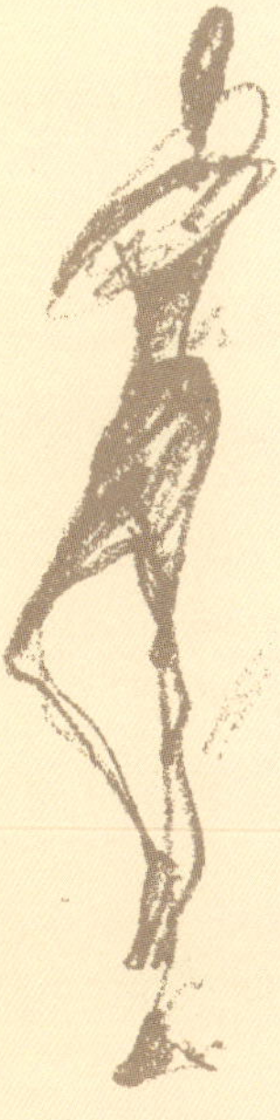

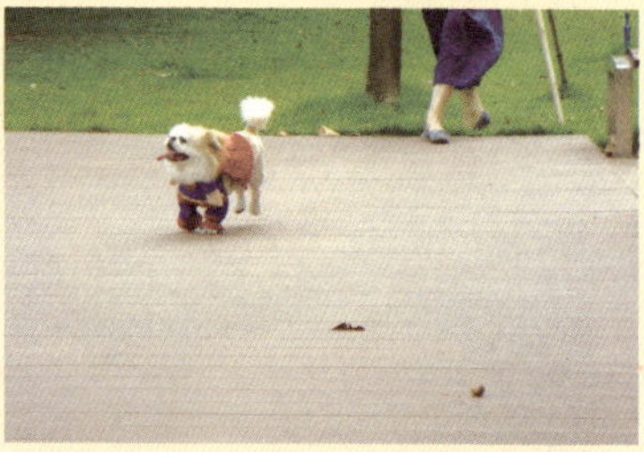

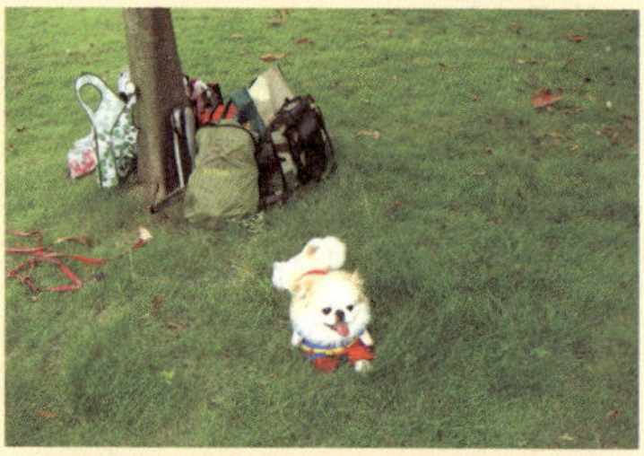

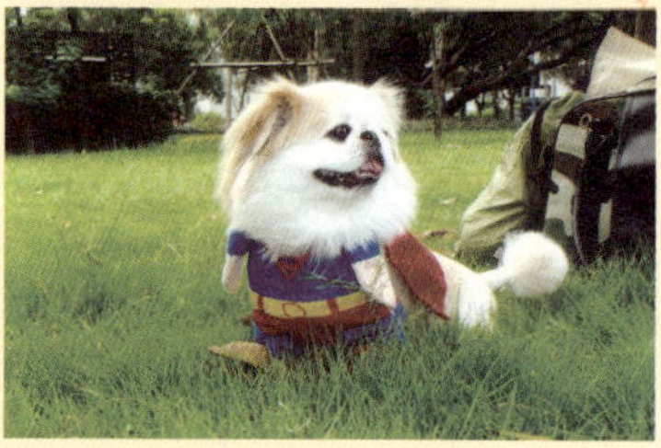

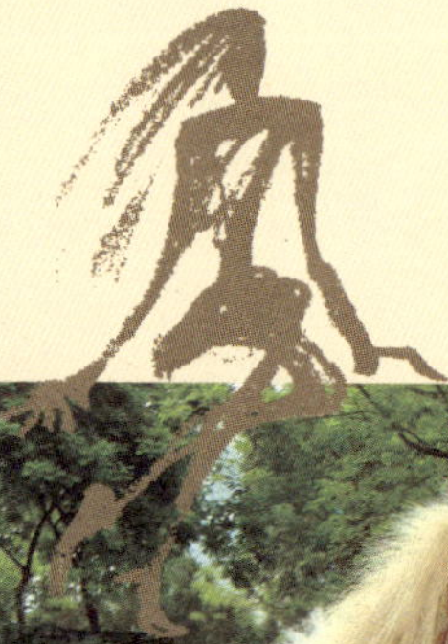

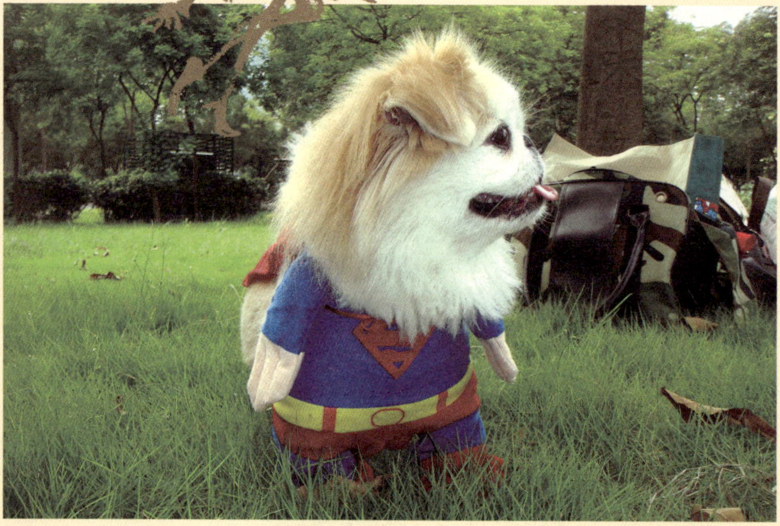

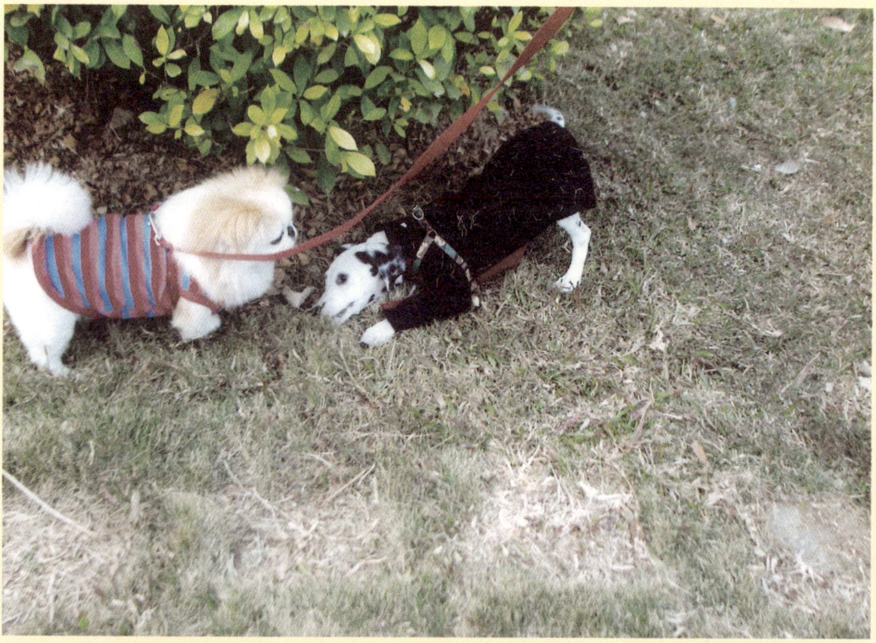

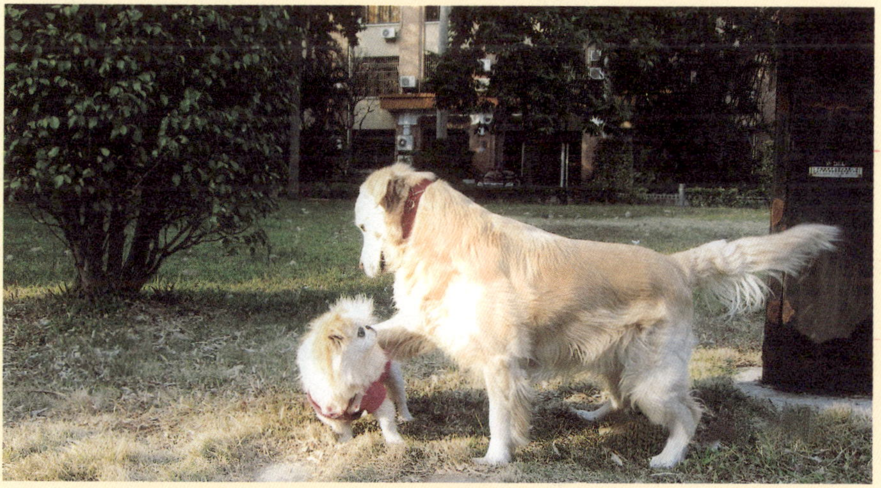

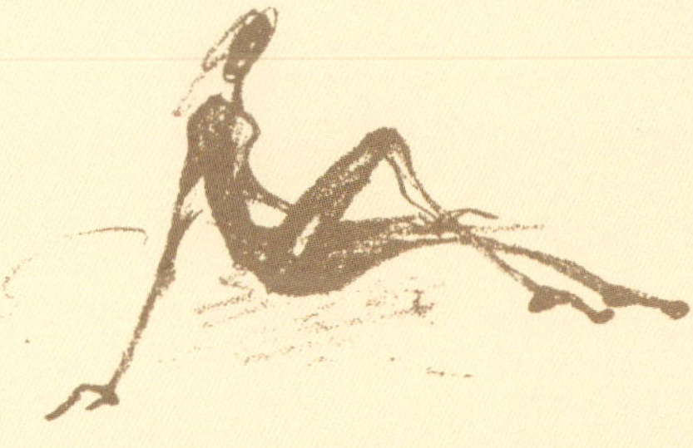

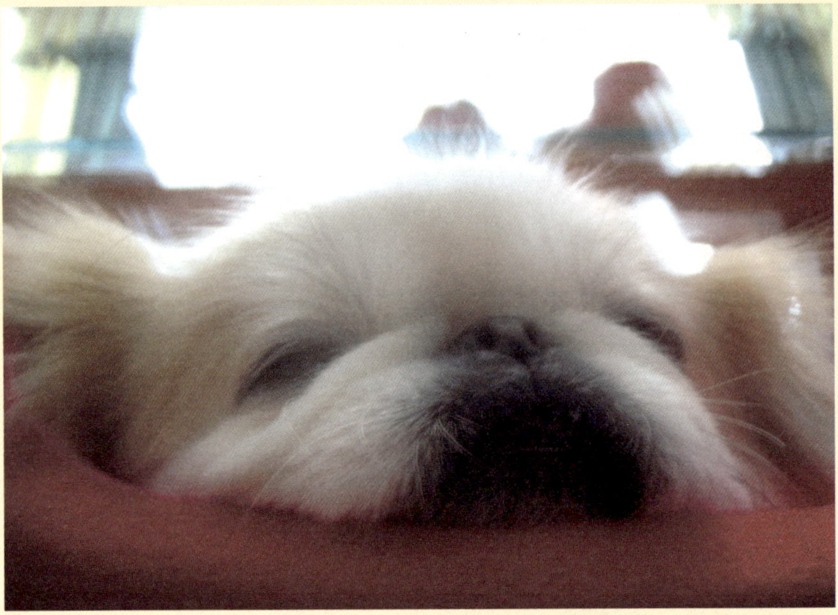

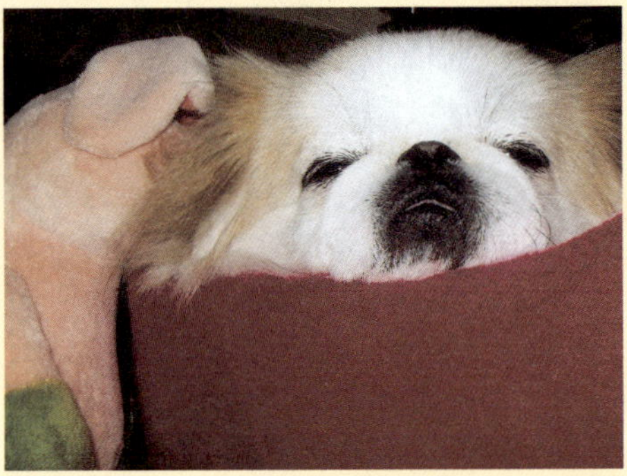

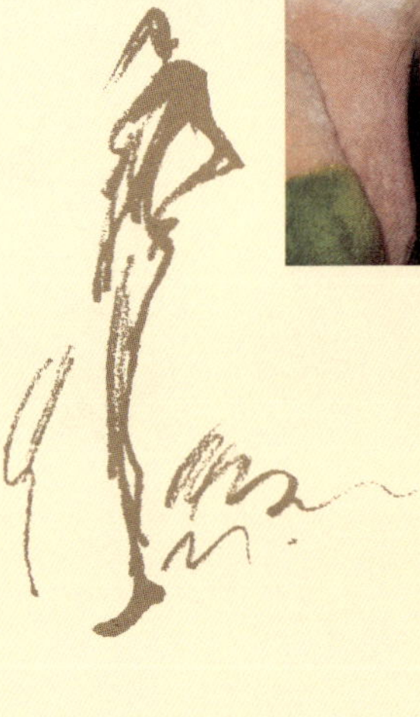

2. 魔 咒

　　她看着夜空的圆月，空空地半张开嘴，啊啊啊——哽咽着直到喉咙酸痛，抽抽成一团硬疙瘩，堵在喉头，咽不下吐不出，呼吸困难。

　　不知过了多久，她突然发现自己不会哭了。她坐在宿舍门口的地上想默默流泪。哭不出来，把泪流淌出来也会舒服一点啊。可是，她惶恐地发现，眼泪流不出来了。她没有办法让眼泪流出来。

　　从那时起，她不再哭泣流泪。不论遇上什么事，她就是不哭泣不流泪。哪怕在手术台上听到医生对护士说，转移了，做清扫术……李兰妮不流泪。手术超时不断需要加麻药，一台手术给她加过五次麻药；每次在麻药药效不够，痛得她想翻下手术台时，她依然不哭泣不流泪。

　　多年独自面对一次又一次的厄运，她的哭泣系统已经萎缩退化。她在意识层面成功自控。但她无法控制潜意识，于是她会在梦中哭泣，在梦中对朋友说：我害怕开刀。我不想再开刀。我撑不住啦。只是，她梦中的哭不会哭出声音来，梦中的哭声依然受压抑，不能突破梦境到现实空间里。没有人能听见这痛哭声。梦境中她一哭，她的神经系统立刻启动机制，她会立刻惊醒。接下来一段日子，她在梦中也不哭。她做梦，梦中她的满口牙松了碎了，她小心地咬着，不敢张嘴。一张嘴，满口碎牙就要稀里哗啦掉出来。

　　终于，有一天，疼痛有所减轻，不用天天半夜拖着虚弱的步子摇晃，不再痛得冷汗浸湿一件又一件睡衣。

　　李兰妮仿佛回到人间。她到楼下散步，见到一个丰满阳光的女人牵着两只黑色的吉娃娃小狗。吉娃娃大眼睛、竖耳朵、小细腿，精神抖擞，欢蹦乱跳，似乎有无限的生命力。女人像带着两个小保镖，眼里满是自强自信的笑意。

　　李兰妮受到启发。不是怕拖累亲友谢绝陪伴吗？可以找狗狗陪呀。吉娃娃体积小，生命力旺盛，短毛好打理。

　　来日不多，想到什么立刻要去做。

　　李兰妮立刻打听附近哪里有卖狗的场地。抄下三个地址，拿上钱包去打的，直奔最近的狗档。还真的有十几只吉娃娃狗崽。但不是黑色是褐黄色。

　　狗主说：才三个多月嘛，幼犬。颜色会变的。褪去胎毛，要换毛的嘛，一岁以后毛色就深了。

李兰妮想想也对。狗主撒开一把狗粮，小狗狗争着抢着吃。虽然精气神远不如阳光女人那两只，也许是兄弟姐妹多营养差，买回去多吃几顿就壮了。价钱不贵，六百元。看李兰妮不还价，诚心要买，狗主抓住其中一只说：我帮你选的肯定好。嘿呀再送你一点狗粮。记住，回去十天之内别给它洗澡。

李兰妮正想，回去要立刻给吉娃娃洗澡。这狗档有股怪怪的臭味。不是臭不可闻，而是臭味深厚。

不洗不行吧？万一有虱子呢？

不会有虱子，我喷了药。你放一百个心。

必须洗。有臭味。

前天，有个小姐来买狗，也是不听劝，回去就洗，洗完就感冒了。刚才来找我，非要换一只。这就叫没事找事。

可是它真的臭哎。

这条路，出去右转，看到没有？两百米，宠物店。买一罐干洗粉。一擦就香。

宠物店老板娘东北口音，殷勤会来事，嘴皮子快，手脚也快。转眼工夫，干洗粉、干水毛巾、沐浴香波、除虱项圈、宠物旅行箱，全堆在李兰妮眼前。

我说姐啊，咱这只吉娃娃买得太划算了。六百块那绝对是优惠了。听我说啊姐，这只小狗不是纯种吉娃娃，纯种不好养，那是最容易夭折的狗种。你可得把它伺候好啰，舍得花钱花时间。宠物宠物，就是买来宠的。宠它就是宠你自己对不对？第一次养狗没问题，我把小狗的日用品帮你配齐了，省得你到时一趟一趟跑。

老板娘那表情、那口气不容你摇头，李兰妮只有傻看喃喃说谢谢。原来日用品那么多：小肉干、软包装罐头狗食品、牵引绳、旅行用水杯。

李兰妮喊：够了够了，拿不了啦。

老板娘停止忙活，用灵活的手指飞快点着电子计算器。

姐你看啊，一千六百八十四元。算了，零头不计，交个朋友，以后买狗粮、看病打针、寄养什么的，来找我。姐，一千六百八十元。瞧瞧这数字，你今年炒股一定发。

我……我没有炒股。

那就是，做啥生意都一路发。

回到家中，把小吉娃娃放在客厅。它怯怯地打量四周，突起的大眼睛里有恐惧。李兰妮连忙把狗贩赠送的狗粮撒在地板上。它一粒一粒捡着吃掉了。它抬头专注地看看李兰妮，好像表示满意感谢。李兰妮给它喝水。把它安排在客房里。当李兰妮把它放进旅行笼子时，它不安地叫起来。嗓门像喇叭，吓李兰妮一跳。它不愿意被关着。李兰妮赶快找来一条旧浴巾，给它铺在客房地板上，它立刻蜷缩在上面，安定了。李兰妮累了。早就折腾累了。

夜里看电视，李兰妮忽然觉得脚背暖，原来小吉娃娃不声不响趴在她脚背上，拿她的脚背当垫子。

一闪念：还没擦干洗粉呢。

再一想，小吉娃娃信赖亲近你，不嫌弃你是癌症病人，你怎么能计较它有臭味呢。李兰妮伸出手摸摸它的小脑瓜，非常小，很光滑，它抬头，信任地看看李兰妮，目光中似乎有种默契。它会默默陪她度过漫漫黑夜。

早晨起床，李兰妮去客房看吉娃娃。发现它又吐又拉，神情萎靡，额头发烫。用毛巾替它擦拭干净，喂清水，它不喝，撒狗粮，它不动。没给它洗澡呀，连干洗粉都没来得及擦，昨晚熄灯时还平安正常，才半个夜晚就病蔫儿了。

赶紧送去东北人老板娘的宠物店。老板娘说，要打针。新买的小狗说病就病，打几针就好。老板娘很麻利地给小吉娃娃打了两针，又叫来一个小姑娘店员给她打下手，原来还要打吊针。

她们把小吉娃娃四肢分别绑起来，用针头一遍又一遍穿过来刺过去，总扎不到血管。小吉娃娃痛得哼，哼哼声像极了一个小孩子。李兰妮心疼。

李兰妮是久病之人，打吊针对她来说，比吃药容易。有段时间住院打吊针，手背上、胳膊上针眼太多，后来只能扎脚背。血管扎破多次她不怕，护士说，她的血管天生比别人的脆，针头稍一用力血管就破，血就在里面涌，鼓起一个血包包。有时一瓶液吊着吊着血管就鼓包了，又换个地方扎。李兰妮习惯了针头刺穿皮肤扎向血管时近乎痉挛的痛，她习惯盯着针头看，看它怎样在皮下穿来刺去扎入血管。可是，看到小吉娃娃四肢绑在凳子上打吊针，很像看一个小孩子在受刑。

老板娘看她蹲在一旁脸发白，很关心地说，狗狗血管细，打吊针比人慢得多。

姐你放心交给我，小狗就在我这儿住院治疗。一瓶吊针八十块钱，住宿一晚四十嗨内部价收三十五，你留一千五百元押金走好了。

李兰妮坚持了近两小时，一会儿蹲，一会儿立，头晕恶心了。老板娘说她脸青嘴唇白得快看不见了。李兰妮留下钱，摸摸小吉娃娃的小脑瓜儿，它好像更蔫儿了，突出的大眼睛无神地看着李兰妮，它连哼哼的力气都没了。

姐啊别担心，这瓶打完它就能缓过来，住院晚上还能打一瓶。用不了三天，准保欢蹦乱跳。

不能不走。晕。等待的士时，人似乎要往后倒，李兰妮定定神，扶着街边一个广告牌。

回家没吃午饭，昏昏沉沉躺在床上。心里有点不是滋味：才忙了一天，就快倒下了，没用。不配养狗。

傍晚，接到宠物店老板娘的电话，说话含含糊糊，信号也不太清楚。意思是，小吉娃娃没见好，要用点更好的针药。也要有点思想准备，这种狗狗夭折率最高。

心里沉。堵。

第二天上街想去宠物店，老板娘来电话，小狗狗病死了。

李兰妮一时不知道该说什么。负面思维蔓延。造孽。不该买它回家。如果不买它，它在狗场里待着不会病，即使病也不会死。又造孽了。有罪。怎么才能赎罪呢？

老板娘说：我帮你处理。省得你难过。押金剩下一千一，过两天你来还给你。

李兰妮求她用这一千一百元处理小吉娃娃的后事。求她帮着买个好看的盒子，用干净的吸水毛巾裹好它，请人把它埋到莲花山脚下，最好是一棵大树下。

李兰妮说啥老板娘都答应。

2. 魔　咒

心里有挥之不去的难过。

几天后，李兰妮把家里给小吉娃娃买的所有东西送给了宠物店老板娘。那些用品几乎没有用过。李兰妮托她送给收留流浪狗的好心人。

一周过去了。回到深圳家中，依然能闻到小吉娃娃的味道。

一年过去了，回到深圳家中，依稀还能闻到小吉娃娃的味道。

李兰妮迅速启动遗忘机制。

她真的做到了。李兰妮忘记了它是小男生还是小女生，忘记了它的五官模样，忘记了它走路的样子。李兰妮没来得及给它起名字，没来得及喜欢上它。但是，它的大眼睛留在李兰妮记忆深处不愿触动的底色中。

三年了。李兰妮以为完全忘记它了。但是，这个黑夜，它的神情在李兰妮眼前闪动。难过的感觉急速地涌上来。头痛。心脏闷痛。

祷告。只有祷告。

熬到天明。狗崽崽总算平安度过第一夜。

焦虑。不知道狗崽崽什么时候要吃，什么时候要喝，什么时候拉屎撒尿。害怕的时候就往深圳打电话，那广东女人好比育婴指南。

对不起，又是我。想问：它要喝多少牛奶才饱？煮粥放鸡肝要剁多碎呢？

饱猫饿狗。不要怕，它饿不死的。一天喂四次。鸡肝剁得越碎越好。

它是不是有病啊？总睡觉，不睁眼，也不玩游戏。

一个月的 baby 仔就这样。再过几天就会常睁眼，爬来爬去。

它吐了！哎呀它吐了！哎呀哎呀怎么办啊？

没——事。baby 仔都会吐奶的。吃急了吃多了就会吐。

要不要送医院看医生？送也怕不送也怕。真的不用送？要不我把它还给你家？我很怕不会养把它养死了。

自责：种什么死什么养什么死什么，就不该把周乐乐抱回来。恐怖。要不要把它送回去？不想害它丧命，主啊我的上帝，求你帮帮我！

只有在祷告时，才能平息恐怖和自责。

在圣灵的感动下，周哥哥开口相救，道：去请个钟点工，中年的，带过小孩的。起码可以给你壮胆。

本人癌症开刀化疗都没请钟点工。跟钟点工打交道，想想很复杂，我会很焦虑。

你现在不焦虑吗？两个选择：第一，请人来帮你。第二，把小狗送回去。你知不知道你现在这个样子很吓人：哎呀它吐了哎呀你踩到它了哎呀它会不会死呀！李兰妮，它没死我都要被你吓死了。

对不起对不起。我有病。病人就是这样的。

自己都养不好还养狗。什么逻辑。

默祷：上帝啊，周乐乐应该留下还是送走呢？求你指示我。上帝呀，我很笨，你要说得很明白我才懂。这样好不好？明天我就去家政中心问问，如果有合适的钟点工，那就是说，你同意我留下周乐乐；如果找不到合适的人，那就是说，我要把小狗崽送回深圳。

尽管早有朋友建议李兰妮请钟点工做饭、煲汤、熬药，但是她一拖再拖，始终下不了决心请人帮忙。她从小吃食堂，胡乱填饱肚子，懒得认真吃饭，对老火靓汤兴趣不大，喝中药也喝怕了，巴不得不熬药。她听邻居说过：找钟点工比找对象还难。要善良可靠，要脾气好，要会做菜煮汤，要懂得打扫卫生，要健康，要时间合适，要年龄合适。李兰妮觉得难度太大。

如今，又加了一条：要不怕狗。

走进家政中心时，李兰妮几乎不抱希望。

奇妙的是，她正遇上这么一个人选：广州下岗女工，家住附近，走路仅五分钟路程。儿子为考大学进入封闭式中学读书，一周回家一次。丈夫常年在外跑工程，她独自在家嫌闷，想打一份轻松的短工。广州户口复印件、健康证明复印件，一清二楚。

这就叫：你寻找，就找到；你叩门，门就开了。

2. 魔 咒

当天钟点工花姨就来上班了。买菜、做饭、给乐乐煮粥、帮助李兰妮管理周乐乐的吃喝拉撒。给李兰妮壮胆。

花姨说：李老师你不要怕，把乐乐交给我。我儿子从小到大，不知几健康，邻居都好羡慕。我就是舍得吃，懂得吃。你就把乐乐当小孩子来养。一个道理呀，会吃，吃得好，身体就健康。没那么容易死的。

李兰妮说：养狗指南上写，幼犬要长到两个月以后才能离开母犬，否则极容易夭折。

夭什么折。我天天给它煮好吃的。除了牛奶鸡肝，还有鱼片粥、瘦肉粥、鸡肉粥，轮流换，又营养，又好消化。

可是……一个月的幼犬免疫力低，很容易生病的。病了送医院也凶多吉少。

不要动不动就送医院。狗狗病，不送医院还有救，一送医院啊，打针！那些针不知几贵哟，贵过人用的，贵还不救命呢，打几针就死掉了。

花姨你说得太——对了。

我楼下邻居的母狗小美拉稀，吃药没好。我摘了一把番石榴叶给它煮水喝，喝了就止住了。没花一毛钱。

依然神经紧张。记忆中的吉娃娃随时浮现出来。它和周乐乐的相似之处是：都有一双圆滚滚的大眼睛。看人时全神贯注，久久不眨眼。

小狗狗满两个月之前是危险期。李兰妮的心悬着，一天一天数，数了二十三天。

周乐乐满两个月的那一天，一大早，李兰妮去厨房煮了一个土鸡蛋。花姨自从接掌厨房，买菜就按广州人的路数买。青菜一定要买刚上市的应时菜，排骨要买前排，母鸡要挑没下过蛋的放养的走地鸡，鸡蛋要买走地鸡下的初生蛋。这种蛋只有饲养场肉鸡蛋一半大。花姨说，走地鸡肉嫩，鲜滑。初生蛋小，蛋黄特别香。营养比一般鸡蛋强两三倍，当然价钱也高两三倍。花姨说：李老师你要舍得吃啊。要学我，挣钱都拿来买好吃的。吃到肚里就健康。健康人脸色就漂亮，省了化妆品的钱。吃得就是福。

李兰妮精心煮鸡蛋。站在牛奶锅前耐心数时间，鸡蛋煮得九分熟，蛋黄刚凝结。

　　记得六岁时，在外婆家过生日，外婆专门为她煮鸡蛋，煮好放在她手里。鸡蛋热乎乎的，心里暖洋洋的。她握着一枚蛋，自我感觉很特别。那年月鸡蛋是稀罕物，一个鸡蛋要做一大锅汤全家人喝，蛋黄蛋白打散来，倒在锅里捞都捞不着。一个小孩子，一年也就生日那天拥有一个圆圆的完整的鸡蛋。外婆说，这是福鸡蛋，小孩子吃了长得快。

　　周乐乐到这个家二十三天没有死，比那只吉娃娃有福气。李兰妮长舒一口气，看来小家伙有潜力，没准儿真能培养成狗医生。要奖励。吃了福鸡蛋的小朋友长得快。

　　周乐乐在地板上爬来爬去，李兰妮也跟着在地板上爬来爬去。她趴在地板上，用额头抵住周乐乐的头：啊哈你可以活下来了。你可以留下来了。庆祝一下好不好？

　　剥开福鸡蛋，她轻轻地咬了一小口，嚼两下，摊放在手心上，送到周乐乐跟前叫它吃。周乐乐用鼻子闻了又闻，犹豫着，做思索状。

　　李兰妮把嚼碎的鸡蛋塞进它嘴里：好吃。香香。不骗你。你看我也吃。

　　周乐乐睁大眼睛看着她，看她咬一口鸡蛋夸张地咂吧嘴嚼，慢慢吞下。周乐乐有样学样，也把她手心上的鸡蛋舔进嘴里，咂吧咂吧品味道，一点一点吞下去。

　　周乐乐咧开嘴巴笑了，乌溜溜的大眼睛放光，用粉红色的小舌头舔她的手心，冷不防还舔了她的脸。

　　李兰妮觉得痒，笑着躲开了。周乐乐闪光的眼睛盯着她一直盯着她，她忽然明白，哦，它还要吃。她趴在地板上继续喂，你一口我一口，分吃鸡蛋。吃完她先擦擦嘴，又用这张纸巾给乐乐擦擦嘴。喝了一口水，她往手心上倒了一口水，乐乐默契地舔水喝，舔得干干净净。分享带给李兰妮一种满足感。

　　她不愿停止这样的分享，赶忙拿出一个彩色铃铛球讨好周乐乐。她四肢着地，学周乐乐那样趴在地板上玩铃铛球。趴在地上带来视角的改变，视角带来心情的改变；李兰妮仿佛穿越时光回到幼儿园，她嬉笑着跟周乐乐抢玩具，在地板上扑东扑西，滚过来滚过去，玩得挺疯的。

周乐乐把李兰妮当同类，它迈开小短腿追彩球，看起来像个毛茸茸的玩具球在追另一个小球。周乐乐脚步还不稳，走急了会歪在地板上，挣扎起来又继续追，他的好胜心极强，不追到彩球，不扑住彩球决不罢休。李兰妮大笑。

我上网搜索"宠物疗法"。

有这个词条，但是没有找到具体的描述及相关链接书籍。字数最多的一种解释，讲的是养狗对人类有几大好处：

可以为你扩大交友平台；

可以督促你出外散步改善心情；

可以有效控制血压并增强免疫能力；

可以增进家人感情；

可以减少老年人的突然焦虑感；

在减轻你的寂寞、缓解压力方面，有时可以胜过你的朋友和配偶。

这样的解释不解渴。解释援引的研究说明和数据出自欧美国家，生存环境不同、文化传统不同、国民整体素质不同，对宠物的关注角度也不同。

在中国，"宠物"是一个曾被长久遗忘的词。至少在半个多世纪的时间空间里，不提这个词。在一个连"人道"之词都不能提的背景下，"宠物"一词若出现岂不荒诞？

我是一个中国病人。对中国的老百姓来说，癌症等于绝症；抑郁症等于自己找死的神经病。

也许神经正常的人不会关注这一点。我是病人。重病之人关心的事，健康人未必愿意理解。它与功名无关，与金钱无关，与"食""色"无关。"宠物"一词在我的人生背景板上出现，好像是近十年的事。"宠物疗法"一词，则是近年看书知道的。找不到相关链接书籍不奇怪，中国内地未必有人写，写了未必有人出，出了未必有人看。

我自己也无法解释，为什么要研究"宠物疗法"？

至于网上所说的养狗的几大好处，对我有什么意义呢？

我不需要扩大交友平台。自从写好遗嘱后，我想淡出人生，退到旷野，融入虚空。网上解释说，高血压的人跟宠物接触，有助于血压稳定。心脏病之人与宠物相处，有益心跳、脉搏舒缓。有厌学倾向的孩子与宠物相处，能提升自信心，提高考试成绩。我不觉寂寞何须减轻？至于"可以增进家人感情"这一条，我存疑。

这一条应该指的是正常的家庭。多年来，我是我，家庭是家庭。

据外婆说，我一出生，刚出医院，母亲就根据当时的育儿潮流，严冬三九天，任我独自躺在另一个房间的小床里哭。不要看，不许抱，培养自强自立。新时代自有新时代的活法，要荡涤一切旧时代的污泥浊水。包括将新生婴儿抱在怀里，让她听母亲的心跳声，让她身心得安全感。

与我同时代在军营里长大的孩子，大多不恋家。从小没有家。似乎也没有父母。父母都干革命去了。我周围许多小朋友，两岁就全托，直落——托儿所、幼儿园、子弟小学。母亲相当于一个代孕器，生下孩子就完成任务了。我们被设定为革命事业接班人，要锻造成钢铁战士。就像工厂的流水作业线，托儿所、幼儿园、子弟小学、子弟中学、当兵——每个程序规程固定。比如今组装一部电视机的生产线简单多了。

那条神奇的流水生产线，造出了多少合格的钢铁战士？我不知道。

我知道，我是一个残次品。

我智力晚熟，记事更晚。加上抑郁症病人有偏执记忆，心底收藏的多是负面片段。

我八岁住校。弟弟住幼儿园。他小我近六岁。很久没有父母音讯。一天夜晚，弟弟独自翻过半个山坡，哭着到子弟小学找到我，要我带他去找爸妈。我说姐姐可以保护你。谁敢欺负你，姐姐帮你去打架。弟弟哭累了，睡在我的小床上。

宿舍住了十二个小女生。我只好在小床下铺了一件军用雨衣，蜷缩在雨衣上。蚊子咬得我很久睡不着。我睁开眼睛想：爸爸妈妈为什么不来看弟弟？他要是天天过来哭怎么办？宿舍很窄很闷热，我鼻子里灌满军用雨衣的橡胶味。这是我记忆中第一次睡不着觉。我失眠的记录始于八岁。

很多年以后，母亲说笑话，我才知道那时他们身在何方。

母亲说：你爸下连队蹲点半年。我胃痛在广州住了三个多月医院。出院回到海岛，路上远远看见两个孩子穿得破破烂烂，像小叫花子。我心想，谁家的小孩子？秋凉天穿得这么单薄。走近一看，哈哈原来是我家的。

我说：你儿子才两岁多，你们居然放心，一去杳无音讯。

父亲说：有什么不放心？有学校管。

他们不觉得有疏漏。公家的人，公家管。养小孩子事小，守红色江山不可分心。

　　弟弟的女儿出生了。弟弟守在产房外，听说母女平安，激动地哭了。那时我因重度抑郁久不出门。电话中，我听见弟弟哭着大喊：生了生了。女儿。健康！我在电话中说：健康就好。弟弟喜极而泣。我理解。

　　几天后，接到父母的电话。当了奶奶的母亲说，他们也是在电话中听到弟弟哭着报喜讯。当了爷爷的父亲说：怎么搞的。一个大男人，还哭了？谁家不生孩子呀？有什么好哭的？

　　我说：我家就不生孩子。我就不要孩子。

　　九岁。整整一年没有父母任何消息，弟弟也不见了。

　　班主任被打倒，遣送回乡了。学校散伙了，不上课了。身边同学陆续被父母接走了。宿舍里只剩下三个人，半夜我们不敢上厕所。谁想拉尿就叫醒另两个，拉扯着出门，找个黑角落，急忙拉完尿就跑回屋。白天吃不饱，就等天黑翻窗进食堂偷饭吃。饿极了，逮啥吃啥。吃过指甲盖大的生螃蟹、小蚂蚱、树叶、野草、不熟的野果。

　　一颗心更饥渴。我想家人快想疯了。我把一辈子该想他们的时间都用完了。

　　破旧的学校礼堂舞台边侧，有一个小屋子，里面有一部手摇电话机。永远记得，我光着脚，我的塑料鞋已经当掉了，当了几分钱，买了一块农民熬的土糖。光脚踩在铺满灰尘的舞台木板上，穿过墨绿色的幕布。终于摸到电话机了。我慌张地摇动电话机，等待着里面传出声音来。

　　一个清脆的声音：请问要接哪里？

　　很像妈妈唱歌时的声音。我的鼻子突然很酸，我说：我要找我的爸爸妈妈。

2. 魔咒

接线员阿姨好像在笑，她说：你爸爸妈妈是谁呀？

我忙告诉她，我爸爸妈妈叫什么名字。我想她会立刻把电话转接过去。可是，电话里的阿姨说：你爸爸妈妈在哪里呢？

我的喉咙拱起来，好像里面有一个大气包，我用力把包咽下去，说：我不知道。他们带走了弟弟。他们不要我了。

电话那头的阿姨说：他们会来接你的。

我想说我从秋天等到夏天，我没有夏天的衣服穿，我把冬天的衣服剪成了短袖衣短筒裤，我拿两条手绢缝起来当衣服穿……我把喉咙里不断拱起的气包包使劲咽下去了。

我站在墨绿色的幕布前想：我不需要家。不需要爸爸妈妈。

又过了很多天，学校来了个陌生的兵叔叔。告诉我，爸爸托他来接我。爸爸这一年在广东佛山"支左"，妈妈带弟弟回了江西外婆家。叔叔说：你要进城读书了。你要穿得整齐一点。

我当时穿着两条手绢缝的自制衣服，趿拉着一双大许多的破旧的军用帆布鞋。同宿舍的同学借我一件短袖衣，别的宿舍的同学借我一双蓝布鞋。同学问：你会转学吗？我说：我不要转学。他们这么久不要我，我也不要他们。

十四岁。海南岛。读初中。我颈部锁骨边突然长出一个血包包，血包长得很快，绿豆大——黄豆大——花生米大。很痛。绿豆大时，一抠很多血流出来，血流从颈部一直流到小腹。我找块胶布贴上止血。血包越长越大。血包发紫，像小小气球一点一点鼓起来再鼓起来。越来越薄，越来越痛。卫生所的医生说，这样下去危险，快去大医院检查是什么。

父亲要去几百里以外的海口市开会，中途有个野战军医院。父亲的吉普车捎带上我，车到军医院门口放下我，叫我自己去找外科看病。

外科主任是个老伯伯。老伯伯说，这是血管瘤，上手术台开刀吧。我立刻跟着走进手术台。两个实习女军医给我下刀。老伯伯回诊室去了，留下新手练刀练胆。不料血管喷血，止血钳夹不住。女医生女护士一片忙乱。老伯伯闻讯赶到，收拾残局。缝针的时候麻药效力过了。他们捏着我的皮，用针一针一针穿过我的肉，线很粗，磨得很痛很难受。我咬牙。肚子很饿。我担心，还不快点缝好就没饭吃了。

等我脖子上裹着一大圈纱布出了手术室，第一时间就往食堂方向跑。我歪着脖子跑，伤口痛。吃饭的时候，护士找到我，说要住院观察不能走。

住了几天院，没人来看我，没有人管我。护士说拆完线就放我走。我跑到医院外大路口，看到军队番号的大卡车就伸手拦住问。一辆大卡车恰好要路过我家驻地。我脖子上缠着一圈纱布，爬上敞篷车厢，手抓卡车围栏板，迎着风，蹭了近二百里地的车程，回到家。

回家后，母亲问：你还没拆线吗？你怎么回来的？我把纱布扒拉下来，说，我自己回来的。

我拿起剪刀自己拆掉伤口上的线。线头有点难拆，拔下来带着痂，有新的血丝渗出来。我用手一抹，抹掉了。

几年后，我因严重内分泌紊乱，在广州一家著名医院住了三个月。专家怀疑我当年的手术创伤面大，留下祸患。他们问我父母，那是动脉血管瘤还是静脉血管瘤？病历在哪里？父母回答不出来。专家说，可能是这个手术导致她不断生病住院。十四岁小孩开刀，做血管瘤手术，你们怎么都不在她身边呢？

父母没言语。

很多年后，父亲突然醒悟说：他们怎么能用实习医生打发一个小孩子？这不对嘛。那两个女兵不一定上过军医大，说不定没资格做手术。医院怎么能这样呢？你又不是做实验的小白鼠。

我微笑说：一个小孩子自己送上门，机会难得。不能怪她们。

或许，这就是命。此后生病、住院、开刀、治疗，成为我生命的主色调。在人生的舞台上，我的角色就是一个"病人"。

我站在残破的舞台木板上，默默站在墨绿色满是灰尘的幕布一侧。我这个病人角色定位在幕侧，属于舞台背景板的一部分。这角色不会在舞台上亮相，唱念做打，连跑个龙套的机会都没有。我始终站在幕侧，不能出场，也不能消失。

这样一个背景板角色，还需要研究"宠物疗法"吗？这样的病人，还需要治疗吗？周乐乐满两个月了。我养鸟鸟死养花花枯。这个小狗崽打破了魔咒，我把它养活了。这跟小孩子满百日可媲美。要不要把它送回去？就算实验过了。趁它此刻活得好好的，尽快把它送到安全地带，以免夜长梦多。可是……能不能让它留下来，看着它慢慢长大呢？就当它是婴儿满百日的我，看我重新活一次。让我的童年少年青年远离孤独、疾病，健康地活，快乐地活。

要不要给李兰妮一个更新的机会？

周乐乐，你愿不愿意冒险留下来？

我力气好大。我叼哥哥的球鞋。

哥哥每个星期打一次篮球。回家就把球衣球袜球鞋脱下来，丢在他的书房里。这是我的玩具耶。我最喜欢趴在哥哥的球衣上，嚼他的球袜。咸咸。酸。麻。我长牙了。磨牙过瘾哟。我流口水了。我的口水跟哥哥的汗水加在一起会变变变，变成超好闻的气。哇，满屋子飞耶。我好喜欢哥哥的味道。热热的，饱饱的，加上我的口水，高大威猛哦。姐姐的书房没东西捡。我闻到地上有一张糖纸，跑过去刚想舔，姐姐就抢走了。桌上有只笔掉下来，我听见啪——的声音，这是我的玩具。我去咬，滑滑，硬，我想吃。姐姐抠我的嘴，不给我吃。

　　姐姐说：乐乐，你记住，笔不可以吃。棒棒糖可以吃。姐姐书房里有个大盒子，里面有很多好吃的东西。姐姐坐在地板上剥糖纸，叫我看她吃棒棒糖。她咬一点给我吃，她说这是柠檬味。不喜欢。我不吃。姐姐硬往我嘴里塞，我把糖吐出来。

　　姐姐说，美食要分享。她光着脚，在屋里跑来跑去。搬来好多东西给我看，让我闻。她说：苹果你吃不吃？我闻闻。不吃。我用头去拱苹果滚，这是我的玩具。姐姐问：橘子吃不吃？香梨吃不吃？葡萄？酸奶？杏仁饼？果丹皮？不吃。我不吃。

　　我喜欢闻。碰到什么东西我都闻。姐姐说我的嗅觉超级棒，是她嗅觉的十倍耶。她还说我能听到一里地之内的声音。什么叫一里地？

　　咦——这是什么呀？凉凉。甜。姐姐笑。姐姐说，这是冰糖葫芦。你想吃？这么一大颗，会噎住的。我帮你啃，你等着。

　　姐姐的嘴巴张得好大。冰糖葫芦在她嘴巴里。她脸上鼓起一个大包包。我盯住她。她嘴巴动动动，大包包动动动。姐姐流口水，口水顺嘴流，流到脖子上。我踮脚想去舔，姐姐乱摇头。我听见冰糖葫芦在她嘴里响，嘎吱嘎吱响。她的牙齿、舌头也在响，嘶啦嘶啦响。姐姐的眼珠跟着响声转。

　　姐姐张开嘴，用手接住冰糖葫芦。把咬下来的一小块，塞进我嘴里。嗯嗯甜。有点酸。甜酸。我对姐姐笑。姐姐擦口水，大声喊：粘牙。

2. 魔　咒

我的牙啊。

　　花姨跑进来，把冰糖葫芦放在木板上用刀切。冰糖葫芦切碎了，装在零食盒里。花姨说，乐乐不要多吃甜东西，吃多烂牙齿。我不理。我就要吃。我不吃花姨切的糖葫芦，我就要吃姐姐咬过的。

　　花姨带我去厨房。花姨煮了鹌鹑蛋。花姨用菜刀把鹌鹑蛋剁得碎碎的，放在我的碟子里。用嘴吹吹，吹凉叫我吃。我喜欢在厨房看花姨。我嗯嗯，花姨就会变魔术，变出好东西给我吃。

　　花姨煮汤咕嘟咕嘟响。花姨说：小乐乐呀，你要乖。姐姐有病。很重的病。姐姐可怜不能去上班，乐乐要陪姐姐玩。阿姨奖励你，天天给你做好吃的。

　　嗯嗯嗯。

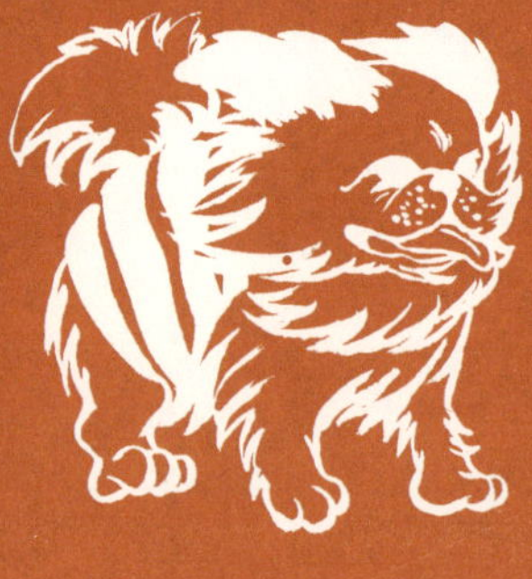

3. 训练日
——不认李兰妮是老大

∷十大难调教狗狗，北京犬名列前三。人指东，他看西。人命令他趴下，他非气宇轩昂地站立六个月大。周乐乐进入认知世界的新阶段。不再从早到晚睡大觉，他忙着在家里每个角落东嗅嗅西刨刨。在地上捡个花生壳，他会放嘴里哑吧一阵子。遇到一根电话线，他要扯着玩一会儿。若是发现一张纸巾，就撕碎了，用稀疏的珍珠小糯米牙可劲儿嚼。李兰妮若喊不能吃，想从他嘴里把纸抠出来，他就会跟人比赛，看你抠得快，还是我吃得快。他最喜欢啃藤条编的小狗窝，每天必啃，拿这玩意儿磨牙。李兰妮每天给他上课。

姐姐。记住，要听姐姐的话。看着我。眼睛往哪里看？花姨呀，你抱住他，把他的小脸蛋扭过来，让他记住我说的话。

姐姐。哥哥。乐乐。花姨。吃肉肉。喝水。嘘嘘。屙臭臭。不许。NO，打屁屁。

李兰妮在客厅、书房、浴室的地板上铺了报纸，教导周乐乐要在报纸上嘘嘘屙臭臭。一旦周乐乐做对了，嘘嘘拉在了报纸上，李兰妮夸张地表扬，唱着说：亲一个，亲一个周乐乐。真聪明。真棒。她抱住周乐乐左亲右亲，这叫做行为认知。

李兰妮用北京特产冰糖葫芦奖励周乐乐。她把一个冰糖葫芦放嘴里，喊里喀喳咬碎，全部搁在手心上，让周乐乐闻。往自己嘴里放一小块，往周乐乐嘴里塞一小块。冰糖葫芦甜里带点酸，开胃消食。周乐乐把冰糖葫芦渣含在嘴里，睁大眼睛看姐姐。李兰妮嚼嚼咽下。周乐乐凑到她嘴边闻。姐姐张开嘴，周乐乐看一看，把嘴里的糖渣吐出来，又自己舔进嘴里，试着哑吧几下，咀嚼几下，吞下去。他咧嘴笑，又皱眉，甜后有微酸，他使劲哑吧嘴，歪着头，琢磨滋味。李兰妮再往自己嘴里放一小块，周乐乐赶紧伸出粉红色小舌头，把李兰妮手里剩余的冰糖葫芦渣全数一卷，吞了下去。

他的基因里传承了京巴对吃喝玩乐的喜好，领悟力让李兰妮自愧不如。

愿意学的事情，周乐乐学得很快，练习一个月，就懂得要在浴室的报纸上大小便。不愿意学的事情，他不理睬你怎么教，眼睛故意四处看，表明不想听，就不听。你告诉他不许啃门框，不许啃椅子腿，不许在地上捡到什么吞什么，说一百遍都没用。周乐乐情绪低落时，会独自躲在客厅地柜背面与墙壁之间的窄缝里，让人没法把他掏出来。他把自己紧紧卡在那里，噘着嘴，低着头，不知在想什么。

周乐乐的五官长开了，脾气也长出来了，那种天生傲慢的德行开始展露。周乐乐血统里有高傲、倔强、大胆、外向、精力旺盛的基因，书上曾列举十大难调教狗狗，北京犬名列前三。周乐乐最大的毛病就是目中无人，桀骜不驯。

人指东，他看西。人命令他趴下，他非气宇轩昂地站立；你使劲用手去按他，他的腿都不肯打弯。教他学习握手，他当你透明不存在。不许他啃鞋子，他偏要哼哧哼哧啃给你看。俗话说：好狗不挡道。他偏偏喜欢趴在厨房门口的地毯上，扼守要道。你把他抱开，把他放进小窝里，没等松手，他偏头偏脑迈着小老虎的步子卧回原处。

姐姐换袜子，穿过的袜子脱下来，刚掉落地，周乐乐立刻叼回窝里细细啃，若伸手跟他抢，他绝不松口，嘴里会发出呜呜的威胁声，连抓带啃，扯破那袜子。

李兰妮天天头痛胃痛。胃痛时趴在书房沙发上，用靠垫抵住胃，头朝地，耷拉着，忍受着。趴得久了，难免无聊。她随手把报纸摊在地板上，有一搭没一搭，扫扫标题、图片。

周乐乐摇摇摆摆走过来，大模大样趴在报纸上。李兰妮有气无力推开他，周乐乐三番五次夺回阵地。他用小爪子东抓西扒，全身转圈圈，把报纸挠得皱兮兮的，扒拉成一团团，盘压在身下，表示防守成功，全部占领。李兰妮的布艺零钱包无意滑落，掉在他身边。他发现敌情，立刻起身，警觉地围着小布包嗅了嗅，小短腿儿一弯曲，想在上面撒点尿。占领。李兰妮拍沙发，吼：NO！不许！周乐乐吓一跳，嘘嘘硬是憋了回去。李兰妮说：不乖就打小屁屁。周乐乐低着头，貌似听进去了，溜溜达达离开书房进了厨房。

过了多半天，李兰妮忽然在书房发现了小狗东西撒的尿。姐姐训了他，他就去姐姐的书房拉嘘嘘。小心眼儿一清二楚，绝不混淆。哥哥若是不小心踩了他一脚没道歉，不久就会在自己书房书桌边发现一泡童子尿。

如果哥哥姐姐都出门，夜里很晚才回家，出门前忘记给乐乐开上一盏灯，那么回到家里就会发现客厅垃圾桶旁有条臭屁屁，或者门垫上有条臭屁屁。

周乐乐不会说话，他用嘘嘘臭臭提抗议。姐姐拖地板、洗门垫皱着眉，骂骂咧咧。十有八九，她会把周乐乐揪到犯罪现场声讨：谁干的坏事啊？周乐乐你个臭坏蛋，你是故意的！你为什么不拉到报纸上？打扁你。

脸对脸。眼对眼。周乐乐毫无愧疚，冷不防打个大喷嚏，喷她一脸鼻涕沫子。天真无邪、置若罔闻，嘴巴张得大大的，打一个老长的大哈欠。

哥哥说：你骂他有什么用？他又听不懂。下次出去记住开灯。黑灯瞎火的，独自被锁在屋里，看家看了一整天，他容易吗？他害怕，不高兴，正常啊。他没有乱叫，扰乱公共秩序，已经很好了。

哥哥袖手旁观，指点江山。姐姐不得不扛拖把，抹狗尿，拖地板，擦垃圾桶，憋住气，冲洗狗屎垫子，脸色难看。

周乐乐不看她，只管跟哥哥使劲摇尾巴，摇得很夸张，打在沙发上啪啪响。用他的肢体语言高调表达意见：我明白。你对我最好。他一头扎进哥哥怀里，舔哥哥的脸，嘴里嗯嗯呜呜，扭着小屁股恣意撒娇。

哥哥心里很是受用，双手托起乐乐，举过头顶，举得高高的。见乐乐惊喜傻笑，又将他轻轻往上一抛，然后稳稳接住。乐乐很喜欢这种接抛游戏。乌溜溜的黑眼睛闪着灿烂的光，笑得像个正玩过山车的小朋友。

周乐乐一看到李兰妮用他的洗澡盆接水，就会钻到大床下不肯出来。李兰妮必须整个人爬进床底，才能逮住他，拖他出来洗澡。

他有自己专用的洗澡巾洗脸巾脸盆澡盆浴液毛刷。

他还会挑衣服穿。洗完澡吹干毛，李兰妮拿起一件小衣服，如果他不喜欢这一件，就会扭来扭去不肯穿。李兰妮只好再拎起一件问：这件好不好？如果他喜欢，就会去嗅这件衣服，轻轻咬住这件衣服不肯放，李兰妮就得说：姐姐知道，这是乐乐的。乐乐穿上很靓仔。这时他就欢喜地摇尾巴，顺从地穿上小衣服。李兰妮还得接着夸奖他：哇塞，帅呆了。小狗东西虚荣心很强，很爱听表扬他的话。

给他洗澡时，看到他肚子底下有个黑黑软软的小圈圈，以为是小屁眼，李兰妮心想：他的屁眼有点肿，是不是有痔疮？

想想觉得奇怪，他尾巴下面也有一个小屁眼。听说过有人会长两个心脏，难道有狗狗会长两个屁眼？

抱乐乐到附近宠物店打疫苗，李兰妮忧心忡忡对男店主说：为什么乐乐会有两个小屁眼？

男店主说：不会吧？那个在哪里？

一旁带狗狗来美容的几个家长全都围了过来，哇——两个屁眼的狗狗耶。

男店主拨拉乐乐尾巴下的长毛看了看，没有发现新大陆。

在这里呀。李兰妮指着乐乐肚子底下那个黑黑软软的小屁眼，着急道：好像还有痔疮。擦药可以治吗？要做手术吗？

男店主看后笑，说：那是乐乐的睾丸！

围观的人哄地放声笑。李兰妮愣了几秒钟才明白过来，哦，乐乐是小男生，除了小屁眼，还有小睾丸。原来小公狗幼年时睾丸还没长出来，黑软皱巴一层皮。那几个狗狗的家长笑看李兰妮，像看一个外星人。

过了几天，李兰妮抱乐乐去楼下小区超市买早餐面包，排队交款时，遇上两个小学一年级男孩逗乐乐玩。一个孩子突然说：阿姨，乐乐那里有一坨屎！

李兰妮吓了一跳，仔细看，原来是乐乐的"假屁屁"。她装作没听见。

另一个孩子又大叫：哎呀，真的有屎，快，要擦掉！

李兰妮只好说：那不是屎，那是乐乐的睾丸。

两个孩子同时问：什么叫睾丸？

李兰妮想了想，不知该怎么解释。她没有生养孩子的经验，不懂向小孩子讲解生理启蒙常识。她正发蒙发窘，排在后面一个高胖女人对小孩子说：就是你们的小鸡鸡。问你妈去。

排队的人群哄地笑了起来。

周乐乐听出嗅出外面的世界很精彩。整天待在家里太闷了。门外有防盗门，窗外有防盗窗，铁门木门关得很紧。哥哥姐姐不在家的时候，乐乐很孤独。哥哥姐姐在家的很多时候，乐乐也孤独。没有小朋友一起玩，乐乐骨子里流淌着乐享群体活动的热血，夜深人静时，乐乐的小心脏会跳得特别响，好像唱着说：出去啊。出去啊。看看哟。看看哟。

他很快心里有数，趴在门边。一有人打开门出入，他总能抢先跑出房门。走廊有两个电梯门，两个走道，一个安全出口。他就像一个小逃犯，没等找到出逃线路，就被抓捕归案，提溜回屋。周乐乐不气馁。这游戏很好玩。

哥哥抓他不说话，跨出一步，手到擒来，放回客厅。

花姨边笑边抓，抓住了抱回屋，对乐乐说：又想出去玩？闻到谁的味道了？这栋楼有好几只小狗狗，楼上有娇娇，楼下有酷丫。乐乐不着急，你还要长大一点点。要打防疫针，才能出去玩。乐乐听话。乖。

姐姐最紧张，尖声惊叫：哎呀！又跑了！站住。臭坏蛋。不许跑。快站住。小心人家一脚踩死你。再跑打你小屁屁。

李兰妮乱喊，周乐乐跑得更快，更欢。李兰妮左扑右抓，越是慌张，周乐乐越是兴奋。同楼层的邻居出门看到这一幕，忍俊不禁地笑。

李兰妮抓住周乐乐，回屋训斥：我警告你，你再偷跑，我就拿这个鞋拔子打你。打！

家里有一条长长的鞋拔子，长约八十公分，上窄下宽，宝蓝色，日本造。是名鞋厂的限量赠品，质地好，轻而硬，敲打在沙发上声音特别响。

哥哥穿皮鞋，习惯用短鞋拔。宝蓝色的鞋拔子闲置一年没用处。姐姐找了出来，拿到乐乐眼前晃，叫他仔细看。姐姐用蓝鞋拔噼噼啪啪敲打沙发，又轻轻敲敲周乐乐的小屁股。周乐乐眼睛盯着长长的鞋拔子，用小鼻子闻了又闻。他咧开嘴憨憨笑，撒腿围着客厅茶几绕圈跑，没把姐姐的威胁放心上。

哥哥为理想奋斗，常清早出门半夜归家，一个月要出差三四次。多数时间里，周乐乐要单独面对李兰妮。

李兰妮每天吃抗抑郁药。早饭后、晚饭后、临睡前一天正常情况吃三次，不正常时随时添加次数和药量。不吃药难受，吃完药也难受，多吃难受，少吃也难受。李兰妮干脆破罐破摔，想怎么吃就怎么吃。病况时好时坏。

作为抑郁症病人，李兰妮情绪不稳定。作为癌症病人，李兰妮气血两虚容易倦。她不习惯天天面对周乐乐。玩一会儿，她累了，不想再玩，周乐乐不答应。周乐乐把李兰妮当同类，玩游戏玩得好好的，为什么要停下来？我来跑你抓啊，你躲起来我找嘛，为什么不玩了？周乐乐目光炯炯盯着李兰妮，不甘心，不罢休。嘴里发出不满的哼哼声。李兰妮生病时，习惯自己蜷缩在书房沙发上，昏沉沉地眯上眼，默默熬时间。她掩上书房的门，家人和花姨不会去打扰。

周乐乐的游戏规则不一样。趴在客厅太无聊，他就到书房门口用头拱开门，乐呵呵走到沙发前，睁着一对大眼睛，久久盯住李兰妮。一会儿伸出粉红色小舌头喘大气，一会儿喉咙里故意呼噜呼噜响，就是要督促李兰妮睁开眼睛坐起来。

周乐乐的眼睛特别大，圆而亮，精光熠熠，极富穿透力。就像两只能量劲爆的小电筒，电光直射李兰妮闭上的眼皮，逼得她不自在，迫于压力不得不回应。

李兰妮只能睁开眼，病恹恹爬下沙发，躺在木地板上，看一眼周乐乐，摸一下周乐乐。周乐乐去闻她的手，又闻她的头、她的脸。大概闻出姐姐气息奄奄异于往时，他便静静趴到书房门口等，边等边看李兰妮有无动静。

宠物杂志说，幼犬出生八周之后，才可以离开母犬；两个月之后才能打防疫针，打完针才能出门玩。李兰妮觉得外面的世界很危险，乐乐要再长大一些才能出去玩。

她住的那幢楼，有两三家狗狗几乎不出家门玩。五楼一户人家养了两只狗，一公一母，都做过绝育手术，狗证齐全，却从没在外面亮过相。据说是闹非典闹禽流感吓的。闹非典闹禽流感时期，人心惶惶，流言飞扬，城里突然多了无数被遗弃的宠物狗。传言这些狗被人勒死，卖去食肆。民谚称：狗肉滚一滚，神仙都站不稳。有人专好这一口，认为壮阳补肾。每到冬日，必有偷狗贼，专门盗狗打狗卖去小食店作狗肉煲。五楼这户人家心疼爱犬，为免不测，干脆让这双儿女宅在家中，省得出去招摇，让贼惦记。

"六个月大对一只狗正是容易形成深刻印象的年龄。"书上说："狗能分辨大约两亿二千万种气味。狗能闻出一些人类所觉察不到的气味，当这种气味再增强五十倍之后人才能闻到。专家发现狗能听到的声音范围是人类的4倍。"

李兰妮看到这些论述时，脑海里想象不出具体效果。有数据，没体验。她认为每一只狗脾气、个性、好恶都不同，就像人一样，即使是同样爹妈所生，一个家庭里长大，依然性格、爱好大不相同。就像她与弟弟，在外人看来，绝对想象不出这是同胞姐弟，五官、长相、言谈举止，甚至连头发颜色都大不同，一个天生栗色细发，一个天生浓密黑发。

周乐乐常让李兰妮困惑。书上说，绝大多数狗狗害怕打雷闪电，害怕吸尘器、吹风筒开动的声音，害怕独自待在黑暗的房间，害怕陌生环境，坐车容易晕车呕吐。据李兰妮观察，周乐乐的表现常与书上说的不一样。

初次出门坐车周乐乐不晕车，前爪扒着车窗，听嗅看，享受车外风景。打雷时李兰妮缩在家中，按照书上所说，随时打算安抚受惊吓乱吠暴躁失控的小狗。可是，周乐乐稳稳趴在地板上，照常啃着狗咬胶玩具，比李兰妮镇定许多，压根儿用不着她扮演救星。

李兰妮所住的那幢楼，与附中、附小的教学楼相邻，楼与楼之间距离约一百多米。坐在李兰妮书房窗台上，可见到小学生在操场上做操、跑步、上体育课。即使关上窗，读书声、唱歌声、操练声、玩耍声、少先队吹号击鼓声清晰入耳。站在她家阳台，正对着附中的宿舍楼、教学楼、办公楼。中学老师喜欢用高音喇叭发号施令，今天升旗训话，明天学校运动会歌咏比赛会，生机勃勃。夜晚站在家中阳台，可俯瞰教学楼每一个窗户里伏案自习的学生。闲暇时，学生们打乒乓球、羽毛球、篮球、K歌，白天夜晚都充满动感。

周乐乐非常喜欢跳到李兰妮书房窗台趴着,看楼下附小的学生做广播操、上体育课跑步、唱歌、练习少先队击鼓吹号。一看能看大半个上午。好像他也是一名在校小学生,只不过没交学费,没有在校名额,只能像古时贫寒儿童那样,充满羡慕地听人读书。

他常常会到李兰妮跟前嗯嗯嗯,示意李兰妮跟他走到阳台,他要李兰妮抱他看附中学生玩。阳台围栏上有防盗网,为了周乐乐不至于从防盗网的栏杆掉下去,李兰妮专门又围了细细的丝网,这样周乐乐就可以自己趴在那里,东看看,西望望。他最喜欢看人打球,不管打的是篮球,还是羽毛球、乒乓球,他都站在阳台咧开嘴,鼻子里喉咙里呼噜呼噜响着,欢喜地摇着小尾巴,盼着别人跟他玩。他会冲打球的学生噢噢噢叫,希望人家闻声抬头看,千万要记住上面还有一个球迷。

有时李兰妮觉得周乐乐像个精灵。当然不是什么千年的蛇精、树精、狐狸精,搞不清是个什么精?听说育儿指南认为,小孩子睡觉时,让他们听古诗、童话、英语等等,知识容易融入记忆中。像周乐乐这种小朋友,拥有超人的听觉嗅觉,天天浸泡在小学中学大学氛围中,他有些异常毫不奇怪。

狗狗六个月进入迅速发育期。杂志上说,在狗出生后的三至六个月,是训练的黄金时段,此时影响它一生的习惯和性格都在养成。

照楼上一位外语学院邻居说,小哑巴周乐乐是块学外语的料。他善于运用鼻腔、口腔、喉头、腹腔发声,表达诉求。

除了噢噢噢、喔喔喔、嗷嗷嗷、嘿嘿嘿、哼哼哼、呜呜呜、汪汪汪诸多发声外,光是嗯嗯嗯就分出四声部,根据现代汉语拼音的四声:- ′ ˇ ˋ。

第一声嗯嗯嗯 - - -,表示无聊、撒娇。

第二声嗯嗯嗯 ′ ′ ′,表示疑问、不满。

第三声嗯嗯嗯 ˇ ˇ ˇ,表示求重视、求自由平等。

第四声嗯嗯嗯 ˋ ˋ ˋ,表示愤怒、威胁。

加上音调高低不同,音量大小不同,节奏长短不同,相当地"能说会道"。再加上黑亮圆突的大眼睛,婴儿般丰富的脸部表情,从头上毛发到尾巴都在传递信息的肢体语言，有时他比会说话的人更占便宜。

周乐乐喜欢玩藏猫猫的游戏。要玩这个游戏时，他会跑到李兰妮跟前，使劲盯着她，直盯到她不得不把目光从电脑转向他的小脸蛋。

周乐乐仰着脸，嘴巴轻轻咧开，里面小舌头半卷起，眼睛闪闪发光，喉头呼噜呼噜发出欢喜的声音。

李兰妮停下手头的事问：怎么了？

周乐乐就头往左一歪，又往右一歪，眼睛闪出更亮的光，舌头舔舔小鼻子，鼻子里有声音短促的呵呵呵呵的声音，像是说，还不明白？他两只前爪往前伸直在地，小屁股撅起，小尾巴有节奏地摇，传递出小学生玩游戏喊加油的快乐。

李兰妮便说：哦。懂了。你在这里等。我去躲。

周乐乐真的懂得在原地等待。李兰妮飞快跑出去，丢下一句:姐姐在哪里？

过了一小会儿，周乐乐便出来找。迈着小短腿儿，急冲冲跑到卧室找，从卧室跑出来又去哥哥书房找，再到客厅找，沙发背后、门背后、窗帘背后，如果再找不到，他就会停下来，脑袋四下张望，似乎在分析判断，拿定主意后，兴冲冲往阳台跑。

若是李兰妮真藏在阳台，远远看见周乐乐一路寻找过来，探头探脑，这里看看，那里望望，李兰妮就悄悄乐。

阳台有两个门，一扇通向哥哥书房，一扇通向卧室。李兰妮蹲下身子，紧贴阳台墙壁，屏住呼吸。等到周乐乐找到她的那一刻，她就大叫一声，或是学老虎叫，或是学小孩子怪叫。周乐乐就会由紧张寻找状态一下子松弛下来，像一个天真烂漫的小孩子绽放笑容，他不会去扑李兰妮，他会傻傻地笑。李兰妮快快夺路跑进卧室，周乐乐就追。从卧室跑到客厅，周乐乐追到客厅，李兰妮绕着中间的钢化玻璃长茶几跑，周乐乐就跟着绕圈追。

李兰妮跑不动了，就趴在沙发上说：不玩了。姐姐累了。周乐乐不答应。他就跳到沙发上，用小脑袋瓜拱李兰妮，嘴里噢噢噢噢叫，好像说：耍赖。姐姐耍赖。

哥哥没空跟乐乐玩游戏。他的乐趣之一是带领周乐乐看电视。

家里客厅的沙发，哥哥习惯坐正面的三人座长沙发，姐姐坐左侧的二人座沙发，乐乐坐右侧的一人座沙发。

哥哥特爱看 NBA 美职篮比赛，看到激动时大呼小叫，甚至跳起来骂裁判"黑哨""侏罗纪"、骂技术犯规的球员"脑残""白痴"，看到支持的球队赢球时就噢噢喝彩，比人家主场球迷还肉紧。乐乐不看电视看哥哥。他无聊地趴在沙发上，听到哥哥怪叫就抬头看哥哥。看到哥哥跳跃就看姐姐，用眼神询问道：我要跟着跳吗？若心情好，他就跟着摇尾巴；若心情差，他就扭过头去，或跳下沙发趴到厨房门口去。

哥哥看动作片、喜剧片、狗狗大片、007 系列影片时，就会把乐乐抱到自己那张沙发上，让乐乐枕着他的脚共同欣赏。哥哥把乐乐当人看待，恨不得自己和周乐乐化身超人、蝙蝠侠、007 邦德、黄飞鸿、李小龙。看到兴奋时，哥哥便把乐乐抱在怀中，指着电视画面叫他快看快看！搞得周乐乐眼神颇茫然。但是，对于占领地盘，周乐乐一点不茫然。哥哥不看电视时，姐姐喜欢坐到正面三人沙发，倚着沙发扶手乱按电视遥控器，有一搭没一搭闲转台。周乐乐此时就会跳到三人座沙发上，处心积虑地挤走姐姐。一点一点挤占地盘，直到姐姐嫌烦，主动撤出阵地。

这天李兰妮接到弟弟电话，得知父母即将来广州。老两口所住的二线城市离广州六百公里，坐火车要坐七八个钟头。

很多年，李兰妮住深圳，弟弟住广州，父母自己住。一家四口三地，来往不多。

老两口清苦惯了，要强，说是不好意思请保姆，革命多年哪能让人伺候呢？老两口不要儿女出钱赡养，声称各自保重，有事打打电话即可，没事各自待着不要浪费电话钱。近两三年俩人衰老多病，每年十二月起，总会到广州住一住。广州有套两居室，残旧无装修。儿子孝顺，曾想替他们简单装修一下，每每被严令禁止。老两口屋里连空调都不许装，说是没必要浪费电。

弟弟说：咱们领导后天到。你要表现好一点，别叫他们担心。

李兰妮说：领导们终于要来前线视察了？

票都买了。

鬼子要进庄了。各家各户注意。

嘿嘿……各个庄的地道要连成一片。喂，你到时要有点精气神。

不是说广州人多车多太吵吗？每次来都住不惯，一两个月就嚷嚷要走。

咱家第一把手说了，要到大医院看看病。你要说服她去看精神科，吃抗抑郁的药。她总说失眠。天天失眠谁也受不了。

我告诉过他们，我在吃抗抑郁药。我还天天吃安眠药，中午一片，晚上三片。咱家二把手说，吃药怕有副作用。我说我这年纪都不怕副作用，她七老八十还怕什么呀？

说话别太冲。

我就这么说话说实话。我跟你这种孝子没法比。你接车？

我接车。你不用去。你那个病样子，领导不看还好，看了心情肯定糟。抑郁症看见抑郁症，结果可想而知。你在家里歇着。到时打个电话就行。自己保重。

放下电话，李兰妮看见了趴在门边的周乐乐。忽然想起，抱养周乐乐的事，还没跟父母、弟弟说。暂时不想说。她说不清什么叫做宠物疗法。也不能太晚说。时间要拿捏好。父母到了广州，迟早会看见周乐乐。要让他们有点心理准备。省得他们乍一看受刺激。

花姨在厨房煲老火靓汤。今天是鲜土茯苓煲排骨。花姨说，是药三分毒，药疗不如食疗。花姨的母亲前几年死于癌症，花姨为此很长时间通宵失眠。看病难，药费贵。花姨就在食疗方面下功夫，自己调养，每到周末还去广州白云山唱歌。白云山常年自动聚集上千人，革命歌曲大家唱，直唱得心舒血畅肝火消，花姨重获健康。

将心比心。花姨同情李兰妮，建议李兰妮跟她去爬山去唱歌，李兰妮摇头。花姨天天叨，对李兰妮不起作用。如果没有周乐乐，李兰妮压根不会请钟点工，也不会让人天天在她面前晃。她不喜欢跟人聊天，更不喜欢往人多的地方凑。从小到大，她习惯独自待着，她可以十天八天不见人不说话。

3. 训练日

自从把周乐乐抱回家，李兰妮的生活方式受到挑战，不得不一点点妥协、改变。这让她恼火，不爽。李兰妮告诉花姨，煲汤是小事。她最需要花姨帮着搞定周乐乐，教他听话懂规矩。

花姨你今天要教乐乐学再见。让他听见"再见"就不动，站在原地不要动，更不能跟人跑到门外去。

跑就让他跑嘛，这么小，跑不远，抓回来就行了。李老师你太紧张，其实乐乐是贪玩。男孩子，淘气很正常。

男孩子更要管教严，不许动不动就撒娇耍赖。你看楼下酷丫，那真叫训练有素。我父母要到广州来了。可能反对我养狗。周乐乐必须学规矩。他要是在客厅撒尿你就打，别惯他。

当晚李兰妮去小区超市买酸奶，正遇上她心目中的"三好学生"小酷丫。法国斗牛犬酷丫刚跟老猫打完架，鼻子被猫抓伤了，酷丫爸给它擦净脸上的血。

法国斗牛犬毛短好打理，白底黑花斑，通常一只眼睛周围有块标志性黑斑，很酷很有型。网上说此犬种秉性敦厚，对主人的爱执着专一，看家时懂得安静，吃东西不挑三拣四，对付入侵者奋不顾身，宁死不屈。斗牛犬长相有点滑稽，表情严肃，加上身材圆，肚皮鼓，蝙蝠耳，肌肉硬，有个性，属于人气指数颇高的狗狗。每年宠物杂志会有一期选用斗牛犬作封面。

酷丫虽然没有杂志封面上的明星犬正点，但是出门亮相绝对吸引眼球。酷丫爸去小区超市买面包、牛奶、水果、方便面时，会把酷丫拴在超市门外。谁逗酷丫它都不搭理，有人夸它给它蛋糕吃，它不为所动；有个别小男孩淘气，往它身上扔乒乓球、废纸团，它不恼，只是冷冷地扫一眼。

酷丫爸每次从超市里出来，手里必拿着一根火腿肠，剥去包装，用看着爱女的目光看它吃完，然后带它离开。

李兰妮见酷丫等爸爸，很欣赏它的乖巧和德行，匆匆买了几根火腿肠，跑出门，剥开一根递到它嘴边，说：吃吧，阿姨喜欢酷丫。阿姨请你吃肉肉。

酷丫不吃。它眼睛盯着火腿肠，受吸引，想吃，但它克制自己就是不吃外人的食物。酷丫爸走出超市，看到这场面，便说：吃吧。酷丫可以吃。

听到爸爸发出指令，酷丫两口就吃掉了这根火腿肠。李兰妮笑，又剥开一根递给它，它立刻吃掉了。吃完很有礼貌地看着李兰妮，小脸蛋严肃的表情变得娇憨。

李兰妮正想剥第三根，酷丫爸说：酷丫不能再吃了。谢谢阿姨，酷丫不吃了。

酷丫的眼睛从火腿肠上移开。李兰妮把剩下的火腿肠交给酷丫爸，让他带回去备用。酷丫爸常出差，不能每天给酷丫预备好吃的零食。酷丫比乐乐大，刚刚失去妈。据说酷丫爸和酷丫妈是在丽江旅游认识的，金童玉女，同属狗迷。认识半个月就闪婚。新房在李兰妮居住的那栋楼的一楼，小两口临时租的房。刚住进去，两人就抱回一个酷丫当女儿养。

大半年前，李兰妮在小公园散步，见过酷丫跟着爸爸妈妈玩，一会儿追爸爸，一会儿追妈妈。一家三口其乐融融。可惜三四个月左右，酷丫妈不再出现。半年后俩人离了婚。从此，只见到酷丫紧随爸爸的身影。

酷丫爸常出差，十天八天不在家，只好请同事两三天上门一次，给酷丫补充清水和狗粮。酷丫爸出差回来就会补偿这女儿。带它去夜市吃大排档，带它去小公园围着池塘跟它玩捉迷藏。爸爸躲，酷丫找。每次看到酷丫找爹的小模样，急切、专注，找到爹之后那种快乐、爱戴，李兰妮会感动，同时会心酸。酷丫需要一个正常的家。小区里好几家狗爸狗妈欣赏酷丫，特愿意让自家狗狗跟酷丫玩。酷丫爸有时会亮几手绝活，让大伙儿开开眼。

酷丫爸以手作枪对准酷丫射击，嘴里喊：呼——乓——酷丫立刻倒下中弹装死。酷丫爸喊：起立——立正——酷丫立马起来，小女兵般昂首站立，两眼紧盯上司，等待指令。酷丫爸手一挥，喊：匍匐前进。酷丫立刻趴在地上，短胖的四肢配合肥厚的身躯，紧贴地面匍匐向前推进。前面两只小爪子知道往前抓地，后面两只小短腿交错用力踢蹬，圆肚皮磨着泥沙，肥墩墩的屁股撅着，一扭一扭，姿势像模像样，看样子爷俩合练过多次。

李兰妮羡慕。喝彩。

酷丫爸继续展示女儿才艺，指着池塘对酷丫说：下水。下水。酷丫犹豫片刻,看看爸爸的手一直指着池塘,便遵令下水。酷丫爸突然沿着池塘边跑了起来。酷丫在水中奋力朝爸爸所在的方位游。

它并不擅长游泳,圆胖的身躯,粗短的四肢,典型的狗刨式。但是它始终把头仰在水面上,眼睛努力睁得最大最开,一刻不离爸爸的身影,并紧跟着爸爸的跑动而在水中紧追,比葵花向太阳更精准。游着游着,速度慢了下来,似乎体力减弱,但是它的脸、它的眼睛一直朝向爸爸。直到酷丫爸心疼,停下脚步,站在池塘边,张开双手,喊:酷丫,上来。酷丫激动地加快速度游上岸,湿漉漉就扑进爸爸怀里。爸爸的衬衣也湿了,他紧抱女儿。

酷丫爸说:李老师,我很想赚钱开一间宠物酒吧。让爱狗的人带小宝贝聚在一起。这就是我的理想。麻烦你留心帮我问一问,看有没有人愿做投资合伙人。

李兰妮说:一定帮你去打听。

酷丫爸亲着酷丫说:爸爸开酒吧,酷丫就在门口当形象代言人。女儿,咱们要加油。

两难。父母远,我惦记不安;父母近,我焦虑不安。

第一次甲状腺癌手术时,我毫不知情。好心的主刀医生告诉了我父母,父母选择了保密。他们担心我知道真相会崩溃。

第二次手术是淋巴转移癌。病理化验确定癌细胞转移,必须在72小时之内做淋巴清扫术,否则癌细胞会急速扩散,病情恶化。父母找了广州一家区医院,求一位退休医生给我做手术。又瞒了一年。

我忙我的。赶写影视剧本。北京、澳门、广州、深圳、西安、上海来回跑。人瘦得脱了形,恶心疲乏。躺下也晕,晕得几乎爬不起来。

母亲想，这秘密不能再瞒了，瞒她也许是害她。

告诉了儿子。再告诉女婿。请女婿告诉女儿真相。

紧接着，第三次大手术。清扫的四个淋巴结，三个已经癌转移。清扫。颈部从右耳侧直下切到锁骨。化疗。毒性最大副作用最强的化疗药。

我求医生说，我扛不住了，化疗比手术还难熬。

医生说，你第二次手术没清扫，后患难料。癌细胞会往脑部、肺部扩散，还会扩散到全身的骨头。必须下重药。

化疗后，神经系统、血液系统、肠胃系统、肝肾系统、泌尿系统、呼吸系统均受重创。化疗药先杀良细胞，后剿恶细胞。

从里到外，残破荒芜。

一个相识的女人坐在我身边，半小时之内没认出我。听到旁人呼我姓名，大惊，对我说，怎么会这样？真的看不出是你。

一个多年的朋友见到我，难过地说，你变化很大。不止憔悴。

一个年近八旬的影星几年不见，突然相遇，愕然说：你老得……嗐，你怎么了？学学我，你捯饬捯饬嘛。

我只能微笑。我不哭。哭不出来。

父母每次见我都小心打量我。我的满脸病容让他们心里堵得慌。我说话声音微弱，眼皮半耷拉着，眼睛勉强睁开着。脸青黄，唇苍白，头发稀疏枯干。坐都坐不直，要歪在沙发上。强忍着头晕恶心，听说话听一半丢一半，无法集中注意力。

母亲说，这个样子出门干什么？我们不需要你来看。没啥要说的。

父亲说，当初瞒你，就是想你多活几年。很难说这么做是错是对。

弟弟说，你负责保命。父母交给我。他们看见你这个样子会受刺激,你少在他们眼前晃。有气力,电话报个平安;没气力,就养着。

我与家人联络本不密切,想想来日不多,干脆让他们习惯我的不在场。

重度抑郁时期,三个月不见弟弟。弟弟坐出租车来探望,人到楼下给我打电话,想看我病成啥样子。我拒绝开门见面。我说不想见任何人。

弟弟理解我。他不打扰我就是帮助我。他伺候父母就是安慰我。

作为一个病人,得的是要死的病、想死的病,家人爱莫能助。

等到抗抑郁药开始见效,我打电话告诉弟弟:感谢上帝。我又熬过来了。

对我来说,见父母见家人,有时像担重担。体力精力都不济。

父亲有冠心病高血压糖尿病。母亲早年胆结石作了摘除手术,总说伤口至今仍然痛。人老了,全身各部位各零件此起彼伏痛。每年省医院做检查,大同小异。医生说,老人家,按你的岁数,检查结果算过得去了。三分治七分养,其实谁也不能活到万万岁。

父母懂得这个道理。但是看病已经成为他们生活中的重要内容,日子就得这么过:看完心血管专家看肾科,验完血糖排队看牙科,血压高了调血压,加上定期拿药,每个星期都要去医院。老人家看病奔波很辛苦。不愿拖累儿女,多数时候是俩人去,重要检查儿子陪着去。不指望女儿。

我说,添个蛤蟆多四两力,我跟去看看呗。

父亲说,你多活几年比啥都强。

母亲说,谁知道你死我前面还是死我后面啊?你跟着,我看你就发愁。

我说，你们没必要总去看病。许多病，治也白治。得调养。与病共存。心要安静。这病那病有我癌症恐怖吗？医生叫我再开两刀，我不开，不也照样活吗？

父母、弟弟看着我，也许他们心里正在想：疯了。李兰妮又疯了。别搭话。让她发神经。

我犯不着遮掩。我就是个癌症病人。我就是个抑郁症病人。不正常怎么啦？我活得光明磊落，问心无愧。

不明白中国人为什么忌讳"病人"二字？

中国人骂人喜欢骂：你有病啊！

不明白母亲为什么不肯去看精神科？说她心脏有病，她不会生气。说她没有什么大病，她不高兴。说她有抑郁症，她很生气。约定俗成，精神有病，那是一个家族的耻辱。

试试宠物疗法？让父母喜欢周乐乐。我试着培训周乐乐学习"握手"。他软硬不吃，就是不学。以为自己是王爷，我是伺候他的宫女。气焰嚣张。必须灭他威风。叫他明白：姐姐是周乐乐的老大。不要搞错。姐姐才是老大。

瞅准机会。家里只有我和周乐乐。

找来一个装电饭锅的空纸箱，放在客厅。周乐乐正聚精会神啃哥哥的运动鞋鞋带，口水分分，兴致勃勃。

抱起他，飞快扔进纸箱里。打他一个措手不及。让小狗东西知道天有不测风云。周乐乐果然傻眼了，呆瓜了，晕菜了。纸箱子比他高，像个禁闭室，他踮起脚往外看，眼神惶恐。

冷眼不接他求援的目光。周乐乐一阵抓挠扑腾，在纸箱里用不上劲，他有些泄气，着急。扑腾累了，吓得腿软了，周乐乐趴在纸箱里喘大气，嗯嗯地小声哀叫。

解气。不救援。

3. 训练日

　　周乐乐发现哀叫没有用，不能摆脱困境，只得战战兢兢往外爬，耷拉着小尾巴，动作格外笨拙可笑。眼看就要爬出箱子了，我随手一掀，他又掉下去了。周乐乐蔫了，缩着头，弓着背，哼哼唧唧歇一歇，再次寻求突围。

　　我故意喊：摔了摔了。我要走了，你就在纸箱里面待着吧。

　　周乐乐更着急了，更费劲地吭哧吭哧往外爬，眼看就要爬出来了，我一抬手，狠狠把他掀下去。不手软。就要杀他的威风，治他的傲慢，让他知道游戏规则。人家酷丫还是小女生呢。整个儿一个海军陆战队员。周乐乐是男生耶。男生必须经摔打，受磨炼，文武两全。

　　周乐乐龇起小糯米牙，两只大眼睛往外突，他全身在抖。

　　我忍不住笑。稀疏的小糯米牙，娘娘腔。

　　小狗东西怒，拼小命跳跃，全身弹起，摔出纸箱。一落地，闪电般扑过来张嘴就咬。我没防备，腮帮子被小狗牙蹭了一下。居然造反咬教官，军法行事。我抄起宝蓝色鞋拔子，打他的小屁股。周乐乐奋起抵抗，张嘴去咬鞋拔子。我就敲打他的嘴，直打到他撤退。

　　周乐乐很不服气，圆圆的黑眼珠悻悻然斜视我。

　　书上说：狗狗只认一个老大，它自己永远是老二。一旦它认准老大之后，家庭成员里其他人都排在它之后。

　　不能心软。周乐乐是我买回家的，他必须认我做老大。

　　周乐乐不服。就是不服。目光炯炯瞪着我，似要讨个说法。

　　一气之下，我把周乐乐关进浴室。周乐乐悲愤万分，不停地挠门撞门，有多大能耐，就整出多大声响。吵。烦。不得不把他放出来。朽木不可雕。训不成海军陆战队员。至于他能否成为宠物狗医生，难预测。记得电视上，拉布拉多狗医生脾气超好，温顺乖巧。我担心，周乐乐不是这块料。闹心。

不想看到周乐乐。我关上自己书房的门，待在里面看书不出来。

嗯嗯嗯（／／／）。

姐姐凶我。不理我。哥哥回来了。我趴在地上不动。哥哥抱我。我把脑袋瓜放在他心口。哥哥的身上有太阳的味道，还有汗水的味道。哥哥保护我。哥哥说姐姐。哥哥说说说。姐姐说说说。哥哥声音大。姐姐声音小。我用舌头舔地板，不停地舔。

哥哥叫我给姐姐摇个小尾巴。我就不摇。

吃饭了。肉肉香。我饿了。我饿也不吃。就不吃。我就趴在门边。我不动。有人开门我就跑出去。我要跑出去。

姐姐过来了。

鱼肉耶。手心。她趴地上，把肉肉放在我嘴边。吃不吃呢？不吃白不吃。

我吃鱼。

姐姐又去夹鱼肉。放在自己嘴里嚼。我看她的嘴，鱼肉回到她手心。等不及了。好吃。我还要吃。

姐姐喂我吃。我咂吧嘴。姐姐轻轻笑。我喜欢姐姐这样笑。

姐姐拿起纸，擦擦嘴。把纸盖在我脸上，给我擦嘴巴，擦小脸蛋。我仰头让她擦。姐姐手凉凉。

哥哥把那个大纸箱打扁。哥哥高大威猛。我长大要当哥哥。

哥哥是老大。我就认哥哥是老大。

哥哥用脚踩纸箱。姐姐把扁纸箱扔到门外垃圾筒。噢。噢。我摇小尾巴。我在客厅跑，跑书房，跑阳台。我叮铃铛球给哥哥。哥哥把球扔给姐姐。我去姐姐手上抢。姐姐把球扔给哥哥。我喜欢玩抢球的游戏。哥哥教我看电视。电视有光有声音，闪闪闪，哐哐哐。电视有NBA、007，还有白雪公主小矮人。

哥哥说，乐乐快长大，长大打后卫。姐姐说，乐乐要当神犬特工001。

姐姐让我趴在阳台围栏上。姐姐说，吹吹风。乐乐看，月亮。姐姐唱：月光光，照地堂……

噢。小阳台可以闻到草地的味道，树木的味道。马路的味道。汽车的味道。好多。好多。嗯嗯。我听见楼下小朋友汪汪汪，它想出去玩。楼上小朋友呜呜呜，家里黑它怕怕。

阳台可以听到很远的声音。哥哥的脚步声。哥哥打开门，大声说，湖人队赢了。我说了它会赢。姐姐说，带乐乐出门。看月亮。

哥哥说，出发。

什么叫出发？我不懂。哥哥把我抱下来。

哇塞。哥哥抱我走出门。姐姐对我说：出发。乐乐出发啦。

我记住了。

姐姐说，这是小公园。草地。小花朵。大树。泥土。月亮光。照四方。

哥哥把我放在地上。小石子路。姐姐在这头，哥哥在那头。

哥哥吹口哨。姐姐说：乐乐，去。到哥哥那里去。

我想想。怎么去。第一步。该伸哪只脚？

哥哥吹口哨：乐——乐。过——来。我大喘气。舔鼻子。

腿……腿抖。小鸟叫。唱歌。咕咕咕。小鸟在哪里？看到了。嘿嘿小鸟。

姐姐说，快看。癞蛤蟆。树后边跳出来，癞蛤蟆？它臭臭。它凶不凶？

我不怕。癞蛤蟆，你不靓仔。姐姐不喜欢你。我抬头看姐姐，姐姐说：来比赛，看谁走得快。癞蛤蟆听到了，一跳一跳，先去追小虫子。姐姐摸我脑袋瓜，说：去追癞蛤蟆。乐乐快跑，乐乐跑第一。

哥哥拍手说：乐乐勇敢，乐乐跑第一。

姐姐喊：出发。一二一，一二一，一二三四！

我听话。迈出腿，一步，两步，三步四步。爽耶。太爽啦。呵呵呵。我跑。出发出发。跑跑跑。我跑到哥哥的怀里。

姐姐来亲我，说：姐姐跑，乐乐追。出发。

姐姐跑。笑。喘大气。她的裙子飘飘。

草地好大。我追上姐姐。在姐姐前面跑。

月亮快看啊。乐乐跑第一。姐姐说我好靓仔。风追我。我追月光光。哥哥抱住我，高高举起我。我对月亮说：哥哥是老大。乐乐是老二。嘿嘿嘿。

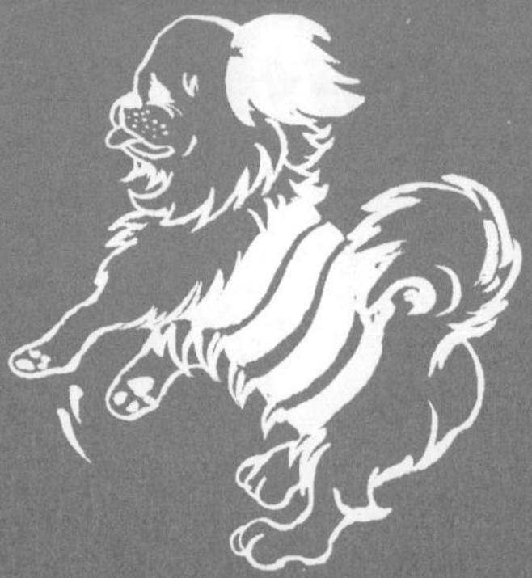

4. 初次诊疗
——俘获新粉丝

::电梯门一开,妈咪迎面就见乐乐激动地对她摇尾巴,尾巴越摇越快,呼呼作响,好像小朋友迎接外国政要:欢迎!欢迎!

为了试行宠物疗法，李兰妮作了一个规划表：早晨。正午。黄昏。黑夜。一天带周乐乐散步四次。每次四十五分钟。结合抗抑郁的光照疗法、有氧运动，争取尽快减药。她用橙色荧光笔在 A4 打印纸写明，贴在书桌前的墙上。

一晃半个月过去了。她对散步萌发厌倦。一夜最少要醒三四次，久久无法再入睡。早晨哪有心情散步呀？出门走十几分钟就累了。她没气力训练周乐乐。灰头土脸，拖着脚步。越走越乏。身越乏心越烦。

周乐乐热爱散步。每天出门，见猫追猫，看鸟扑鸟。跟不认识的小孩子比赛谁跑得快。风吹来时仰头眯眼咧嘴笑。童心无敌。粉丝无数。男人会对他吹口哨；女人会尖叫：好乖的宝贝哟。老人会情不自禁看着他微笑。刚学会走路的小孩子喜欢跟他一起在草地上滚，弄得人不人狗不狗的。

周乐乐从不觉得自己是异类，没有分别心。在他面前，天天都是好日子，人人都是好兄弟。他不时看中一丛草，或者中意一朵花，煞有介事，装出神探特工的模样。反复嗅闻、端详、舔尝，歪起小脑瓜思索。仿佛正在侦查破案中。

他知道嘘嘘臭臭的气味可以在外面世界占地盘，宣示主权。正常情况下，他不再到浴室报纸上拉屎拉尿。他会憋着使劲憋着，忍到散步的时间，一冲出住宅楼大铁门，他就会在路上遇到的第一个车辆警示牌"雪糕筒"下撒一点尿，再往前跑，在第一棵桂花树根上撒一点。他兴冲冲朝小公园方向跑，遇到一堆沙子，停下来标个记号，看见一辆垃圾车，也要宣示一下主权。他舍不得一下子把一泡尿在一棵树下拉完，懂得节约能源，广洒甘露。

要拉臭屁屁时，他会靠近合眼缘的灌木丛或者杂草丛，然后自己不停地转圈，少则十几圈，多则几十圈，让姐姐有充分的时间掏出废报纸、画报纸放在他腔下，他撅着小屁股，屙出一截臭屁屁。姐姐用纸包紧臭屁屁去找垃圾桶，乐乐就用四只小爪子在地上使劲刨啊刨，刨得尘土飞扬、沙石乱溅。小狗东西

4. 初次诊疗

昭告天下：地盘啊，我的地盘啊。占领。统统占领。

周乐乐追花丛上的蝴蝶，赶树根旁的麻雀，啃草地里的绿草叶，给每一根灯柱做记号。罗圈小短腿儿，却以骏马的心态飞奔。眼睛黑，鼻子黑，嘴巴黑。老远就能看见那张雪白的小白脸，一头丰软柔长的金毛发，跑动起来特别炫。尾巴上的毛正面金黄，反面纯白，名模那样高傲地撅撅着，向上翻起一朵花。花儿笑得颤巍巍的。

一个月之后，晚十点的散步也取消了。李兰妮自称，从小似乎有夜盲症，天黑在外带狗狗散步会摔跤。早晚遛狗的工作转交给花姨。花姨小时候家里养过猫，喜欢小动物。如今遇上周乐乐，早遛晚遛，身心愉悦，还有薪金，花姨乐在其中。

剩下的正午、黄昏遛弯要保留。李兰妮自己定位是姐姐、老大、绝症病人、宠物疗法志愿者。

定位发生偏离——她没当上老大。周乐乐不认李兰妮是老大。形势失控。

周乐乐出门跑在李兰妮前面。想往哪儿走往哪儿走。逛多久都不肯回家。李兰妮跟在周乐乐后面喊：你要去哪里呀！我累了。不走了。回家。臭坏蛋。停下来！我要打你啦。我真发火啦。

李兰妮很恼火。周乐乐把哥哥奉为老大，自己当仁不让是老二，花姨排第三，李兰妮排老四。哥哥不在家时他自动升级为老大，人模狗样企图一统天下。散步成了周乐乐带李兰妮遛弯。周乐乐认为他是老大，李兰妮要听周乐乐的话。

散步不到三个月，李兰妮对宠物疗法表示怀疑。照样抑郁呀，照样不能减药呀，照样失眠乏力呀，生活照旧嘛。唯一不同的是，有了周乐乐，她失去了部分自由。

常言道：健康是1，金钱家庭事业是1后面的0；没有前面那个1，后面0再多只是零。李兰妮不仅归零而且是负数，就敢破罐子破摔浑不憷。可恨半路杀出一个周乐乐，简直就是李兰妮的克星。克星还是她自己买回来抱回家的。这就是命。

锻炼康复的道理李兰妮懂，却懒得行动。可是，克星周乐乐比客厅的挂钟还准时。一到下午五点，不管李兰妮躲在家里哪个角落，周乐乐都能找到她，大模大样用圆圆的黑眼睛盯住她，气哼哼示意：你想耍赖吗？你想偷懒吗？你做梦。带路吧。出发。快走。

李兰妮试过关上书房的门，装消失装不理睬。可她哪是周乐乐的对手啊。周乐乐不吼不叫，闷头挠门，越挠越起劲。小狗东西很自信，他要把那门挠出个大洞洞，强大的气场好比金庸笔下那个少年张无忌。不开门，我就挠门挠烂你的门。你不肯带我出去玩，我就咬住你的裤脚拽你走。看谁犟得过谁。

李兰妮有时只好爬上窗台躲一躲。周乐乐跃上沙发，扑向窗台，伸出两只小前爪子奋力去挠李兰妮，两只小后爪子不时刨着她的真皮沙发。小狗东西天生小短腿儿，身手不像猎犬那样矫健，弹跳力也很一般；可架不住他雄心万丈，一次又一次跳跃扑腾，摔下去爬起来，滚下去扑上来。大喘气响得吓人，好像心脏就要爆炸了。口水滴滴答答往下掉，嘴里叽里咕噜发出讨伐之声，活像小哑巴急着要说话，直闹腾。

李兰妮惊呼：造反啦，反啦反啦。

周乐乐运用肢体语言回击道：你抱我回家的，不反你反谁！

乐乐散步出门到一楼，出了电梯会去酷丫家门口，从门缝往里看。酷丫有时不理他，乐乐等一阵子没意思，灰溜溜地自动离开。乐乐似乎想知道孤单的酷丫在家的状况，他会在人家门缝外喔喔喔喔叫，好像说：喂喂，我来看你了。让我进来看看嘛。酷丫不领情，偶尔会嗷嗷叫两声，似乎说：走开啦，烦什么烦。乐乐一听有回应，更来劲了，提高嗓门噢噢噢一通乱叫。李兰妮怕邻居烦，慌忙抱走周乐乐。

酷丫爸很喜欢乐乐，见他就摸他，还想抱他。酷丫很紧张，坚决不让爸爸抱乐乐，不许任何小狗狗分享爸爸的喜爱。酷丫会奋不顾身撞开周乐乐，挤到爸爸怀里要抱抱。乐乐不生气，他会凑到酷丫屁股后面闻酷丫，酷丫高调野蛮地吼乐乐，就像幼儿园小女生凶烦人的小男生。

酷丫爸连忙展示新鲜招数，指挥酷丫唱歌。酷丫爸唱：世上只有爸爸好，有爸的酷丫像个宝，跑进爸爸的怀抱……酷丫真会仰头喔喔喔，声调还会高低拐弯，眼睛紧盯爸爸打拍子的手，手不停，酷丫喔喔喔不停。

乐乐傻眼看酷丫，敬佩地轻摇小尾巴。

李兰妮说：周乐乐连个握手都学不会，怎么办呢？

酷丫爸说：京巴训练服从指数是两颗星，你要有耐心。

李兰妮说：斗牛犬服从指数几颗星？至少四星吧？

酷丫爸说：每只狗狗都不同。关键是，训练的时候你自己要快乐。狗狗很敏感，你真快乐它也会快乐，学什么都愿意。还有，你是它老大吗？

李兰妮说：别提了。

酷丫爸深表同情，说：那……它不想学就别训。宠它爱它就行了。它快乐你也会很快乐。

这句话对李兰妮有触动。宠物疗法先从感受快乐入手。试试跟着周乐乐享受快乐信息？

附近几个两三岁的小孩子是周乐乐的粉丝，路上一见到他，就会追着叫：乐乐哥。汪汪哥。

这位乐乐哥出门忙得很，顾不上跟小粉丝们打招呼，小粉丝的奶奶或爹妈就跟着孩子在后面追，有时场面很搞笑：乐乐在草地撒欢奔跑；风吹草动，地绿天蓝，乐乐哥嘴角微翘，眼睛里满是笑意，粉红的小舌头半吐半摇，软发飘飘。他后面跟着刚学会走路或说话的小男婴小女婴，跑起来摇摇晃晃，说起话来咿咿呀呀听不清说的什么，流淌着口水，伸出小胖手，就想去摸周乐乐，小孩子后面跟着爷爷奶奶爸爸妈妈护驾，爷爷奶奶爸爸妈妈既怕孩子摔着，又怕孩子失望，捏着嗓子呼唤道：乐乐哥，等等妹妹。乐乐哥，停一下下。乐乐哥，不要跑太快。

周乐乐转转的，粉丝越喊越追他跑得越快。

李兰妮实在看不过眼，就会抱起一个小孩子追上去，堵住他的去路，故意气他说：姐姐喜欢这个小朋友，你看看，我亲这个小妹妹。

周乐乐不理睬，左绕右绕让人没法子堵住他。什么时候不必吃醋，什么时候必须大大吃醋，他心里很有数。

小狗东西只需嫉妒一个小朋友。表姐佳恩比他大几个月，小表姐一进门，乐乐就狂叫，好像知道这个小朋友一来会分走他所拥有的宠爱。李兰妮怎么都按不住他的焦躁和激动，只好把他关在阳台。他会像一个受了大委屈的小娃娃，在阳台呜呜直哼，肆无忌惮地向周围四邻宣告周乐乐此时很可怜。

周乐乐在外面奔跑时，只有遇到美女粉丝时会停下来。周乐乐喜欢的美女年龄在十六岁至三十六岁之间，多数长发披肩，体态苗条，声音温柔，笑容可爱。他会止步去嗅美女的裙子、鞋子，允许人家摸他抱他，他还会在美女怀里撒娇，嗲一嗲，激动地摇动小尾巴，引发美女感动尖叫，献上香吻和赞美。

他对男粉丝的赞美一概漠视，一到八十岁的老少爷们儿都不放在眼里。小爷我傲视群雄。你有钱怎么地？你当官怎么地？你有才怎么地？你帅翻天怎么地？"神马都是浮云"。吹口哨——没用。给肯德基鸡翅吃——不吃。给叉烧包炸薯条鱼蛋热狗——咱不稀罕外人的东西。

周乐乐虽然是小杂种狗，小短腿儿，但是他一点不自卑，心气高，胆气壮，走起路来迈的是虎步，昂着小狮子王一样的头，狗眼看人低。吓唬他骂他吼他小狗东西不怕，眼睛都不眨，心里记得一清二楚，改天狭路相逢时，他会抢先狂吠，拿下 PK 第一局。

对癌症抑郁症病人来说，亲眼见证一个小生命由弱而强健康成长，亲手抱着一只个性鲜明的活泼小儿，从他的生命中感受自然的美好，人间的快乐，无忧无虑，无法无天，一切归于单纯透明，这是一个新天新地。

生活规律是躁郁症病人康复的第一步。过去多年，李兰妮的作息时间随情绪随意变动。有时失眠心情差，她就在床上躺到中午，早饭午饭一起吃，晚饭常常九点以后吃。有了周乐乐，她的生活开始变得有规律。

周乐乐每天上午八点要出去遛弯，跟着花姨玩耍半小时回家后，李兰妮必须起了床吃了饭。否则，周乐乐一定会在李兰妮床边蹦来蹦去，硬拽她的被子到地板上。周乐乐要趴在被子上。

中午十二点半,他会等李兰妮带他上十六楼顶楼天台晒太阳。他好像天生知道晒太阳补钙,强身健体长得快,他喜欢慵懒地卧在太阳下,看李兰妮登高望远,舒展四肢。

傍晚是周乐乐遛李兰妮,想去哪里就拖着李兰妮四处走,强迫李兰妮锻炼身体。晚上他睡觉前一定要吃宠物零食小肉肉。吃完小肉肉就叼个玩具去找李兰妮,玩上十几分钟。要么玩找人游戏,要么抢小熊毛玩具。周乐乐抢到玩具会像杂技小演员表演咬花,死咬住玩具一头,任李兰妮紧紧揪住另一头,耍拖把似的将他在地板上拖过来拖过去。这时候因为太用力,他的大眼珠子鼓得让人担心,好像再使劲就会扑噜一下滚出来,稀疏的小糯米牙好像就要喀里喀喳崩掉了。周乐乐英勇奋战,誓要与人僵持到底,李兰妮哭笑不得唱:拔萝卜,拔萝卜,哎哟哎哟拔不动……

李兰妮开始学习与疼爱周乐乐的路人目光接触,报以感激的微笑;见到其他狗狗的家长,她腼腆生涩地学习搭讪。一颗心感觉柔软温暖,见到别人家的小狗狗,她会捏着嗓子细声问:这个小朋友啊,你叫什么名字呀?噢,摇摇小尾巴想跟乐乐玩是吗?是弟弟还是妹妹呀?是小哥哥呀?好孩子哟,不要打架啊。

李兰妮还会用另一种语言跟周乐乐说话,她跟乐乐在地板上爬来爬去眉开眼笑时,会主动去拿宠物零食给乐乐吃。她把一条一条鸡肉干用剪刀剪成一小截一小截,嘴里说:呢呢,小右右啊。我们要七小右右。香香哦。呢呢七右右。姐姐也想七右右喔。七呀七右右啊,七呀七右右。周乐乐呵呵地等,李兰妮剪完三条小肉干,剪刀刚放下,他就开吃。他边吃边抬头看看李兰妮,吧唧嘴,表示很领情。李兰妮便像幼儿园小朋友念歌谣那样拍着手,晃着脑袋瓜,坐在地上嚷:七呀七右右呀,七呀七右右。周乐乐摇小尾巴,跟着这节奏摇。

与周乐乐玩耍,李兰妮心里会浮起一丝陌生的隐隐的甜蜜。仿佛时光倒流回到童年。不。童年回忆中没有这样的柔软和天真。九岁时,童年的李兰妮失踪了。她的影子潜入意识的深层进入冬眠。随着周乐乐的出现,那个九岁的幽灵闪了出来。仅仅是闪现，稍纵即逝。

　　李兰妮的父母在广州看病，只要儿子陪同，坚决不要李兰妮陪同。

　　李兰妮的确没有气力陪同。她病得厉害时，连出门走到街边拦出租车去医院的气力都没有。她得独自躺在沙发里熬。熬过艰辛时光。一个人生病，如果还能坐车去医院，还能应付排队挂号、看病、交款、检验、拿药等程序，坚持一个上午回到家，那他并非病入膏肓。许多时候，李兰妮没有气力去看病。她用剩余的一成气力默默熬，等到气力渐增到三四成时，才敢出门去看病。

　　能去看病。能做检查。说明父母生命力比她稍强一点。李兰妮虽不是医生，但是她能猜到父母的诊疗结果。心血管肯定有病。肾脏、肠胃、血压、关节等等，不可能没有问题。但不会是重病。打针吃药不过是心理安慰，自我暗示有所舒缓。不能完全怪医生过度治疗。有相当一部分病人，尤其是老年病人，对检查、吃药、打点滴有心理依赖。他们本该医治心病，但是，这些病人拒绝心理诊疗。如今中国进入了老年社会，可是老年人大多没有学会如何正视疾病面对死亡。他们不肯接受现实：许多疾病是看不好治不好的。

　　李兰妮陪母亲去过一次精神科。近两年，李兰妮和弟弟不断做母亲的思想工作，就连旁听的父亲都被打动了，认为母亲最该挂的号是精神科的号，最该吃的药是抗抑郁的药。

　　母亲最终答应，由她陪李兰妮去看一次精神科。母亲说，观摩一下，学习学习新知识吧。她要看李兰妮会跟医生说什么，医生要对李兰妮说什么。

　　李兰妮事先电话恳求精神科的主任，最需要看病的是这位老人家。千辛万苦地求，连哄带骗，她终于要来听课了。

　　主任答应见机行事。

　　带母亲在精神科走廊候诊时，李兰妮默祷：亲爱的上帝，求你拯救我的母亲。求你让圣灵引导她，让她知道自己病在心灵。上帝啊，求你赐福医生。

　　主任照例给李兰妮开药。李兰妮装作请教，特意说给一旁的母亲听。

4. 初次诊疗

有人劝我不要天天吃安眠药,说副作用很可怕。

我给你开的剂量是安全的。不要听信误传。

据说我吃的这种药同时可以抗焦虑?

对呀,价格也不贵。

母亲插话了:主任,我长期失眠,我吃这药行不行?

主任说:当然行。失眠你要找原因。你女儿失眠主因就是抑郁症。

母亲说:我不要找原因,只要每晚能睡五个小时就行。

李兰妮赶忙冲主任使眼色,说:你们先聊着,我去排队交钱拿药就回来。

主任仗义地眨眨眼,说:去吧。让老人家在这儿等你。

李兰妮交钱拿药,花了二十分钟。悄悄回到诊室门口张望,母亲仍在与主任说着话。她溜到走廊等,边等边看墙上的挂钟。

很感激这位主任,竟用了半个小时与母亲谈话。母亲走出诊室见到李兰妮,意外道:你拿药怎么这么久?害我一直等。

李兰妮说:多难得的机会呀。咨询嘛。请教嘛。

咨询了。这个主任医德好,很耐心。他觉得我有抑郁症,建议我吃药。

那请他开药啊。下次你不一定能挂到主任的号。主任不是天天出诊的。

我告诉他,我坚决不吃药。

你这叫浪费主任的宝贵时间。

没浪费。他说的那些临床症状,我都有。我可能真有抑郁症。

抑郁症有遗传因素,说不定就是你遗传给我的。

瞎说。你是真有抑郁症,我是可能有。你有病别赖我。不跟你说了。

李兰妮无计可施。

一切照旧。上门探望要事先电话请示。得到批准,才能登门,否则乌云密布,罪过罪过。勉强干坐十几分钟,连白开水都没得喝,灰头土脸逃之夭夭。平均一两周可见面请安一次,时间不超过一小时,彼此看看就行。

母亲规定:不在外面餐厅吃饭。据说是不卫生不健康多油多盐,吃完就胃痛,说不定还会拉肚子。当然，也没必要浪费钱。母亲出门只坐公交车，不坐出租车。据说一坐出租车就晕车，心脏痛。

有一回遇到大雨天，李兰妮软硬兼施让母亲上了出租车，离母亲家还有将近两站之地，母亲坚决要求下车。李兰妮求告说，其实我每次坐车也晕车。不但晕汽车，还晕火车。我不坐车也胃痛，天天痛，想吐强忍着。咱们再忍忍。母亲不为所动。下车。大雨中，李兰妮打着伞，陪父母走了近两站路。把父母送到家，自己再坐出租车回家。父母安然无恙。李兰妮感冒一周。

李兰妮姐弟俩从小就明白，母亲体弱有病，必须听她的话，否则她就这痛那痛，心脏犯病死掉，后妈就会害死两姐弟。谁家小孩子挨打不逃跑？这一家小孩子挨打就不敢跑。据说，就有这样的母亲，苍蝇踢一脚都会病三天。谁敢跑？不怕雷劈？

弟弟从不违抗命令，不管理解不理解都遵令执行。

癌症手术后，大概是化疗药吃多了，李兰妮火气大，想说什么就说什么。我是癌症我怕谁？说到病说到死，百无禁忌。再不说就没有日子说了。谁愿意跟李兰妮比试死与病？她什么时候都具备收留住院资格；什么时候扫CT，颈部淋巴结都处于可疑状态，只要她愿意签字，手术室排上几号床，随时可上手术台让医生开两刀，至少是左边颈部一刀，右边颈部一刀。她什么时候都可能抑郁爆发而自行了断。遗嘱早就写了。文件资料该烧的都烧掉了。孑然一身，不牵挂。除了怕活，还怕什么？

父母因此心疼李兰妮，不想她操心劳力，常说不需见面请安，隔两三天打个电话报平安就行。

李兰妮与母亲通电话，找不到多少话题可聊。母亲几乎每次都执着于负面话题。无穷的焦虑烦恼。见面谈话如此。电话交谈也如此。李兰妮姐弟俩常无所适从。尤其李兰妮，谈完话总有一种挫败感。她无法劝导母亲消减焦虑烦恼，她常常插不上嘴，劈头盖脸被负面情绪席卷，深深沮丧，久久挣脱不出来。这样的家庭不是避风港加油站，而是……而是……

通常一个电话打过去，其实没啥事，但是，没话要找话说。李兰妮只好第一句话就说：请安哪。给领导请安。母亲十有八九会回答：不安。没啥可说的。

话头很难往下接。

这天李兰妮一个电话打过去，前面两句一字不变。李兰妮只能使出招式：以郁制郁，负负得正。

哪里不安呢？

哪里都不安。

那就吃药啊。

吃药没有用。死了就好了。我死了以后，你和弟弟把你爸安置好……

你说过五千次了。不过，很可能我死在你前面噢。

不要乱说。

没乱说。淋巴癌容易到处转。脑部、肺部、全身骨头……

行了。就你话多。

还有抑郁症也要命。你也抑郁啊，知道有多难受。

我跟你爸说，我活够了，随时准备死。路死路埋。

你天天说这些吓唬他，他心理会有阴影的。

不是吓唬他，真是这样想的。

那我告诉你，我是怎么想的。我现在正在想，要不要手拉手跟你从楼上跳下去，一起死怎么样？

你不要发疯乱说。

你逼我说的。我只能以毒攻毒。

我放电话了。

等等！我养了一只狗试验宠物疗法。

没听过。

宠物狗医生听过吗？

报纸上看过。说是要考牌才能当。

对呀。有时候几十只狗报名考，最后只有两三只考到牌。比考博士还难。我这只京巴蝴蝶串儿叫周乐乐。小男生。

还有名有姓的。小时候我祖父家养过两只德国牧羊犬，很聪明。

哇，从来没有听你说起过。

哪里敢说。找起鬼打门。人家会说地主资产阶级才养狗。

那是。……想不想看看周乐乐？我抱他去你那里好不好？

……

他很干净的。打过防疫针。体重不到五斤。知道我是姐姐。找一天我带他去你那里探亲，见见妈咪爹地。

……我去你家看看吧。

领导居——然……周乐乐面子很大嘛。

你替我准备一点小零食，乐乐爱吃的。

遵令。

李兰妮原以为母亲会反对养狗，不料她的第一反应很正面。

曾想让周乐乐学握手、作揖，争取第一印象良好。周乐乐天性傲慢厌学。只训了一天，李兰妮就没有耐心了。不学拉倒。

花姨很乐意教导周乐乐，把培训当做玩游戏。

花姨拿着小孩子吃的牛奶片，一片掰成六瓣，往乐乐嘴里塞一瓣，说：握手。乐乐来握手。她抓住乐乐右前爪，握了又握，摇了又摇。

乐乐咽下牛奶片，硬缩回前爪。把头扭到一边去。任凭花姨怎么哄，乐乐就是没兴趣握手。花姨又拿出牛奶片，摆在乐乐跟前请他吃，小狗东西慢吞吞把头扭回来，低头去嗅牛奶片，装作兴趣一般不去吃。

花姨只好换个招数教作揖，抱住他，将两个小前爪举起上下摇，说：乐乐，作揖，恭喜恭喜。乐乐聪明。恭喜恭喜。

周乐乐挣脱花姨的手。花姨抓紧他，想继续训练，乐乐装作要咬她，逼她松开手。

李兰妮举着宝蓝色鞋拔子，吓唬周乐乐：我打啦。

花姨忙说：小孩子不能打，要表扬，要鼓励。

花姨叫李兰妮放下鞋拔子，她给乐乐吃牛奶片，吃完一片又一片，嘴里不断表扬道：小乐乐呀，好孩子，最聪明，最勇敢，最乖。姐姐花姨都喜欢乐乐。吃完牛奶片，乐乐学握手。花姨说握手，乐乐就伸手好不好呀？好。乐乐说好。

李兰妮说，小狗东西听不懂。

花姨说，听得懂。天天说，听多了他心里就会明白的。

见花姨如此自信，诲人不倦，李兰妮也不好意思多加干涉。

两个星期后，花姨说，周乐乐不是学不会，是根本不想学。就跟小孩子上学一样，他想学数学，数学成绩就好；他不想写作文，作文成绩就差。

李兰妮说，你多跟他说说"妈咪"、"爹地"这两个词。

花姨说，找几件妈咪爹地用过的东西，让乐乐先熟悉他们的味道。其他什么你都不用管。

花姨不愧当过工人阶级，当家做主意识强，李兰妮乐得省心。她找出妈咪一双旧手套、爹地一项旧帽子。交给花姨之后不再管。

李兰妮拿定主意：不要在乎父母对周乐乐印象怎样，不合眼缘此后不见也罢。

父母来的那天是周日。花姨休息。户主出差。

李兰妮备好周乐乐爱吃的零食牛奶片。事先洗好茶杯，把紫砂壶放在茶几上。把玫瑰香薰小炉移到客厅，点燃小蜡烛，让厅里弥漫着淡淡的玫瑰香。这是为她自己点的。她必须有个好心情。李兰妮多吃了一片优甲乐，提振精神，吃了两大块巧克力，期待感觉愉悦。一杯比平日浓一倍的炭烧咖啡落肚，正慢慢发挥刺激脑神经的作用。

周乐乐感到了今日与往日不同。他格外活跃，总在李兰妮脚前脚后跑。花姨说得没错，狗狗像小孩。家里若要来客人，大人不说，小孩子也能提早有感觉，莫名其妙就兴奋。

防盗门的对讲机一响，周乐乐就噢噢噢叫了起来。

李兰妮说：妈咪来了。妈咪。自己人。不许叫。

周乐乐的吠叫声分几种。照酷丫爸的说法，乐乐擅长多种语言。欢呼、撒娇、发怒、委屈、恐惧、友好、哀伤叫法各不相同。连嗓音粗细、音节高低都不同。

这回他用的是细嗓音。清脆。悦耳。

妈咪还没有出电梯，乐乐就冲出家门候在电梯口，电梯门一开，妈咪迎面就见乐乐激动地摇尾巴，尾巴越摇越快，呼呼作响，富有节奏感：就像小朋友欢迎外国政要，清脆地呼喊：欢迎，欢迎，热烈欢迎。耶！耶！耶！

妈咪还没进门就伸手说：零食呢？给我。

李兰妮愣了一下，突然想起备好的牛奶片，连忙递了过去。

周乐乐的声音由噢噢噢——变成了嗯嗯嗯——哇，发嗲。

妈咪心情大好，立刻弯腰给周乐乐喂牛奶片。周乐乐把牛奶片叼到门边放好，又去贴着妈咪嗯嗯嗯。妈咪伸手去摸周乐乐的背。小狗东西顺杆儿往上爬，喜气洋洋去亲妈咪的手，在她脚边来回蹿，仰起头看着妈咪啊啊啊地叫，奶声奶气地叫。

妈咪把周乐乐抱进门，放在地上。妈咪赶紧去洗手。她有洁癖。她用洗手液仔仔细细清洗两只手。手心手背手指指甲，一遍又一遍地洗了又洗。

周乐乐迈开小短腿儿，跑到他的小窝边，叼起青蛙毛公仔，搁在妈咪脚前，前面两只小狗腿儿往下压，撅着小狗腔，鼻腔里发出噫噫噫声儿，娇憨地摇头摆尾，似乎在说：给，给，给，玩具，来玩，一起玩。

李兰妮骂周乐乐：安静点儿。蹿来蹿去，我看着晕。

妈咪拥着周乐乐，疼爱地摸着他的小脑瓜：姐姐不许欺负乐乐。乐乐，我是妈咪呀。小乐乐，你是妈咪的老儿子，老疙瘩。妈咪喜欢你。

爹地黑着脸，粗声说：什么老疙瘩老儿子，不就是一条狗嘛。

周乐乐冲他摇尾巴，爹地根本不理睬，扭头走到一旁去。

周乐乐不放弃，不生气，锲而不舍，贴着脚边追随他，卖力摇着小尾巴。

妈咪喊：老头子，人家给爹地请安呢。你摸摸他，摸摸他。

爹地拉着脸，冷冷地说：谁是他爹地？我不是他爹地。

乐乐依然冲他摇尾巴。

爹地横眉竖眼说：才吃饱饭几天哪，就养狗。哼！

4. 初次诊疗

　　妈咪生怕乐乐幼小的心灵受到伤害，连忙护住他的眼睛，不让他看爹地的凶模样。她抚摸着周乐乐的背，大声宣布：乐乐乖。妈咪就是喜欢乐乐。好孩子，真贴心，比有的人强多啦。

　　妈咪因为碰过乐乐，又去洗手。她用洗手液仔细洗手，用指尖刮搓手心指缝。

　　妈咪的祖父是清朝最后一期的举人，在北京接受过司法培训，当过福建沿海地区的知县，民国时回到故乡创办西式中学堂。他在祖屋养了两只洋狗。这个小孙女原本排行老二，前面夭折了一个小姐姐，后面夭折了一妹一弟。六岁小女孩最信任的伙伴就是两只德国牧羊犬。它们一直陪她长到十一岁。这一年，日本人打过来了。弃家。逃难。祖父急病死在逃难途中。祖屋被日寇放火烧成废墟。两只德国牧羊犬失散不知所终。

　　如果不是周乐乐的出现，妈咪不会提及童年这份情结。

　　午饭时间。妈咪照例不同意外出吃饭。只能叫外卖盒饭。爹地选鱼香茄子饭，妈咪选木耳蒸鸡饭，姐姐选豉汁排骨饭。

　　妈咪到厨房找了一个大汤碗，里面倒满温开水。她挑了几块鸡肉，在汤碗里洗了又洗。李兰妮看着她，知道她嫌盒饭太油太咸。

　　妈咪把洗好的鸡肉放在周乐乐的食碟里，仔细将鸡肉撕成一小条。爹地脸上渐渐升起了怒气。

　　妈咪招呼道：乐乐，老儿子，老疙瘩，妈咪给你吃鸡肉。过来。妈咪看你吃。

　　周乐乐咧嘴冲妈咪笑，轻轻摇着小尾巴，很斯文地看着碟里的鸡肉。

　　爹地说：过分了。对狗比对人有感情。快吃饭。吃完就走吧。

　　周乐乐凝神望着妈咪，一副享受疼爱的小模样。

　　妈咪说：吃吧。吃吧。老疙瘩。

　　妈咪又去洗手。自从进屋后，只要抱过碰过周乐乐，她都要去仔细洗手，就像外科医生手术前那样洗，一丝不苟。妈咪洗完手，还要找她认为干净的毛巾仔细擦干净。李兰妮不禁想起小时候洗菜，最怕洗细瘦蔫巴的小韭菜，乱糟糟一大捆，母亲要求她一根一根洗，监督着，必须一根一根洗，洗三遍，每一根都必须这样洗。长大之后的李兰妮不吃韭菜。

见妈咪又一次擦干净手,李兰妮撇嘴笑,说:你把老疙瘩抱走吧。让他当你的狗医生。

爹地呵斥:胡闹!折腾什么!

妈咪盯住他,说:你骂谁?你发什么火!

李兰妮就怕这种场面。灵光一闪,周乐乐化作救兵,就在这个节骨眼上吃鸡肉了。

李兰妮忙喊:快看,乐乐吃小肉肉。美食家哟。妈咪给的肉肉好香哦。

大家的视线转移在乐乐身上。小狗东西从容地吃完了碟里的鸡肉。他美美地咂吧嘴。一副和平光景。

妈咪转怒为喜。爹地借坡下驴。

妈咪指示:给乐乐吃肉,一定要用水洗去油盐。记住,狗吃咸会掉毛。

李兰妮抱起周乐乐,立正,学着香港影片警察回答上司的口吻说:Yes, Sir。

爹地脸上现出鄙夷的表情。

妈咪张嘴表态。爹地脸上云开雾散。

妈咪说:乐乐,妈咪太老了,不能带你走。老疙瘩,你就跟着姐姐吧。

自从母亲随我去过一回精神科,不再回避抑郁这个话题。她会在电话中询问我的临床症状,听一句,问几句。

你会不会突然很想大哭一场?莫名其妙就是伤心想哭?

我会突然莫名其妙伤心,但是我不想哭。

今天上午买菜回家,我突然见谁都想哭。我拼命忍住不让眼泪掉下来。我跟你爸说,这是一种病。他说这叫娇气,吃饱了无聊。

他体会不到你的苦。你去找精神科主任说,专家能帮你。

你给过我电话号码。精神科,听起来不好听。你说过,难受的时候想跳楼?

对。从十六楼天台跳下去。

我也想过,如果……从我家三楼跳下去会不会死?

三楼太矮。我琢磨过,真要跳,必须十楼以上。

不许瞎说。别说了……

我带乐乐去过十六楼天台,我把他放在围栏上,他吓得腿软,不敢抬头,小爪子死死抠着我不放。

以后不许你这样!我老疙瘩……你造孽。

有什么好怕的?男子汉大豆腐。

你说话太狂。

妈咪突然在电话那头提高声音说:你告诉我老疙瘩,妈咪给乐乐撑腰。姐姐不许欺负我乐乐。

周乐乐正趴在放电话机的茶几下,听见妈咪的声音,惊奇地望门口,又四下张望,他在寻找说话的人在哪儿。

我把乐乐抱上茶几,对妈咪说:老疙瘩听到你的声音了,在找你。你在电话里跟他说说吧。

妈咪的声音变得温柔起来,问:他会听电话吗?

试试吧。我把话筒放在他耳边了。

老疙瘩——我是妈咪哟。听见没有?

他听见了。他舔话筒呢。他在闻话筒。

妈咪不在话筒里。老疙瘩。姐姐欺负乐乐了?妈咪心脏痛,不能去看老疙瘩。好孩子,危险的地方就是不要去。乐乐真聪明。

哎哎,他听懂了。摇尾巴呢。就像台上领导说话台下乱鼓掌,拥护，热烈拥护！

老疙瘩，姐姐嫉妒你，不要理睬她。她从小话就多，跟大人顶嘴。还是老疙瘩好哦，心里清清楚楚，不说话，不骄傲自满。比姐姐强。

他跳下茶几了。别说了。

老爷子在旁边说我跟一只狗打电话，神经病。

我知道他看乐乐不顺眼。

他说喜欢宠物是思想不健康，资产阶级分子。

电话那头传来老爷子的声音。

你妈平时跟人没话说，跟只狗说话说不完。什么感情呀？不正常嘛。

这叫宠物疗法。宠物狗医生还能安慰自闭症病人呢。

狗就是狗，它连话都不会说，怎么治病呀。

乐乐，爹地问你怎么给姐姐治病。

我不是它爹地！

周乐乐成了我的秘密武器。

电话请安先提周乐乐，十有八九可以安抚母亲大人的情绪，抵御她的负面思维恣意横行。

请安呢。周乐乐想妈咪了，趴在茶几上要听妈咪的声音。

啊啊是老疙瘩呀。我们孩子哪里想妈咪呀？

小肚皮想。

老疙瘩，今天听不听话呀？

不听话。我打他了。

打他干什么？欺负人家不会说话。他会有心理阴影的。

你说过，不打不成材。

你小时候挨过几次打，一直记到现在。我们那个年代多艰难，什么也不懂，误了自己，也误了孩子。你们现在不同啊，有知识，有条件，你要珍惜周乐乐。

妈咪呀，你老疙瘩冲话筒摇尾巴呢。

在广州住了一段时间，父母要返回那座二线城市。电话约定，临走前的周日来道别。

我说理当女儿去父母家道别。

弟弟说：领导要下基层。你恭敬不如从命。

爹地揭发说：不是去跟人道别，就是去看你家那只狗。

妈咪抢过电话说：老爷子挑拨离间。你告诉乐乐，妈咪来看姐姐和乐乐。两个都要说拜拜。

门铃响。

我拿起对讲机，周乐乐听见妈咪的声音。他大声叫。

我一边摁楼下防盗门电动开关，一边说：激动什么？闭嘴。扁你！不要得意。妈咪来，我照样扁你。

妈咪一出电梯就喊：老疙瘩——妈咪来看你啦——

周乐乐隔着铁门栅栏汪汪叫。门刚打开一条缝，周乐乐就冲出门，扑在妈咪怀里摇尾巴。

妈咪赶快摊开手心，手心里有一块牛肉干，乐乐叼着牛肉干，跟着妈咪进屋。一老一小，笑嘻嘻地在客厅跳。周乐乐左一蹦右一蹦，妈咪张开两只手好像扭秧歌。

爹地跟进屋，脸上很不屑。弟弟很怕狗，站在门口不进来。我和他交换眼神，斜眼去扫那幕相见甚欢的场景。

我说：哎哟哟，多少年没见俺娘跳舞了。还是老疙瘩贴心嘛。

弟弟说：手心手背都是肉，老疙瘩是妈咪手心上的肉。很会搞掂领导啊。

妈咪搂住周乐乐道：我老儿子不会说话，心里什么都明白。投桃报李，比人靠得住。

爹地说：你坐下歇歇吧。出门前还说累，心脏疼。

乐乐忙跑向爹地摇尾巴，去嗅他的脚。

爹地没好脸色，绕开他，径自坐在沙发上。乐乐赶快跳上沙发，讨好地往爹地跟前凑，用力摇尾巴。爹地把头扭到另一边，表示不领情。乐乐跳下沙发，跑到另一边，热情仰脸看爹地，两只前爪往他腿上搭。爹地挪开脚，乐乐扑了个空。

妈咪心疼地抱住周乐乐，说：老疙瘩，不喜欢你的人，咱们不要搭理他。

周乐乐挣脱妈咪的拥抱，执意凑到爹地跟前摇尾巴。

妈咪说：老头子，他想你疼爱他，你就摸摸他嘛。别伤了他的自尊心。

爹地敷衍地摸了一下周乐乐的头。

弟弟打趣说：周乐乐，你很会来事啊。

乐乐突然冲他大声吼，声音格外威武雄壮，好像警告不许讽刺他。我抓起鞋拔子敲沙发，示意周乐乐闭嘴。

妈咪搂住周乐乐，柔声说：老疙瘩，不要吼他。他是妈咪的亲儿子，是姐姐的亲弟弟，咱们是一家人。

周乐乐仔细看妈咪，安静下来。

妈咪坐在沙发上，抱住乐乐得意地说：多通人性啊。我祖父家两只牧羊犬那是纯种的，比人还聪明。

爹地说：怎么可能比人还聪明？思想不健康。剥削阶级的毛病。

妈咪恼火道：我祖父是知识分子，办过现代中学，是为人民服务的。你不要随口污蔑。

爹地说：是为有钱人服务的。没钱怎么上中学？

妈咪说：狭隘！自私！跟你这种人我就是无话可说。当初就不该嫁给这种人。没有一点情趣，不会关心人……

我急忙抢话头：打住。说点别的行不行？

弟弟赶紧拿周乐乐说事。

你说我女儿是周乐乐的小表姐，那周乐乐又是妈妈的老儿子，你是她姐姐。很混乱啊。辈分不对呀。

辈分是有点乱。

你把周乐乐抱回家的，你应该是周乐乐的妈。

今天没空讨论这个。花姨休息，我要带乐乐出去嘘嘘，很快就回来。

妈咪带老疙瘩去嘘嘘。妈咪带乐乐。

一只狗，这么上心，什么感情啊？不健康。别让她去，到时摔一跤怎么办？

你带不了周乐乐。他一出门就狂奔，我都拿他没辙。

老疙瘩，给妈咪争口气。好孩子，妈咪老了，走得慢。你在外面不要跑，慢慢走。就咱娘儿俩去散步。

不要吓我。周乐乐就是个恐怖分子。几乎每次，我单独带他出去都气得要死。

我相信我老疙瘩。你们谁也别跟着。

咱是亲儿子。亲儿子跟着总可以吧。

你不是怕狗吗？

谁叫咱是孝子啊。咱妈爱乐乐，咱就爱乐乐。周乐乐，你开路，我护驾，咱俩友好合作啊。

周乐乐明白妈咪要带他出门，激动地往妈咪怀里钻，去亲妈咪的手指。

妈咪说：老儿子，妈咪是有洁癖的人。好吧。就让你亲，妈咪给足你面子，回来再洗手。

我陪父亲坐在客厅，说着他们年纪大了应该定居广州，别总是两头跑。父亲感慨着，这一辈子总这样，安定不下来。

我跟父母说话会焦虑，总要琢磨说什么呢？没什么非说不可的。我不习惯与他们长期近距离相处。

我担心母亲拉不住乐乐，万一扭了脚怎么办？弟弟很怕狗，他对付不了撒欢疯跑的周乐乐。

父亲说：你妈就是固执。你说她对周乐乐，哪来这么大的兴趣？就算她小时候家里养过狗，也不至于……我不理解这是什么怪毛病。

我说：这叫有爱心。众生平等。万物皆有灵。

父亲说：狗怎么能跟人平等呢？这是西方的观点吧。资产阶级。虚伪。腐朽。

东西方都讲众生平等。说不定马恩列斯都是爱狗之人。你不要偏见太深。宠物疗法有作用。刚才你们进门……多乐呵。

照你这么说，医院不用请大夫了，每个病人抱只狗就行了。药店都可以关门了。

精神病院、养老院、儿童福利院都很欢迎宠物狗医生。心理受过重创的人，拒绝与人交往，对可爱的小动物心理不设防。他会接受小狗狗的爱。

我不信。……你妈出去多久了？要去找找他们。

我带父亲下楼。刚出大楼的防盗电动大门，就迎面见到周乐乐和妈咪乐颠颠地往这边走，弟弟跟在后面笑。

妈咪说：乐乐真懂事。知道妈咪走不动，他一点儿不乱跑。他在前面走几步，回头看一看，看看妈咪跟上来没有。我怕他追猫，就告诉他，猫猫爪子长，万一抓伤我乐乐，妈咪好心疼。乐乐不要理猫猫。我们看到一只大黑猫，乐乐真的不理它，装作没看到。真听话。比你姐姐听话多了。以后不许打我骂我老疙瘩，听到没有，李兰妮？

看英国芭芭拉·汉娜所著《猫·狗·马》。作者与荣格一起作心理分析，有着多年的亲密友谊。书中说：荣格常常提到，动物的虔诚及动物的生活比起我们来更接近于上帝的意志，也就是更接近于它们的真正天性。芭芭拉·汉娜记录了一个民间传说：若是人对狗好，人死之后，走过横跨地狱深渊上方而通往天堂的桥时，就能获得狗的帮助。把守这桥的是一位美丽的处女，她手里的皮带上系着两只狗。这两只狗把恶人从桥上赶得跌进地狱里，但把义人的灵魂引领过桥而进入天堂。

看到这里我便想，如果那些虐待小动物的人看过这本书，是否会收敛恶意，在心中埋下一颗善念的种子？

估计虐待小动物的人不信因果报应，不信天堂地狱，他们只相信金钱权力。作恶的人以为钱能通天通神，烧个头炷香，捐几个造孽得来的钱就能消业积福，享尽荣华。这样的人见到棺材也不会忙掉泪，而是会忙掏钱企图贿赂死神。他们不懂，死神不认钱。

《猫·狗·马》中有一节专谈狗与疗疾治病的关联：在希腊、葡萄牙、苏格兰、法国、牙买加、波西米亚等地，民间普遍相信狗的舌头是灵药仙丹。具有神奇能力的狗会照顾治愈瞎眼的小孩子，圣狗会用舌头舔头上长瘤的孩子来治疗他。人们用铭文记下这些故事，并广为传播："狗舌能治病。"

芭芭拉·汉娜说：荣格便经常把唾液看做是"灵魂的宝物"，即心灵的宝物或精华。因此，我们可以说，当狗舔我们时，它的确是用灵魂的精华来对我们进行按摩。

我相信以上书中所说。我建议母亲看看这类书。母亲说眼睛痛不想看书不能看书。我说给她听,她半信半疑。

周乐乐打开了她埋在心底的童年记忆。她告诉我,两只德国牧羊犬很会看家,威猛而不失温顺。祖父家门前小山坡上满是鲜花。那里种的是各种各样的兰花、月季花,花开时,美丽芳香。她又说起,皇帝退位了,在福建当知县的祖父回乡,带回了官服、万民伞。老爷子不肯住在城里,一定要把楼宅建在乡下,因为住在城里小孩子会学坏。祖父家不让小孩子晚上多吃饭,只许吃一碗饭。小女孩想不通,明明饭碗里还特意留有菜,为什么不让添饭?为什么不让吃饱呢?长大才知,早饭吃好、午饭吃饱、晚饭吃少这叫科学道理。

母亲的家史是她的心病。我极少听她提起祖宗往事。听得多的是母亲十六岁当兵,怎样吃苦受累生病。周乐乐的出现,让母亲依稀记起童年无忧的美好时光,家族衰败前的平安日子。埋在心里不敢吐露的话说出来了。治疗就算开始了。

嗯嗯嗯(− − −)。出发。

姐姐说,太阳没落山,戴上帽子吧。姐姐戴上蓝色海军帽,给我戴上小宝贝棒球帽。帽子扣在我头上,挡住我的脸。不好玩。抗议。我趴下,不走。就不走。

姐姐说:臭坏蛋,我怕你中暑。十大最怕热狗狗,你排第五名。不睬她。不拿掉帽子,我就不走。我掉头,用屁股对着她。坚决抗议。胜利了。姐姐拿下我的帽子,乖乖跟我走。

地上很烫啊。小脚丫痛痛。我勇敢。快快走。我要去找猫猫。花姨不让我追猫猫。花姨带猫粮喂猫猫。猫猫冲我竖尾巴,说我不会爬树。我要发威了。打架吧。单挑吧。花姨抱住我,说猫猫没家很可怜。

我要带姐姐去追猫。猫猫躲到哪里去了？汪汪汪。

好热啊。腿软了。我趴在草地上喘喘喘,口水流啊流,舌头快掉了。小肚皮痛痛哦。

姐姐抱我往家跑。我听见她的心说,坏了坏了中暑了。

回到家,姐姐把我放在地板上。她去端来一盆水,用毛巾蘸水给我敷肚皮。姐姐知道我难受,把我的小爪子放在水里泡。姐姐说:对不起。对不起。

姐姐开空调。又用扇子给我扇扇扇。

舒服。累累。我要眯眼睡一觉。

我在追一只大黑猫。它的尾巴好长啊。它的眼睛好凶啊。姐姐快来帮乐乐!

呼噜噜。喔,一个梦。

姐姐抱我躺在竹席上。把我放在她怀里。

我张开嘴巴,打了一个大呵欠。这是告诉她,平安无事哦——我翻小肚皮,伸小懒腰。姐姐笑起来了。摸摸我的小肚皮。她亲我的小肚皮。

嘿嘿嘿。啊啊啊。

5. 生理课
——周乐乐与众芳邻

:: 为避免母狗发情的气味飘进来骚扰周乐乐，李兰妮经常紧闭门窗，出门散步宁可绕远，挑狗迹稀少之地走

周乐乐挠门。要出门。

一连几天，出门回家就啃门边的墙框。他把墙框的灰石棱角一口一口啃下来，在李兰妮面前嚼糖果一样嚼。

李兰妮要从他嘴里抠出灰石，他就吞下去，示威般白一眼李兰妮，转身一心一意挠门。李兰妮使出鞋拔子打他小屁股，他好像练成了武术的金钟罩铁布衫，你越打他越勇。

出门遛弯，周乐乐像牛耕地似的拽着李兰妮朝远处走，李兰妮使劲拽住牵狗绳，周乐乐的头低得几乎触地，背用力高高弓起，四个小爪子像攀岩运动员一样挣扎向前，一步一步拖着李兰妮往前走。小狗东西累得呼呼直喘，舌头伸得很长，直滴口水。

路边一个老人家停下来指责李兰妮：拜托你迁就它一下嘛！啧啧。太可怜啦。

一个踩滑板的小学生丢下一句怪叫：大欺小没人性。

李兰妮不得不松松绳子，跟随周乐乐跑。

周乐乐一反常态，不在平时的电线杆、停车警示牌、桂花树、白兰花树、番石榴树等老地方宣示主权。他顾不上撒尿，朝着东边方向一直往前跑。跑到平时很少去的一个草坪停下来。李兰妮累得上气不接下气。勉强睁开眼睛看，原来是花姨楼下邻居的博美犬小美正跟它爸妈玩。

小美是白色博美犬，尖嘴巴，圆眼睛，走路像京剧花旦在走小碎步。周乐乐飞奔到小美跟前摇尾巴，欢快地巴结地摇尾巴。这只小母狗矜持地往老爸身后躲。小美爸头上谢顶，一副营养过剩精明过人的模样。他用凌厉的眼神盯住周乐乐，用脚轻轻将狗女儿护严实。周乐乐嗖地跳到他身后去跟小美套近乎，低下头去闻小美的屁股。小美立刻将屁股坐在地上不给他闻。小美爸大声呼喝：

离它远点!

　　李兰妮赶快抓紧牵狗绳,想拽开周乐乐。周乐乐被人呵斥大受刺激,叛逆地挣扎,就是要靠近小美。小美挑逗周乐乐,进一步退两步转半圈,周乐乐更激动了,伸出爪子想去按住她。小美比他高,扭腰扭胯更灵活,周乐乐刚把爪子搭上她的背,人家一扭,周乐乐就扑个空。失败强烈激发起周乐乐的雄心壮志,他加快速度扑。小美总比他快半拍,一会儿由东至西转一圈两圈,一会儿进进退退好像要跟周乐乐跳探戈。

　　小美爸用脚去踢周乐乐。小美妈推开他,拍打他的背,说:紧张什么呀。小美妈身材娇小,化了淡妆,长发编织成辫盘在脑后。

　　李兰妮忙道歉。她正想将周乐乐拖离是非之地,小美突然跳起来,掉头飞奔。周乐乐一愣,飞速狂追。李兰妮手牵狗绳没站稳,哪地栽倒在地,左脸正好磕在半截青砖上,手中绳子飞脱。

　　李兰妮摔蒙了,闭上眼睛,趴在地上反应不过来。只听见耳边有粗细两个嗓子喊:小美——回来!

　　李兰妮摸摸草地坐起来,只见小美已经跑得很远,周乐乐狂追不舍,谢顶发福的小美爸跑在周乐乐后面边喊边追。几分钟,两小一大三个身影都在李兰妮视线中消失了。李兰妮真急了。周乐乐是不懂找主人不懂回家的公子哥,见到美女抱抱就肯让人抱回家。

　　小美妈很淡定:我家小美很快会跑回来。

　　可是我家乐乐……

　　都会回来的。

　　不好意思,我家乐乐——他很色。

　　发情嘛。正常啊。我家小美三岁了。每次发情都有这种事。有几只小公狗还会到我家门口等小美,争风吃醋打架呢。

　　你先生肯定很恼火。

　　他不想小美怀孕生崽。生崽太遭罪,生完以后会脱毛,身材也走样。

　　为什么不结扎呢?

听说手术有危险。哎呀，乐乐妈，你脸上磕破流血了。

啊……是……姐。我家的称呼是姐姐。

小美妈眉毛一挑，刚想问什么，突然惊喜骄傲地示意李兰妮快看：远远地，小美爸抱着小美朝这边走，当爸的很自豪，炫耀亲昵地举着宝贝女儿，小美好像在笑。可怜小短腿儿周乐乐，跟在小美爸脚边一路跑一路往上蹦，仰头企图一亲芳泽而不可得。

李兰妮住的那栋楼，男狗女狗比例严重失调，绝大多数是小母狗。

住她家楼下的小母狗叫匪匪，比乐乐大一岁。匪匪来自云贵一带的深山老林。匪匪爸在那里待过两个月，做科学考察。那地方处于半原始状态，尚未开发，连手机信号都接收不到。匪匪爸与几个猎户成为酒友。临别前，匪匪爸送猎户一瓶十二年的芝华士洋酒，猎户送他一只可爱的小狗崽。匪匪爸将小狗崽带回家，起名菲菲。半年后菲菲长成一只中型犬，毛色金黄，五官俊秀，体重三十多斤，拥有出色的奔跑和撕咬能力，它充沛的精力和捣蛋脾气令众邻居称它小土匪婆。它爸妈顺应民意，将它改名匪匪。据猜测，匪匪血统里有狐狸的基因，也有猎犬的基因。除了酷丫，附近小母狗都怕匪匪，连小公狗都不敢轻易招惹它。花姨说，匪匪咬过小美一口，害小美到宠物医院缝了六七针。

周乐乐很知趣，看匪匪好似霹雳娇娃，只宜远看手勿动，免得打也吃亏吵也吃亏伤自尊。匪匪很少凶乐乐，乐乐却与它保持距离，在它面前扮清高。

住乐乐家楼上的小母狗叫娇娇，与乐乐年纪相当，是它爸在街边花二十元买来的，送给当时的女朋友做生日礼物。

娇娇爸原本最讨厌狗，见到邻居家狗喜欢说：畜生。宰了你。

他向女朋友求婚时，听说女朋友喜欢狗，就随手买了娇娇这个小玩意。原打算让女友玩几天就把小玩意转送他人。谁知女朋友用小玩意考验他的耐心和爱心，提出：如果他单独成功抚养娇娇六个月，娇娇没丢失没死于意外，就证明这个男人是可靠的，她就愿做娇娇妈。

娇娇爸不得不把这二十元买来的小玩意当宝贝，学习伺候她，拜托全楼的爱犬人士关照小娇娇。娇娇成了女版丘比特，帮爸爸把妈妈娶回了家。

娇娇的模样不好说，混血混得看不出是啥品种，反正是只小型犬。娇娇妈说二十块钱买的怎么了？哪点比几万元一只的狗狗差？她本想给娇娇起个公主名，叫伊丽莎白或是维多利亚。娇娇爸说，四个字叫起来太麻烦，外国名不好记。中国古代有个皇后叫阿娇，咱家女儿就叫娇娇吧。

李兰妮家住的楼成"口"字形，分东座西座，一楼南北方向都是防盗电子铁闸门，形成篮球场大小一个独门院子，东座十五层，西座十五层，两座负一层停车场相通，十六楼天台相通。两幢楼共用一个大天台，大多数住户极少上天台。没有周乐乐之前，李兰妮几乎没去过天台。除了几户人家要晾被子、晒棉胎，顶层住户在天台上种种盆花盆草遮阳或消遣外，主要是狗爸狗妈带狗儿狗女隔三差五来玩耍。

每周星期六夜晚十点半，在十六楼天台，东座西座的狗狗们必聚会一小时。

花姨家隔壁有个教工食堂，她认识那里的厨师。每到聚会的那天，厨师会给花姨留一大包鸡头鸭尾剩猪骨，花姨晚上带去让狗狗们会餐。花姨当上了聚餐召集人，进这幢楼的防盗电子大门时，她会按狗狗各家的门牌号码，一长两短门铃响，这是集合的暗号，不用说话。有空的家长十五分钟之内会带狗狗上天台。匪匪、娇娇几乎一次不落，酷丫来的次数少，只有爸爸在家时，才能获得聚餐的机会。

为了公平起见，花姨会将肉肉分成一小堆一小堆，每只狗一份，这样狗狗就不会争食打架。酷丫跟匪匪打过架。酷丫第一时间吃完自己跟前那一份，就去巡视其他狗狗的进餐的进度，酷丫爸会威严地叮嘱它：酷丫，看看就好。酷丫听指挥，再馋也会忍住，最多凑过去闻闻拉倒。

匪匪不容酷丫靠近它的食物，没等酷丫凑近就主动出击。两个都不是等闲之辈，打起来就像奥运女子摔跤争金牌。

酷丫身形略为吃亏，只能以勇气、技巧弥补先天不足。酷丫爸、匪匪妈紧急出动。酷丫爸跑起来，高喊：酷丫，跑步——走！快。我命令你跟上来。酷丫一看爸爸跑，立刻无心恋战，只是匪匪斗志正酣，纠缠不放。匪匪妈急中生智，抱起旁边一个废弃的花盆，高高举起，对着匪匪酷丫身边狠狠一摔。啪——哗哗——花盆在地上摔得粉碎。匪匪、酷丫一惊一呆，匪匪妈扑过去抱住匪匪，酷丫爸忙带酷丫撤离天台。

李兰妮一直抱紧乐乐，生怕他乱吠引火烧身。乐乐吠，就像看摔跤赛的观众喊加油！花姨怕出事，有意站在李兰妮身边，随时准备出手相助。

花姨改革分配制度。

酷丫、匪匪类别的中型犬肉肉分量多一些，乐乐和娇娇类别的小型犬肉肉分量少一些。匪匪每天在家爸妈会给肉肉吃，而酷丫是单亲家庭的孩子，爸爸不常在家，酷丫跟前的肉肉多一点。最大的猪骨头留给酷丫啃，大骨头啃起来难度大进度慢，有利于维稳和谐。

花姨偏心周乐乐，她分给乐乐的肉肉少而精。不是食堂的边角料，是花姨自家的煲汤料。如果那天花姨家里冬瓜煲老鸭，她就给乐乐带一大块鸭肉；若是土茯苓煲猪脊骨，她就给乐乐带几块靓猪骨。广州人煲汤一煲就是两三个钟头，喝汤不太吃汤渣。鸡鸭鱼肉猪骨可吃可不吃。周乐乐嫌煲过汤的肉肉味道淡，十有八九闻闻就扭头，表示放弃所有权。周乐乐不喜欢在外面吃东西。他喜欢见到小朋友，看他们吃东西、吵架、打架，追来追去。

周乐乐常远离大伙，先独自游逛一番。就像一个网虫，一上网便巡视各门户网站新闻八卦，细嗅天台上各种气味，尤其是他特别感兴趣的狗狗尿迹，低下头闻了又闻，偶尔舔一舔，似乎陶醉地想一想，抬腿"跟帖。顶。赞一个"。忙完这些，他会独自登高，趴在高高的铁制楼梯上，时而眺望城市夜景，做哲学家思考状；时而俯瞰女生们挑肥拣瘦发嗲撒娇，做男子汉不屑与女流之辈为伍状。

这情景有点像文学男独坐在酒吧一隅，既享受周围的热闹人气，又暗揣众人皆醉我独醒的骄傲。

周乐乐对众芳邻不曾展开热烈追求。

也许他也认同：兔子不吃窝边草。或者，就像男女明星们回应绯闻时给出的经典理由：太熟了。等于左手摸右手。没感觉。

匪匪、娇娇对乐乐很友好。尤其娇娇妈看中周乐乐，嚷嚷要送娇娇作乐乐的童养媳。吓得李兰妮连连说：周乐乐是个小白脸，毛病多，绝对不适合做小女婿。

周乐乐除了每天啃墙挠门吵闹要出门，出门后拒绝回家，恨不得一天二十四小时在外流浪，必须强抱他回家之外，周乐乐的发情不曾扰邻。

李兰妮暗自庆幸。她查过宠物杂志专栏，每年母狗平均发情两次，会流出类似"例假"的经血，将雌性荷尔蒙的气味散发传播，引发公狗的躁动求偶，这周期大致十几天。公狗因品种、基因等元素各有不同反应，有的会掘地挖洞，逃出家门追求自由恋爱交配，播下幸福的种子；有的会因不能出门泡妞而在家中闹翻天，撕烂沙发、吞下主人的短裤、砸碎台灯、掀翻电视机；有的会天天到发情的心仪母狗门前痴等狂叫，不吃不喝，待母狗的家长一出门就死缠烂滚求成全，扰民不止。

为避免母狗发情的气味飘进来骚扰周乐乐，李兰妮经常紧闭门窗，还播放儿童合唱团赞美诗合唱团的音乐，不让周乐乐听楼上楼下小妞唱情歌。出门散步宁可绕远而行，挑平日狗迹稀少之地走。她左右瞭望，只要视线内疑似狗影一闪，立刻抱起周乐乐掉头，为周乐乐着想，眼不见，心不痒。

干扰。戒备。严防严打。不料，李兰妮无意中撞见，原来周乐乐最爱的狗狗叫毛毛。这是一只两岁小公狗。体重三十多斤，是带有古代牧羊犬血统的杂种狗。远看像只绵羊，灰玉色卷卷毛，头上的长发几乎盖住双眼，毛缝里隐约可见两只深邃的小眼睛。

这两个狗东西，是怎样王八看绿豆对上眼的呢？经回忆，推理，案情重组，过程大概是这样：都是寂寞诗歌惹的祸。

十六楼天台，相当于毛毛的QQ世界。它是宅男，父母几乎不带它下楼到外面世界玩。清晨，当天台上没有人没有狗时，毛毛的老爸会带它在天台跑步。半夜十二点之后，毛毛的妈妈会带它在天台散步。由于养在深闺规矩严，毛毛没有一个狗朋友。青春期的毛毛外表安静，内心狂野，极度压抑的岁月，把毛毛逼成了QQ诗人，网络诗人。清晨，或半夜，它在天台嘘嘘，用尿迹写下一行行一泡泡诗篇，纵情宣泄全身心的真情实感。

仿"少年维特之烦恼"的文体：无恋爱毋宁死。哪个少年不伤春？

仿"现代网络"体，直抒胸臆：天苍苍啊夜茫茫，我的爱人啊你在何方？

仿"穿越体"：问君能有几多愁？——我要自由哟要自由。

周乐乐的"跟帖"使毛毛深受鼓舞，视为知心网友。他热情反馈，诉说心声，网络留言道：求见面。求交友。在天愿作比翼鸟，在地愿作连理枝。

周乐乐似懂非懂。一颗少年的心充满好奇和爱慕。

天降邂逅机缘。

正午。李兰妮在天台做心理健康操，伸展四肢，仰脸向天，吸气——呼气——嘴里振振有词：我——很——快乐。我——很——健康。我——在——微笑。我——康复——啦。

周乐乐巡视天台每一个拐角旮旯，寻找诗人最新留言。困惑哟。诗人今天清晨不曾路过。反常。很是惦记耶。

这时天台另一头铁制楼梯有动静，一张女人的脸先出现在楼梯口。李兰妮一惊，害怕小狗东西吼生人，不料，周乐乐居然冲这位陌生人摇尾巴。仔细看，这是周乐乐喜欢的类型：长发。苗条。三十出头。李兰妮礼貌地点点头。女人脚旁出现了一只憨厚健壮的狗。女人笑嘻嘻走下楼梯，叫着：毛毛——下来。认识一下小朋友。这就是周乐乐吧？

李兰妮心想：我们见过吗？

毛毛妈伸手去摸周乐乐，说：早就听花姨提起小乐乐，特别有个性的周公子。

乐乐冲毛毛急切地摇尾巴，凑过去，要闻它。毛毛胆怯地躲到妈妈身后。乐乐紧紧追随去闻它的屁股，毛毛害羞地躲到妈妈两腿间趴下。乐乐围着这母子俩，急急闻毛毛的头脚全身，毛毛吓得在妈妈脚边抖，把脸埋在妈妈腿上。

李兰妮笑对毛毛妈说：这么大的狗狗胆子这么小。女生吗？

嘿嘿。男生。两岁了，从来不跟其他狗狗玩。

为什么呀？

性格好静，只认我和它爸爸。

说着，两个女人低头看。乐乐和毛毛已经互摇小尾巴，毛毛不知何时站了起来，也在迟疑地嗅闻周乐乐。

毛毛妈鼓励道：好啊。乐乐是毛毛第一个朋友。

回想起来，初见很短暂。没有发现任何异常。

第二次见面，时间也不长。

周日的黄昏，这个大天台东座一个楼梯口，可沿着铁制楼梯走下天台；西座一个楼梯口，可沿着铁制楼梯走下天台。事情就这么凑巧。西边楼梯，乐乐和哥哥姐姐刚下来，突然，乐乐大声吠叫，迅速跃过天台中心一条几十公分的水泥横道，冲到东边楼梯口狂摇尾巴。

平常，小短腿儿的周乐乐爱耍赖，喜欢让人抱过这道障碍，能省力不往上跳跃，就把两支前爪往水泥墩上一搭，仰头看人，示意着：快来人啊，把我抱上去。

李兰妮没在意。我家臭乖乖有进步啊。哦，原来是毛毛一家三口来散步。毛毛长得跟它爸爸有些像，敦厚肥胖、不修边幅。毛毛爸宣称要减肥，带领毛毛在天台跑步，乐乐跟着跑。跑着跑着，毛毛爸发现儿子不再追随他，而是自由跑，乐乐在毛毛后面追。四个大人很无聊，拍着巴掌指挥比赛。

毛毛加油！好儿子真棒！乐乐追不上啰——

乐乐快快！冲——冲啊——

毛毛，去跟乐乐玩打架。看谁力气大。

乐乐不要怕他。谁怕谁呀。打呀，赶快打起来呀。

四个大人很想看热闹，但是很扫兴，两个小家伙听不懂。也许是懒得理睬他们。

李兰妮问毛毛妈：毛毛是古牧的混血吗？

毛毛妈说：可能吧。

论毛色，纯种古牧犬多是灰色、灰白、蓝白色，毛毛这点没继承，它的毛色很难归结为什么色，好歹可称作灰玉色。古牧的特点有：整个脑袋被浓密的毛发覆盖，被毛太丰厚以致显得很肥胖，跑步时却步履轻盈，高兴时会用力扭动大屁股。毛毛妈说，毛毛身上这些特征都像古牧犬，包括善解人意，性格乐观，渴望讨好人。有人在家陪它就很乖，没人在家就拿家具来发泄。

李兰妮说：看不出来呀，毛毛傻乐傻乐的，它在家真会搞破坏？

毛毛妈说：这个家伙极聪明，能猜出我们出门是上班还是去玩。上班，它就眼巴巴等我们回。去玩，回来就会发现它在沙发上拉尿了，它把饭桌腿啃了，床上的毛巾被让它拖到阳台去了。整个儿一个破坏王。

李兰妮笑：那是你们出门时，思想工作没有做到位。

可能狗狗们有秘密联络暗号。一段时间里，东西两座楼的几条狗，会在统一的时间段闹着要出门，前后大约半小时，不得安宁的狗狗家长陆续会随狗狗在天台现身。

爸爸妈妈、哥哥姐姐、叔叔阿姨或坐或站，狗狗们呼朋唤友，十分快乐。最快乐的是乐乐和毛毛。不用人们催促，就开始了表演时间。先是追来追去，然后你扑我我扑你，再然后像跳伦巴舞，两个小子后脚直立，前爪对前爪抱抱蹦跳，张大嘴巴流着口水呼哧大喘。毛毛眯着小眼睛笑，乐乐鼓起大眼珠乐。一群人跟着傻笑傻乐。

突然，不对劲了。两个小狗东西在"搞搞震"。

只见毛毛在下，乐乐在上，嘿咻嘿咻。

毛毛老爸大吼：臭小子！不许耍流氓！打。打。打！

他奔过去，用手打，抬脚踢开这对狗东西。谁知这边厢刚驱散，那边厢又聚头。毛毛处于时刻准备逃窜状态，跌跌撞撞。乐乐矮，小碎步骑跨不住毛毛，只好咬住它耳朵边的长毛，随它拖来拖去。

毛毛爸痛心疾首喊：滚蛋！不许咬毛毛！乐乐的哥哥啊，快来管教你家小坏蛋。

哥哥袖手旁观。姐姐行动快，一脚将拖鞋甩向乐乐，乐乐吓一跳，松了口，但是立刻又咬住，左一口，右一口，把毛毛耳朵边长毛当冰激凌啃。毛毛咧开大嘴笑，噢——呜哦——呜叫，任周乐乐调戏爬跨。

毛毛爸变脸道：滚下来！老子一脚踢飞你！

毛毛妈笑着说：没事的。不要想歪了，这是狗狗之间玩游戏。

李兰妮附和道：书上说，狗狗爬跨有时是玩征服游戏，不是搞三搞四。

众看客说法不一。

匪匪妈看着乐乐的不雅动作咂舌道：妖孽呀，赶快阉掉吧。

娇娇妈调侃道：有没有搞错？放着美女不追追丑男。

酷丫爸说：乐乐搞基，性趣在男仔。

毛毛妈说：它两个玩一玩就是搞基吗？冤枉！

周乐乐一门心思要把毛毛整趴下，踮着脚尖凭空抽动小身板，模样滑稽又邪恶。

李兰妮觉得小狗东西必须管教免生后患，她把拖鞋提在手上，狠狠去敲周乐乐的背。

周乐乐看她一眼，摆出大义凛然，英勇不屈的模样。他有意反抗镇压行动，四肢扒拉得更欢快，小身板贴不住毛毛却抽动不停，好像小男生在KTV房表演劲歌劲舞示威道：双截棍啊，哼哟哈嘿！嘿咻嘿咻，气死你们！……因为爱呀，所以爱啊！

李兰妮抡起一只拖鞋，砸向周乐乐的脸，抡起另一只拖鞋，砸向周乐乐的头。飞快地捡起拖鞋，砸砸砸——砸完又捡——先砸破你的色胆，再砸断你的狗腿狗腰。

众狗妈尖叫，反对暴力。

毛妈扑上来抓住李兰妮的手，匪妈娇娇妈抢过两只拖鞋，李兰妮用脚去踢周乐乐，把他一脚踢趴下，哥哥立刻抱起乐乐，毛爸推走毛毛。

李兰妮还想踢周乐乐，乐乐在哥哥怀里她踢不着，收不住脚，就狠踢水泥地，咬牙切齿说：踢死你。王八蛋。狗东西。耍流氓。你再搞毛毛就见一次打一次，打扁你！

抱养周乐乐之前，我在这个校园居住多年，认识的人极少。我是在军事要塞海岛长大的。童年关键的年月里，我身边没有邻里邻居，没有市井民声，甚至曾经没有父母、兄弟姐妹。

记忆深刻的一段日子。父亲在极小的孤岛蹲点，与士兵们在岛的东端掏空全岛地下，挖战事地堡，往里面装枪炮弹药、粮食等坚守孤岛的各种军需品。岛上没有居民。除了绿军装红领章红五星，记忆中岛上没有其他色彩。没有图书馆，没有收音机，没有美术图画，没有公共汽车，没有稻田禾苗。岛的西端是招待所，就两间平房，窗不必关，门没有锁，除了一户短期探亲的家属，只有我这个不到九岁的孩子。

我不能去岛的东端看战士在坑道里操练枪炮，不能去指挥所左听右看，一切都是军事机密，一切都是警惕警戒。没有老人孩子，没有街坊乡亲。岛上没有玫瑰、月季、菊花、兰草、桃花、荷花、梅花、桂花……这里没有鲜花、杨柳、竹林，最多的一种树叫木麻黄，最多的植物是仙人掌。没有小人书，没有玩具，没有一个孩子所需要的精神滋养品。我接触的是钢铁，看见的是武器，早早就摸过枪炮，岛与岛之间来往坐的是炮艇，在甲板上没有遥看祖国大好河山，而是不停呕吐，连苦胆水都吐出来，昏沉沉缩在气味难忍的机房里。

在岛西，我常望着招待所房间的天花板、墙壁发呆。天花板上有雨渍、霉点，墙壁上有污迹、泥垢，我就从这些污迹中寻找活物。这块污迹像一个人的脸，没有眼睛嘴巴；那块霉点像一只螃蟹,没有大钳子;雨渍像一个阴险的特务,只有半个头;泥垢像手枪、像梭镖头、像冲锋号……看够了屋子里的污迹,独自走到海边,不懂诗情画意,没有美妙的感觉,只有无尽的孤独,隐隐的恐惧,莫名的难过。

长大工作之后,很怕见到人,很怕跟人说话。我选择丁克,选择双城生活,选择AA制,我永远处于孤岛状态中。

周乐乐破坏了我的生活状态,试图改变我的生活方式。跟着周乐乐上天台,认识其他狗狗家长,起初很不习惯。

在我私人生活中,我很少与外人搭讪闲聊。我把工作时间与私人时间分得很清楚。工作时,常要采访,要蹲点深入生活,我会很开朗健谈;非工作状态时,我不想说话,只想自己在书房待着。

弟弟曾到我深圳的家里看过,一进门扫两眼便说,很像一个办公室。弟弟看我广州家里也这么说,像办公室,不像居家过日子的地方。

癌症化疗前,连着几年给中央台写长篇电视剧,背着手提电脑手提打印机,我四处奔波。只要在家住上十天半个月,我就要离开。我要独自的时间空间。

我曾拒绝与周乐乐一起上天台与狗狗们聚会。有花姨带着他玩,我懒得操心。可是,周乐乐上天台前,会跑到我的书房撒娇,嗯嗯嗯叫,两只前爪向前伸直,撅起小屁股,摇着小尾巴。这是狗狗邀请玩耍的肢体语言。如果硬着心肠不理睬,周乐乐就会用小爪子来挠我的脚,用嘴咬我的裤脚。再不跟他走,他就会睁着两只圆圆的黑亮的大眼睛,一直盯着我,盯得我不得不投降。我对花姨说,那就跟你们走,我在天台待十几分钟就偷偷下来。

起初的确是待十几二十分钟,看周乐乐跟小朋友玩得高兴时，我悄悄走。狗狗们的家长多数是因狗狗而认识。大家似乎有默契，只谈眼下与狗狗有关的话题，不谈各自家长里短。互相称呼连姓都省略，均以狗狗妈爸哥姐外公外婆爷爷奶奶相称。

天台上不谈各自学术领域建树如何，不谈穷富社会地位高低，不谈职业家底。有一丁点儿准共产主义的味道。目的单纯，聚散自由。相逢为狗狗们的可爱活泼而欢乐，过后不思量不来往不牵扯。这种简单的人际关系特别适合抑郁症病人。没有心理负担。不需要应酬迎合，不需要戴上面具。大家以轻松姿态出现，穿着宽松的家居服，趿拉着拖鞋，摇着葵扇，愿说话的说，不愿说的听，不愿听说的自己溜达。

我渐渐适应这种聚会。看狗狗们像孩子一样天真无邪地玩耍，真的有益身心。我不需要知道狗狗家长姓甚名谁，在哪个部门工作，也不多管闲事打听人家里如何如何。我可以享受单纯友善的气氛。与狗狗在一起，人会变得单纯开朗。也许这就叫宠物疗法？

也有不适应的时候。狗狗们发情时，小公狗小母狗表现异常，有时会打架。匪匪就曾经咬伤娇娇。遇上陌生人突然到天台来乘凉，狗狗们就会一起吠叫，乐乐会有强烈的领地意识，他会飞奔到铁制楼梯前，吓唬来人。每逢这种时候，我就会比任何狗狗家长都害怕。抑郁症病人习惯负面思维，我首先就会想，万一乐乐咬人怎么办？万一附近邻居听见狗吠投诉怎么办？万一物业公司封杀狗狗上天台怎么办？尽管每次聚会完毕，狗狗家长们会自发扫净垃圾，但是万一……我脑子里有一个万一，就会连锁反应出许多万一，我就暗暗告诉自己，关闸。关闸。

我担心小母狗发情会勾引周乐乐，担心一不留神周乐乐被当爹。听说狗狗一旦交配当了爹，性情会暴躁，容貌改变。而我还担心有意料不到的种种麻烦。我不希望乐乐与那只小母狗特别亲密，不希望他成为种公。我愿意他保持赤子之心，童男之身。不仅我这么想，周乐乐的哥也这么想。不同之处是：姐姐希望阉掉周乐乐，以绝后患。哥哥坚决反对阉掉周乐乐，他要周乐乐保持雄性的完整和尊严。周乐乐便成为了小和尚。天台上的狗狗家长笑：乐乐，你是一休小和尚啊。教你唱歌：格机格机格机格机，我们爱你，聪明伶俐，啊……啊开动脑筋呀……

周乐乐来到一个躁狂抑郁症病人家，他的命运是幸还是不幸？天知道。

在网上搜索有关狗狗的名言，多得数不清。有时我不敢完全相信网络上提供的信息，它的准确度让我有所保留，但是，我已习惯上网查询我所感兴趣的各类话题。

点击狗狗名言搜索，会出现达尔文等名人的名言："对人的爱已经成为狗的本能，几乎不容置疑。"

"动物都是智者投胎转世，几千几万年累积的智慧，满满装在比人类小的躯体里，狗不用言语，它用全身来说话。"

"狗是人类最好的朋友。"

"当我与越多的人打交道，我就越喜欢狗。"

"你不信狗会进天堂？我告诉你，它们会比你我都早进天堂。"

"狗狗是披着毛皮外衣的喜悦天使，来到你的生命中舞蹈。"

……

这些文字让我感动。但是，我要诚实地说，我尚未深切体验感悟。我没有做好完全接纳周乐乐的准备。我相信，如果不是圣灵做工，那天在深圳草地不可能偶遇周乐乐，我不可能把他抱回家。让他介入我的生活，不是我的本意。也许这是上帝的计划。

上帝的美意原是善的。如果周乐乐当真是2003年9月11

日出生的，我不会感到奇怪。911是救援号码，我的身心人生响起警报，急需属灵意义上的救援。

但是，我心刚硬，拒绝改变。当我被躁郁的邪灵挟持时，我看见周乐乐就心烦。我不愿意有一个像个小人人儿的生灵总与我在一起。无论我做什么，他都会关注，还想参与。受不了这个近距离相处。我需要逃离。

十天半个月，我会逃出家门。纯粹为了躲避周乐乐。有时我会逃到书店，有时会逃到校园咖啡厅。一逃就是半天。我特别怕与他单独相处。我计算时间，等周乐乐的哥哥回家时，或者花姨来带乐乐时，我才回家。我心里愤愤不平：害我在外面流浪，给小狗东西腾出空间，谁的地盘啊。

一天上午，我从海珠区校园坐出租车到北京路步行街。漫无目的地来回走。走累了。一累我就头痛胃痛心烦，只好进了一家大商场。商场一楼是一个一个名牌化妆品专柜。全国各大商场布局基本相同，顾客一进商场大门，首先见到的是包装华美的瓶瓶罐罐，香气袭人，价格袭人。化妆品专柜的小姐都是公关销售高手，笑颜如花，妆容俏丽，柔中带刚。朋友提起过最怕化妆品专柜小姐，若是被她们盯上，任你怎么拒绝，都脱不了身。总得出点血掏出钱来，买一两件产品。否则，七整八整，双方心情都不爽。

朋友教过我，不管在哪个大城市大商场，只要你没有买化妆品计划，就要迅速通过封锁线，避免与对方眼神交流，不要接话停留。

我因疲倦而茫然。仅停留几秒钟，就与一位专柜小姐正面相遇，来不及避开对方眼神。小姐带着职业性的微笑，温柔而坚定地问我：需要买点什么吗？

我不好意思不接话，道：什么都不需要。路过。我去二楼。

专柜小姐说：你皮肤还可以，眼周保养不太够，有黑眼圈。我给你介绍一款适合你的眼霜吧。

我说：你们品牌的眼霜我有。不用买了。

小姐说：你的使用方法可能有问题。你坐下，不买没关系。你坐下。

我累了。确实想坐下。可是我坐下一定要掏钱了。我知道，这家品牌很牛，有贵宾卡也不打折。可是，我真的要坐一坐。就算在这里做十分钟香薰疗法吧。到时我掏钱买一支口红。口红相对便宜些，也好携带。

这个过程不用叙述。都市白领都有切身体验。

我掏出银行卡，跟随专柜小姐去刷卡，一笔刷掉了三千多元。此小姐很敬业。把我买的眼霜、面霜、口红一一展示叫我看保质期，仔细包装好，双手将品牌袋子交在我手中。我觉得累。比没坐下歇息时还累。此时听人说话会很焦虑，脑子里一片糨糊，反应迟钝。我不想她仔细包装，懒得等待，我要回家。但是，我懒得说话。

没走出一楼。我被旁边专柜的小姐堵住去路。彼小姐说，我是她们品牌的老顾客。我勉强睁大眼睛看看她，似乎有一点点脸熟。也许我累了，也许我要发病了，这时见谁都似曾相识。我的大脑迟钝，茫然跟她走，坐下。

我忘了她说了些什么话，忘了答应买什么。头晕恶心，一口气总是吊着上不来。我想立刻走。我要回家。

我跟着第二个专柜小姐去交款处刷卡。记不住刷掉了多少钱，也记不住我买了啥。好在大商场讲童叟无欺的规矩，对躁郁症病人想必也不欺。对方特意说，送了一片什么面膜馈赠老顾客。我发蒙，发蔫。她叫我签字我就签字，只想她快快放我走。我弓腰驼背站不直。擦什么化妆品都白瞎。

我左手提着一个品牌袋，右手提着另一个品牌袋，眼发直，打瞌睡。走了几步忽然找不到出门的方向。心里直恐惧。就怕又被人拽住。我要回家。

第一个品牌的专柜小姐正巧看见了我，惊讶地脱口道：你还在这里呀？

我苦笑，也许不是笑是苦咧嘴，没气力费神解释，道：我有病。可能是购物减压病。

模糊中，此小姐眼中充满同情，很诚恳地催促说：你快离开这里。

大门在哪里？

大门就在那里。快走吧。

走到门口，心里模模糊糊想：遇见好人了。

坐出租车回到家。周乐乐在门边咿咿呀呀地欢蹦欢迎，围着我跳来跳去，亲我的脚，又要亲我的手。好像我是失散了一年刚回家的亲人。我的焦虑减轻了。我知道安全了。回到家里了。我真的可以踏实歇息了。

嗯嗯嗯（﹨﹨﹨）。

我跟毛毛玩抱抱。我要骑毛毛。姐姐飞鞋砸我，用脚拨开我。

我去闻娇娇的屁屁。姐姐大巴掌往我脸上拍，揪我脖子，把我拖开。

姐姐说：不许耍流氓。走开。

抱抱爬跨闻屁屁，不是耍流氓。这是游戏、信息交流懂不懂？连这个都不懂，我太失望了，你OUT了。

我闻娇娇的屁屁，是想知道她今天有没有发出爱的宣言。娇娇害羞，她还没有想好喜欢怎样的男生。她对我有点意思。我闻出来了。我不太喜欢她的味道。我喜欢运动型女生的味道。

我去闻过匪匪的屁屁。这个傻妞吼我，叫我滚远点。她龇牙，她的牙很锋利。我闻出她每天吃生的鸡骨架。匪匪是运动型。她的味道我喜欢。她的脾气我很不喜欢。她居高临下俯视我，摆明小看我。太伤自尊了。

我下定决心，不睬她。她以为比我高大就可以征服我的心。错错错。小爷我不是凡夫俗子。我眼界可高了。如今女多男少，我是香馍馍。

姐姐总表扬酷丫。就冲这一点，我就不追酷丫。姐姐说酷丫会匍匐前进，会用后腿直立跟她老爸跳舞。哼哼哼，小爷我不屑玩。

传说麒麟跟我的祖先有关。太监宫女都是我的随从，御林军都尊我为狮子犬。什么意思呢？小妞们不懂这些吧？狮子是百兽之王，狮子犬就是犬中之王。

我本来想低调，姐姐不许我骄傲。但是，面对匪匪酷丫这种女生，我必须高调。我要让她们倒追我。倒追我还不稀罕呢。

我最喜欢毛毛的味道。喜欢他的脾气，喜欢他的诗歌。哇塞，每次读到他留下的诗，我的心肝都会膨胀乱跳。毛毛最有眼光，他知道我的高贵和勇敢。他写诗说：爱爸爸，爱妈妈，爱乐乐。我的爱，永不变，爱爱爱……要爱一万年。

姐姐不懂。总插手捣乱。我是男生，我要有风度。我让着她。可是她不明白耶。

姐姐说要阉掉我。哥哥说：绝对不同意。

姐姐说：阉掉他就老实了。

哥哥说：投票！二比一。不许下毒手。

感谢哥哥。哼哼哼。

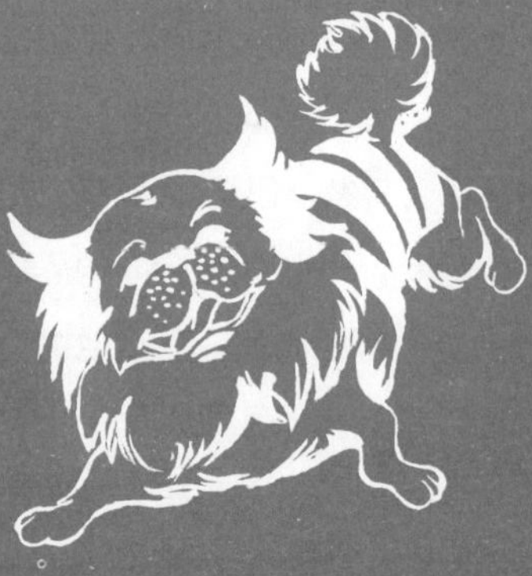

6. 情有独钟
——闷骚诗人毛毛

::毛毛是宅男,没有一个狗朋友,父母几乎不带它下楼玩。清晨,或半夜,它在天台嘘嘘,用尿迹写下一泡泡诗篇天台聚餐有个心照不宣的规矩，谁家小母狗发情了，不参与聚会。这样免得出意外，也避免各家为狗儿狗女性事伤和气。花姨的邻居小美爸跟银狐犬拉拉的爷爷红过脸。拉拉对小美性骚扰，小美爸用黄飞鸿式无影脚踢翻拉拉，拉拉的爷爷扬言要去物业公司告小美爸故意伤害罪，小美爸扬言要告拉拉企图强奸罪。花姨很怕一不留神，小狗东西捣鼓出几条命，两头无法交代。

花姨对阉掉周乐乐之事乐观其成。小狗东西不听指挥，报复心重，花姨得罪他，他就在厨房垃圾桶边拉尿。周乐乐知道厨房是花姨的地盘。

他很会看管自己的"财物"。姐姐把乐乐的玩具小熊交给花姨，托她带给爸爸出差独自在家的酷丫，花姨举着小熊对乐乐说：我拿走了，送给酷丫玩。乐乐眨巴大眼睛听，听懂了，他拦住门不许花姨走。花姨试探着放下玩具小熊，乐乐立刻把小熊叼到自己小窝藏起来。

花姨要给乐乐洗小衣服，她在客厅、书房、阳台找乐乐穿过的脏衣服，找到一件扔一件在浴室脸盆里，乐乐闷声不响把脸盆里的脏衣服一件一件叼回自己小窝里。

花姨拿着姐姐送的腊肠、糕点、外省土产摆在乐乐眼前逗乐乐，告诉他这些东西要拿走了；乐乐一扭头一转脸，好像说拿去拿去反正不是我的。

小狗东西转得可恨又可乐。

周乐乐出去遛弯不愿回家，花姨吓唬他：不听话今天就阉掉你！周乐乐不肯让花姨给他洗澡，花姨故意大声说：姐姐说要阉掉臭坏蛋，你就快成小太监啦。乐乐虽然听不懂她说的是什么事，但是从口气判断不是什么好事。小狗东西会还以颜色，冲她吵架般噢噢噢噢噢一通叫，好像哑巴吃饺子心里有数。

每周六晚上天台聚餐时，匪匪妈带一个不锈钢汤盆，这是匪匪专用的，匪匪绝不容许其他狗狗到它汤盆来喝水。

娇娇妈给娇娇带一个奶瓶,里面装着矿泉水,娇娇渴了妈妈就把水倒在奶瓶盖里,娇娇在奶瓶盖里喝矿泉水。

酷丫的爸爸随手带支瓶装饮料,他喝可乐,酷丫就跟着爸爸就着爸爸的巴掌喝可乐,爸爸喝啤酒,酷丫就跟着喝啤酒;众人看不过眼,强烈要求酷丫爸改喝蒸馏水。

毛毛跟着爸妈加入了周六夜晚聚餐会。它纯粹是冲乐乐而来,吃完肉肉就跟乐乐追来追去,令全体小母狗成为花瓶、剩女。毛毛妈给毛毛带的是一次性纸杯,毛毛喝水多,喝得快,纸杯很快空了或破了,有时毛毛爸只好回家再端个纸水杯过来。

花姨带乐乐上天台,会带上乐乐的专用塑胶水碗,水碗上印着一个卡通史努比。为了聚会喝水方便,李兰妮在宠物店特意买了一个折叠帆布浅口小水盆。小水盆帆布是艳蓝色的,桶底桶圈是塑胶的,灰玉色,拎起来里面能装三碗水。漂亮又实用。第一次用折叠小盆装水上天台,众家长一致赞叹这玩意好,纷纷让自家孩子到这个水盆喝清水。

等到其他狗狗试饮之后,毛毛一口气喝完了水盆里的水,它大嘴咬住这个帆布小盆当玩具,仰头举起,在天台来回奔驰。乐乐追毛毛,始终追不上。花姨大叫:毛毛不要咬坏了!众狗妈狗爸围堵毛毛,七手八脚将它嘴上的帆布水盆抢了下来。李兰妮一看,还好,没咬烂,没扯烂,只是塑圈上有两个深长的大牙印,摸一摸,手上全是黏糊糊的毛毛的口水。

此后上天台聚餐,毛毛喝完水,照例要咬着这个艳蓝色折叠水盆跑,乐乐照例追。李兰妮说,毛毛喜欢拿这水盆当玩具,就把水盆送给毛毛吧。毛毛爸妈不肯收。

天气炎热时,李兰妮不再去天台看狗狗聚会。她容易倦。站久一点累,坐久一点也累。花姨带乐乐上天台前,李兰妮躺在客厅沙发上,每次都要坐起来郑重叮嘱道:千万要盯住乐乐。不许乐乐耍流氓。一定要看紧。

宠物杂志每年会做专项民调,讨论狗狗的性话题。专家说:只要不打算繁殖，狗狗做绝育手术有利健康，性情会变得温顺。小公狗做绝育手术简单安全，不必住院。小母狗做绝育手术则复杂一些，有一定风险，术后要住院观察。无论公狗母狗，术后大多不会太活跃，会发胖。无论公狗母狗，绝育最佳时间是一两岁时，伤害小，恢复快。

姐姐看到书上说：公犬如果不做绝育手术，日后会有增长肿瘤之风险。哥哥看到书上说：公犬阉割后会减弱犬的雄性气质，改变它的性情。哥哥认为周乐乐气质、性情哪儿哪儿都好。不需改变。更没有必要杞人忧天。

毛毛爸妈率先给毛毛做了绝育手术。手术很简单，收费一百六十元，连住院观察一晚都省了。十天不洗澡。伤口拆完线，日子照样过。毛毛不曾情绪低落，型男风格依旧，一如既往地吸引周乐乐。

毛毛爸妈约乐乐哥姐两家六口开车去郊游，吃农家菜。姐姐特意带上折叠帆布水盆。毛毛妈细心带着几瓶矿泉水，一到目的地，就把一瓶矿泉水倒在水盆里，招呼乐乐毛毛喝水。乐乐喝水少，喝两口就走开。毛毛任何时候喝水都似牛饮。毛毛妈见它喝得差不多时，立刻把水盆抢到手里，倒干水，交给姐姐收着，免得毛毛拿它当玩具。

郊游目的简单，就是让两个小家伙接近大自然，在农民家的果园跑一跑。果园有杨桃、木瓜、番石榴、黄皮、龙眼等本地水果，模样不好看，滋味却比进口水果强。一方水土养一方人，常吃本地产的蔬果对病人有好处。经营农家菜的人家往往有果园、菜地、小鱼塘，还放养着鸡、鸭、鹅。

乐乐第一次看见毛茸茸嫩黄色的小鸡崽时，呆住了。他在小区草地喜欢追着会飞的麻雀、雨燕、蝴蝶、蜻蜓跑，但他没有见过活的母鸡小鸡。周乐乐谨慎地围着这只落单的小鸡崽转着圈观察，好奇地过去闻鸡崽的屁屁。很困惑地歪头想，这种味道有点怪。鸡崽的妈老母鸡率领一群儿女冲过来接应掉队的小鸡，那气势吓得周乐乐掉头撤到安全地带。他的安全地带是毛毛的身边。毛毛块头大，吠声高亢，足以保护乐乐的小身板。

哥哥和毛毛爸在鱼塘边钓鱼，毛毛妈在菜地选菜，只有姐姐盯住两个小家伙。

6. 情有独钟

　　毛毛带头在果园跑，与乐乐玩追逐游戏，尽情撒欢。毛毛玩得尽兴时，突然躺在地上来回打滚，袒露大肚皮，咧开大嘴巴，龇着两排歪七扭八的大长牙。乐乐两只大眼睛圆圆鼓鼓的，晶晶亮，光闪闪，咧着松松疏疏的小珍珠糯米牙，他扑上去骑着毛毛的头。

　　姐姐立即干预，把周乐乐拨拉到一边。毛毛跟乐乐玩摔跤，后肢直立，前爪扑前爪。抱来抱去，滚来滚去。一时乐乐把毛毛打趴了，摁住它的头宣示胜利；一时毛毛又翻身反扑，把乐乐踩住了。

　　钓鱼、摘菜的三个人都过来了。四个人自动组成啦啦队，大喊：乐乐加油！跳高一点。摁住毛毛！毛毛上！上啊。干掉小白脸！

　　突然，乐乐爬跨在毛毛身上，毛毛张开大嘴傻笑，两个小狗东西嘿咻嘿咻。

　　毛毛老爸吼：乐乐，滚下来。你又干坏事。

　　毛毛妈对姐姐说：赶快阉掉乐乐吧。

　　姐姐对哥哥说：听到没有？毛毛是太监了。乐乐到底怎么办？

　　哥哥拉下臭脸说：瞎操什么心！

　　姐姐知道再说这个话题，哥哥就要给邻居难看嘴脸了。她又恼又怒，脱下运动鞋就砸周乐乐。两个狗东西依然咧开嘴乐，越挨砸抱得越紧。抱得越紧，姐姐下手越重。就是要砸给别人看，以示管教有方。

　　毛爸毛妈看得不忍心，一个拖开乐乐，一个隔开毛毛。哥哥不说话。他最烦人家煽动说要阉掉周乐乐。毛毛妈推着姐姐，叫她掏出艳蓝色的帆布水盆，张罗着让乐乐毛毛喝水，破解尴尬气氛。

　　吃农家菜的屋子，是一间竹屋，四面通风，很凉快。鱼是哥哥和毛毛爸钓的，空心菜、生菜是毛毛妈亲手在菜地选摘的。这三个人喝着啤酒，很惬意。姐姐不喜欢啤酒，她忙着让乐乐毛毛分享农家菜的土鸡肉、土猪肉。

　　毛毛一直让着乐乐。它很想很想吃肉肉，看着姐姐扔下来的鸡脖子鸡爪子大肥肉猪骨头，它的舌头伸出来，小眼睛贼亮，但是它强忍住，很绅士地站在一旁，让乐乐先吃。

乐乐毫不谦让，挑挑拣拣，他先闻一闻地上的食物，骨头太大，他懒得啃，鸡爪子肉少，他不屑吃，他用嘴碰碰鸡脖子，想了想，没吃，又仔细闻闻大肥肉，犹豫片刻，掉开头。

毛毛全神贯注看着乐乐的一举一动，不时在原地走动，脸上表情像在说：快吃吧。多香啊。怎么还不吃？好羡慕哟。你牙不好吗？你不饿吗？放心，我会等，我不饿，你先吃先吃。

乐乐抬头看姐姐，盯着她不动摇。姐姐受不了他的逼视，问：看我干什么？给你吃你不吃，毛毛快来吃。

毛毛不动。

毛毛爸招呼它快吃，毛毛依然不动。

毛毛妈说：毛毛要等乐乐吃完才会吃。每次在天台玩，花姨带来吃的，几个小家伙一人一份。乐乐几乎不吃，毛毛也不吃，要等乐乐走开，去闲逛了，毛毛才吃自己那一份，然后我们让它也吃掉乐乐那一份。

姐姐惊讶道：真的啊？平时在家呢？

毛毛妈说：在家它只有狗粮吃。碰上我们做面条，它也吃点青菜面条。

姐姐赶快挑了一块上好的鸡块放在手心，说：毛毛真是好孩子，阿姨喜欢你。来这里，阿姨给吃香香肉。

毛毛憨厚地望着姐姐不动，嘴巴轻轻咧着，好像表示心领了。

乐乐走过来，吃掉姐姐放在手心的鸡肉。

毛毛爸批评道：乐乐——你就是吃喝玩乐最拿手，典型的小白脸。

乐乐吃完这块鸡肉又紧盯姐姐。姐姐叹气道：好像我前世欠你的。

她用手心托着几块鸡肉猪肉让乐乐吃。乐乐吃完姐姐手心上的食物，扭头走开了，溜溜达达到哥哥脚边去蹭蹭，哥哥把他抱到旁边的空椅子上，他趴在椅子上安静下来。

毛毛明白轮到它开饭了。它饥不择食，狼吞虎咽，匆匆忙忙把地上的鸡爪鸡脖肥肉骨头全吃掉了。

姐姐责备乐乐：讨厌，耽误毛毛吃肉肉。毛毛让着你不跟你争，不挑食，不惹事，有礼貌，这才是好孩子。

姐姐看毛毛似乎还想吃，便把碟子里剩的烧肉拣给毛毛吃，毛毛吃得很痛快。吃完乐呵呵地望着姐姐。姐姐继续给它肉肉吃。

毛毛爸说：别给了，毛毛吃肉不知道饱，给多少都吃掉，回到家里会撑得吐。我又该辛苦拖地了。

毛毛爸疼爱地搂住毛毛的头，说：不吃了。咱们要减肥呀。

哥哥打趣说：人家都说宠物像主人。你们爷儿俩越长越像。

姐姐说：毛毛这么好的性格像谁呢？

突然毛毛呜呜高叫，声音震耳，挣脱它老爸的手，惊慌四望，要往屋外跑。

姐姐紧张问：怎么了？它怎么了？

毛毛爸抱住毛毛说：放心。放心。妈妈去厕所了，马上就回来。

毛毛不叫了，但仍然很惊惶地张望，极郁闷。

毛毛爸揉着毛毛的大脑袋，亲它，摇晃它，自豪地说：我要是突然走开了，它也会到处找。这家伙特别重感情，爸爸妈妈一个不能少。平时我们要出门，必须跟它说清楚。谁要是突然离开家，没让它知道，它发现少了一个人，就会不安地叫，一直在门口等，哪怕等一天叫一天。

姐姐拿出折叠水盆，装上水，想转移毛毛注意力。

姐姐说：毛毛喝水。

毛毛不为所动。凝神细听着远处的动静。乐乐喝水。喝完水试着想叼起水盆，大概想吸引毛毛的注意力。可惜他的小珍珠糯米牙劲不足，盆叼住了没举起来，反倒弄洒了水，水全洒在自己胸前。毛毛爸笑。

毛毛不受干扰。它神情焦虑，高声嗷嗷地长叫。好像行山的人怕同伴迷路，嗷声提醒道：这里——这里——

毛毛眼睛望着果园远处，一条土路蜿蜒通往厕所方向。毛毛突然挣脱爸爸的手飞奔而去，乐乐呆了呆，拔腿去追。姐姐欲追乐乐，毛毛爸劝阻道：不用追。毛毛听到它妈脚步声，迎接去了。

果然，毛毛妈出现时，毛毛跟乐乐紧随左右，喜气洋洋，尾巴乱摇，大呼小叫。

简直有点像护送穆桂英元帅班师回朝。

毛毛妈回到桌边一坐下,毛毛把大大的脑袋往妈妈怀里扎。毛毛小声呜呜呜叫,好像在说:你回来太好了。我好担心你。咱家三个人一个也不能少。毛毛的大脑袋埋在妈妈怀里拱来拱去,身子紧紧贴着妈妈在撒娇。毛毛妈笑着捧起毛毛的脸,亲一口脑门以示奖励。毛毛爸骄傲地扫视乐乐的哥姐,悠悠喝完杯中剩余的酒。

姐姐说:周乐乐,拜托你学着点儿。毛毛多聪明,多贴心。你呀,就是个小白脸,懒馋贪变!

周乐乐睁着两只大眼睛,摆出一副很无辜很憨厚的 Q 模样。这是周乐乐对付李兰妮的杀手锏。

李兰妮去宠物店购物。她跟店主夫妇都比较熟,给乐乐买狗窝、零食、玩具、衣服,都在这家店。她要预定一个折叠帆布水盆送给毛毛。老板娘答应去进货,半个月左右有消息。

李兰妮问:狗绳有什么好介绍?

老板娘拿出一种伸缩型牵引绳,最长长度可达三米。国外进口货。

李兰妮说:结实吗?

老板娘说:结实!用刀割都未必断。

李兰妮说:乐乐的绳子不好用,松过两次。

老板娘示范道:你看项圈上面这几个眼,不要像人系皮带那样系。狗狗好动毛多,扣紧,能塞进一个小手指,这才勒得紧。

李兰妮看见有小母狗发情专用的生理裤,母狗发情时,穿上这种生理裤,可避免意外交配。李兰妮一气买了四五条。

老板娘问:乐乐不是公狗吗?你买这些?

李兰妮说,给我们那栋楼的小母狗各送一条,防止乐乐干坏事。

老板娘笑说:怎么是坏事?配种是好事,喜事。像乐乐那样的帅哥,是一流的种公。

李兰妮说：我打算送他去宠物医院阉掉他。

老板娘脱口说：不要啊！可惜啦。

李兰妮说：阉掉他就省心了。

在小区里散步，常会遇到小母狗的妈，不管认识不认识，见到乐乐都喜欢逗他玩，赞他可爱，要求抱抱。

有趣的是，绝大多数小母狗的妈表达稀罕乐乐之情时，小母狗的爸的眼神表情都在表达不稀罕不耐烦不屑听。

小母狗的妈会爱不释手地摸着周乐乐，说：你家狗狗真乖呀。

李兰妮说：你没看见他不乖的时候多烦人。

对方道：让他跟我家宝贝生一胎好不好？

李兰妮吓得赶紧抱回乐乐说，那不行。说完就走，表示没有商量讨论的余地。

这种事遇得多了，李兰妮很担心。就冲着一点，乐乐跟毛毛玩最安全。

又逢周日，花姨休息。早午晚都得李兰妮带周乐乐散步。想想就觉得累，心烦。李兰妮精力体力不济，总被周乐乐拖着跑。好多回，李兰妮被周乐乐遛得怒火满腔，很想用脚踢他。不踢脚痒心烦；踢了内疚心疼。踢也白踢，周乐乐叛逆心重，反抗意志坚定。气得李兰妮胃痛。用手摸，可摸到胃脘处巴掌大气郁的硬块。回家后，要用手揉搓许久，胃脘的硬块才缓慢消减。

当初买狗狗，以为带狗狗散步就是宠物疗法。狗狗乖，可爱，紧随左右，散步既是锻炼也是玩耍，心旷神怡。如今才知自己愚蠢，散步成了吃苦受累厌倦恼怒之事。

可恨的是，有时散步途中，李兰妮快步走着走着，突然感觉手上狗绳紧绷，迈步困难。停下来看看，原来是周乐乐在身后故意不动如山；直到李兰妮后退，退到周乐乐身后，周乐乐才开步往前走，迈着他的小老虎步子率先而行。分明就是提醒李兰妮，周乐乐是老大，李兰妮不可以走在老大的前面。

李兰妮若与周乐乐计较，只能比试拔河。即使此刻赢了，走几步，又遭遇逆反抵抗，再拔河较量。周乐乐打的是持久战，李兰妮是病人，耗不起，只能让周乐乐走在前面。她边走边骂：转什么转，狗东西，欠揍。王八蛋。我踢你小屁股。扁你。

又到遛弯时间。李兰妮在家门口给乐乐系上牵引绳。因为用的是新项圈,突然想起预定小水盆的事。她一边关门锁门等电梯,一边手机致电宠物店。

预定折叠水盆没有货。男店主说:厂家不生产了。有一款自动饮水器,你过来看看?

算了。乐乐对饮水器没兴趣。

我老婆讲,乐乐天生一个师奶杀手,很多家长喜欢这种款。我们想给他介绍女朋友,他配一次种,能拿两千块营养费。

不行。

你们不想给他机会留下优秀后代吗?

李兰妮斩钉截铁回答说:没想过。

电话刚收线,电梯开门,周乐乐火速冲进电梯。李兰妮忙着把手机放进小背囊里,慢了一步。电梯突然反常,急关急落。

周乐乐脖子上套着新项圈,伸缩型牵引绳的控制盒握在李兰妮手中。眼看电梯故障不对劲,李兰妮赶快松手。已经晚了,牵引绳控制盒子夹在电梯门缝外,就卡在这一层的梯坎上。电梯强力下落,绳子成了绞索,等于一根上吊绳,周乐乐的脖子紧紧套在绳子另一头。绞索越绷越紧,发出不祥的吱嘎吱嘎声。李兰妮吓呆了,从头皮麻到脚趾,心痛,腿软,想叫发不出声音。

听到下落的电梯终于扯断了异常结实的进口名牌狗绳,李兰妮不敢想象电梯里的惨象:周乐乐完了。脖子是不是被绞索绞断了?一分钟意外就这么绞死了?上帝啊!为什么会出现这种意外?我是凶手是我吊死了周乐乐!该死的是我!

李兰妮从十二楼往一楼急下楼梯,心中默祷:亲爱的上帝,求你救乐乐!救他!如果他不死,我一定对他好。上帝呀,我有罪,求你宽恕。求你这次是警告,给我悔改的机会。上帝!求你求求你!

越接近一楼,心里越害怕。她害怕看到乐乐的尸体,害怕终生不能驱散事故阴影,害怕乐乐死不瞑目。她心里怀着百分之一的希望:但愿乐乐的头能从项圈中挣脱出来。

6. 情有独钟

新项圈极结实，李兰妮这次给项圈扣眼时，连一个手指缝隙都没留。乐乐的头特别大……除非出现奇迹。

到了一楼。电梯里，只有乐乐的项圈，没有乐乐。生要见狗，死要见尸。李兰妮双腿抖得站不住，只能蹲在地上想：死了吗？没有死？跑了吗？不可能跑，不死也伤，拼死挣扎累也累趴了，吓也吓瘫了。

有一种可能：死了。死尸恰好被清洁工发现，速速扔掉了。

李兰妮在院子里找清洁工，没看到。清洁车在院子里，她双手抓住头发抑制恐惧往车里看，车里是空的！

李兰妮心里稍稍放松一点点：有希望。她在院子里大叫：乐乐——乐乐——你在哪里？！

没有乐乐的踪影，没有乐乐的吠声。李兰妮转身往楼上搜寻，西座的一层、二层——直至十六楼整个天台。没有踪影。她又从天台往东座向下搜寻，第十五层、第十四层——一层一层往下搜。

也许李兰妮呼喊乐乐的声音太凄厉，第九层突然响起雄壮的狗吠声，是毛毛在叫。

李兰妮不知道毛毛家具体位置，在九楼呼唤：乐乐——毛毛——乐乐——毛毛妈开门。毛毛抢先冲出门，它感觉到出事了。

李兰妮大叫：乐乐丢了！乐乐出事了！

毛毛妈很冷静，简单问了几句便说：没事的。应该还活着。应该还没出院子。毛毛快来帮阿姨找乐乐。毛毛，仔细听一听，闻一闻，乐乐在哪里？带妈妈和阿姨找乐乐。

毛毛妈示意李兰妮不要动，看毛毛想朝哪个方向走。

毛毛像只呆瓜绵羊站在电梯过道上，一动不动。李兰妮看着它不曾美容修剪的卷毛，心里乱糟糟的。这只杂七杂八的混血狗身上看不出搜救犬的范儿。

突然，毛毛一甩头，深邃的小眼睛噌地发出亮光，它朝楼下奔跑，毛毛妈和李兰妮跟着跑，毛毛的步子很沉重，爪子在地面上擦出咔咔的声响，跑下一层一层阶梯时，肥胖的身躯竟然很矫健。

第八层它不停留，第七层不停留，第六层不停留，李兰妮起疑：难道不要逐层搜寻吗？

第五层——楼道间毛毛站住了。每个楼道可通往东西南北四个方向六套住宅单位，毛毛仰头似乎扫了一眼李兰妮，带她拐向南边走廊。

上帝啊，李兰妮暗自欢呼：感谢你！

周乐乐正在一户人家门前徘徊，低头去嗅别人门缝里的味道。听见声响，回头一见毛毛，大喜。毛毛迎上前两步，突然扭头往楼上跑，乐乐紧跟着往上跑。

李兰妮说：还能跑，应该没受伤！他们往哪儿跑啊？

毛毛妈笑：没事的。毛毛会带乐乐在我家门口等。我猜乐乐从电梯里逃出来之后，就是想来找毛毛。他不知道我们住在哪一层楼，就一层一层一家一家门前找。看来乐乐听觉嗅觉"麻麻地"，就是一个漂亮的小白脸。呵呵，毛毛喜欢小白脸。

李兰妮有气没力地笑。惊吓奔波上蹿下跳到此时，她很倦。勉强爬楼梯走回第九层楼，果然，毛毛带着乐乐站在自己家门口。

毛毛妈夸奖它：毛毛了不起。真棒。

毛毛张开大嘴笑，露出参差不齐的两排大黄牙，还有两根龇出来的尖长牙。深邃的小眼睛闪出亮光。头一甩，国际T台型男的感觉。

毛毛妈打开房门，毛毛乐乐率先跑进屋。毛毛懂事地朝李兰妮摇尾巴，好像一个礼貌的孩子说：阿姨，欢迎你，欢迎。

疲惫不堪的李兰妮正想在沙发上坐下来休息，就听见毛毛妈尖叫：不要！乐乐——

乐乐正在客厅电视柜脚边抬腿撒尿。

李兰妮和毛毛妈同时吼：不要！

乐乐抬起来的小短腿儿抖了抖，犹豫一下，继续完成了他的"雄图霸业"。

惊吓劳累之后，李兰妮又病了。病恹恹的李兰妮想：明年吧，明年一定阉掉这个小白脸。

6. 情有独钟

　　我就不信病人不能自行减药。我是资深病人，从小穿着病号服出入医院，早就养成破罐子破摔浑不懔的习惯。护士说，住院期间不许出住院部大门，离开科室要请假。我偏不请假，穿着病号服溜出去溜达。医生抓我做检查，什么腹腔肾空气造影、钡餐透视、抽空腹胃液、针灸脑部实验疗法、内分泌新药实验、排除癫痫脑部检查……我常常"荣幸"地成为样板田试验田，护士们说起我的口头禅是：哦就是某某床那个小孩儿吧？她今天又做什么试验了？

　　在省里某大医院，曾有数不清的西医中医包括医学院的黑人留学生外地进修医生到小病房来看这个病人。都知道她乱吃药，把本该一天不超过三片的内分泌药，随心所欲吃，几天吃完了一百片。内分泌专家说她：颠覆了医药界的规定，对药典提出新的界定标准。

　　大大小小的医生走了一拨，又来一拨。基本程序一样：啊你就是某某床那个病号吧？来让我们摸摸脉搏，伸出舌头看看，站起来，双手平伸看看。单脚站立看看……就连非洲实习医生都用僵硬的汉语说：先（伸）出袖（手）来砍砍（看）。我厌倦了就溜走，穿着病号服到处走。

　　在我的意识深处，很早就潜藏着活够了的想法。身体里心口里有个灵，总想杀死这个李兰妮。

　　减药不到十天，感觉比不减药还难受。每天头痛痛得要撞墙，撞得晕晕乎乎才罢休。到银行排队取钱，恨不得跳到人家柜台上踩脚踩烂他们的桌子。坐在公共汽车上，想用头撞司机的椅背，把头撞烂。在地铁里，一边恶心想吐，一边想在车厢翻跟头拿大顶。

体内有个灵挟持我。它要喝血。要喝李兰妮的鲜血。我赶快恢复原来的抗抑郁药量。有点晚。控制不住。我试着加大药量。不行。必须放血出来喂饱这个幽灵。

太想用瑞士军刀划开血管。这是躁狂还是抑郁呢？采取折中办法：抽血放血。这样不算自残吧？

在附近药店买不到注射器。幽灵挟持我，让我打的满街找大药店，找卖医疗器械的药店。我买了十毫升、五毫升的一次性注射器。二十多支装在一个塑料袋中，鼓鼓囊囊的。恨不得就在药店伸出胳膊抽血，把针头对准血管立刻扎。

家里只有我和乐乐。快动手。

先用一根拴狗的绳子勒胳膊，不行，狗绳太细，有点脏。找到手机充电器的电线勒，血管暴出来不够鼓。找来长筒丝袜，勒紧胳膊，合适。酒精消毒，拆开一次性自毁式十毫升注射器，往胳膊上最粗的血管扎。失败了。针头刺破血管，鼓起一个血包。

乐乐觉得奇怪，歪头看我做什么。我对他说：一边去。

我把他抱到背后的沙发上。不能有旁观者，哪怕是周乐乐。

第二次用的是五毫升的注射器。针头细一些好掌握。用乐乐的小枕头垫胳膊。一次成功。满满一针管鲜血，温温的有点暖，血色还嫌不够深浓。针头拔出血管时，血竟飙成一道抛物线，喷到地板上。

我赶快往洗手盆跑。雪白的瓷盆，我把鲜血从针头针管里挤出来。雪白的盆，鲜红的血，画圈。一圈两圈，好看。洗手盆边沿、浴室瓷砖上、客厅木地板上、书房木地板上，一小摊一小摊血。颜色红得真好看。心中隐隐有欢快。赶快接着抽。

换上十毫升的针筒。换一条血管。这回有经验了，针头进针要缓，手要保持平稳。血涌进针管，满了。抽出针头。血顺着手背流。继续流，流多一些。鲜红的血。血流得太慢。如果用刀划开血管，泡在水里，会流得畅快吗？要不要试一试？一盆鲜血更过瘾……

　　砰砰——啪！突然响声大作。乐乐在茶几上把水晶大花瓶碰摔了，碎片和水溅得客厅木地板上一片狼藉。

　　我浑身打个大大的冷战。心里狠狠揪了一下。天灵盖有种异样感觉，似乎幽灵飞脱出去。嗜血的兴致顿减。乐乐正看着我。大眼睛盯着我的针筒。他是不是故意捣乱呢？

　　乐乐将小脑袋瓜弯到自己怀里窝着，这是害怕吗？乐乐的嘴在咂吧咂吧响。他在舔空气咂吧空气。宠物杂志上说过，小狗这样的身体语言是表示焦虑。我小声说：乐乐，不要怕。姐姐不会伤害你。

　　乐乐紧张。对鲜血气味敏感。

　　自残的欲望烧烤我的心。怎么办啊！不能挥刀刺向李兰妮。不能不能。可以挥刀杀向哪里？快快快！欲望要找出口。兰花！李兰妮最喜欢的那株兰花。杀。杀。杀掉那株墨兰。冲到阳台，挥舞大剪刀，花、叶、秆，全咔嚓了。花盆里光秃秃。

　　不过瘾。还想咔嚓咔嚓。有蟹爪兰，剪剪剪。全部咔嚓剪秃。还有洋兰。不要放过。全剪掉。一株一棵都不能放过。斩草除根。毁个精光。长长短短的兰叶散落在阳台的台面上地面上。蝴蝶兰剪了。芦荟剪了。白兰花的绿叶和枝杈剪了。白兰花的叶子很好闻。这些美丽的花草，原本是我喜爱的，可是此刻我就是要毁掉我喜爱的。我喜欢听大剪刀咔嚓咔嚓的声音。

　　乐乐嗷嗷嗷隔着玻璃门叫，使劲狂挠玻璃门。他在撞门。他让我分心。不爽。讨厌。我不得不放下大剪刀，让他进入阳台。

乐乐很困惑地看着我。他用小爪子扒拉白兰花的叶子，逐一嗅着青翠的兰叶。我不喜欢他那样看着我。为什么要一直盯着我？

警惕。犯病了？注意！我无法集中注意力。我用两个拳头捶砸太阳穴：清醒呀，必须清醒，远离西瓜刀、切菜刀、大剪刀、砍骨刀。严防突发暴力。严防大脑一片空白……

乐乐呢？乐乐在哪里？

我不记得把乐乐放在哪里了。阳台上？我必须把他放进安全地带。阳台上没有乐乐。客厅角落也没有。饭厅电视柜下面也没有。我有点发慌。我不记得把他放到哪里去了？正站在书房前徘徊，突然看见乐乐正在窗台上仰头望着我，眼神问：你在找我是吗？

我跑过去，把他抱在怀里。乐乐，我好像有点犯病了。你要帮助我。

开音响。听童声合唱。如清泉潺潺流出，柔柔地洗心涤虑。这首歌叫"祈祷"：让我们敲希望的钟啊，多少祈祷在心中……让世间找不到黑暗，幸福像花儿开放……

嗷嗷嗷。

姐姐吃药太多，脑袋坏掉了。有时候，她把我放在阳台上晒太阳，一转身居然会忘光光。大热天晒久了我会晒死的。没有安全感耶。还有哦，她在炉子上煮中药，煮着煮着她就出门了。罐罐里的药水煮干了，盖子冒烟了。臭臭喔全天下都是焦煳味。罐罐被火烧得刺啦刺啦巨响。老天哟老天哟屋子就要爆炸啦。来人啊！救命啊！我困在家里狂叫狂叫要疯掉了。

哥哥出差前，会趴在地上跟我说：哥哥坐飞机，去开会。乐乐呀，咱们这个家就交给你了。你要看好家。姐姐有病。你不要跟她吵架。不要闹别扭。姐姐小气，跟你赌气你要让一让她。谁叫你是男子汉大丈夫呢？守好家。管好家。

哥哥一出门，我就趴在门边守卫家门。我趴在哥哥的鞋子上。我喜欢哥哥鞋子的味道。我能闻出这些日子哥哥做了哪些事。哥哥打过篮球。哥哥传球多。哥哥打组织后卫。哥哥崴过脚。不太严重。哥哥打了羽毛球。打羽毛球和打篮球出的汗味不一样。

我喜欢哥哥打篮球流出的汗。浓浓的。香香的。我最喜欢哥哥打篮球的球袜，那个味道闻起来好过瘾。姐姐不懂。她抢走我嚼的球袜，说，臭死了。讨厌。等下嘴巴又来舔我。她把球袜抢走，用手拈着一点点边，扔进洗衣机。

姐姐傻瓜瓜。湿球袜就像刚出锅的臭豆腐，闻着臭，吃起来香喷喷。我嚼哥哥的球袜。陶醉哦。哼哼哼。姐姐小气。看见我趴在哥哥鞋子上就讽刺我，说：你偶像走了？你权威走了？怎么不带你一起去呢？想你老大了？想有什么用？现在你得听我的。你敢不睬我？男子汉大豆腐。鞋子不脏吗？压着小肚皮不硌吗？不热吗？叼个笑笑虎去玩吧。

我不睬姐姐。我要守门。我要听四面八方的动静。还要仔细闻闻有没有可疑人在附近。姐姐叽叽喳喳，烦人。她趴在地板上唠叨：周乐乐，你告诉我，我为什么不能当你的老大？你凭什么不让我当你老大？喂，小狗东西，你听到没有？我很怀疑耶，你跟你偶像一个毛病吧？你近视吧？你有鼻炎吧？

女人就这样。

这个样子还想当老大？

我闭上眼睛睡觉觉。哥哥出差，乐乐就是老大了。哦耶！

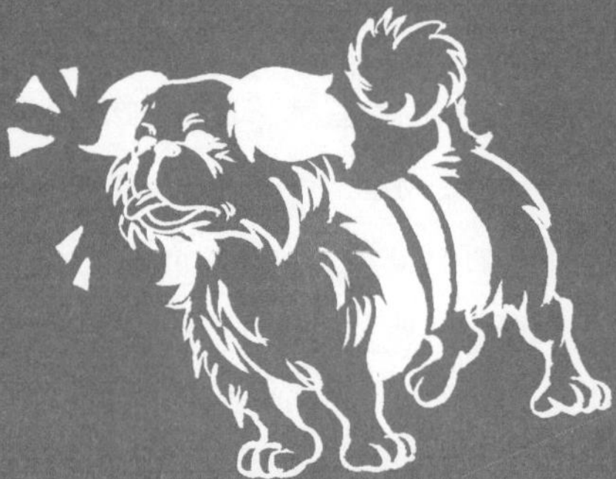

7. 惊 魂
——周乐乐探亲之旅

::李兰妮抱起他,说:给我锻炼去,再不练就废啦!没等周乐乐醒过神来,他已被李兰妮扔进了深水区周乐乐的一岁生日是在深圳度过的。

当初抱走一个月的乐乐时，李兰妮答应过那个广东女人，她会带他回家认亲。

抑郁症病人的优点是说话算数。他们会特别清楚地记得自己承诺过什么，承诺一天不兑现，内心天天不得安宁。

周乐乐探亲之路不好走。铁路禁带宠物，旅游大巴禁带宠物，只能蹭车。蹭车也得讲究天时地利人和。车主人、开车的人起码对狗狗没有恶感或偏见，像爹地那样的主儿肯定没戏。人家还必须对狗狗不过敏，不惧怕。周乐乐必须不弄脏别人的车，不会半路中暑，半路逃跑，半路惊吓司机引发车祸。李兰妮一路提心吊胆，伺候周乐乐到达深圳。

探亲是李兰妮送给周乐乐的生日礼物。她期待着惊喜、快乐。

那位广东女人看见周乐乐喜笑颜开，绝对是亲姥姥第一次见到亲外孙的感觉。一边往地上撒着曲奇、糖果叫乐乐吃，一边叫她的北京犬女儿快来认儿。

北京犬珠珠蝴蝶犬仔仔跑过来，与乐乐保持一段距离。三犬在厅里缓缓转圈，互相打量，迟迟没有相见甚欢的动静。

李兰妮原以为周乐乐会冲到亲妈怀里撒娇，或者亲妈情深意长地舔着亲儿子。她端起傻瓜相机想记录精彩镜头，不料冷场。

周乐乐困惑地仰脸看着李兰妮，好像问：这是干什么呀？我们来这里做什么呀？

李兰妮把他往珠珠跟前推，说：认亲啊。这是你亲妈。

珠珠冲乐乐吼了两声，似乎说：走开。离我远点。

乐乐不示弱地白它一眼，好像说：神经病。谁稀罕理你。

仔仔好奇地凑过来闻周乐乐，先闻他的屁眼、蛋蛋，又闻乐乐的尾巴、全身，

7.惊 魂

乐乐很不情愿让他闻，警惕地提防他，一脸的不耐烦。他频频舔鼻子，打呵欠，好像在说：好无聊啊。我想走了。什么时候可以走啊。

仔仔闻过之后跑到广东女人跟前摇摇尾巴，好像说：有点熟。好像有点熟。我想不起他是谁。

广东女人一手抱起珠珠，一手搂住乐乐，不住地说：你哋係俩仔乸！俩仔乸呀！她用广东话不停地唠叨着，亲热地唠叨着。

仔仔吃醋了。我呢！我呢！天上掉下个臭小子，难道要来抢位子？老子叫你立刻滚蛋！

仔仔冲向乐乐怒吼，它龇牙扑向乐乐撂住他要打架。乐乐挣扎，甩开它，眼睛不与它对视，表示无意跟它比强壮。

广东女人抓起仔仔，用指头弹它的鼻子，警告它不许挑衅乐乐。

李兰妮看着仔仔，心里的疑问又跳了出来。这小子身份可疑。它绝对是珠珠的儿子。但它跟乐乐是什么关系呢？

它跟乐乐长得有些像，身形小一号，毛色不一样，但是眼睛鼻子很相似，调皮捣蛋的德行也相似。难道是它跟珠珠交配生了儿女？一年前的一胎五胞小狗崽的亲爹会是它吗？

如果是，那多恶心。乱伦之罪孽是谁的错？繁殖的后代肯定不健康、不洁净。后患难测，阴影难消。

如果不是，这户人家又说不清楚珠珠跟哪只公狗配的种。他们说，根本不想让它生第二胎，天知道它怎么怀上的？既然仔仔是小公狗，那它就脱不了嫌疑干系。

广东女人全无狗伦困扰，满面春风把珠珠往乐乐跟前推，说：珠珠，乐乐不像你像仔仔。快来亲一亲它。它也是你的崽，快来疼一疼它。

珠珠嗅乐乐。乐乐往后退。他退到门口去挠门，挠几下，看看李兰妮，示意他很想走。

李兰妮提议给三个小家伙照相作纪念。

合影的时候珠珠仔仔很配合，乐乐却往客厅桌子底下躲，摆明不乐意。李兰妮只好钻到桌子下，把小狗东西拖过来，推出去。

好不容易照了几张相。画面不理想。貌不合神分离。

李兰妮道别这户人家，抱起周乐乐走出门。

周乐乐压根儿不回头，眼睛一直往楼下看，对他的出生之地、亲生母亲及疑似亲父毫无眷恋。

出生一个月就离开生母和这个家，周乐乐过早独立存活，以致情商发育不良，内心刚硬，血缘观念淡漠。这一点倒与李兰妮的经历颇相似。

重游故地探亲，周乐乐不愿认亲。他不习惯在李兰妮深圳家里待。那是上世纪八十年代初用深圳速度建出的第一批住宅小区，十年前已作为新移民的轮转房过渡房。每栋楼第一、二两层住的多是外来劳工家庭，不少人倒腾地摊小买卖，或推着板车冬卖锦州苹果、夏卖海南西瓜。住宅草坪上竖着竹竿，拉了塑料绳麻绳，常年晾晒着白菜干、萝卜片、腊肉干、小鱼干，楼前树下支着几张麻将台，说湖南话、四川话的男男女女打牌调侃喧闹。

小狗东西听觉太好，在窗门紧闭的五楼不满这些人大声喧哗，他冲着房门汪汪汪叫。李兰妮害怕狗吠扰邻，不断恐吓制止，周乐乐不买账，吼声愈高。

李兰妮哀求道：求求你闭嘴。求你啦行不行？你饶了我吧臭坏蛋，你想邻居投诉我呀。还叫还叫，老天，我受不了啦，怎么办啊？

周乐乐软硬不吃。

癌症手术前，李兰妮曾琢磨过怎样才能搬离这个旧区，改善居住环境。首先要去赚钱，然后还要到处奔波看看有无物美价廉的二手房。想想还要装修、买家具、搬家……实在折腾不起。她有自知之明，一无买房资金、二无购房能力、三无实施此项工程的精气神。由此她有幸成为珍稀深圳市民：没有炒过股，没有换过购过第二套房。癌症抑郁症确诊后，李兰妮不再琢磨深圳的搬家工程。她如释重负地告诉自己，搬什么搬？下一站：天堂。

周乐乐不是善解人意的主儿，他才不管李兰妮打算怎么活，他用野蛮的吠叫宣告：不喜欢。不喜欢。我要走。我要走。

半夜十二点多钟，楼底传来喝彩声。估计是哪个麻将高手喜获丰收。周乐乐本来已经眯在床边，此时跳将起来怒吼。李兰妮急忙把他抱在怀里，到客厅打开音响。她刚买了一张童声合唱的CD，她把音量调得很轻，选了其中一首摇篮曲。李兰妮抱着周乐乐晃，来回像摇篮一样晃，无奈而胡乱哼着：月儿明，风儿静，树叶儿遮窗棂，蛐蛐儿叫铮铮……周呀周乐乐，闭上眼睛，睡了那个睡在梦中……

　　周乐乐才不听呢。

　　李兰妮是唱给自己听，以此缓解焦虑。

　　记忆中，小时候她没听过摇篮曲，也没看过童话。她对摇篮曲尤为陌生。哼不成个调儿。这个童声合唱音色很纯净，柔美入心。听着，听着，有一个瞬间，似乎感觉到自己在摇篮里。她要把这张CD带回广州，做音乐疗法。

　　第二天上午，李兰妮打电话向朋友求援。中午便抱着周乐乐离开自家陋室，一个多钟头的车程，惶惶入住朋友的朋友经营的偏远度假酒店。

　　李兰妮气愤地发现，小狗东西一住进酒店就不再乱吠，心满意足地趴在沙发上补觉，还知道小脑袋枕着沙发靠垫。

　　俗话怎么说来着？狗不嫌家贫。周乐乐居然嫌弃李兰妮的居家环境，可恨不？李兰妮让他闹得一晚上没怎么合眼，到了酒店困是困，依然睡不着。胳膊酸痛。那是抱周乐乐唱儿歌时累的。

　　看着周乐乐大模大样睡大觉，李兰妮恶从胆边生，心里暗对周乐乐说：你等着，我会修理你的。

　　酒店里，乐乐认识了比熊犬路易。卷毛比熊犬号称甜美棉花糖。宠物杂志一年会有两期选它们做封面。人气指数四颗星，适养指数四颗星。它们对居住环境要求高，为保持洁白蓬松的卷毛造型美丽，每月必去宠物店做美容。

　　路易是纯种比熊犬，身价八千元，四个月的时候离开专业犬舍进入家庭。犬舍训导员给它做过基础训练，使之符合身份有教养，站有站相，坐有坐相，有名犬范儿。

李兰妮跟路易妈是多年的朋友。一个懒得运动，一个善于运动。路易妈网球打得好，游泳、爬山样样行。她养狗狗绝对当老大。

　　路易妈规定路易只能吃狗粮，不给路易吃鸡肉、排骨，也不给它吃宠物零食。每天清晨，路易随妈妈跑步锻炼一小时。每天傍晚散步时，妈妈说，路易拉臭臭。十分钟之内，路易一定完成拉臭臭的任务。每天晚上看电视，路易要蹲在妈妈脚下等她下命令，妈妈说上来吧，路易才敢跳上沙发伸懒腰。

　　路易从小接受疑似军事训练的调教，它的乖巧、顺从令李兰妮很羡慕。路易比乐乐大两个月，路易妈告诉路易说：乐乐是表弟。路易不许欺负表弟，你们要共同对敌。

　　路易见到乐乐，表兄弟过了几招，点到为止。路易占上风。路易认定自己是深圳常驻居民，而乐乐是暂住民，气势上路易是赢家。但论撒娇，乐乐功夫高出一大截；乐乐可在姐姐怀里俯视饭桌下的路易。

　　路易五个月时，路易妈生病常用瘦肉炖虫草喝。她喝完汤，吃虫草，觉得虫草根没啥嚼头，扔掉又可惜。路易闻到肉汤味，馋得慌，就在妈妈跟前晃，眼巴巴等着妈妈赏赐小肉肉。路易妈怕路易吃惯肉肉不肯吃狗粮，严禁喂它肉肉吃。见路易总望着眼馋，便把虫草细根扔给路易嚼。路易为了沾点肉味细嚼慢咽，到了肠胃里不知起了什么神奇反应，导致小家伙性早熟，六个多月就发情，有时抱住保姆的腿，有时抱着狗熊玩具，不管家中有无客人，时时处处表演嘿咻。路易妈一怒，路易就被阉掉了。听说阉掉之后，文明许多。当然，此后再也没有虫草根可咀嚼了。

　　姐姐有意让乐乐多接触被阉过的狗，让哥哥了解这些狗狗也健康。路易就是好榜样。脾气不曾变古怪，体重没有明显增加，堪称美少年。只是路易妈偷偷告诉李兰妮，路易可能没有阉干净，还会发情呢。

　　乐乐跟随路易表哥报名参加宠物一日游。

　　所谓一日游不过大半天时间。上午八点半集合，坐车前往目的地，午饭后聚会结束。狗狗不收费，随从的人每人交钱一百六十元。这样的团还有名额限制。

一个团,狗狗不得超过五十只,随从不得超过一百人。两辆大巴载着团员们出发,在偏僻的山路兜兜转转近一小时,下车,略事休息,便开始比赛。

比赛分赛跑和游泳两项。陆地赛分三个组,大型狗、中型狗、小型狗各一组,狗狗与主人相距五百米。哨子一吹,狗狗奔向主人,最快的前三名可得奖励。奖品是某品牌狗粮。游泳赛分深水和浅水两个组别。奖品是某品牌宠物零食。

路易陆地赛跑得了个第三名。它虽然比不上小猎犬速度快,但是它服从指挥,眼睛紧盯五百米那头的妈妈老大。哨声一响,妈妈就挥手大喊:路易!快!快!过来! 旁边一群狗爸狗妈也对自家宝贝喊,可是,场面太混乱,有的狗狗磨蹭犹豫,有的狗狗乱追其他同伴,有的狗狗转圈玩自己的尾巴。路易此时大显素质,心无旁骛,直奔主人。

乐乐站在一旁,兴奋地大喘气,张嘴傻笑。

姐姐骂:除了撒娇,你还会啥?

哥哥看出姐姐心里不平衡,狗比狗也气人。为了不刺激李兰妮,他把周乐乐带去看游泳比赛。

李兰妮羡慕地看着路易领奖。路易妈把二百五十克一包的狗粮交给保姆收好。这个品牌不如路易常吃的品牌名头响亮,但是,奖品能带来舒畅的好心情。路易妈问李兰妮:周乐乐有什么才艺呀?

李兰妮道:废材一个。不学无术。

那还不是你宠的。慈母多败儿。我不宠路易,它绝对服从我。

周乐乐总是气我。

大活人搞不定一条狗,那是狗奴才。

得瑟。不就奖了一包狗粮嘛。路易未必肯吃。

它敢不吃!饿它。路易没有乐乐那些臭毛病,它可没有零食吃。

在你的独裁统治下,路易没有享受到什么口福。太可怜了。路易怎么不造反呢!

我家路易健康啊。你看它这口牙,结实吧? 洁白锋利。你再去看周乐乐那口牙。

李兰妮想起周乐乐那口稀疏的珍珠糯米牙。无话可说。

路易小同学招之即来，来之能战，战之能胜。周乐乐小同学招之不来，挥之不去，专门添堵。

路易妈拿出相机，让保姆牵着路易去找小组的冠亚军合影留念。扔下李兰妮独自反思失败的管教方式。

小运动员是怎样炼成冠军的？不经风雨不见彩虹。

李兰妮来找周乐乐。参加游泳赛的多是中型犬、大型犬。小狗东西周乐乐居然在一个很浅的浅水池里冲哥哥发嗲，卖萌晒Q，引得几个女粉丝用相机对准他大拍特拍。哥哥自豪。暗爽。周乐乐在镜头面前很自如，很显摆。

李兰妮抱起他，说：你给我锻炼去！再不练就废啦！

没等周乐乐醒过神来，他已被李兰妮扔进深水区。

周乐用用小短腿儿使劲刨，想上岸。刨来刨去总在远处打转，他惊慌地看见姐姐见死不救，站在岸上发命令：游啊。自己游过来。

游不过来呀。要沉下去了。乐乐吓得上流口水下淌尿，想汪汪求救却发不出声音。哥哥姐姐在岸上吵。

你想淹死他呀！京巴怕水你懂不懂？

就是怕才要练。他总要有点特长吧。

要练你练自己呀，你连狗刨都不会。

坚持就是胜利。潜力都是逼出来的。

有病啊你。这样逼他。

有病怎么啦？谁没病？！不逼不成材。就会发嗲。没出息。

哥哥见乐乐坚持不住了，开始咕咚咕咚喝水了。他迅速下水，游过去，抱起周乐乐。周乐乐惊恐万分，面无狗色。

姐姐在岸上拿出浴巾包住周乐乐。一边给他擦水，一边嘲讽说：男子汉大豆腐，经不起一点小风浪。喝几口水怕什么？娇气。

她正絮叨，忽听路易妈喊道：快看路易——路易游得多好啊！

7. 惊　魂

　　李兰妮闻声看过去，路易在游泳，居然还是仰泳。路易妈在一旁踩水，扬手叫岸上保姆快拿相机拍照。

　　路易真的在仰泳。脸朝上，头枕水，不时在水中 360 度转动身体。

　　哇塞，可以去香港海洋公园当表演嘉宾啦。名犬果然基因优秀，不断为主人争光，时有惊喜奉献。

　　李兰妮抱着乐乐问保姆：路易以前会游泳吗？

　　保姆说：今天是第一次。

　　李兰妮朝路易妈喊道：说不定它还会蝶泳呢。看它能游多久。

　　路易妈任路易在水中不断 360 度转动仰泳。她自己游到岸边来，检查相机，看保姆拍照效果是否清晰。

　　李兰妮大呼小叫：路易——来个蝶泳——路易加油。坚持……不是叫你潜泳啊，蝶泳懂不懂？

　　路易妈转身望着路易喊：潜泳也很棒。路易游过来。

　　路易一直往水下潜。

　　路易妈突然惊叫：路易溺水啦！

　　李兰妮没明白。仍在傻呵呵地乐。

　　路易妈急速把路易从深水里捞起来，送上岸。保姆赶快接应，看到一块景观石，便把路易摊放在山石上急救。

　　李兰妮这时才明白出事了。

　　保姆叫：路易没气啦。

　　路易妈喊：人工呼吸！

　　保姆说：要把肚子里的水倒出来。

　　路易妈说：人工呼吸——快。

　　……

　　它吐水啦有救啦。

　　路易路易——妈妈在这里。

　　李兰妮后怕。路易若是溺亡，谁是凶手？路易在水中做360度转身，痛苦吧？

濒临窒息吧？谁在岸上拍手叫好？残忍。愚昧。

路易救过来了。小家伙像一团了无生气的湿枕头。脸上没有表情，深深蜷缩在妈妈怀里。看不出痛苦，看不出恐惧，看不出曾经命悬一线。只是丢了魂似的，不出声。蔫兮兮。周乐乐在姐姐怀里，伸头去闻路易，眼睛里满是同情。

路易妈说：它仰泳潜泳，其实是在挣扎。

李兰妮喃喃道：我以为狗狗天生会游泳。淹不死。

乐乐和路易从此落下恐水后遗症。就连路过小池塘、儿童戏水池都惊吓腿软。软得站不直，弓着背，耷拉尾巴，鼓起眼珠子，拼小命要朝水池相反方向逃。

病休期该告一段落了。我选择了癌症康复中的姑息疗法。这是北京肿瘤医院一位名医给出的建议。生病住院，走过无数弯路，在鬼门关徘徊张望，祸福相倚，练就内功直觉。我明白可以相信哪一位医生。

名医首先要懂得爱的真谛。没有不死的病人。医生的爱心比技术重要得多。病人在患难中得安慰，得勇气，就能死而无憾。学习面对死亡的功课，学习接受爱传递爱的功课，缺一不可。

姑息疗法让我减轻了对癌症方面的焦虑。我不需要去求偏方讨新药，我可以靠自己作为工薪阶层的每月工资养活自己。尽管每月都有医药费治疗费不能报销，心里有些焦虑，但是，把作为病人的底线界定清楚，就能活得有底气。谁无一死？我要的是生命的尊严和质量。大不了一死。死算什么？！

我从小就认识死神。他像陪我长大的大哥哥。无形无声。时常相伴，时常安慰。在我身边没有任何亲人的时候，在我欲哭无泪走投无路的时候，大哥哥无声地说：你还有我。我在这里。时候一到，我接你走。

我相信，死神大哥哥也是神的使者。他被误解最多。为什么许多痛苦的病人咽气之后面露安详？为什么临死的人放弃挣扎从容赴死时像睡着一样宁静？大哥哥执行着神的命令。我相信，他有天使的翅膀。

读经。

特别爱读"传道书"中这几节：

凡事都有定期，

天下万务都有定时。

生有时，死有时；

……

杀戮有时，医治有时；

拆毁有时，建造有时；

哭有时，笑有时；

哀恸有时，跳舞有时；

……

寻找有时，失落有时；

保守有时，舍弃有时；

撕裂有时，缝补有时；

静默有时，言语有时；

喜爱有时，恨恶有时；

争战有时，和好有时。

我祈祷。我默想。在患难中得安慰，得盼望。

暂且搁下癌症诊疗，集中精气神应对精神障碍。不是没有问题。今年的体检结果就不正常。对我来说，不正常是常态。我请花姨用饮食疗法助我一臂之力。化疗破坏了我的消化系统，那就煲汤。广东人的四季汤谱好比武功秘笈，四两拨千斤。广州的报纸上，一年四季日日刊登应时汤谱。讲的就是顺应天时，争取地利，以求人和。

写认知日记，日渐明白：生病只是表象。我的生活方式严重违反自然规律。手术化疗、严重抑郁那段时期我曾想：为什么总是我？！为什么厄运总砸中我？！为什么我得的都是要命的重病？！

退到旷野。旷野无人。仰望神的旨意。"我们得救在乎归回安息，我们得力在乎平稳安静。"是的，安静生忍耐，聚力量，得智慧。李兰妮，怎么可能不是你？砸的就是你。这是神的美意。让你反省，向死而生。要你的命是要你活命活出尊严，是让你履行人生使命。

似乎应该开始工作了。想写一本书。类似一本病历？一本癌症抑郁症病人的精神档案。

我还能写作吗？

试图面对电脑，梳理精神脉络。我无法表达。障碍障碍。痉挛痉挛。一定是恐惧吧？一定是想逃避吧？我胃痛。要吐。很想吐。跑到马桶边去吐。吐不出来。口水。干呕。

一旦进入写作，等于上了开颅手术台。头顶被锯开了。麻药在渐渐失效。最怕的就是长篇，等于超长手术。开颅难，一道一道的程序，手术器械的声音，手术刀切下来的钝钝的感觉，喷血的感觉，止血钳掐住大血管、血流努力外涌的感觉，钝钝地痛啊，镊子在做什么？探针在触哪里？鲜血无声地渗出，头顶伤口敞开进风冒风。

一天不结束写作，等于开颅手术一直延续着。锯开的伤口，敞开着，神经、血管、肌肉、皮肤、经脉、脑髓……敞着啊，一直这么敞着。好想快快缝上伤口。缝上吧。别在伤口里这拨拉那划拉，切切割割。不想开了，这刀不开了缝上行吗撑不住了真的想从手术台翻下来，翻到地上。痛啊——加麻药不顶用。疼痛越来越深。哪里是极限啊？

我害怕叙述。我可不可以拒绝叙述？

不想开颅。不想手术。

翻阅苏珊·桑塔格《疾病的隐喻》，她说："疾病是生命的阴面，是一重更麻烦的公民身份。每个降临世间的人都拥有双重公民身份，其一属于健康王国，另一则属于疾病王国。"

我就是属于疾病国度的人。在健康人眼中，我是入另册的人。像我这种癌症抑郁症病人，意味着永远不能迈进健康王国，只能活在黑暗、绝望、煎熬之中。

疾病国度的人饱受误解、鄙视、轻看、冷漠……在一些自认为健康的人眼中，我是"病"不是"人"。

中国人从古至今就有讳疾言病的传统，无论个人、家族、国家都将此看做不祥、丑陋，以至于病丑不可外扬。一个有恶疾的人，一个等待秋后斩立决的囚犯。即使到了21世纪，世俗的偏见并没有得到纠正改观。

苏珊·桑塔格是癌症病人，她在书中没有掩饰这一身份带给她的愤怒和伤心。她说："疾病本身一直被当做死亡、人类的软弱和脆弱的一个隐喻"，"疾病本身唤起的是一种全然古老的恐惧。只要某种特别的疾病被当做邪恶的、不可克服的坏事而不是仅仅被当做疾病来对待,那大多数癌症患者一旦获悉自己所患之病,就会在道德上低人一头。"

此时此刻,尤其在中国,抑郁症病人比癌症病人更为痛苦,低人一头。健康王国的一些人质疑病人的人格和意志,不屑去正视、理解。

听过好几个抑郁症病人说:连家人都厌烦、藐视、不解,怎么可能指望旁人理解？更不要妄想得到尊重和祝福。

也许,这就是抑郁症病人自杀率居高不下的原因吧。

每次听到这样的诉说,真的气郁忧伤。每次接到素不相识的人发来短信、电邮、打来电话诉说求助,我就会发病。在病中苦苦自责:我帮不了这些人！我自己都想自残。抑郁症病人全球平均发病率是10.4%,在中国大都市没有公开的数据。每天有多少人在死与不死之间挣扎,自杀已成为全球十五至三十四岁人群死亡首因！那些做父母的人,你们没有危机感吗？你们忙于赚大钱,当高官高管,做社会名流,给孩子积攒金山银山进入权贵富豪榜,可是,你的儿女精神健康吗？你们真的懂得怎样相爱吗？

作为癌症抑郁症病人,我不想写作。我不是作家。我是旷野的一个灵,我要号叫。

嗯嗯嗯（ｖｖｖ）。嗯嗯嗯（ｖｖｖ）。

我要姐姐陪我出门遛弯。我最喜欢跟她出门。她力气小,拽不住我。我拖着她跑,想去哪里去哪里。

花姨力气比我大。有点狡猾。不跟我拔河，抱起我就走。花姨嘴里吧嗒吧嗒哄我开心。说我最靓仔最乖乖最聪明。七夸八夸，就把我搞定了。

　　单独跟哥哥出门，我吃亏。哥哥是老大，他想怎么走就怎么走。快慢远近他做主。哥哥力气大，步子大。走路总打手机。不管我心情爽不爽。

　　有时候，我远远看见小美的背影，我想追过去跟她玩。可是哥哥拖我急急走。我反抗，我嗯嗯。他听不见。他就是一个手机控，电脑控。他不理解我这颗燃烧的心。

　　有时候，我看见一只猫猫做鬼脸，眼光闪呀闪，给我下挑战书。我要去扑猫。我绝对会打赢猫猫。哥哥不懂我这是为狗狗的荣誉而战，他不肯耽误他的时间。他拖我走。猫猫阴险地笑。喵喵喵讽刺我，说我被它吓破胆逃之夭夭。耻辱啊。愤怒啊。臭坏蛋猫猫，等我得空收拾你，叫你知道我是狮子王。

　　跟姐姐出门就有报仇的机会。我冲在她前面，拉着她拖着她跟我跑。这种感觉很快活。她骂我，我当她唱歌。高手用不着骂人。谁输谁才瞎咧咧。她踢我小屁股，我当她给我挠痒痒。她不会真用十分力踢我。谅她也不敢。把我踢坏了，她要抱我去医院。她抱我打不到的士，累死她。她的胳膊酸酸痛痛。掏钱看病的是她。她还要被哥哥骂。妈咪打电话我听得见，每次都说：不许欺负我老疙瘩。

　　噢噢噢我拖着姐姐往东跑。有一次，我拖着她，从西区跑到南区，就是教学区。小美、拉拉、酷丫还有我没见过的狗狗，在两排榕树下嘘嘘留言。我要掌握情报呀。我祖先当过大内密探哦，我要当神犬特工001。我嚼草叶子，上面有流浪母狗的留言。它骂粗口，它就是羡慕妒忌恨，它说一切宅男都是胆小鬼，一切宅女都是臭三八。我舔叶子上的尿，分析出这是一个生过小崽的婆娘。它被坏人追杀过，它命大，每次都能逃脱。

姐姐不许我接近流浪狗。公的母的老的小的一个不许近不许闻。她怕它们身上的狗虱跳到我身上。我很想跟流浪狗狗玩，我闻到它们身上故事多。我闻出东区有流浪猫狗的藏身地。我要到东区去嘘嘘。我要去跑马圈地占领占领。姐姐坐在地上不肯走。她把绳子绑在她的右脚上。她说头很晕。我听出她的心脏有点懒，跳得慢，跳不动。姐姐给花姨打电话。花姨骑车来接走我。姐姐没力气走回家。过了很久，花姨做完饭走了。姐姐慢吞吞进家门。我去迎接她，她骂我：讨厌讨厌讨厌。

哥哥说得对，女人就是小气。姐姐报复我。过了几天，她带我出去遛弯。出发前，她喝咖啡，吃巧克力，还吃了一个老婆饼。她都打饱嗝了。花姨说，快吃饭了你还吃零食？姐姐笑。鬼心眼那种笑。

姐姐把我带到小公园的池塘边。她是故意的。她知道我看到水闻到水就怕，就要逃跑。姐姐抱我站在小拱桥上。她放我在拱桥扶栏上，我不敢乱动。姐姐说：乐乐，你看水里有好多鱼。还有锦鲤鱼，好漂亮啊。你快看。

我想跳下来。拱桥扶栏高，不能跳。我不看水。我闻得出来，除了鱼，还有小虾、小青蛙、小乌龟。

姐姐又说：乐乐呀，池塘里有四只小白鸭，一只小花鸭。它们在水上游，好可爱。

我着急。姐姐脑子一热，扔我下去跟小鸭子玩就糟了。我嗯嗯嗯，又噢噢噢。我紧紧抓住她的胳膊，抓得她痛痛。我的口水流下来了。很丢人耶。伤自尊哟。千万不能让匪匪它们看到啊。我越着急，口水越多。腿麻了，眼直了，这个时候肯定不靓仔了。

姐姐终于放我下地了。我拖着绳子跑。不是跑，是爬，爬进路边灌木丛中。我就不出来。姐姐说：跟你玩。出来吧。我讨厌这样玩。我就是四爪紧扒泥地不出来。男子汉大丈夫说不出来就不出来。姐姐只好钻进灌木丛里，费了一阵工夫把我抱出来。

姐姐笑。我恼火。我真的生气了。我讨厌看水看鱼乌龟小鸭子。

我做噩梦了。梦见小鸭子要吃我。我在水里噢噢噢呜呜呜嗯嗯嗯。一只大手把我捞出来。我听见姐姐的声音在耳边说:我们孩子做梦了?梦见什么了?

是姐姐推醒我,抱住我。还好意思问我梦见什么了。

郁闷。嗯嗯嗯(丶丶丶)。

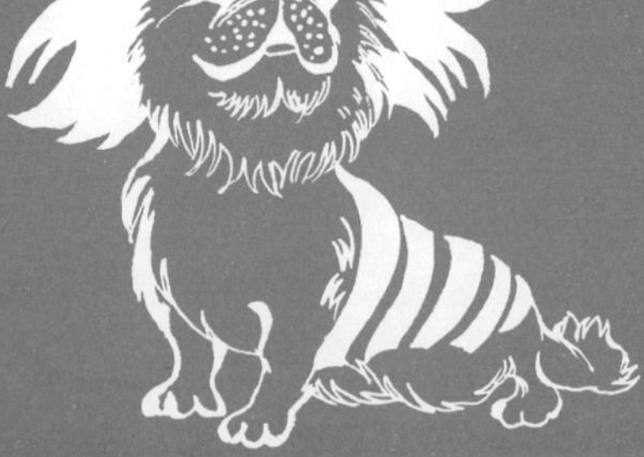

8. 非暴力抵抗
——周乐乐住院记

::我也很担心啊,没见过乐乐这样绝食的。我把贵宾犬的狗粮换给他吃,那是鸡肉味的,他不吃,巴哥犬的狗粮是牛肉味的,也不吃李兰妮做完化疗时体重九十斤，一米六五的个子，偏瘦。一年后升至一百斤。

严重抑郁时，体重刷地降到九十一斤。那时她有厌食症，好像神仙光喝水就能活。

中度抑郁时，她有暴食症。

不是饿要吃，馋要吃，是心魔闪，闪得人手脚牙齿嘴巴抖，吃吃吃——快吃！比低血糖病人狼狈多了，一口气打开十几个大小零食罐，吃的速度极快，不嚼就咽。嘴巴吞咽与大脑、手脚配合发生故障，嘴里塞得鼓鼓的，呛得咳嗽咳出眼泪，噎得伸长脖子，像僵尸直跳，要把堵住的食物跳到肚子里去。

吃完一包苏打饼干，来不及喝水，急忙塞两颗巧克力；添几颗姜糖，再添一把南乳花生。来一块核桃酥的同时，葡萄干、焗腰果、柑橘橙、可乐、薯片都往嘴里扔。绝不坐着吃，毫不忌讳热量发胖。就像没脑子的机器人，开吃程序一启动，填鸭一样往里填，无法收手。

吃到胃痛，吃到想吐，吃到舌头麻木，嘴唇掉皮，吃到肚子发胀溜圆。这时候，心魔出来了，满足富裕地溜达着出来了，示意李兰妮：停。歇着吧。

周乐乐一旁观看，岂有不吃之理。何况李兰妮乐意与他分享。一人吃，越吃越寂寞；两个家伙吃，越吃越热闹。激发互动。发挥潜力。能吃是福。心有灵犀。过把瘾。再过一把瘾。太过瘾了。

不愧有皇家血统，周乐乐挑食。绝对不像别家傻狗狗，给啥吃啥，吃无吃相。面对摆在眼前的食物，周乐乐不感动不冲动，一看，二闻，三试舔。周乐乐摆谱：咱是有品位的。李兰妮给他一块姜糖，人家看看，扭过头去，表示没兴趣。李兰妮掰块核桃酥放在地板上，周乐乐转着圈看，从不同角度看，小心凑过去闻，再三闻，想一想，掉头走开。眼前摆着葡萄干，看过，闻过，眼神透出想尝试的信息，略微思索一两秒钟，伸出粉红色舌头去舔，舔到嘴里一秒钟迅速甩出来，果断移开目光。

有时候，李兰妮硬将自认为好吃的饼干、糖果塞进他嘴里，用手捂住他的嘴，不许他吐出来。周乐乐愤愤然挣开这疯子的魔爪，飞快把嘴里的食物吐出来，不臣服不盲从。威武不屈，富贵不淫。

李兰妮留心观察：他喜欢焗腰果，还有东北炒花生。那就乖乖地投其所好吧。两个家伙各吃各的，各取所需。分享的成绩是：李兰妮体重由九十一斤增到一百零六斤。十五斤肥肉。两岁大的周乐乐体重首次达到了十一斤。哥哥说，减肥。你们两个家伙都要减肥。姐姐说：减什么减？都在标准体重之内。乐乐，咱俩继续吃。

周乐乐终于吃出毛病来了。急性肠胃炎。呕吐、腹泻、发烧。进医院。

这家宠物医院是农业大学的实习基地。主诊教授有两位，一位诊内科，一位诊外科。一胖硕，一干瘦。退休前，这两位教授先后担任过农业大学小动物系主任，分别一周来三天，一三五、二四六。

日常诊疗是一高一矮两个本科毕业青年医师。高的一脸青春痘，矮的戴眼镜，远看像个初中生。一位专科毕业的护理师，胸部丰满，母爱泛滥，医院大小事务全靠她穿针引线，落到实处。

教授一走动，后面跟着医生护士，还有前来短期实习的男生女生，看起来人才济济，一派兴旺发达的繁荣景象。

慕名前来看病打针吃药开刀住院的猫猫狗狗及宠物家长们络绎不绝。就像市里的三甲医院、儿童医院、妇儿医院，挂号要赶早，排队等候要耐心，要有充分的心理准备，花两三个小时诊治是常事。

李兰妮揣了一千元人民币，心中忐忑，总觉得带的钱不够。

内科教授满头白发，长相像个好医生，给人信任感，说话带着慈祥的笑容。

唔，他的鼻子发干，健康的小狗鼻子是湿润的。乖啊，长得很可爱。不要紧，打打针，吃吃药就好了。总体看问题不算大。乐乐妈，你放心。

护理师抢着纠正道：不是妈妈是姐姐。

李兰妮说：教授，他一晚上吐了五六次，一大早吐了三次，拉得稀里哗啦的。要不要仔细检查一下呢？

教授从容不迫地微笑，用手在周乐乐身上脸上头上到处捏。

小家伙问题不大的，就是吃坏了肠胃，不要给他乱吃东西。吃狗粮要吃好一点的。

他不吃狗粮。我试过喂他狗粮，他坚决不吃。

这个坏毛病要纠正。狗粮营养才均匀。乐乐，你必须吃狗粮。

教授说着掰开乐乐的嘴巴，要检查他的牙齿。乐乐不满地瞪大眼睛，咬紧牙，甩头不肯配合。教授手上一使劲，乐乐又痛又烦，很不客气，狠狠咬了那只手，教授的大拇指指缝里涌出黑红的血，血顺着手掌往下流。

李兰妮目瞪口呆。教授似不相信自己的眼睛，居然小阴沟里翻了船！

旁边围观的人都呆了。这么小一只狗，胆敢在教授的地盘上把他的手指咬出血，狗胆包天耶！初生牛犊不怕虎，乐乐鼓起大眼睛，继续捍卫自己，嘴巴一动一动，做出随时准备咬人的模样。

教授捧着手，到洗手池打开水龙头冲洗伤口。

李兰妮跟在教授身后不住地说：对不起，真的很对不起。你要不要去打防疫针？

护理师用报纸卷成纸筒，打着周乐乐的小屁股。她的声音铿锵响亮，呵斥吓唬小狗东西说：胆敢在这里凶？不要命了？打。打。戴个头套，绑起来。看你怎么咬人。

乐乐一看形势不妙，有些惊慌地看着李兰妮。

李兰妮喊：打得好！继续打，不打不成材。

护理师用报纸筒敲着他的嘴巴说：姐姐也说要打。知道错了吗？还敢不敢凶？再凶就关起来，不许回家。

周乐乐又害怕，又气恼，把头扭来扭去，试图躲避报纸筒敲他的嘴。

教授包扎好伤口过来了，他没有生气，但不再冲周乐乐微笑。这回他退居二线，动口不动手，指挥青年医生对付周乐乐。

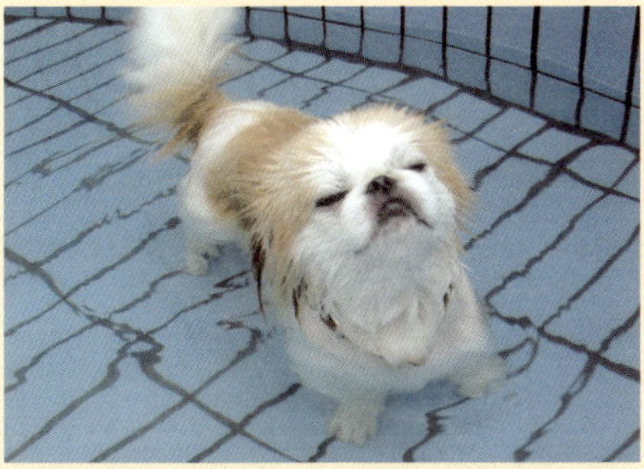
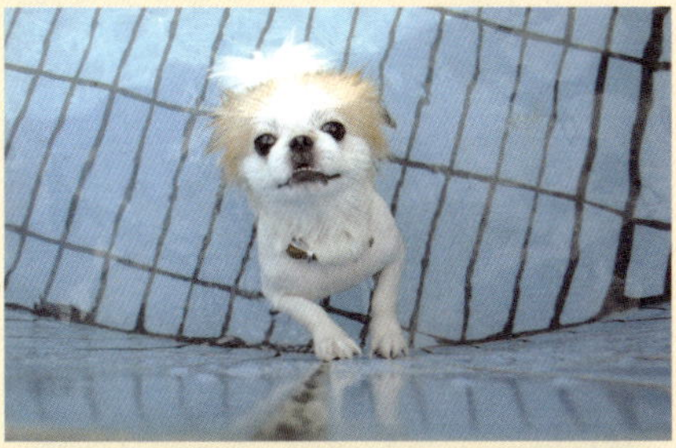
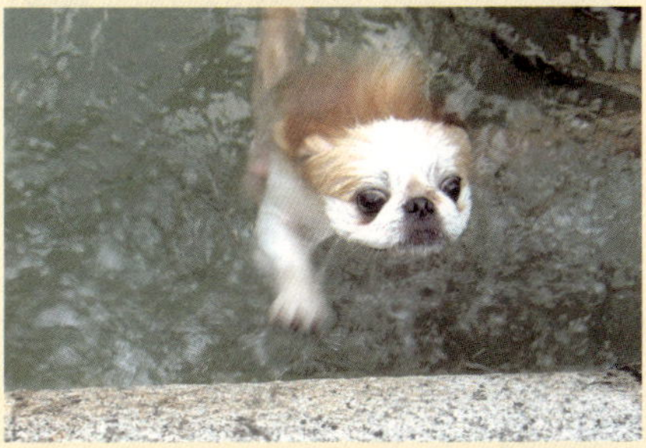
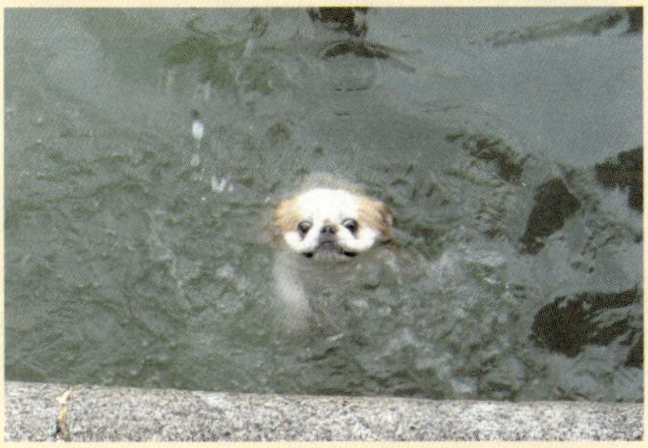
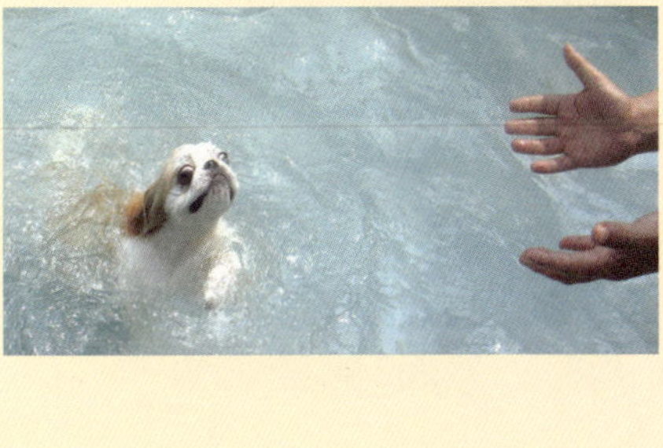
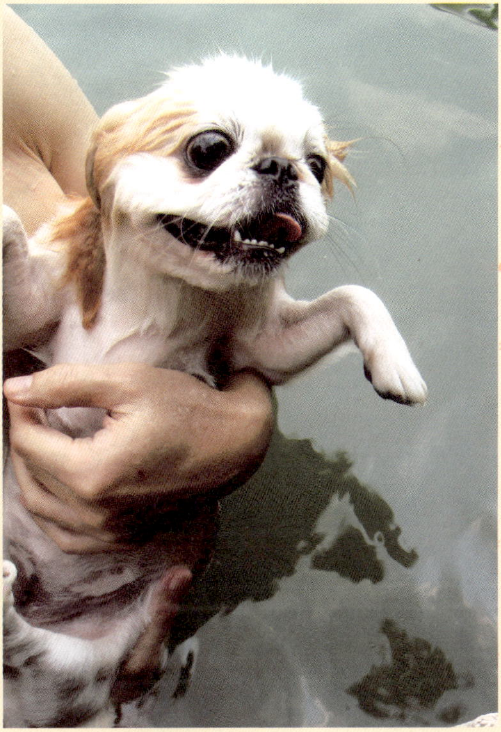
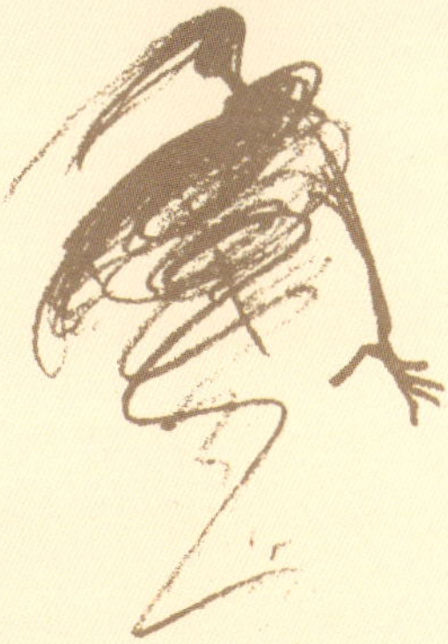

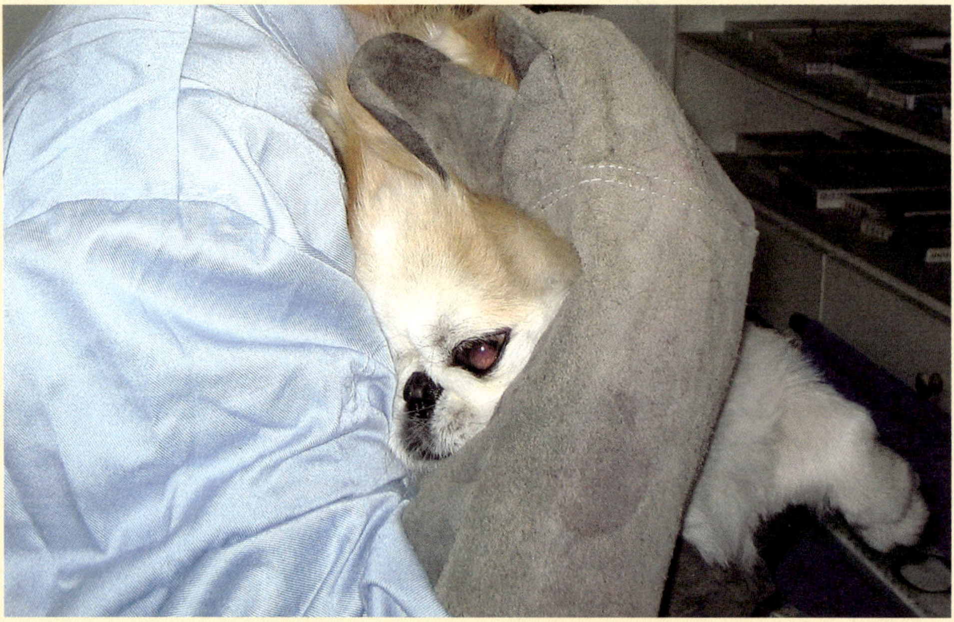

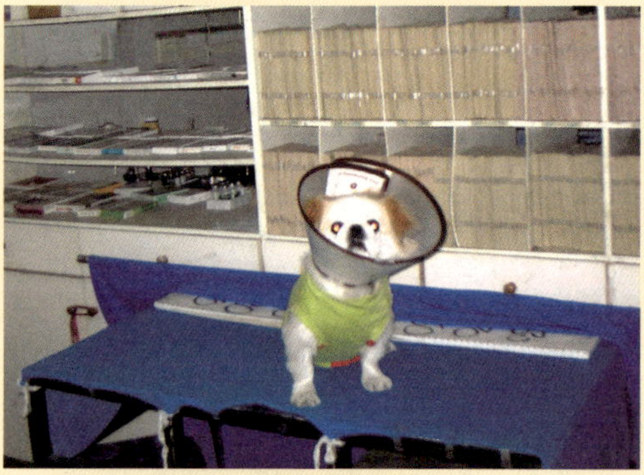

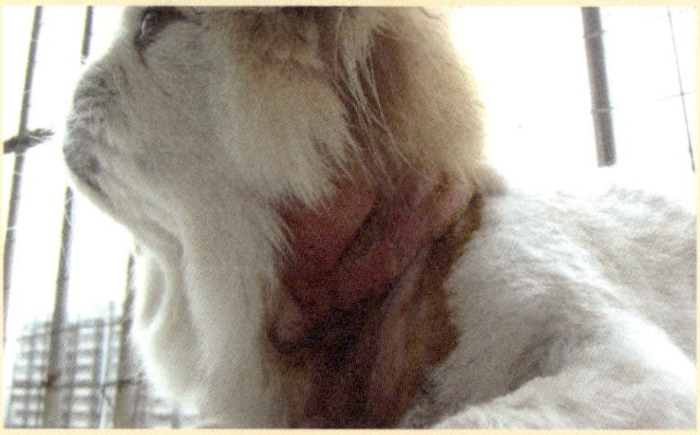

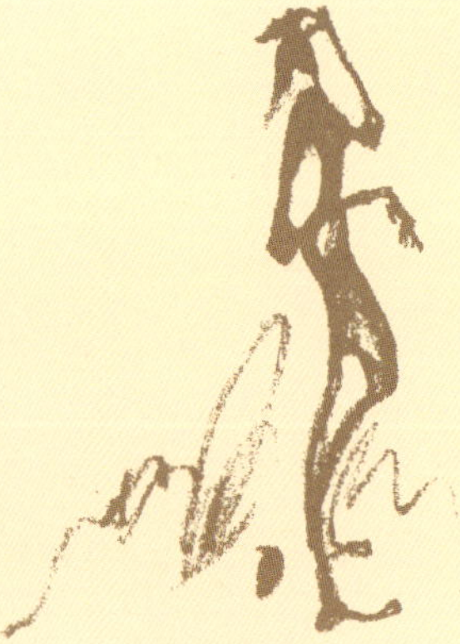

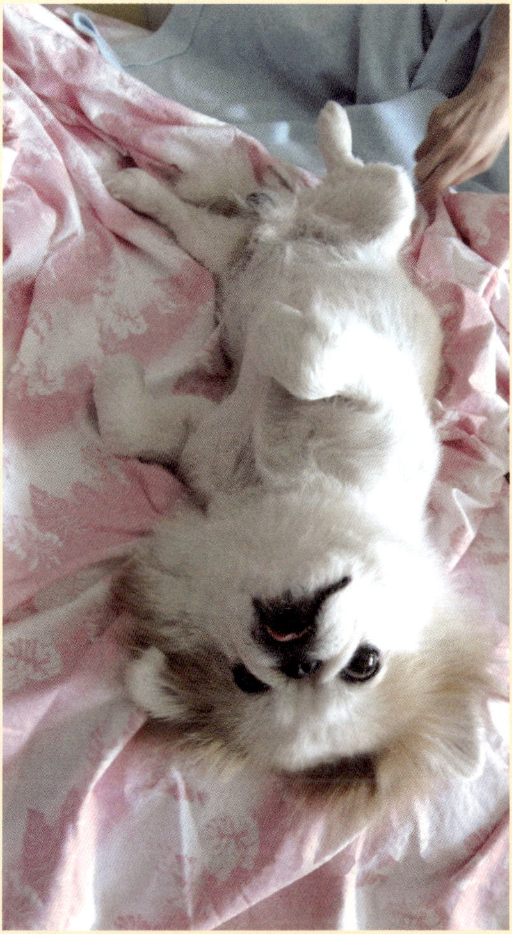
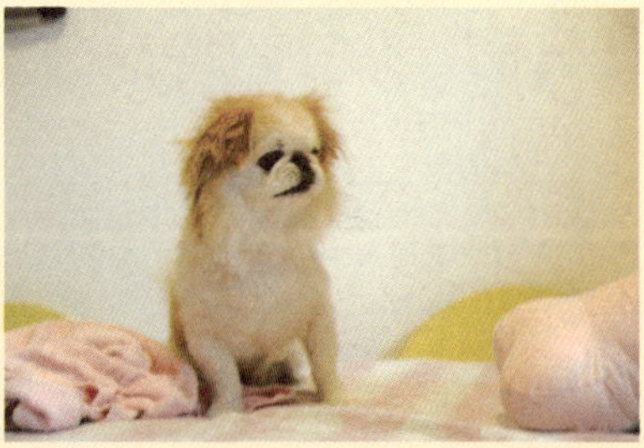
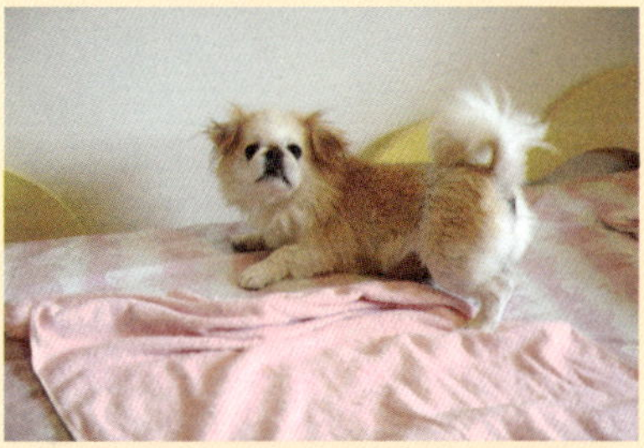
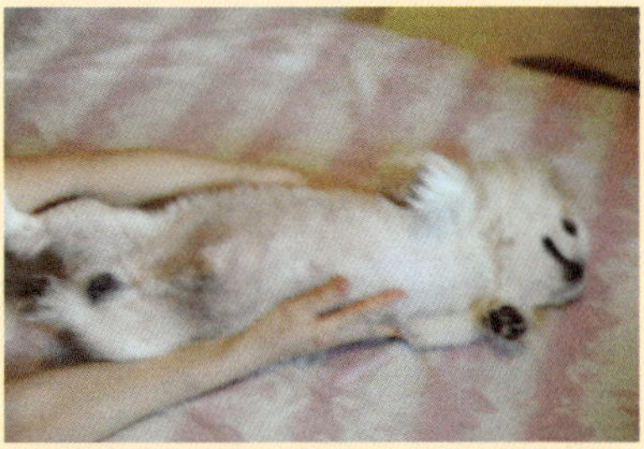
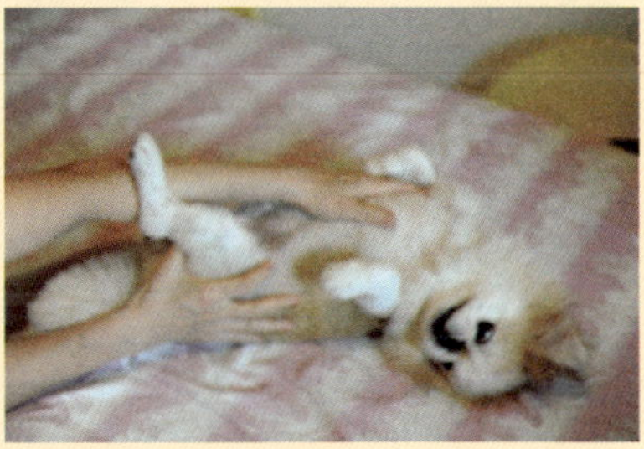
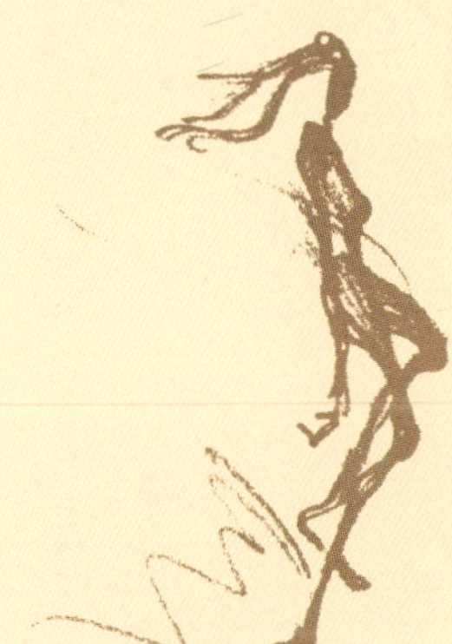

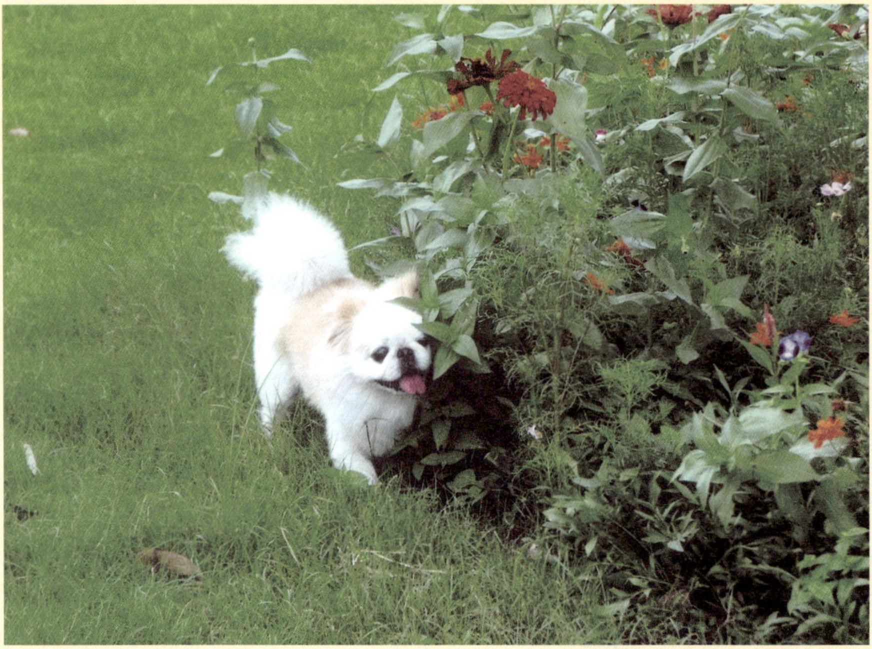

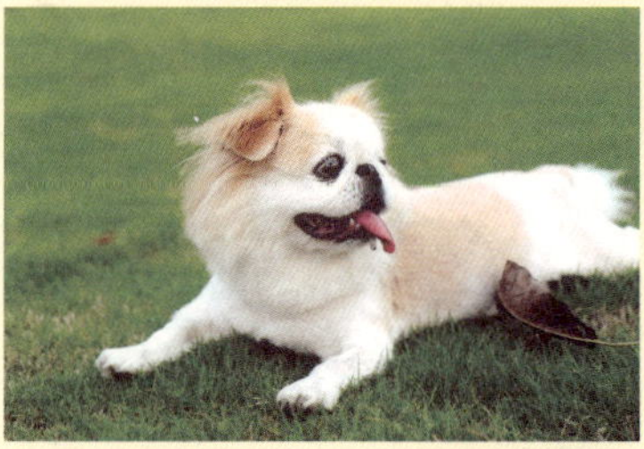

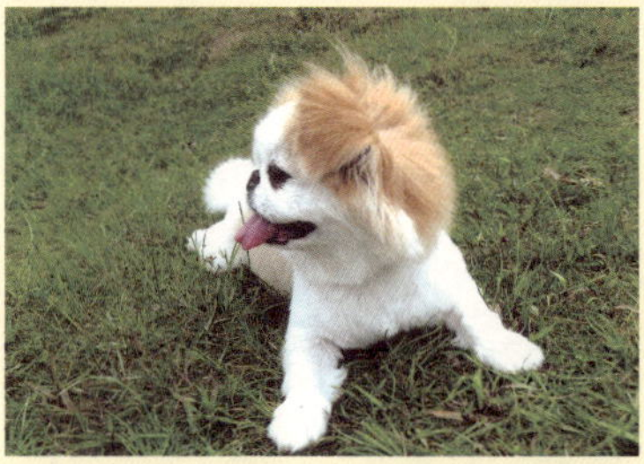

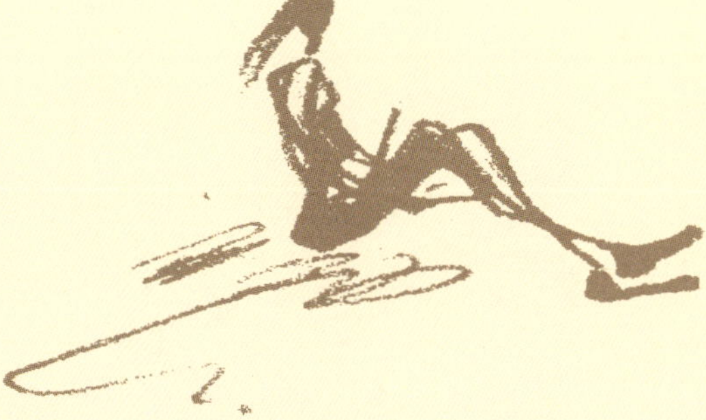

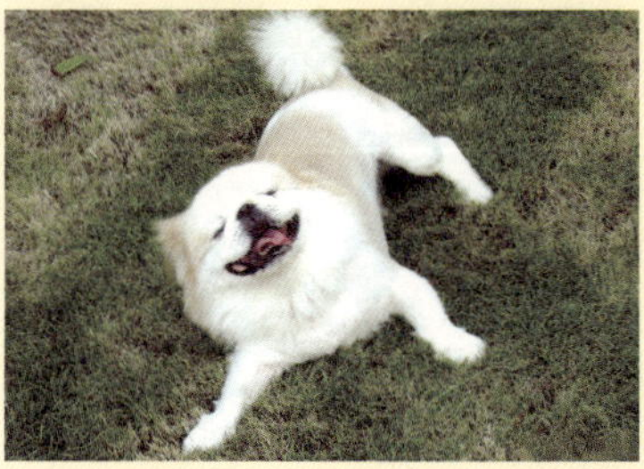

一高一矮两个医生同时站到反恐一线,两人都戴上了厚厚的大手套,像是消防员救火时用的手套。护理师给乐乐围上了"维多利亚头箍",一根体温计戳进乐乐的屁眼里。

体温,四十度。抽血化验,营养不良。拍了四张X光片,心脏偏大,还有点肺炎。

青春痘和小四眼一人抱住乐乐两只脚,护理师使出九阴白骨爪功捏起乐乐颈上的皮,先打皮试针,再打三支肌肉针。不知是被捏疼了,还是针刺痛了,乐乐尖声嗯嗯直叫,用力扭动身子试图反抗。真是没有眼力见儿,撞在枪口上,两位医生使出反恐擒拿术,狠狠镇压小狗东西的抵抗行动。

乐乐要打吊针退烧,营养不良要补液。教授建议留医观察。

教授说:这么凶的小家伙,你没法子给他喂药的。

护理师快人快语:留在这里学规矩。再不严加管教就晚了。

教授说:起码要在这里学会吃狗粮。

李兰妮乘机落井下石道:好,修理他。出门不肯绑牵引绳,这个坏毛病也要扭过来。

哥哥三天前去哈佛大学开会,在美国还要逗留九天。周乐乐没有后台撑腰,就得认清形势,老实服从姐姐的领导。

人住院和犬住院一样必须看环境,大病房病号多,空气脏,交叉感染几率大。这家医院名气大,想必重病患都往这里送。比如犬瘟病、重症皮肤溃烂、肿瘤待手术、疑难杂症传染病。李兰妮请求安排最干净的病房。

护理师带她去看所谓的优等病房,据说仅此一间,只安排熟客。病房空间小,光线暗,优等在于只放了两个狗笼,相当于外面三甲医院的单间。里面住了一只棕色玩具贵宾犬,一只黑色巴哥幼犬。

两只狗狗不是病犬,主人去外地度假,照惯例送来寄养。清洁工遵令搬来一个据说是消过毒的新狗笼,放在贵宾、巴哥的对面。巴哥很激动地扑在笼子前伸着小爪子,希望有人抱抱它。贵宾很八卦地注意一切动静,感觉要有新住客了,它汪汪地叫起来,好像说:谁来了?谁来了?我出去。我出去。

周乐乐能破例挤进这个小单间,是沾了哥哥的光。哥哥是教授,胖教授慷慨将他纳入同人之列。怪不得哥哥排老大,姐姐排最末,周乐乐心里早有数。

李兰妮办好住院手续。青春痘遵从教授医嘱写病历,小四眼帮乐乐拆了头箍,把他放在诊疗台上。周乐乐看出李兰妮想甩下他,急得伸出爪子乱挠,撒娇要抱抱。

李兰妮往后闪,小狗东西不顾死活扑过去,险些掉落地。李兰妮急忙接住他,重新放下他。周乐乐浑身抖,抖得很夸张,整得诊疗台都跟着抖。两只大眼睛可怜无助地望着李兰妮,眼眶里似有泪光在闪,闪得李兰妮不计前嫌抱住他,在他耳边说:好孩子,不要怕。我们孩子勇敢哦,我们是小小男子汉。

周乐乐的小爪子紧紧抓住李兰妮不放,一副生离死别、悲痛欲绝的样子。他把头深深扎进李兰妮怀里,嘴里呜呜地像小孩子哭。

李兰妮心里一软。多年前九岁李兰妮的影子幽灵般闪了出来。

九岁的李兰妮说:老师,我爸爸妈妈没有了。他们没告诉我在哪里,什么时候来接我。爸爸妈妈不要我了。

周乐乐的眼神似在说:姐姐你不要丢下我!你是不是不要我了?乐乐怕怕,乐乐乖。姐姐带乐乐回家。

李兰妮抱起他,亲他的小脑门,喃喃说:乖。乐乐不怕。这里有小朋友跟你玩。乐乐乖乖住医院,姐姐明天来看你。拜拜好不好?拜拜啊。

周乐乐紧紧抓住李兰妮不松手,小爪子用力过猛变得钢一般僵硬。小身子哆嗦得动静很大,那表情像是天要塌了,乐乐小命要完蛋了。他在姐姐怀里蹦,急慌慌去舔姐姐的眼睛、鼻子、耳朵、下巴,口水、鼻涕蹭了她一脸。

护理师戴上反恐厚手套,从李兰妮怀里揪起周乐乐,使劲掰开他的小爪子,抢过来紧按住,大声喊:李老师你快走!别心软。立刻走。别回头!

我梦见带乐乐出去玩，住在宾馆里。乐乐跟我玩藏猫猫。他跑出去了，我找不到他。有人来告诉我找到了，乐乐死了。我看到乐乐淹死在洗脸池水里，医生给他做人工呼吸。我内疚得想哭。我冲过去抱他。乐乐不见了。有人告诉我乐乐埋在地里。我在地里挖，拼命挖，挖出几根白骨一块肉干。

心钝痛。痛得从梦中醒来。睡不着了。我披衣起来，在屋里走动。

往常，我若心脏难受或胃痛，也会起来走动。每次悄悄走出卧室，乐乐都会立刻跟着出来。哪怕前一分钟他还在床底下熟睡，甚至打着小呼噜。不管我的脚步多么轻，他都会醒来跟着我，陪我待在同一个房间里。我若在黑暗的客厅里走动，他就趴在茶几下似睡非睡。我若躺在沙发上，他会跳上沙发，与我保持一段距离。抬头看看我，掉过头去，屁股尾巴对着我。左挪一下，右挪一下，踏实了，就不动了。我以为他睡着了，一起身，他立刻跟过来。不远不近地守着，像高素质的保镖，内紧外松。黑夜中，我不知道他的小脑瓜里想什么，有时去抱他，他会挣脱我的怀抱。就像初一的小男生不许女老师摸脑袋一样，闪一边去，闷头守望。这种时候，我心里会觉得温暖。我会看着他的影子不出声地笑。

抑郁症病人睡眠浅，深夜或凌晨常会突然醒。我习惯一动不动，静静听屋里屋外的声音。有时候，能听见周乐乐打小呼噜。我特别喜欢听他的小呼噜。他的小呼噜声不会太响，悠悠长长，声调带拐弯，高高低低，若行云流水，舒展而流畅。听着他的小呼噜，黑夜显得格外宁静。心也会跟着宁静下来，品着夜的美好。

有时候，乐乐还会在梦中叫。叫声跟白天醒的时候不同，好像音量的一半挡在喉咙里，不能尽情释放出来。大概是梦见跟哪个小狗吵架，要不就是梦里发现外人偷窥他的地盘。乐乐的叫声虽低，却威风凛凛，尽显小狮子王的臭美德行。我会躲在被子里抿嘴笑。一颗心变得明净而温润。

乐乐住院去了。我想他了。不知不觉，我习惯了每次回家，周乐乐都在家等着我。刚掏出钥匙，还没有来得及开门，就听见乐乐在门的另一边激动地跳跃，挠门。要是开门不太顺利，他在屋里会急得撞门，嘴里叽里咕噜不知说什么。好几次我开门忘了拔钥匙出来，直到家人或邻居提醒才发觉。原因就是被周乐乐的热烈欢迎搅昏了头。

他用全身心的巨大喜悦淹没你。让你觉得你是全世界最受重视的人，你是全世界最受欢迎的人，你是全世界我最心爱的人。他的笑容像阳光一样灿烂，眼神天真纯净明亮。小爪子小身子有力地野蛮地传递真诚的问候。毛发温软柔顺，像无形的小手抚平你心头的坚硬。小尾巴摇得像一面小旗帜，呼呼作响打着旗语：高兴。高兴。欢呼欢呼。好啊。好啊。

他急切地接你进了门，边跑边回头笑，示意你跟他跑。他会在客厅里奔跑一圈，就像奥运冠军升完国旗后绕场一圈答谢粉丝。你若想抱他，他会赶紧跑开。你刚有点失落，就会发现他叼来一个绒毛玩具，是他最喜欢的那个，或是最新买的那个。他会把玩具放在你跟前，你刚想拿，他嗖地叼走了，边跑边回头示意你来追来抢。他很得意地笑，顽皮可爱地笑，无忧无虑的快乐直击你的心灵。

记忆中的童年，家里没有父母在等待我。没有温暖的笑容欢迎我。长大后我独自面对快速变化的社会。习惯了独自拎着二十六英寸的旅行箱、背着笔记本电脑和笔记本打印机，飞到这座城市这家宾馆住十天，飞到那座城市那家酒店宅半个月。习惯了没人接机送机接车送车，习惯了打开房门放下行李箱立刻开窗通风烧水解渴自己的事全部自己打理。我习惯了独自一人待在家里十天八天不说话，我习惯了这么活着。

可是，周乐乐告诉我，可以有另外一种活法。像儿童一样活，像周乐乐那样活。想哭不要怕羞痛痛快快哭，想笑不要扭捏畅畅快快笑。我想像周乐乐那样活一回。

宠物医院上午九点开门，我八点四十五分就在门口等。八点五十分值班的人打开门，是泼辣麻利的护理师。她明白我着急要见周乐乐，笑着摆摆手，示意我站在原地不要说话不要动。她走出来掩上门。

李老师，你今天不要见乐乐这个臭坏蛋。

怎么了？他的病……

不发烧了。不吐了。还拉稀。问题不大。你放一万个心。

我想看看他。他没再咬人吧？

他精得很。你一走，他老实多了。看见我就抖，博同情。给他打针喂药都听话。还会冲我们老板娘摇尾巴。老板娘一高兴，还放他出来玩了一小会儿。

我去跟他玩一玩。

不行。他绝食。狗粮一口都不吃。

啊？我去买点小肉肉……

就是怕你心疼惯坏他，所以你不可以见他。他非常倔，装狗粮的碗碰都不碰。我们给他配的是进口名牌狗粮啊。有几个客户，人家养的是十几万一只的纯种狗，吃的就是这个牌子，老板娘从香港进的货。周乐乐就不吃，怎么哄都不吃。我们在想办法调教他。

我试过用鸡肝拌狗粮，他把鸡肝挑着吃了，狗粮一颗都不吃。

再饿两天他就乖了。李老师，如果你真想乐乐好，就不要去看他。他什么时候吃狗粮，你什么时候再看他。

那……要是饿坏了，他哥哥从美国回来会臭骂我。

饿不坏。你就说，这是教授说的，不会错。

绝食……很可怜噢。

快走吧。你越疼他，他越不听你的话。他认你是老大吗？肯定认他哥哥是老大吧。

你怎么知道？

我看得多了，什么不知道。一看就知道你搞不定他。

护理师眼睛一眯得意地笑。她用眼角斜视我，既有同情的成分，更多的是恨铁不成钢。

周乐乐居然会绝食，他敢挑战宠物医院，挑战医生护士忍耐限度。要吃苦头，结局难料。

曾经觉得小狗东西讨厌。好像我欠了他的，他是我的债主，一到时间点就必须带他去散步。平时我若要出门，他理直气壮认为必须带他一起走，抢先守在门口虎视眈眈。一开门，他从门缝里冲出去，直奔电梯口。我必须像老鹰抓小鸡一样，跟他在走廊斗智斗勇追来追去。好不容易逮住他，把他从门缝推进屋里，火速关门。我曾几次手忙脚乱关门压了自己的手指，痛得龇牙咧嘴，直跳直骂小狗东西。

我在家里待着，他总会盯着我一举一动，期待我主动跟他玩。有时他会叼着玩具来找我，眼睛闪亮，尾巴轻摇。如果我不理他，他就会放下玩具，眼神黯淡，耷拉尾巴。故意在我面前走来走去，嘴里嗯嗯发声，鼻子里也呼呼发声，喉咙里也咕噜咕噜弄出声响，表示不满。

我若在沙发上摊开报纸看，他会走过来，大模大样坐在报纸上，还转圈把报纸扒拉成他的窝垫，向我示威。我若拿鞋拔子打他小屁股，他会记仇，瞅准时机到我书房书柜角边撒泡尿。

忍耐不住时，我会揪住他脖子上的毛，威胁他：臭坏蛋！你给我消失。我不想看到你。我怎么会把你这个恐怖分子带回家？我要把你送到警犬基地去受训。我警告你，我要送你去接受魔鬼训练！

确实动过念头，送周乐乐去上学。曾打听，有没有正规的宠物学校招收学员？真可以学得顺服规矩吗？有没有警犬基地开设培训班，训练什么导盲犬、搜救犬、宠物医生？

如今住院倒是个机会，让他吃吃苦头，打磨修理。

不过，小孩子住院容易身心受创。记得那次住院半年，父母没到医院看望我，也没有书信音讯。建军节、国庆节、元旦、春节，我独自在病房发呆。军人病号有部队统一的慰问品发放，发戏票去看慰问演出。妇女老人病号节日有家人探望，可以请假回家团圆。我无家可归，无人探望。没有慰问品，没有资格参与节庆活动。没有家书。我面对墙壁，久久躺在病床上装睡。不看其他病人如何打开慰问品袋，欣赏里面有多少种食品用品。不听邻床亲人同事朋友问寒问暖说说笑笑。病房阿姨邀我去她家吃年夜饭，我谢绝。我要维护一个孤独病人的自尊。多年后，父母偶然提起往事，说，那时不懂。

一句不懂，不能抚平忧伤。

他们不懂，小孩子特别需要父母的爱护，特别需要安全感。比大人更需要！小孩子独自住院治病，独自承担命运之痛，迟早会有后遗症。将心比心。我知道周乐乐一定很想家。他在盼望家人的呵护，他会很想见到我。我有责任给他安全感。

这一天，几次想去看周乐乐，却又要尊重医嘱。盼望乐乐早些妥协吃狗粮，哪怕随便吃几口。小狗东西懂不懂？好汉不吃眼前亏，识时务者为俊杰。

又一天。上午八点半。宠物医院门口。等啊等，这回开门的是长着青春痘的高个儿兽医。

李老师你这么早？

乐乐吃狗粮了吗？

没有。他绝食。

还绝食！我要进去看他。

冷静李老师。现在你一走进去，前功尽弃。他这两天打点滴，不吃东西没关系。一样，人输液不进食没事。

乐乐还拉肚子吗？

呕吐腹泻是常见病，好得快。他不肯吃狗粮倒是大问题。他从小就应该吃狗粮。听说你惯坏他，你吃啥他吃啥。嘴吃刁了，他当然抗拒狗粮。

如果他明天继续绝食怎么办？你们要赶快想办法应对呀。

办法就是让他彻底明白，不吃狗粮后果很严重，不能见姐姐，不能离开医院，不能出去玩。

有用吗？他能懂吗？

懂——一般的狗狗饿一天就投降，老老实实吃狗粮。明天吧。乐乐明天会投降。你带给他的东西统统拿回去，这种关键时候，不能让他闻到家人的味道。

我很担心……

别担心。哦对了，乐乐有没有女朋友？

女朋友？没有。什么意思？

以后我想给他介绍女朋友。你们愿不愿意让他配种？他这样的可爱型很受欢迎很吃香。

我们从没想过这问题。但是我现在就可以回答你：不可以！不稀罕！

第三天，乐乐依然绝食。

8. 非暴力抵抗

矮个子的兽医是个小四眼。我有点怀疑他是不是戴的平光镜。他太需要一副眼镜装饰年纪，否则像个初三的中学生。他说话比青春痘靠谱，他很理解我的焦虑。

是的李老师我也想帮你。狗狗如果绝食四天以上会造成身体伤害，有些伤害目前不一定看得见，随着年龄增长会慢慢显现。

我找教授说。他几点来上班？

教授今天不来上班。你可以下午给老板娘打电话。口气稍微强硬点。

眼巴巴等到傍晚时分。看来周乐乐的绝食会进入第四天第五天。万一他誓死抵抗不投降怎么办？万一绝食过久造成器质性伤害是否得不偿失？我致电老板娘，提出要接周乐乐回家。老板娘养了一只白色萨摩耶犬，相信她是爱犬之人，不会铁石心肠。

李老师，我也很担心啊，没见过乐乐这样绝食的，除了喝点水，一粒狗粮不肯碰。我把贵宾犬的狗粮换给他吃，那是鸡肉味的，他不吃。巴哥犬的狗粮是牛肉味的，乐乐也不吃。我刚才给他一点营养膏，这个他知道不是狗粮他吃了。

我明天上午接他出院。回家我再慢慢想办法吧。

李老师，你不要以为我想多收客人的钱，非要留乐乐在医院。他绝食三四天，就像人一样，肠胃非常虚弱了，恢复饮食时很危险，我怕你照料不好。

你的意见是……

明天下午下班前你过来。不管他吃不吃狗粮，我都让你们见个面。你跟他玩一玩。我会请教授为乐乐选个折中的方案。

谢谢你！谢谢你！

下班前来到宠物医院，刚下出租车就看见周乐乐。两个实习的小姑娘带着他在宠物医院门口玩。我的心踏实许多。远远看去，周乐乐精气神还行。我原以为他早饿得蔫巴巴病歪歪，不料他还能跟人玩。

周乐乐一发现我，飞奔而来。此时在他眼中，我就是他整个的世界，我就是他唯一的至亲，我就是他活着的最爱。我张开双手抱起他，他的小身子紧紧贴在我怀里，剧烈的哆嗦让我心酸。他把小脑袋埋在我胸前拱来拱去，小爪子紧紧抓住我，浑身抖了很久很久。就像被拐卖几天的孩子刚获解救回到母亲身边。他嘴里呜噜呜噜叽里咕噜哼哼唧唧好像又哭又笑又说又叹。

我满怀歉疚地亲他的小脑袋瓜。乐乐。乐乐。姐姐想你。对不起对不起。我一直想来看你，真的每天每天想来抱抱周乐乐。姐姐知道乐乐很想家。我们孩子想家了。我家孩子想回家家呀。哦乐乐。乖。亲亲哟。亲一口。再亲一口。好了好了。姐姐看看乐乐怎么样了。

我抚着乐乐的头，托起他的笑脸仔细看，乐乐眼睛里有眼泪哟。乐乐伸出粉红色小舌头舔我的腮帮子，舔耳朵、眼睛、鼻子、下巴、脖子，还打个喷嚏喷我一脸鼻涕口水。我忍住不去擦。我用手抚摸这个小生命，不得不佩服他的傲气。

乐乐的脊梁骨有点硌手，肋旁小排骨一条一条很清晰，毛发有点枯涩松黯。这个孩子真的受苦了。

两个实习的小姑娘先后迎上来，争着向我报喜。

阿姨，乐乐刚才吃了一点点猫粮。

我们看他很可怜，就偷偷把他抱出来。又到那只英国短毛猫碗里抓了一把猫粮逗他，他真的吃了噢。

要放在手心上哄，他才吃。他吃相好斯文，还会舔我的手表示感谢。

乐乐好有骨气。男子汉大丈夫，泰山压顶不弯腰。

阿姨，我姑姑家一只白京巴十岁了，它不吃狗粮只吃肉，照样活得很好呀。

阿姨，乐乐要是我的宝贝我会尊重他，不会强迫他吃他不喜欢的食物。狗狗跟人一样啊，个性不同，活法也不同。

几乎所有的养犬指南都强调：爱狗狗就必须给它吃狗粮。似乎这是养犬第一戒律。违反此戒律，狗狗就不健康，就别想长寿。狗狗的主人就有负罪感。可是，我不止一次地在心底里质疑：狗粮有发明专利以来不过百年历史，而人类养狗的历史已有几千年。狗狗由狼进化而来的过程中，肠胃系统也随生存环境而进化，何曾拘泥于教条？

我癌症手术化疗后，刚开始也遵从医嘱和民间舆论，不吃鲤鱼、公鸡等发物。很快发现：那张忌口戒单可以无限长。

有一次与朋友们吃饭。筷子一伸出去，就听朋友提醒道：海蜇不要吃，无鳞的鱼都不能吃。我把筷子收回来。下一道菜上桌，我举起筷子，又一位朋友说：炭烧蚝你不要吃，别人吃有补，你吃有毒。我只好筷头一转，落在小菜碟上，有人马上忠告：辣椒绝对不能碰。萝卜干也别吃。朋友们见多识广，出口就是哪个名医这么说，哪个权威那么说。我举起筷子，每样菜都夹来吃。众人惊呼：你不要命了？我笑说：什么都不能吃，要命做什么？

从此，想吃啥就吃啥。心里明白：死不死，只有上帝说了算数，其他人说不算数。死于癌症那是命，不容我做主。不被吓死，不被饿死，不苟且偷生窝囊而终，这是我的选择。

假如我是一个健康人，面对世界最新发明——炼丹丸，所有营养尽缩丸内，早晚一丸，午服一丸，废除所有传统饮食，人类可活五百岁。如何选择？我不选丹丸，我会选择平常饭菜。

我欣赏周乐乐的绝食。

绝食——调养——第九天哥哥从美国出差回来。到家扔下行李直奔医院。谁说周乐乐不能出院？训练戛然结束。

嗯嗯嗯（－－－）。

哥哥在家的时候，我睡觉香香。我不用去门口站岗。有危险哥哥会顶着。我喜欢枕着哥哥的大脚睡觉觉。

哥哥跟我玩，喜欢让我扛他的脚。他说这是练大个，长力气。姐姐不高兴。说他的大脚会压断我的小身板。姐姐喜欢要我当她的小枕头。她的头轻轻枕着我的脖子，轻轻挨着。她怕把我的脖子压断了。

姐姐喜欢把我的玩具送给其他小朋友。会响的彩色球、一扔在地上就闪光的小球、小皮球、会走的熊猫B仔、遥控的电动小坦克。姐姐说我玩具多，要跟小朋友分享。可是她不请示我，是我周乐乐的玩具耶。有没有搞错啊？

姐姐还把我的衣服送给小朋友。我过年穿的红绸小棉袄、我的两件套T恤牛仔裤、蓝白条秋衣、翻领夹克衫。她说我的衣服多，小朋友的爸妈没空去给小朋友买衣服。不管这个小朋友我认不认识，都要分享。过分哎，我喜欢的她送走，我讨厌穿的她留下。我看到了就会抢回来。

她还给匪匪娇娇酷丫送小裤衩。她追着娇娇妈问：为什么不给娇娇穿生理裤？穿了才安全。娇娇妈说：穿过啊。很麻烦。生就生一胎吧。我看乐乐娇娇很般配，娇娇给你家当童养媳要不要？姐姐忙说：不要不要。乐乐是个小白脸，毛病多。千万别打他主意。你另找亲家快去找个好亲家。

她们以为我听不懂。谁说我不懂？我懒得搏表现罢了。我听出这是挖苦、打击、讽刺、造谣。啰唆。唠叨。大惊小怪。我装听不见。男子汉大丈夫就该这样。想听的都能听见，不想听的都听不见。

姐姐喜欢给我买玩具。买了玩具她先玩，还跟我抢着玩。每次都是我抢赢。她每次买的玩具都不同。嗯，这一点我给她打分打八十分。姐姐到处去给我买衣服。一买回来就抓住我，叫我穿给她看。她买三件衣服有两件不合适。这一点我给她打六十分。不是大了就是小了。不用试穿就知道不合适。我不肯穿。我逃跑，钻床底。

她求我哄我穿。她说我是天下第一男模。我不懂什么叫"男模"？可是我听出她有点崇拜我。我想她当我粉丝。她一吹捧我，我就迷迷糊糊，给她当"男模"。

姐姐给我买零食小肉肉。鸡肉的、鸭肉的、牛肉的、鱼肉的，花样很多。这一点我给她打九十分。我最喜欢她给我吃零食小肉肉。她一高兴，就去厨房开冰箱。我的零食盒子在里面。姐姐讨好我，把小肉肉剪成小小的一块块。我吃起来不用费劲。我大嚼，吧唧嘴。姐姐坐在对面看着我，傻乐。我喜欢傻乐的姐姐。

哥哥说姐姐有强迫症，想事总往最坏方面想。他们常为我争吵。

姐姐说：周乐乐出门要穿鞋，回来小脚丫容易洗。

哥哥说：你拉倒吧。他穿鞋走路不好走，你买鞋纯粹浪费钱。

姐姐说：我愿意呀我花自己的钱。

哥哥说：乐乐快抗议。逼我穿鞋就不走，一步都不要走。反对强抱。反对强亲。反对强迫人家穿鞋穿袜穿雨衣。

哥哥是老大。老大说得对。

天冷下雨。姐姐强迫我里面穿一件内衣，中间穿一件毛衣，外面穿一件雨衣。小朋友见了笑话我，说我是个毛妖怪。

嗯嗯嗯（／／／）。

9. 大清洗
——周乐乐蒙冤记

::李兰妮尖叫：把他泡在药水里。不许把他捞上来。我不想看他，这么脏。讨厌死了

倚在书房的沙发床上，李兰妮负面思维正在蔓延。

连续几天失眠，中午一片阿普唑仑，一点睡不着，晚上两片阿普唑仑，十二点熄灯休息，凌晨两点四十分就醒来，再也睡不着。熬到凌晨四点半，她又吃一颗阿普唑仑，迷迷糊糊，似睡非睡，六点多钟就不得不坐起来。躺着心脏难受，脉搏沉细，透不过气来。

她请花姨帮着煲灵芝猪心汤。又试着阿普唑仑与思诺思两种药混合吃，效果不明显。她一吃思诺思，会偏头痛。吃止痛散都没有用。

这种时候，躺也不舒服，坐也坐不住，站久了又疲倦。特别困乏，却眯一会儿打个盹儿的福气都没有。磨人磨得肝火渐渐上升。

前日接到电话，朋友们打算同去新疆旅游，邀李兰妮同往。李兰妮有点动心。

多年生病体弱，她害怕长途劳顿。如新疆、西藏、内蒙、四川、湖北、吉林、青海、宁夏、青海，全国有近半省份自治区不曾踏足。加上长期失眠头痛，一换住地或许通宵难眠，不能随大部队早起行动。坐车晕车。吃饭胃痛。她特别害怕给大部队添麻烦。所以，她极少出门。李兰妮考虑了一天，答复没有决心出远门。

倚在沙发上，李兰妮想起曾经的美国之旅。光是坐飞机，已经耗去了她储备已久的体力和心情。经过胡佛水库等景点，她连下车看一眼的气力都没有，耷拉脑袋蜷缩在车上干坐。参观博物馆，她头晕得要倒下。怕惊动旁人，她只好悄悄到户外一块草地蜷缩侧卧，假装休闲沐浴阳光。参观好莱坞、迪士尼，李兰妮倦得连相机都不想举。她早早脱离大部队，自己坐在集合地点等待集合。报纸上网上，许多人谈人生愿景，都希望周游世界阅尽山川自然名胜古迹。而对李兰妮这种病人来说，光是体力精力就不济，这种愿景太奢侈。

曾有一位青年女教师与李兰妮闲聊，问她如何保持身材不发胖。李兰妮被问住了。想了想，啼笑皆非回答道：大概就是得癌症抑郁症吧。这样的病人用不着考虑减肥。

也有人问李兰妮，怎样才能快速判断自己有无严重抑郁？

李兰妮说，用排除法。你想连续四处旅游吗？你想炒股赚大钱吗？你想买豪宅吗？你想买名牌包包名贵轿车吗？你想孩子考上清华北大吗？你想从城东奔到城西享受一餐美食吗？你想穿着大牌华服脚蹬高跟鞋现身应酬场合吗？你想作为名人在电视上露脸吗？你好想好想谈恋爱吗？你很想很想升官发财吗？如果没有以上强烈想法，那么，你可能严重抑郁。这是临床症状之一，对任何事情没有兴趣。另两个症状更简单，你连续失眠早醒醒来再不能入睡超过半个月吗？你有自杀念头吗？

有一句话，李兰妮忍住不想说：真正严重抑郁渴望自杀的病人，十有八九不会主动讨论这种话题。他们躲藏在貌似正常的面具之后，心里想着用什么方法自杀，脑子里推敲着遗书怎样做到文字简洁。

李兰妮倚在沙发上，越想越沮丧。她连出门上街到电影院看电影的兴致气力都没有，这么活着真没意思。想到这里，头痛气郁。她使劲揪自己的头发，把额头贴在墙壁上以求一丝凉意。花姨在厨房做饭，李兰妮不便以头撞墙。

幻觉袭来，她揪起头发，掀开天灵盖，头盖上满是蚂蟥，无数条，长长短短，伸缩蠕动。眨一眨眼。头盖掉了。头发连着头皮，头皮上满是黄蜂滚动，一窝蜂往外飞，飞不完蜂拥而出。变了变了，一团又一团炸开的蚁窝，喷喷喷，不断喷出黑蚂蚁、黄蚂蚁、红蚂蚁、白蚂蚁、飞蚂蚁……关闸。关闸呀。

周乐乐进书房来嗯嗯嗯。第三声的嗯嗯嗯求关注。李兰妮正走神，没有反应。周乐乐跳上沙发床，使劲刨沙发，想吸引李兰妮的注意力。这一招没用，他就用爪子刨李兰妮的脚趾，用牙齿咬住李兰妮的裤脚硬拽。李兰妮回过神来，呵斥：走开！周乐乐不松口，两只大眼睛因用力而滚圆突出。李兰妮不得不离开沙发，离开书房。嘴里骂道：讨厌。我头痛，要休息。你捣什么乱？

花姨说：到散步时间了，他提醒你带他出去。

李兰妮对周乐乐说：花姨带你去。

说完她到客厅沙发躺下。花姨把煲汤的炉火调至最小,招呼乐乐道:花姨带乐乐出去嘘嘘,看看能不能碰到匪匪和酷丫。

周乐乐躲开花姨,跳到客厅沙发上,用四只爪子踩过李兰妮的身子,走到沙发扶手上趴着。自从他铁了心要当李兰妮老大之后,他常设法趴在比李兰妮高一点的地方显示地位。

李兰妮心情好的时候,觉得小狗东西要当老大的执着很有趣。她会像大人宠幼儿园小孩一样宠着他玩。

吃饭的时候,哥哥姐姐还没吃,乐乐若是闻到烧鸭味,或是他喜欢的食物味,就会很严肃地走到李兰妮跟前,仰起脸,睁大眼睛盯着她,喉咙里还发出呼噜呼噜的声音,表示要吃小肉肉。

宠物杂志说,不能允许狗狗在主人吃饭前先吃,这是原则。主人若心软先喂食,狗狗必以为自己是老大。但是,李兰妮对吃饭兴趣不大,要么磨蹭很久才吃,要么不用十分钟就快速吃完。她在部队子弟小学抢饭吃的时候训练有素,五分钟吃完一顿饭,这习惯延续下来。既然懒得吃饭,喂乐乐先吃就是一种游戏。李兰妮会挑出周乐乐最喜欢吃的鸭脖子、鸭爪、鸭肝鸭肾,或掰或嚼成小块,把乐乐的食碟拿到桌前,盛满,以看乐乐大吃大嚼为乐。

乐乐这时很满足,很自豪,很显摆,响亮地吧唧嘴,脑袋有时左歪一歪,右侧一侧,以他的节奏享受美食。

周乐乐要李兰妮带他出去遛弯,若遇上李兰妮接座机电话,周乐乐就会把牵引绳叼到李兰妮跟前,提醒她,时间到了,出发。

如果李兰妮不能马上结束通话,周乐乐有办法治她。周乐乐叼起每日给他梳毛的毛梳,故意用力地摔在木地板上,发出哚哚——啪的响声。叼起来,摔下去,再叼起来,更用力地摔在地板上。他的小珍珠糯米牙叼着一面钢丝一面猪鬃的毛梳木柄,有点勉强摇晃,但是他气场强大,就要摔打得让李兰妮害怕。李兰妮素来害怕这样打扰楼下邻居,不得不赶紧停止通话,跑过去阻止周乐乐。

周乐乐还有一招,他凭直觉猜到李兰妮在通长途电话,他就站在李兰妮跟前噢噢噢乱叫,或者嗷——嗷——地学着蒙古长调的悠长宽厚,吊嗓子,重复吊嗓子，直到李兰妮忍受不了投降为止。

美国一位动物行为学专家在书中说："所有的狗都能敏感地注意到我们所做的细微的动作，它们认为每一个细微的动作都有意义。你的一个微小的动作就能使狗的行为产生巨大的变化……狗对人类的肢体动作了如指掌。……狗儿有独特的表现受挫的方式，它们气恼时会张嘴乱咬，而人类幼童使用手和狗利用嘴巴表达生气的方式一模一样，""狗儿会拼命注视主人的脸，设法找出主人和它们沟通的线索。"

自从家里有了周乐乐，李兰妮看过无数本有关养狗知识的书。看归看。做归做。她记不住专家的忠告，也懒得实行。她接触这一类的报刊音像，仅止于过一把瘾，看完就忘。她放任自己的理由很充足：长期服用抗抑郁药、安眠药，大大损伤记忆力。能记住自己姓甚谁名已经不错了，还能指望李兰妮成为训犬专家吗？她买养犬杂志成瘾。买了《宠物世界·狗迷》《宠物派》《名犬》等杂志，看完还转送其他狗狗家长看。还上什么狗民网、爱狗网、宠物网，看着里面各类狗狗的美照傻笑。只要听到旁人说哪本写狗狗的书好看，她就网购。每次去音像店买碟，必问有讲狗狗的吗？她买训练狗狗的影碟放给周乐乐看，希望他受点熏陶。周乐乐对此十分不屑。电视里若有狗狗的画面，或有狗狗吠叫，李兰妮比周乐乐兴奋得多，她抱住周乐乐，揪住周乐乐催促他快看，周乐乐很不耐烦地挣脱她的魔爪，骄傲地迈着小方步，昂着头，竖起尾巴，离她远远地趴下，用屁股对着她。意思很明显：少来烦我。

李兰妮曾跟花姨说：你看小臭坏蛋，转转的。又可恨，又好玩。

但是，每当李兰妮心情不好时，没心思欣赏周乐乐扮演老大角色，两个家伙必起冲突。这已经成为规律，隔一两天就上演一出。

李兰妮肝火郁结隐隐作痛。花姨拿起牵引绳，想给周乐乐绑上，哄他说：好了好了，看在花姨的面子上，姐姐带乐乐出发。

周乐乐半信半疑看李兰妮，不让花姨给他绑绳子。花姨道：李老师，你出去走走吧。有氧运动半小时，好过吃药。头痛走走就好了。我以前失眠头痛，我就去走山，走来走去就不痛了。

李兰妮想想，散步对驱散幻觉、消除气郁有一定效果，便顺水推舟。她刚拿起牵引绳，周乐乐就咧着嘴，摇着尾巴过来了。周乐乐仰起小脸冲李兰妮笑，粉红色舌头半卷着，模样天真欢喜。李兰妮不禁受感染，心情稍稍好转。

草坪边上，三个小孩子在玩游戏，一个七十多岁的老太太在做拍打操。李兰妮坐在石阶上看书，任凭乐乐自由快乐地在草地上奔跑。

银狐犬拉拉不知从哪儿蹿了过来，飞奔挡住周乐乐的去路，斜视矮它许多的周乐乐。

拉拉属中型犬，纯白色的长毛丰润明亮，杏眼圆睁，奔跑起来格外俊逸。小区里纯种银狐犬只此一位，出身专业狗舍。三个月时售出，进入家庭。半岁时便拥有广州户口。

当时狗狗办户口归警察管，一个广州狗证须缴一万元。估计在全国城市狗证价格居首位。除此之外，每年还要缴纳六千元管理费。小区里养犬人士认为此规定不公道，极少有人去办证。而拉拉最早名声在外，就是爸妈爷爷宠爱它，早早给了它一个合法身份。远近狗狗家长几乎都听过拉拉名字的来由。

拉拉去上户口，户口本上要填写性别和名字。

警察问：叫什么名字？

拉拉爸说：叫拉登。

警察说：不能登记这个名字。不严肃。

拉拉爸说：它上户口花我一万元。就是恐怖嘛。我就叫它拉登。

警察说：在这里不许开玩笑。叫拉拉可以，叫登登可以，叫拉登就不行。

拉拉妈抢先答应：叫拉拉。拉拉好记也顺口。

拉拉妈清秀可人，拉拉爸是证券所的青年才俊。爷爷是退休教师。拉拉妈告诉李兰妮，小狗出门散步会口渴，要随身带一瓶清水给它喝。通常，拉拉妈手拿一瓶矿泉水，拉拉爸爸拿着报纸卷的纸棒，疼爱、管教都齐全。拉拉爷爷迈着八字脚，十分享受这样的亲子时光。拉拉给闲在家中的爷爷带来小小成就感，他喜欢把钥匙包远远一扔，训练拉拉给他捡回来，叼着放到他手掌中。爷爷想带拉拉去电视上秀一秀,让人一睹拉拉美男的风采。

不久前拉拉的爸妈离婚了。拉妈去了日本求学,拉爸去了上海公司,几乎同时从家中消失。拉拉开始叛逆升级,在家随地拉屎拉尿,出门逮谁惹谁打架斗殴。

拉拉戏弄乐乐,围着他一圈一圈跑,越跑圈越小,乐乐想冲出包围圈,拉拉故意放他跑出去,跑远了,再闪电般冲过去,用前爪摁住周乐乐,乐乐挣脱快跑,拉拉毫不费力追上去,企图踩住周乐乐。拉拉的爷爷正焦急地往这边追过来。

李兰妮横身挡在乐乐前面,指着拉拉说:不许。拉拉。不许欺负乐乐。阿姨会生气。拉拉乖,阿姨喜欢你。

李兰妮特意压低嗓门。据说狗狗认为权威的声音是低沉的,果断,不容置疑。尖叫、歇斯底里高喊,被狗狗认为是低能的表现。

拉拉想绕过李兰妮,转着圈吓唬周乐乐。周乐乐本处劣势,缩头缩脑,尾巴下垂。发现姐姐能挡住拉拉,顿时发起反攻。他颈毛竖起,龇牙刨地,呜呜低吼,冲向拉拉。

三个玩游戏的小朋友围观尖叫,场面混乱。拉拉爷爷及时赶到,用力抱住拉拉。周乐乐看见拉拉被制住,不能作恶,更添胆量,激动狂吠。

拉拉一声不吭。爷爷边拴狗绳边说:又让它挣脱绳子跑掉了。抱歉。

一个小女孩伸手想摸乐乐,险些被乐乐吠叫的嘴碰到。李兰妮急忙抱起周乐乐,喝道:闭嘴。吵什么吵?

乐乐气性极大,从李兰妮怀里挣脱跳下地,吓得小朋友快逃。李兰妮跪在地上扑过去,像守门员扑足球,紧紧抓住周乐乐。

拉拉的爷爷赶紧拽拉拉走。周乐乐冲拉拉背影吼,直到背影消失才住嘴。做操的老太太受到打扰,离去前怒视李兰妮。

李兰妮头痛,气郁。等到四周无人才敢放开周乐乐。

再没看书的心思。李兰妮伸开双手,仰天闭目,给自己做认知治疗:放松——一定要放松——一切正常——往积极方向看——李兰妮,不要紧张。高兴。舒畅。

舒——畅——

　　睁开眼睛。乐乐在草坪闲逛，把草皮沙土刨了又刨。

　　李兰妮低头想：拉拉挣脱狗绳乱跑很危险。听说偷狗贼会开面包车作案，专偷名犬高价转卖。她突然心惊。周乐乐虽是串串狗不值钱，但是偷狗贼会抓他去炖狗肉煲。

　　她慌忙用目光搜索四周。没有路人，没有汽车。没有任何可疑的目标。周乐乐在……干什么？

　　李兰妮目光扫到周乐乐，发现乐乐叼了一块黑色东西，直觉告诉她不对劲。李兰妮跑过去，老远就感觉那是一个很脏的东西。

　　好恐怖。那是一个干瘪的死老鼠！

　　李兰妮歇斯底里叫周乐乐扔掉嘴里的东西。周乐乐炫耀地更紧叼住，畅快奔跑。

　　李兰妮用书去砸他，没砸到。周乐乐跑到灌木前，被李兰妮大力按住了。周乐乐松口放弃干死鼠。李兰妮揪住周乐乐的颈部，用力往草地上一摔，周乐乐滚了几个滚。李兰妮揪住周乐乐，一口气扇了他六七个大耳光。

　　李兰妮狂怒，叫：不要你！狗东西！不要你啦。

　　乐乐趴在地上很困惑，不知自己犯了什么错。

　　李兰妮打手机叫花姨速来。

　　花姨正在家里煲汤，听见电话里李兰妮语无伦次，十万火急，连忙关火锁门赶到草坪。

　　当她知道缘由，看了那只干死鼠之后，松了一口气。

　　李兰妮说：脏死啦周乐乐。讨厌讨厌讨厌！我不想要周乐乐了。我一想到他……就恶心。脏死了。

　　花姨说：不要紧的。我带他去洗洗嘴巴和爪子。

　　李兰妮只顾摇头，一副惊恐憎恶的表情。

　　草坪附近有自来水龙头，花姨抱周乐乐去洗嘴巴，洗爪子。周乐乐有点犯蔫儿，闷闷不乐，任由花姨摆弄。

花姨说：乐乐犯错误了。洗干净。嘴巴。牙齿。舌头。爪子。小脸蛋。使劲搓。搓。花姨给你擦干净。

花姨把乐乐抱到李兰妮面前说：洗得很干净了。你不能说不要他，乐乐听得懂。他会伤心的。

李兰妮说：我就是不想要他了。送回深圳去。我有病，没法带他。

花姨说：你是心理作用觉得脏。我看过酷丫抓老鼠，咬死了叼回家给它爸爸看。它爸还笑，跟我说家里一楼以前有老鼠，都被酷丫抓光了。比猫还顶用。

李兰妮紧皱眉头，反胃。

花姨说：刚才路上看见拉拉在闻狗屎。不知谁家狗拉屎主人缺德不收拾。拉拉当宝贝欣赏，说不定还吃呢。你看拉拉的样子多干净，它吃屎脏不脏？它爷爷肯定到处在找它。匪匪更脏……

别说了。我就要吐了。

好不说。不说。

你把乐乐抱回去，消毒。你不用做饭了。我不想吃。你就管消毒。你把他送到宠物医院去，叫医生给他里里外外消毒。

这个时候医生下班了。不如回家我给乐乐洗个澡。

李兰妮在外房浴厕里指挥花姨给乐乐消毒。

乐乐不知是打架打累了，还是给李兰妮的发飙吓着了，或是听懂了姐姐不愿要他了，他一反常态，逆来顺受，耷拉尾巴，蔫头蔫脑。花姨用乐乐的洗澡盆、洗脸盆接好水，要往盆里倒乐乐的犬用浴液。

李兰妮站在门边说：先倒消毒水，一瓶都倒下去。

花姨犹豫片刻，照此办理。

李兰妮脸色铁青，说：再倒漂渍液，倒半瓶。把周乐乐泡进去，拿刷子使劲刷他。

花姨把乐乐放进盆里浸泡，乐乐害怕地嗯嗯，惶恐地看花姨。

花姨说：这样洗乐乐会中毒的。没有必要这样洗。

李兰妮说：就是要让他记住，再叼死老鼠碰脏东西就修理他。等一等。

李兰妮找来一支新牙刷，一个塑料盒，倒上一小瓶酒精。

花姨你先给乐乐刷牙。他敢反抗我就揍他。我去拿鞋拔子。

李老师你这样不对的。不能这样消毒的。搞不好乐乐会中毒。何苦呢。你累了。不要急，不要气，这件事就交给我。我会把他洗得干干净净。

……

如果你嫌弃他脏，就让我抱回去，在我家养几天。等到你觉得不恶心了，我再把他送回来。

……

乐乐呀，快告诉姐姐以后不敢了，乐乐还小不懂事，姐姐大人有大量，原谅乐乐这一回。李老师你看乐乐吓得这样子，他懂的，知错了。

李兰妮不说话。心里在想该拿周乐乐怎么办？先让花姨抱回家里待一晚，第二天送到宠物医院去处理？

乐乐会得鼠疫吗？乐乐会得霍乱吗？乐乐会中毒吗？

李兰妮最厌恶老鼠。小时候家里有老鼠，三更半夜会被母亲叫起来，一家四口翻箱倒柜找老鼠。李兰妮很害怕，她手里拿着扫把乒乒乓乓敲，既盼老鼠被敲出来，又怕老鼠被敲出来。看见父母打死老鼠时，李兰妮总是吓得眯上眼。直到第二天死老鼠的恶心样都在眼前晃。十七岁在军医院住了半年医院。病区倒剩饭洗碗筷的地方鼠患猖獗。李兰妮饱受惊吓，独自不敢在那间屋子久待。一次她洗碗时，无意发现一只肥大的灰老鼠正看着她，她凄厉的尖叫声穿透墙壁屋顶。护士以为出大事了，紧急赶到，问明事由后训斥李兰妮，差点被你吓死。你天不怕地不怕的，居然会怕老鼠。没出息。李兰妮哆哆嗦嗦说，老鼠的样子太恶心。

独自一人在家时，李兰妮只怕老鼠。十几年前，有一次，家里粘鼠胶粘到一只灰老鼠。李兰妮不敢碰，不敢拿去扔，她跑到房门口，想了又想，不知如何是好。最不愿求人的李兰妮只能上楼敲邻居的门，求邻居帮她把粘鼠胶连同老鼠扔出去。

在她眼里，灰老鼠比老虎、黑熊、毒蛇可怕。老鼠与肮脏、邪恶、阴险属同义语。

趁她发呆不语，花姨悄悄用水勺舀出一些消毒水漂渍液倒掉，兑上清水。李兰妮眼睛余光扫到这些动静，她想了想，装作没发现。花姨见李兰妮脸色有好转，就自作主张挤了一截牙膏，给乐乐刷牙。乐乐甩头，满嘴满脸是牙膏沫。小脸皱巴巴的，张嘴也吃亏，闭嘴也吃亏。

花姨说：这么乖的孩子怎么舍得不要呢？李老师你去歇一歇，歇过来就不气了。以前我妈癌症住院脾气比你大多了，几姊妹只有我受得了。病人吃药多了心情就不好，容易去想坏事情。

花姨突然惊叫。她从乐乐的皮肤里揪出一个牛蜱虫，牛蜱已经吸饱了血，变得肥大圆鼓。花姨把牛蜱虫放在地上使劲一掐，就听见噼——的一声，牛蜱破裂死去。乐乐被牛蜱吸的血染红了花姨半个拇指。李兰妮看得恶心，立刻扭头不看。

李兰妮喊：赶快检查，他身上还有没有虫子？

花姨说：他每个月滴一支福来恩驱虫剂，那是进口的，不应该有虫啊。

李兰妮说：周乐乐一天到草地玩三次，什么驱虫剂都没用。

花姨说：今年校园草地还没喷药吧。以前没有发现乐乐……

话没说完，花姨又尖叫：李老师，又发现两个。

快。快抓。别让虫跑了！

跑不了。皮毛有水，虫子跑不了。

李兰妮又听见噼——噼——声。她觉得头皮发麻，胳膊腿上都起了鸡皮疙瘩。花姨又在喊：李老师，你来看，还有……

李兰妮在门外喊：我不看。不看！

花姨说：我会仔细给乐乐检查一遍。

李兰妮尖叫：把他泡在药水里。不许把他捞起来。我不想看他。这么脏。讨厌死了。怎么办啊！

你没生过孩子没体会，生儿育女就要吃得苦经得脏，哪家小孩子不脏啊。

李老师说妈咪有洁癖，整天在家抹灰尘。其实你心理……怎么说？有没有心理洁癖这一说？

　　说者无意，听者有心。李兰妮想起十一岁在佛山军营小院。有一天，头上痒。母亲见她总挠头，扒拉她头发翻着看，歇斯底里尖叫：有虱子啊！虱子！母亲又把六岁的弟弟揪过来，一翻头发又尖叫：不得了啦！虱子！！

　　她发疯一般大声叫，邻居家两个阿姨闻讯赶紧揪住自己孩子看，可不是，也有虱子在头发里。

　　久居广东极少见到这虫子，小院里一阵大呼小叫。男孩子可以剃光头除虱子，女孩子不能剃头怎么办？母亲提了两桶热水，往桶里倒煤油倒杀虫农药，抓住李兰妮的头发就往桶里摁，让她的头浸在自制的药水里。

　　热水很烫，煤油熏眼，农药呛鼻恶心。李兰妮挣扎，喊：好烫啊。烫得受不了。母亲狠狠摁住她说：就是要烫死虱子！李兰妮说：眼睛痛。母亲说：坚持！瞎不了。

　　李兰妮被杀虫农药呛得发晕无力挣扎时，邻居阿姨来救命，一个拽走母亲，一个救走李兰妮，带她到水池边用清水清洗。其他邻居阿姨七嘴八舌说母亲：你这么弄她眼睛会瞎的。杀虫农药吃嘴里会死人的！你等于灌她喝农药。幸亏我们知道你是她亲妈，要是后妈问题就严重了。想杀人啊？母亲头上青筋直跳，说：虱子！我最看不得虱子！她头上有虱子……

　　事情过去多年，以为忘记了。此时记忆浮出脑海。

　　真是有病。

　　　　痊愈似乎离我越来越远。每次满怀希望问医生能不能减药，医生总是摇头。精神类药管理很严，三甲医院的专科医生一次

只能给病人开七天的药；主任医师最多能开两周的药。每个月至少要跑两次精神科。每次都身心疲累。

拥挤拥挤拥挤。排队排队排队。满眼焦虑的病患，空气里弥漫着浑浊的恶臭。每次一想到该去医院拿药了，我会提前两天心情不好，无奈。烦躁。沮丧。气郁。看病拿药那天更是情绪低落，觉得暗无天日，活得没质量没价值。为什么要这么苟活下去？

我不指望医生救命。我希望存活的日子能自然一些，我要的是生命的尊严。

我挂的是精神科主任的专家号。主任还记得母亲不愿承认抑郁症的事。主任说，老年人普遍反感"抑郁"这个词，慢慢做工作，这种事急不来。

我说，一想到她拒绝吃药我就有种挫败感，我担心，有一天她会拿刀砍人。

主任说，不至于。她的病情比你轻。你不要过度担心。今天我给你增加一种药试试。原来这几种药你吃了很久，病情改善不理想。这说明你不是单相抑郁，是双相抑郁。必须加药。

什么叫单相双相啊？

双相就是说，你是躁狂加抑郁。这种病人比单相病人难医治，病情不时在变。一个周期表现抑郁，另一个周期躁狂。抑郁躁狂交替出现。病情复杂难控。

我不觉得我躁狂。我一点儿也不躁狂。我不想加药。

试吃半个月，看看效果吧。

我真的不躁狂。我就是抑郁。我哪有力气躁狂啊？

不同的病人，表现不同。有人躁狂发作会失控，伤自己，伤别人。很危险。

我自控能力特别强。我怎么可能会失控伤人呢？我一天到晚病恹恹的，什么时候躁狂过？

精神科主任微笑着胡乱点头，示意我拿着处方去取药。他那表情就像听见一个醉酒之人嚷嚷说：我没喝醉，真的一点儿都没醉。

讨厌加药。我换了一家医院看病拿药。也是一家三甲医院精神科，挂了一位医学博士的号，博士与那位主任诊断相似：就是躁狂加抑郁。

想想不甘心，又找了一个康宁医院的院长看病开药。初次见面，院长一点不关照，他认为要加两种药。

院长说：你不要说你从来不躁狂。很可能你发作的时候没记忆，脑子一片空白。

我立刻想起报纸上提过的精神病患者拿刀砍人案，桩桩暴力个案中，砍人的都追忆说：当时我脑子里一片空白。

主任、博士、院长三人成众，众口一词。那就加药吧。

不知是祸是福，新加的药物吃了严重过敏。从脚心起疹子，一粒粒小米似的疹子，又痒又痛，往上蔓延。头一天漫过脚背，第二天漫过小腿，第三天两条胳膊裹了一层疹衣，恶心瘆得慌。再蔓延下去该是满头满脸吧。我停止服用新药，静观变化。

第一天，疹子没有再往上走；第二天，疹子痒痛稍减，第三天，胳膊上疹衣在减退。一周后，过敏的疹子才明显消退。

不想去跟医生说。若是求医用药百试百灵，医院就没有死人了。有些病医生能治，有些病医生不能治。不能治的病跟谁说都没有用，扰人不利己。

我需要鼓励的眼神，需要理解的包容，需要温暖的救援。可我不想向任何人求助。我不愿给任何亲友增添麻烦。

我选择自救。

我坐在电脑前写认知日记，乐乐在书桌下我脚边趴着。有时，我会离开电脑，蹲下身，趴在地板上跟他说话。心里难受，我会抱起乐乐，把脸俯在他的背上。乐乐会转过脸来仔细看我。他会微微皱起小眉头，小脑袋冲我左歪一下，右歪一下。神情严肃，眼神关注，嘴巴紧闭嘟起一点点，好像在问：你怎么了？发生什么事情了？

这时候，我会有意跟乐乐玩游戏，追着他满屋子跑。试图让他帮我甩掉负面思维。恢复单纯心态。

很多时候，我分辨不清自己的状态属于抑郁还是躁狂。我呼吸困难，心里烧得很难受很难受。就想把心掏出来，用扇子扇凉它，用凉水泡着它。我会抓起瑞士军刀，抵在心口幻想着：一刀插下去，把心挖出来。然后把心放到哪里去？

不能继续放任狂想。要驱逐邪灵的捆绑。我在屋里瞎蹦，挥胳膊，踢腿，做出拳击的动作，嘴里念念有词：撒旦退去吧。邪灵退去吧。退去退去退去！

周乐乐趴在沙发上，斜眼看着我，见怪不怪。我抱起乐乐，把脸埋在他脖子间的柔发里，乐乐的味道有点臭臭，和洗发香波的气味混杂在一起，给我一种人间的感觉。

花姨说，拉拉失踪了。食堂、菜场附近贴了寻犬启事，上面印了拉拉的照片和狗证号码，留了拉拉家的电话号码和拉拉爷爷的手机号码。花姨说，启事最后一行写着：提供线索者有重酬。

我不敢问拉拉是怎么丢失的。拉拉一定觉得很困扰。它想去找回爸爸妈妈。万一拉拉落在狗贩子手里，它注定要受很多苦。万一拉拉落在地痞手里，可能被人做成了狗肉煲。

我害怕往下想。赶紧转移话题问酷丫。酷丫爸娶了新太太，刚搬到花姨家附近租房住。花姨说，现任酷丫妈不及前任酷丫妈漂亮，但是也喜欢狗狗。如今酷丫爸出差时，酷丫终于有人在家照看了。

我爱听这样的好消息。我希望每家的狗狗都有好结局。

只是我再也没有见到过拉拉，就连拉拉的爷爷似乎也没再看见。

过了些日子，我去菜市一条街，找到补鞋摊档，请人擦几双皮鞋。补鞋档一对夫妻来自浙江，生意好，钱也挣了一些，丈夫便迷上了打麻将，经常让妻子一个人在摊档忙。女人经常边补鞋边发牢骚骂老公。

补鞋女人告诉我，她捡到过一只很漂亮的白色流浪狗，可能是谁家走失的宠物。她带到家里养了三四天，狗狗在客厅大小便，她不想花时间教它去厕所拉，就把它丢到菜场。几个民工把狗抓走了，说是拿去杀掉吃一顿。

我说：你为什么不找爱狗的人来领养它呢？

补鞋女人说：本来可以留它一条命。但是，想想找人很麻烦，现在养狗比养孩子还费钱。

我很想问：那只狗是不是银狐犬？话到嘴边忍住了。

我不敢问。

气郁难耐的时候，我抱住周乐乐，在客厅转。反复唱："让欢喜代替了哀愁啊，微笑不会再害羞……"我要给自己进行认知治疗。我套用励志歌曲混杂编唱："春天里来百花香，浪里格朗，浪里格朗，红红的太阳天空照……周乐乐我们把歌唱，快乐呀，快乐呀……"周乐乐身上很温暖，给我一种安全感。抱着他，疯狂转圈，直到喘不过气来。我把周乐乐放在椅子上，冲着他，学着大合唱团指挥那样挥舞胳膊，此时我需要雄壮的旋律，需要手舞足蹈地做指挥状，我需要高唱：哈利路亚，哈利路亚……乐乐抬头看看我。大概觉得费解，便换了个姿势，趴在椅子上，视而不见，听而不闻。

我心里郁郁堵得慌，腹部有个硬硬的包块。可能是经络不通、气血阻滞，要想办法发散开来。快。音乐疗法。音量要震耳。童声合唱《奇异恩典》："奇异恩典，何等甘甜，我罪已得赦免……许多危险试炼网罗，我已安然经过……"快快，搭配芳香疗法。喷香水！

喷喷喷。枕边、被面、床单、床沿、窗帘、沙发靠垫、睡衣、浴巾，只要与布艺、丝绸、棉麻、绒线有关的用具，都不要放过。卧室、浴室、书房、厨房、客厅、阳台、走廊、空气中，上下左右喷。必须喷完这瓶香水。我平时不涂香水，朋友送的名牌香水常年扔在衣柜角落里。闻香可缓抑郁。熏啊，刺激神经。往头顶喷。往李兰妮身上喷。要像用灭蚊剂对准蚊子那样狠狠喷。后脑勺、肩膀、胳膊肘、手指、脚趾、脚底……不留死角，不要放过。

呜呜呜。呜呜呜。

毒气。毒气。姐姐喷毒气。我挠门，想出去。门很硬，我的小爪子痛痛。姐姐在屋子里跑来跑去。她跳舞。她唱歌。她的声音怪怪的，她唱的什么呢？

她唱：我家有个周乐乐，周呀周乐乐，乐呀臭乐乐，嘿哟嘿哟嘿，嘿哟嘿哟嘿。

我快呛死了。我钻小窝里躲起来。

姐姐把我拖出来，把脸伏在我背上，姐姐说乐乐，我很难过啊。怎么办？

我透不过气来。姐姐不明白。

挺不住了。腿软，栽在地板上。

姐姐不明白。她用脑门抵住我的脑门说：要勇敢，要坚强。姐姐喜欢乐乐。我要带你出去玩。我要带你去好多好多地方玩。

姐姐说说说。我听不见她的声音了。我好像飘到空中了。

姐姐坐在地板上。她突然跳起来。姐姐打开门。打开屋里所有的门窗，打开了家里所有的水龙头放水。姐姐你终于明白了。救命呀。

姐姐抓一把大葵扇，对着我扇扇扇。我从空中掉下来了。我落地了。很困啊。眼睛睁不开。

我听见姐姐在屋子里扇风。她的心跳得乱乱的。姐姐把我翻过来，抓住我的爪子摇啊摇。我不想动。不想摇。姐姐的扇子对我吹大风。吹吹吹。风风风。

姐姐喊我呢。乐乐——乐乐——看姐姐。

姐姐扒我眼睛，揉我肚皮，拍打我全身，捏我小尾巴。

我的一口气憋在喉咙里，出不去，进不来。

姐姐往我嘴里吹气。大力吹。她的气吹进我嘴里，一直往我肚子里吹。

我的气出来了。出来了。舒服了。

我看见姐姐的嘴。姐姐的脸。我看见大扇子在我脸上摇。

姐姐用头去撞墙。咚咚响。

乐乐怕。

姐姐头上有火球。姐姐的头是火球。砸在墙上轰隆隆响。

呜呜呜。

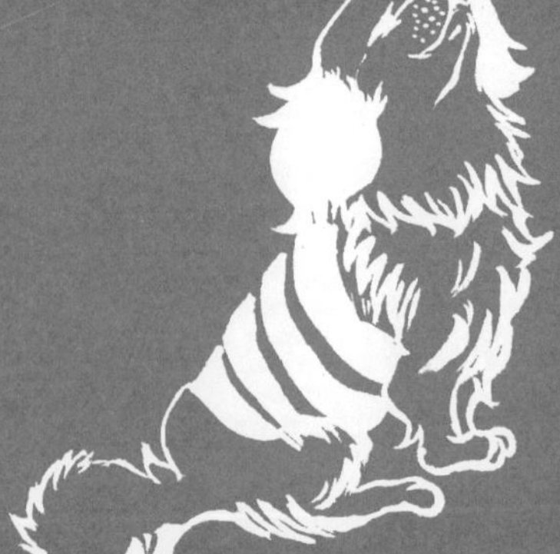

10. 遇人不淑
——周乐乐理赔案

∷ 报上登坏消息,据统计狗狗伤人若干,狂犬病发作案例若干。平时喜爱狗狗的人现在见到狗狗,收起笑意,面色严峻报纸上又登坏消息，说有人被狗咬了，死于狂犬病发作。据统计狗狗伤人若干，狂犬病发作案例若干。每年报纸上都会刊登这样的消息，随后必然引发一阵恐狗潮。平时喜爱狗狗的人，见到狗狗会绽放笑容的一些人，现在斜眼看狗，收起笑意，面色严峻。

喜爱小动物本是人的天性。和平日子里，人们的喜爱之情自然流露。遇上有着婴儿表情的小狗狗，人们甚至母爱父爱泛滥，非要驻足欣赏逗弄一番。一旦报纸、电视上有一则消息提及狗祸，或者疑似禽流感、猪流感来袭，稍有风吹草动，人们立刻神经紧张，对小动物的喜爱顿时消失。这个世代的人太脆弱，爱得太脆弱。

这样的背景下，李兰妮带乐乐出去遛弯，会遭遇敌意憎恶的目光。

散步时，李兰妮会拉紧乐乐脖子上的牵引绳，身上背个浅黄色卡通小背囊。里面装着乐乐要喝的水，接小屁屁的纸片。尽量往行人少的地方走。乐乐已经三岁了，照例一出门就乐。咧着嘴，吐出一截粉红色的舌头。乐颠颠地走，尾巴神气地往上翻，一副很喜气的模样。有路人被它的神态逗得笑，大声夸它是靓仔。乐乐听得懂人家夸它赞它，报以灿烂的笑容，夸张地摇动一朵花样的尾巴。

可是，李兰妮连续几天遇过这样的老太太，她和乐乐走在路上，离老太太还有十几米远，有时隔着一条马路，各走各的，本不相干。突然，老太太就骂开了，指着周乐乐就骂：滚开。滚开。有几远滚几远。死畜生。刣咗你！

还遇到过这种老太太，隔老远就破口大骂：死狗。打死你。去死去死，不要让我看见你。

一对六十多岁的夫妇从乐乐身边走过，乐乐表示友好，冲他们摇摇小尾巴。老太太却嗷地大叫一声，把乐乐吓得发愣，那老头抢前两步飞起一脚狠踢乐乐，乐乐被踢得在地上滚了几下，尖声哀叫。李兰妮质问道：你为什么踢它？它没惹你们啊！

那老头理直气壮说：我不踢它，万一它咬我怎么办？

李兰妮说：它是玩具狗。你看它这么小，你这样会踢伤它的。

老头老太太摆出一副极其鄙视李兰妮和乐乐的神情，扬长而去。

也有初小的学生，放学后，三五成群在马路过道打打闹闹。见到李兰妮牵着乐乐路过，就会有那么一个小男孩带头说：狗东西，打死你。吃掉你。杀你来做狗肉煲。

骂完还不罢休，追着，跟着，想找机会从乐乐背后去踢它。找树枝、扫把刺它，其他几个孩子就兴奋地乱叫，跟在乐乐后面扔石子，嚷嚷道：炖狗肉。打边炉。杀掉吃你肉。

乐乐似乎听懂了，愤怒地汪汪叫。它越叫对方越兴奋，追过来，踢一脚就跑远一点，示威炫耀地蹦跳。

李兰妮忍无可忍吼他们：滚远点！没家教！

小学生更来劲了，冲她做鬼脸，跟在她和乐乐后面雀跃叫嚣。李兰妮为乐乐觉得冤，也为这样的人心人性而难过。花姨告诉李兰妮，她常喂的一只流浪猫生了四只小猫，小猫极可爱，她每天至少要去看两次。一天，就是那几个小孩子，用砖头拍死了一只猫 baby。花姨说：母猫带着三只小猫吓得要死，那只小猫被砖头砸得稀烂。我气得哭。我真恨这几个小孩子。不是人养的。没有心肝。这样的小孩长大了，会杀人。

不知从什么时候起，中国的父母开始溺爱孩子，舍不得管教孩子。除了鼓励孩子考试考高分，教育孩子要出人头地长大赚大钱当大官，其他不足为虑。礼貌、公德、纪律、慈爱已成为做聪明人的障碍，鄙视。忽略。过时。做父母的不教孩子爱惜自然万物，不教他如何尊重生命，如何做人。

不知从什么时候起，有些老人家开始变得刻薄，认为世界上所有人都亏欠他，已是知天命耳顺之年，却内心不舒展，心境不祥和，不以慈爱待人接物。

从一个人对待小动物的态度，可以更深入地看透这个人的内心。

莫名其妙憎恨小动物的人，内心比较阴暗，常年生活在臆想敌的围困中。

他们自己跟自己过不去，总觉得自己吃亏别人占便宜。他们病态地渴望控制一切，一切如己所愿，斤斤计较别人是否爱他尊敬他。他们自己缺乏爱的能力。心里会有解不开的死结。相由心生。他们的五官、神情会有微微的扭曲。看人看小动物的目光阴冷、凶恶，好像里面有小刀子嗖嗖嗖地甩出来。

作为周乐乐的家长，李兰妮开始遭遇陌生人指着鼻子臭骂。这对躁郁症病人来说，绝对是雪上加霜。

晚上十点钟，李兰妮在家中刚喝完一碗黑苦的中药。中药里有黄连，这让她心情不太好。她连吃了五六颗糖，先除口中苦味，后消心中苦味。打开曲奇罐、花生盒准备狂吃暴食，大门咚咚咚咚乱响。她吓得立刻开门。一个小区保安站在门口。

请你立刻下楼，跟我去物业中心办公室，有人告你。

告我？不可能。你敲错门了吧？

告的就是你。请你跟我走。

李兰妮稀里糊涂跟着出门，下楼。物业管理公司办公室里有白色的灯光，屋子里面没有人。几个人站在门口，背光，看不清脸。看得出正在等李兰妮走过来。李兰妮试图辨认这是什么人。

突然，一个男人冲到她跟前，用手指着李兰妮的鼻子骂：我们告的就是她。没文化。居然在小区养狗！

手指头几乎戳在李兰妮脸上，她目瞪口呆，一时反应不过来。她模糊见到那人脸上白胖无须，长得好像哪部电视剧里的太监。李兰妮紧急状况下竟走神，强迫性思维在脑海里搜索：有部清宫戏……叫什么来着？那人指着李兰妮开骂。李兰妮回不过神来，好大一段骂词没听进去。直到花姨抱着周乐乐，碰了一下李兰妮的胳膊，李兰妮看到花姨和乐乐都在注视自己，咯噔，她的魂回来了。眼前的无声画面突然有了音响效果。

那人激动地挥动双手，用演讲的气势说：……我家孩子怕狗，可是——没办法，几乎天天要看到狗，这就等于天天心灵受到伤害。今天你必须表个态，马上,处理掉你的狗,去做人道毁灭。你下不了手就交给我,我用绳子勒死它!

李兰妮强忍愤怒,尽量用平和的语气问:怎么了?到底怎么了?

她边说边把乐乐从花姨怀里接过来。她担心对方人多不讲理,动手强抢周乐乐。她看出物业值班员漠不关心,一旦发生冲突指望不上人帮忙。

花姨告诉李兰妮,她和乐乐遛弯回来进电梯,对方两个大人带着一个女孩跟着进电梯。这女孩怕狗,突然跳了起来。乐乐以为人家跟它玩儿,就往前凑,跟着跳,结果爪子在女孩儿腿上划破一小块。

女孩家长立刻揪着花姨到物业办公室,又打电话叫来几个亲戚。他们要求物业灭掉周乐乐,要求花姨把乐乐交出来。花姨见他们人多势众,只好叫保安找来周乐乐真正的家长。

花姨没有见过这阵势,眼巴巴看着李兰妮。

李兰妮硬着头皮说:花姨,这里交给我。你把乐乐送回我家里,把它的免疫证书给我拿下来。

花姨接过周乐乐快走。那几个大人想拦阻,李兰妮豁出来,横着往他们跟前一挡,说:讲这么多有什么用?先处理伤口后打针。

那几个大人怔了怔,互相看看,一时不知怎么对付李兰妮。李兰妮拉着那个十岁左右的女孩到物业办公室灯光下,轻声安慰她:别害怕。让阿姨看看咬到哪里了?小狗狗打过防疫针,是健康的。

女孩懂事地点点头。李兰妮看到那伤口就像小指甲抠破一丁点儿,问题不大。她柔声对女孩说,实际是说给那几个大人听。那几个大人也在注意听。

阿姨立刻带你去打防疫针。不要怕。被狗狗咬了,二十四小时之内打针,效果都是好的。

这么晚,哪里有针打!你分明使诈想骗我们!

李兰妮握住女孩的手,说:咱们先去打的,在车上打听哪里能打针。你放心,阿姨带你走遍这座城,不信找不到打针的地方。

女孩顺从地跟着李兰妮走。她的父母犹豫片刻只好跟着走。

一路上,李兰妮不断打电话给朋友们,询问夜半时分哪里能打狂犬疫苗。

她心急如焚，却要假装轻松口气一家一家问。女孩父母不断在车后座骂天骂地，女孩倒是一声不吭。她的父母突然闭嘴，他们看见出租车停在卫生防疫站牌子前，诊所里灯光明亮。

第二天。赔钱。买慰问品。登门向女孩问安道歉。女孩父母全程扑克脸白眼砸向李兰妮。

李兰妮想：国外专家主张宠物疗法时，一定不知中国养犬人的艰辛。在这里，养狗居然被指责没文化。狗狗的身影居然被指伤害孩子的心灵。狗狗一个小过错，居然面临被消灭要小命的危险。这是怎样扭曲的文化？这是怎样冷血的人心？

在这样的环境里，抑郁是正常的。不抑郁是不正常的。

从此，李兰妮落下一个毛病，花姨带乐乐出门，过了四十分钟没回来，李兰妮就会恐惧地想：出事了。又出事了！上帝啊，我好想好想躲起来。

李兰妮求花姨：千万千万看住周乐乐，不许它接近别人。千万不要让它再惹事。

花姨也害怕。每次带乐乐遛弯，边走边念叨：乐乐乖，不要去跟小朋友玩。小心啊，惹了别人阿姨救不了你。他们会用绳子勒死你，用木棍打死你，用大石头砸死你。离人远一点懂吗？小心人家消灭你。姐姐来不及跑来救乐乐。哥哥出差不知道乐乐有难。乐乐听阿姨的话。可怜的小东西，小哑巴，有冤都不会说。可怜哦可怜哦。

李兰妮成了惊弓之鸟。只要跟乐乐出门，卡通小背囊里一定放着乐乐打疫苗的复印件，一千元备用金，卫生防疫站地址电话号码。天天脑子里强迫性预演出事应对画面。她越想越抑郁，越想病越重。她不得不自己把抗抑郁药量加大。

李兰妮带乐乐坐电梯，一定是电梯没人才进去，电梯里有人她会耐心等，哪怕人一拨又一拨来，她坚持在电梯外面等。

这天，在一楼进电梯，只有李兰妮和周乐乐。电梯升到四楼时，突然跑进来一个八九岁的小男孩，乐乐嘴唇擦碰了他的腿一下。男孩没在意。李兰妮赶紧抱起乐乐躲在电梯一角。男孩看样子既不怕狗也不喜欢狗。李兰妮注意到男孩腿上有个结痂的小伤疤。

电梯到十楼，男孩出去了。李兰妮的强迫症发作了。她眼前一直晃动着褐色小伤疤。

回到家中，她没有给周乐乐洗小脸蛋小脚丫。她又走神了。

想象中：这个男孩回到家，如果顺口告诉父母说，见到了一只狗，狗狗嘴唇碰了他一下。他的父母会不会担心地想，谁家的狗？打过防疫针没有？健康吗？他们会不会臭骂儿子不机灵？这孩子会天天受爸爸妈妈埋怨吧？孩子心理会有阴影吧？会不会告到物业中心要求搜出这只可疑的狗？他们会不会费尽周折要弄清事情的真相？

她要找到这个小男孩，当着孩子的父母说清缘由，省得孩子父母受惊吓，省得孩子被埋怨。

李兰妮不认识这个小男孩，只能到十楼挨家挨户敲门找。敲到第五家的门，开门的就是这个小男孩。男孩正与父亲在家。李兰妮把事由告诉那父亲，说：我来仔细看看这孩子，咱们仔细检查有没有伤着哪儿，省得你们和我都担心。

男孩腿上的小伤疤是蚊虫咬过之后自己抠烂的，擦药后即将痊愈结了疤。李兰妮与这父子俩仔细查找孩子的双腿双脚，没有一丁点儿被周乐乐误伤的痕迹。

李兰妮告辞前留下手机号码，对男孩说，你妈妈回家如果不放心，我会把乐乐的防疫证书原件拿给她过目。

晚饭时，乐乐在饭桌前等着哥哥姐姐给小肉肉吃。李兰妮的手机响。是男孩母亲的电话。

对方劈头呵斥李兰妮：我没工夫看你什么证件。赔钱！医疗费、交通费、精神损失费！少一样别怪我不客气！

李兰妮说：你去问问你家人，你孩子没有一点伤。

没有伤你会上门来问？

我怕小孩子不知道这是谁家的狗,万一家长有什么不放心的要问会着急。

骗鬼呀。你有这么好心肠?我要来你家找你赔钱。

赔钱可以。但是,我告诉你,我有点难过。好心为你着想,反被你骂。照你这么骂人,以后谁还敢好心做好事?

实话跟你说吧,我儿子腿上有抠破的伤口,你家的狗嘴巴有细菌。我要带儿子去打针。你要赔钱。

哦。

李兰妮看周乐乐。乐乐感到有压力,他不再坐等李兰妮喂小肉肉,耷拉尾巴趴到哥哥脚背上。

哥哥说:自找的。自取其辱。

姐姐说:人在做,天在看。但求心安。

有病!

就是有病啊。

有病就治病。认识一堆医生也没见你治好病。

什么逻辑?照你这么说医院就不会死人了。

赔了八百五十元。

没过一星期,再次遭遇赔钱。

花姨带乐乐上十六楼天台。一眼扫去似乎无人,便松开狗绳,让乐乐自由闲逛。她没注意到,一株盆栽金橘树下,有人蹲着拔草。乐乐发现可疑陌生人,冲过去汪汪叫。一个女人站起身大骂:死狗!踢死你!她的声音好似摆地摊强推销的大喇叭,声音发劈刺耳,她飞起一脚去踢周乐乐,周乐乐一闪,她踢空了,踉跄几步。

花姨大叫:不要!她扑过去抓周乐乐。周乐乐在那女人小腿上咬了一口。女人五十岁出头。高颧骨,薄嘴唇,鼻翼旁法令纹明显,眼神锋利。气场强如金庸笔下灭绝师太。

死狗!敢咬我!我剁了你!

不好意思。对不起。是我没看清楚就放开它。对不起。

你说对不起就行了？赔钱！看到没有？隔条裤还破了皮。拿钱出来少废话。

它有健康证。放心。不会有事的。

有没有事我说了算。赔钱。赔我一万块。

一万块钱？敲诈咩！离谱的。

哈你够胆骂我敲诈？今天我要让你知道我的厉害。

做人要讲良心要讲理。

我就跟你讲钱！惹火我，我叫你赔得倾家荡产。

你敲诈。不赔就是不赔。

花姨哪里是灭绝师太的对手。人家一个电话，又来了两个尖嗓门女人增援。

李兰妮起床不久。

每晚吃两片佳乐定，夜里还是醒来四次，似睡非睡挨到天明。她在床上眯着，心里默念：今天是个好日子。太阳每天都是新的。一二三，四五六，七八九。起来。起床。振奋。快乐。我很高兴——

好不容易起来了。头痛。眼睛痛。胃痛。她在客厅对着窗外伸展四肢。这时门铃响了。声音急促不祥。

她的心陡然揪紧：出事了？

打开门：垂头丧气的花姨怀里抱着乐乐，后面跟着一个物业保安，保安后面跟着一个两个——三个女人！

年纪大的女人声似裂了缝的破铁钟：赔钱——

"灭绝师太"不容李兰妮换下睡衣，不容李兰妮喝水吃药。立刻走。立刻。快走。要死人啦！

李兰妮穿着睡衣就被赶去物业中心。随即陪"师太"去防疫站打针。又回到物业公司。应"师太"要求，李兰妮必须赔偿疫苗费、免疫球蛋白费、注射来回打车费一千六百元。花姨必须道歉。

李兰妮数钱、付钱。

"师太"道：再拿两千块出来。你还要付我精神补偿费、营养费、误工费。

花姨忍无可忍，说：就是敲诈。我不会向你这种人道歉的。

三个女人大怒。当着李兰妮的面打报警电话。

派出所不出警。三个女人要揪李兰妮和花姨去派出所。

花姨说：我跟你们拼了。

三个女人个头都比花姨高大强壮，花姨哪里是对手。李兰妮赶紧示意花姨走。花姨不想走，李兰妮急递眼色求消灾。

李兰妮横过身子挡住花姨掩护她快走。

我跟你们走。我是狗狗的主人。有事你们找我说，别动手。

有种就跟我们去派出所。

你不是再要两千块吗？我给你。

慢着。不是两千是三千。

又涨了？你们总要讲理吧。

讲理就去派出所。一万块！至少一万块！

李兰妮随这三个女人到达派出所。

警察觉得可笑不肯接案。"师太"不断高喊:出人命了！警察不管我告警察！

三个女人一楼二楼上下跑,高喊:出人命了！人民警察不管人民。快来人哪。再不管，就投诉！投诉！

一年轻男警请求老警察支援。老警察经验丰富。他把四人领到一楼尽头的一间小屋，吩咐你们自己协商。说完赶紧关门脱身。

三个女人齐上阵，对付李兰妮。

告诉你，先预付三千块。事情还没有完。

一万块。一口价，一万块。一分钱不能少。

你傻呀，什么一口价。如果伤口发炎有什么冬瓜豆腐一万块怎么够？二十万都不够。不能一口价。

李兰妮没吃抗抑郁药。精神体力都支持不住了。她想吐。她缩在一个角落里，任凭这三个生龙活虎的女人算计。

三个女人起草一份协议书,大意是:预付款多少,如果一年之内有事再付多少,二十年内不设上限不封顶。

李兰妮想:一年之后也许我早死掉了。

从早上八点半左右折腾到中午一点。李兰妮已付现金四千六百元。三个女人手写一份字迹工整的协议书,要求李兰妮在上面摁手印。

李兰妮心中默祷:上帝啊,你告诉我,不要被恶所胜,要以善胜恶。上帝呀,求你拯救求你赐下平安。

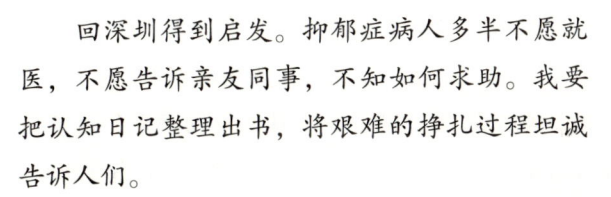

回深圳得到启发。抑郁症病人多半不愿就医,不愿告诉亲友同事,不知如何求助。我要把认知日记整理出书,将艰难的挣扎过程坦诚告诉人们。

原以为,我已经走出来了。可是,当我整理认知日记时,记忆中的痛几乎淹没我。

窒息感。我渴望天空。渴望飞翔。

我做梦。很长的梦。只记得最后一小段。

我梦见……住在一座山城。要出差一天。我背着红色双肩包往山下走。山下有码头,我要坐船出差。我讨厌出差。我晕船。我害怕看见码头和船。我停在山路边,检查双肩包里的行李。我的药不见了。没有药我不能出差。

我明明带了很多药，一大包装在医院药房的白色药袋里。放在双肩包里最上层，方便途中吃药。怎么不见了？

下山前，跟一个报社的朋友在大排档吃了饭。我用手机致电朋友：我的药你见过吗？

朋友说：药在我手上。我要培训。你自己来取。

我只好折返山上。上坡。辛苦。电话不收线，我问她：在哪儿培训？远不远？

她说：不远。你到白楼来……

电话突然断了。怎么没信号了？不便通话吗？

加快脚步走。心里惦记要赶船。

来到白楼。正门有一壮汉拦住不让进。说我没证件不能进。致电朋友没人接听。我着急。

白楼像是一座民国初年的公馆式建筑。中西结合的两层小洋楼，一个一个圆拱门，杏黄色，刷白边。像客家围楼那样围一圈，中间是一大块露天空地，可通向东西南北四个门。

正门不让进，我绕到西门进去。我往二楼围廊看，没有看见拿药袋等待的朋友。

露天空地最中间，有二十多人围着什么又吼又叫。吵死了。烦。四周三三两两站了一些观望的闲人。

我问一个闲人：那些人在干什么？

闲人笑着说：他们在斩人。

我问：斩什么人？

闲人说：有个人脚断了。废了。他们斩她吃。抢着分。

恐怖。怎么没人报警呢？我跑过去张望。哎呀，是我的朋友在被人斩！她的小腿以下一截空了，长裤上有血迹刀痕。她想爬出圈子。那些拿刀的男男女女围堵她，不让她逃生。

我看见好几把大砍刀，冲她两条小腿一截一截砍上去。斩断一截，抢走一截。有人叫嚣：往上斩。谁斩归谁！

我气极。痛心！我想推开这些人。我想钻进去把朋友抢出来。我推不动这些人。我挤不进去。扒着人缝里我看见，一刀。一刀。一截。一截。刀在斩人。斩到大腿根了。人要被斩死了。不动弹了。鲜血滚滚流出。好多好多血。

我去向那个闲人求援。我喊：帮帮我。快救人。

闲人说：救什么？废了就死吧。

我非常非常愤怒。我冲向斩人的人群。用头撞，用脚踢，挥拳使劲击打他们的手臂。没人回头看我。不屑理睬我。我用尽全力号叫：杀我啊！我有病——

悲愤。惊醒。梦醒之后，久久不能平静。

一个雨夜。子时。

带乐乐上十六楼天台。天空中飘着很细很细的雨丝，这种时候不会有人来天台散步。我坐在天台围栏上。围栏石基有两匝半宽，马赛克镶嵌。风有点凉。探头看楼底地面，一个白色的人，走路很滑稽。花坛有个大圆圈，像一张没有五官的脸。

跨坐天台边沿。一只赤脚在围栏外边，想象着自由，享受着风凉。我在边沿站了起来。四处无遮无挡，独立张望，离天近了许多。忽然想到很多电影都有这样的画面，走投无路的人站在高楼顶上，跟我现在一样。身体重心稍向前倾，就能扑向空中。

我伸出一只脚，脚在空中，如果……或如果……能在空中飞多久？十几秒？几十秒？落地前会怎样？落地会砸在哪里？能保证立刻毙命吗？不要痉挛挣扎被人送去抢救。最好把所有的抗抑郁药安眠药统统吃下去再跳。头会先着地吗？会不会脑浆鲜血开花？会不会吓到路过的人？什么人将会第一个发现我的残躯？脑子里飞快地想象各种场景。好想身子一歪，只要一歪就能飞翔。就……

乐乐在下级石基抬头看我。两只乌溜溜的大眼睛。

站在围栏石基上，空旷无边。肚脐左边酸痛，紧张。大腿根儿发酸发紧。但是，心跳正常。

真的不是想自杀。只是想站在围栏边沿看看。想得很。控制不住。我站在那里，感觉有点晕，不适，说明我正常，不想死。神经是正常人的反应。

我使劲忍住哈欠，被压抑的哈欠变成水沫子。发黏。

乐乐转头，不再看我。我很理智。我不会跳下去。下面花坛有一张脸一张大笑的嘴。我的心听见有声音轻轻说：下来。快，下来。欢迎。等你。

犯困的感觉越来越浓。继续坐在围栏边沿似乎不正常。要不要离开天台？

乐乐呢？乐乐不见了。

哦，乐乐趴在铁梯最上面低着头。他心里想什么？回家。要从楼梯下去。要抱着乐乐走，坐电梯。回家。回家。

中午时分，天气湿闷。快快下场透雨吧。心闷得痛。

心魔在我耳旁说：到天台去。不要带乐乐。你自己去。

独自出门。乐乐缠着我，非要跟我走。我用手把他推回家门，没等关上，他又跑出来。径直从楼梯往上跑，我只得追上去，把他抓回来。我把他放在高台上，他若不顾死活往下跳，多半会摔伤。周乐乐的本能会告诉他，老实待着不能往下跳。

我急急忙忙奔向天台。与周乐乐斗智斗勇有点累。登上天台围栏的兴致在减退。

我站在围栏上，极目远望，天空真好。身子一歪，就能飞翔……

　　往下看，十六层楼下，汽车像玩具车。人们……糟糕，有几个人正仰脸往我这里看，指指点点。他们看到我，定以为我是想跳楼。我看不清楚他们的脸，看得出有男有女，肢体语言表明他们很关注。千万千万不要报警啊。千万千万不要冲上来救人啊。千万千万不要惊动四邻传出李兰妮自杀未遂啊。

　　下围栏。离开天台。快回家躲起来。

　　一进家门，周乐乐早已做出要扑下高台的样子。我顾不得关门，抢先抱住他。我把头伏在他心口。我听见他的心脏在急速跳动。我静静听着他的呼吸声。

　　乐乐。我一切正常。我们现在平安。平安哦。

　　心，没有完全回来。魂也没有完全回来。仍在十六层天台围栏上流连、游荡。好想飞翔。渴望飞出去，飞向天空。

　　关闸。关闸。不许走神。不许躁狂。快，祷告。音乐疗法。还有什么疗法？赶紧都用上。

　　我找出那张童声合唱CD，打开音响，我抱着周乐乐轻轻晃，我要让自己安静下来。我需要周乐乐的安抚，需要童声合唱的安抚，此刻是综合疗法时间。童声合唱《爱的真谛》："爱是恒久忍耐，又有恩慈；爱是不嫉妒，爱是不自夸，不张狂，不做害羞的事……凡事包容，凡事相信，凡事盼望，凡事忍耐。爱是永不止息。"

　　多次读过这段"爱的颂歌"。可惜不能背诵。我曾想：抗抑郁药摧毁了我的记忆系统，我只能听之任之。遏制不住地，心里会自责。自责会引发更强烈深层的自责：李兰妮，你何必执着于背诵？你要在生活中"行"出来呀。你自责，说明你读经浮于表层。心灵深处，没有融会贯通。你一句都没真正读进内心。

此时，手里抱着周乐乐，听着天使般的童声唱着：爱是恒久忍耐，又有恩慈……字字扣心。那天籁般的旋律围绕着我，安抚我的身心。

是的。我要宽恕李兰妮。我要包容她的残缺。

汪汪汪。汪汪汪。

姐姐带我去小公园遛弯。有个大胖子跟在后面学狗叫。他嘴巴里一股狗肉味，喉咙里有狗肉大饱嗝儿。他吃过多少只狗狗啊？不害臊。我凶他，不许他跟我走。胖子还跟着我。眼睛直勾勾盯住我，嘴里汪汪汪。我发火。冲过去咬他。姐姐紧紧抓住我。姐姐不明白。大胖子是坏蛋。

姐姐骂我烦。她抱我走走走。我踢她蹬她的胳膊。我想跟大胖子打架。我说大胖子想吃我的肉。姐姐听不懂。

姐姐心烦了。她骂我。

我是男子汉，要忍耐。我忍啊忍，忍啊忍。

好多乌云。

打雷了。好多叔叔阿姨跑。所有的小朋友都怕打雷。我不怕。我要啃草根。

轰隆隆打雷了。刷刷刷闪电了。雨点砸我痛痛哦，像一筐一筐小石头。

天黑了。姐姐抱我逃到小亭子躲雨。雨斜斜砸进来，姐姐衣服都湿了。

姐姐抱我缩在石凳上。我听见她心里喊怕怕怕。她的身体冷，发抖。

我靠紧姐姐,我把热传给姐姐。我要保护姐姐。

姐姐祈祷:"哈里路亚赞美主恩,哈里路亚赞美主爱……"

小公园没人,癞蛤蟆在蹦。电闪得刺眼,雷就在身边此起彼伏地炸响。

我抬头看雨。我吼这些雨。

我的声音很威武。我给姐姐壮胆。

姐姐身体暖过来了。不发抖了。

我吼雷妖怪:走走走。吵死啦。

我吼电妖怪:拜拜拜拜不玩了。

雷妖怪跑了。电妖怪跑了。

姐姐笑了。雨停了。姐姐嘟着嘴,说:呢呢勇敢。呢呢乖乖。我们秋花,秋花喽——

我和姐姐出发。出发啰!

嗷嗷嗷!

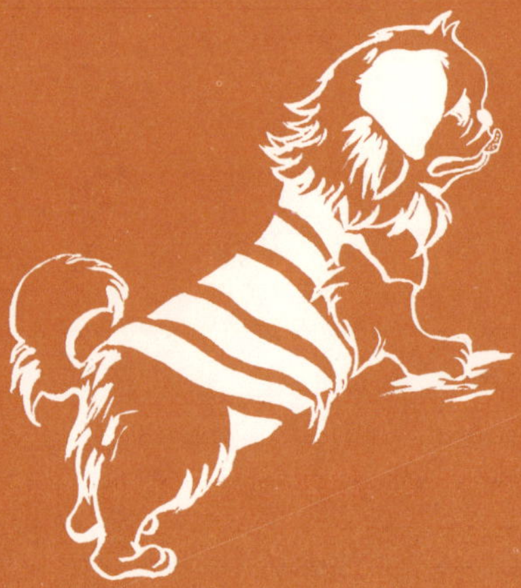

11. 合法居留
——不甘心的狗身份

:: "出去!狗不许进校园""我们就住西区,马上走""你的狗办证没有?""……暂时还没有""这只狗没证,不能走。没收,拿证来领"

遭遇"灭绝师太"索赔那天，李兰妮本可拒绝随她们前往派出所。但是，她想到周乐乐没有身份证。恐遭强行扣押，万一受虐致死……只能一再忍让。得知同用一个天台的邻居灭绝师太热衷索赔。开口一万元，闭口保留终生追究的权利。同一个院子两栋楼的狗狗家长人人自危。远远看见她的影子如见鬼魅，望风而逃。唯恐自家宝贝遭遇毒眼，被她惦记，故意肇事，漫天要价。

匪匪妈告诉李兰妮，灭绝师太刚退休。赋闲家中，丰衣足食。大把时间无穷精力急需发泄。

匪匪妈说：老太婆仗着老公是个官儿，霸道惯了。

李兰妮说：匪匪也要小心。别……

匪匪妈说：我要阉掉匪匪，免得哪天给人讹诈。你知道吗，酷丫送回湖南老家了。

酷丫爸……怎么舍得？

他再婚。老婆怀孕了。酷丫留在家里是祸害。

是怕什么弓形虫对孕妇不利吧？猫才携带弓形虫，狗狗不会的。

酷丫爷爷家是小乡镇，没有一家宠物店。酷丫命不好。

酷丫爸还会接它回来吗？

那要看酷丫的后妈怎么想。

夜里，李兰妮做梦。梦见她逛一条步行街，口渴脚乏，路边骑楼有家古朴色调的咖啡厅，她想走进去歇一歇。这时有人呼唤她，抬头看，咖啡厅三楼靠街窗口边，花姨抱着乐乐在招手。乐乐在花姨怀里伸出爪子在空中挠，急切希望姐姐抱。李兰妮正觉得太危险，不知该怎样立刻制止。只见花姨没抱住，乐乐往前一挣扑出去，他从窗口往下掉——摔死了！李兰妮悲痛大叫：不要啊！

不要——

李兰妮从梦中惊醒。定定神,看看四周漆黑才知是个梦。她庆幸这只是一个梦。心里仍然不踏实,立刻起床摸黑去找周乐乐。她先到乐乐的小窝里摸了摸,没有啊。又到沙发上摸,还是没有摸到。她轻声呼唤着:乐乐——你在哪里呀?乐乐,出来,姐姐找你。她在自己身边摸,乐乐没出来,乐乐一贯如此,不太理会李兰妮的呼唤。李兰妮有点着急,又钻到床底下,身体紧贴地板,从床尾摸向床头,床底下是空的。她心中害怕,轻声呼唤:乐乐!乐乐!她伸手去摸卧室浴厕间门垫,她的手指触到了一个柔软热乎的小身体。乐乐翻个身,仰躺着,袒露出小肚皮。李兰妮坐在地板上,侧头轻轻枕着乐乐的小胸脯。肉乎乎的。暖……亲……耳朵听见乐乐的心跳,扑通,扑通。节奏平稳、有力、安详。

上帝啊,感谢你!李兰妮心中一热,由衷感恩。赏赐的是上帝,收取的也是上帝。失而复得,就是幸福时刻。

黑暗中,李兰妮满心幸福地抱起周乐乐,周乐乐回应着吐出一口长气,气息吹在李兰妮的脸上。他撒娇地嗯了一声。伸伸小懒腰,信赖地把头靠在李兰妮心口。李兰妮心中涌起强烈的陌生的母爱,把头埋在乐乐的小脸上,温柔地久久地亲他。一种崇高的责任感渐渐升起:我要保护这个孩子。

要保护乐乐,必须尽快办狗证。

乐乐一岁时,李兰妮就想给他办狗证。广州户口还是深圳户口?哥哥姐姐意见不统一。

哥哥说,乐乐姓周,常住广州。当然属于广州居民。

姐姐说,乐乐是我从深圳抱回来的。周乐乐根在深圳,应该是深圳市民。

花姨说:广州上个狗证要一万元。抢钱咩。深圳狗证便宜得多。不过办证有什么用?花钱买张不顶用的纸,不如把这些钱吃到肚子里。

有关部门声称,狗证价格高昂,是为了提高养犬门槛,严格限制养犬以弘扬城市文明。经民调证实,人们普遍认为收费不合理,管理不到位。因此十万只宠物犬仅有上百只办理了狗证。报载:全城宠物狗百分之九十九点五是"黑户"。

对于癌症躁郁症病人李兰妮来说，存钱意义不大。这两种病都是可要命的病，都是花钱似流水无底洞堵不住。倘若国家总统、世界首富遇上这两种病，钱也白搭，官也白搭，天大的名利都会缩水如芥子。

不管狗证贵不贵，顶不顶用，她要为周乐乐着想，让他有个正式户口，合法身份。她不愿周乐乐黑人黑户见不得天日。虽然不是名犬，没有什么才艺。甚至不把李兰妮放在眼里。叛逆，傲慢，招惹祸患，毛病极多。但是，周乐乐就是李兰妮的至亲。

中国提倡计划生育，一对夫妻可以有一个孩子上户口。李兰妮的指标一直没动用。众生平等。万物有灵。为什么周乐乐不能直接登记在李兰妮的户口本上呢？这样的文明进程必须等。要等多少年？二十年？还是五十年？

李兰妮准备妥协，让周乐乐成为广州居民。万元就万元吧。节衣缩食，就当是遭遇失窃，破财挡灾。她打电话问派出所，派出所叫她去找治安管理部门。她致电城管部门，对方说尚未指定他们接手管理此事。李兰妮又去问居委会，一问三不知。李兰妮只好去找物业公司，物业中心小姐说，无权受理这类事。

没等李兰妮弄清该往哪里交钱，忽然听到消息，狗证价钱大大下调。报纸上开始宣传狗狗必须登记办证，严格规管，并列上什么什么犬在禁养之列。网络上热议国外养犬免费登记。网上传言打狗队四处巡查，没有狗证的没收狗只，遇上反抗的狗狗就地打死。爱狗人士在传，有多少多少只狗狗进了打狗队的肚子，化为粪便。何处出现小股地痞自封执法打狗队，不管有证无证，只要狗狗主人不在现场，勒住狗脖子拖着就走。狗狗家长见面说起这类传闻大多心绪躁乱，担忧狗狗生存权利。

厌狗人士也在公开表态：支持打狗。建议小区禁养狗只。有人在电子防盗大门外贴出大字报，揭发此楼狗狗十之八九属于无证犬只。号召住户联名上书，要求严格执法，逐户清查。紧跟着又有匿名信贴在电梯间门边，揭发曾有无证恶狗在电梯里拉尿，希望物业公司严查严办。

11. 合法居留

风声鹤唳之下，电梯间撒尿嫌疑犯匪匪小命堪忧。

匪匪爸妈抱着匪匪去宠物医院做鉴定，让教授验明这是什么犬。必须拿到鉴定证明，方可去办理正式狗证。很遗憾，教授看了又看，摸了又摸，实话实说：真的无法辨别这是什么犬。深山老林里，猎户们世世代代繁育新犬种，养犬书上未必有。

匪匪妈说：哎呀教授你也是书呆子。你就随便选一个接近的品种写上去呗。

教授不肯胡乱写。大概是怕毁了一世英名。

匪匪爸妈开车带匪匪去办证。办证部门的人看了看匪匪说，这是土狗，没有办证资格。匪匪爸跟他论理。对方说，那就算它中华田园犬吧。中华田园犬其实就是土狗，也叫食用犬，没资格办证。

匪匪妈怒从心头起，拍桌大吼：你放狗屁！在中国的土地上，中华田园犬没有办理户口的资格，你是不是中国人！你们指鹿为马颠倒黑白，中国人的尊严就是让你们这种人贱卖了。你再敢说我的狗是食用犬，我就扇你大耳光！

那人惊呆了。匪匪爸抱起匪匪，对老婆说：走。不办这个证，不要这个户口。看你们谁敢来打狗，老子先跟你拼命。

匪匪爸妈气昂昂带匪匪回到家，逢人便说此等遭遇。这幢楼的狗狗家长声援匪匪家，说：抵制！欺人太甚。抵制！娇娇爸号召狗狗家长齐心保家卫儿。一家遭遇危险，各家紧急到场声援。不向恶势力低头。娇娇妈在网上发帖，晒女儿照片，呼吁小动物也有生存的权利和尊严。花姨也叫儿子写博客，声讨有关部门只收狗狗办证的钱，却不尽管理之责。花姨一家人爱猫爱狗。她每天定点放猫粮喂流浪猫，儿子去过流浪狗收容中心当义工。毛毛妈对李兰妮说，办证条例不合理。这种时候去办证就是纵容不公不义。周乐乐办证之事耽搁下来。

李兰妮跟花姨说了她做的噩梦，吩咐花姨带乐乐要特别小心。

花姨说：李老师，我也做噩梦，梦见乐乐给人打死了。半夜吓醒了。你不能再给我压力。最近我心脏不舒服，可能吓出病来了。

李兰妮说：要快办证。有证总会安全一些。

花姨说：小美妈给小美办了个证，发了块狗牌挂在脖子上。她说广州狗证便宜了，跟深圳差不多。

李兰妮说：小美安全了。

花姨说：唉，当人要看命，当狗也看命。

当初小美出世时三胞胎里最瘦弱，同胞大弟最强壮。小美的外婆抱走大弟避邪旺家。大弟一岁时，老太太觉得养狗太费事，绑了一块石头把狗扔进水塘里。大弟不知怎么乱刨刨上了岸，忠心耿耿跑回家，老太太还是没饶它的命，把它送去打针安乐死。大弟心里明白流泪不肯走。花姨说：强壮不一定命好，身价高也不一定命好。你看拉拉，再看娇娇。

李兰妮说：那是。关键是要真爱惜。

花姨说：还是命。酷丫爸爱不爱酷丫？还是送走了。酷丫下场不会好。

李兰妮听了很抑郁。自从抱养了周乐乐，她特别留心狗狗的命运。

六一儿童节的黄昏时分，姐姐在草地给周乐乐照相。姐姐拿出新买的红色飞盘在草地上扔，催促乐乐扑过去接。周乐乐装作没看见，眼睛故意往别的方向看。小狗东西会算计，这种苦活是搜救犬、牧羊犬的强项。周乐乐压根儿不染指。

姐姐示范了一次又一次，周乐乐装傻充愣。他饶有兴趣看姐姐跑来跑去，一次次猫腰捡回飞盘。那模样好像是他在训练姐姐接飞盘。姐姐只好收拾相机和训练工具，拿出牵引绳准备拴他回家。

看姐姐累得腿弯手软，乐乐知道机会来了，嗖地蹿出去，像兔子一样飞奔。姐姐在后面速速急追。小狗东西很狡猾，故意等姐姐追近时突然发力，绕着姐姐跑了一圈又一圈。他示威地笑，就差没开口唱出：骏马奔驰在草原上……

一部轮椅车追了过来，一个头裹绷带的男孩啊啊啊地叫。推车的是个中年女人。她明白男孩想跟乐乐玩，奋力地推着男孩在后面追。乐乐放慢步子，好奇地看这一大一小追过来。

男孩光头，七八岁左右。女人年近四十。都不是乐乐喜爱的类型。李兰妮担心乐乐惹事。乐乐两只耳朵动了一动。

那男孩一看就知道做了脑部手术，术后恢复不好。原本清秀白净的脸庞变得不规则，眼睛斜视，嘴巴歪肿，鼻梁发乌。说委婉点，叫做面目有些变形，说直白点，叫做相貌有点狰狞。

女人瘦弱，面有菜色，眼睛深处透出忧伤。

李兰妮在肿瘤医院住院时，隔壁病房有个四五岁的小女孩，剃了小光头，青皮脑瓜上还画了一个×，她不知自己过两天要做脑颅大手术，在走廊蹦蹦跳跳玩。她的妈妈守在一旁，就是用这种深深忧伤的眼神看着自己的宝贝。

乐乐变得挺小心，仔细嗅闻空气中的味道。光头男孩在轮椅上伸出一只手，对乐乐啊啊啊地不知啊什么。他失去了语言功能。乐乐有些害怕有些同情地仰头凝视他。男孩艰难地往前挪移，他妈妈怕他栽倒，急忙扶住他。

乐乐向他靠近。李兰妮突然想起十楼那个八九岁的男孩子，乐乐因他被冤枉，那家长黑脸索赔。她立刻按住周乐乐，用力往后推，紧张道：这个小狗狗很调皮，不能跟它玩。

男孩脸上的肌肉跳动了一下，分不清是失望还是生气。李兰妮抱起周乐乐，咕哝一声"拜拜"赶紧走。

疾走几步回头看，那辆轮椅一直跟着她。男孩伸出的那一只手，青色的，手指弯曲，想抓住什么。李兰妮的心发沉。她懂得小病人的寂寞孤独。不好意思再逃走，她谨慎地与轮椅保持距离。许多家长认为狗狗脏。正常孩子手上被健康狗狗舔一口，家长都呼天抢地疑神疑鬼，术后未痊愈的孩子忌讳更多。

小男孩伸出的手累了，收回去。他眼睛一直望着乐乐，轻声哼哼似笑非笑。他的脖子好细，细得让人担心。

小男孩在蹬脚。这是快乐的肢体语言。周乐乐也蹬脚，小爪子又蹬又挠，想下地。李兰妮小心地往后退。边退边说：乐乐跟小哥哥拜拜。小狗狗要回家了。拜拜——

回到家里，李兰妮提起坐轮椅的男孩，花姨说：我带乐乐散步见过他，他想摸乐乐。吓死人咩。他摸乐乐，会出事，出大事。

什么大事？

那个男孩子就在附小读二年级。脑瘤。恶性的。听说这种瘤开刀割了又会长，割不干净的。他爸爸看到儿子这样，血压就沸沸声往上升。

你认识……

小美妈跟那家女的是同事。那个小孩以前很靓仔的，现在破相了。没人跟他玩的。哪个家长敢让孩子跟他玩？乐乐千万不要靠近他。要是惹到这个孩子，那就大祸啰。一身蚁。赔多少钱都摆不平。

乐乐很八卦，事事关心。他看见一两岁的小孩耍赖皮哭遭妈妈呵斥，老远就赶过去冲那大人吼。听见小学生追逐尖叫，他也四处张望，期盼立即参与。在小区散步，有些楼层一楼配有杂物间。乐乐一看见有人用钥匙企图打开杂物间的锁，立刻会多管闲事冲那人噢噢噢地叫一通，好像质问道：是你家地盘吗？你想干坏事吗？我警告你老实点啊。人家没好气地瞪一瞪这个不知好歹的狗东西。有人骂：衰仔，关你乜事！周乐乐就提高嗓门怒吼，奋力要往前冲，还以颜色。

李兰妮只好厉声教训他：关你屁事。扁你！还叫？还闹？我真的踢你啦。臭坏蛋。李兰妮用脚轻踢周乐乐的屁股，没用。她又用鞋尖去挡周乐乐的嘴，没用。

周乐乐四爪凶狠刨地，毛发乍耸，身子前后左右转动，全方位发出警示。气壮山河地向四面八方宣告：我发现了坏蛋！是我发现的！十万火急！增援部队快上啊！李兰妮只能气急败坏地抱起周乐乐，狼狈撤退。她因此无数次庆幸：幸亏周乐乐才十斤重抱得动。否则，后果难测。

随着周乐乐的长大，他的地盘意识不断增强。

头一两年，他遛弯的活动范围在校园西区的员工宿舍小区。到了第三个年头，他打算拓展疆土，进军南区教学区以及东区学生宿舍区。

三个区比较起来，他热爱教学区。教学区的草坪更宽阔，教学区每栋教学楼让他充满好奇。傍晚时分,各教学大楼的教师员工多数下班了,周乐乐执意要在办公楼前张望溜达。

李兰妮这时非常怀疑所谓宠物疗法。周乐乐哪里让她宽心欢心呀?分明叫她不敢分心松心。她享受不到散步的休闲和乐趣。

周乐乐先从西区拖着李兰妮跑啊跑,李兰妮完全处下风。路人倒是看得十分愉悦、兴奋。常有小孩子欢快尖叫道:妈妈我也要养狗!就养这种狗狗!到了南区草坪,周乐乐自动放慢节奏。那里有一座进士牌坊,明代崇祯年间所建,属广州四大牌楼之一。上世纪四十年代迁移至校园,作为向学励志的标记。三天两头,会有学子在此记背外语,或结伴在此游玩。附近有十几幢列入历史文物建筑群的教学楼,悬挂的牌子均是什么物理学院、化工学院、计算机工程学院、数学楼、文科楼、行政学院楼、法学院、人类学院等等。

周乐乐照例要在进士牌坊停下来,往两个石狮子脚下石基边草丛撒几滴尿,留言道:童鞋们——偶来了——帅锅路过打招呼——嘿哟嘿哟嘿。接着他开始在灌木花圃中闲逛,视野之内每一棵树的树根下,留下占领的标记。遇上一对一对青年男女在此拍照或歇息,周乐乐常会成为拍摄对象。心情大好时,他会配合摆一个微笑的萌样。没听见快门咔嚓前,他会以惊人的耐心保持微笑。咔嚓一响,扬长而去。对方想多拍几张,就得跟着他前前后后跑,撅着屁股趴在地上,又求又哄,久等他回眸一笑。

他也友情出演爱神丘比特。一对互相倾慕尚未定情的男女在草地保持距离,有一搭没一搭说话。周乐乐就会恰到好处地现身,轻吠,女生真真假假表示害怕,扑向男生。男生赶紧抱住女生,护花。一对男女情感眨眼间掀开新的一页。这对男女忍不住要抚摸夸奖周乐乐。周乐乐装作不在意,东看西看。偶尔冲他们摇摇小尾巴,好像说:不客气。看得出来。草坪上一对一对男女或坐或站,黏着的抱着的,周乐乐不许往前凑,那里容不下他多事,刻意保持一个身位距离的、眼神试探迷离的,急需周乐乐助一臂之力。有时李兰妮乐意让周乐乐去成全痴情男女,她不好牵着狗绳跟在一旁煞风景,便松开狗绳,让周乐乐客串月下老人单传弟子的角色。

撮合恋爱男女，也只用了周乐乐三分功力。武功不可荒废。周乐乐总在寻找机会发挥。小狗东西观察到李兰妮松开绳子警戒松懈，会突然看准一个办公楼的大门往里冲。不管那门多么威严堂皇，楼内气氛多么严谨，他会使出轻功，风一般闪进大门。李兰妮没病都要让他吓出病来，潜能爆发，以百米飞人速度紧追进去。好在这些老建筑内堂开阔，周乐乐来不及往办公室跑便被擒拿出门。李兰妮把小狗东西往草坪上一扔，累得气得吓得不知如何是好。周乐乐却神气地翘起小尾巴，若无其事地在李兰妮眼前晃，转转地晃。他似乎知道，这就是给李兰妮颜色看。

有两个楼是周乐乐最心仪的地方。一个是图书馆大楼，一个是物理系大楼。

图书馆大楼有一侧四面是玻璃门。周乐乐不明白何为玻璃。每每想进去总被隔住，他就会困惑地朝后看看李兰妮，好像问：嘛回事？嘛回事？

李兰妮很解气，就是要看他碰壁。

周乐乐智商不低，西方不亮东方亮。他会围着图书馆大楼走，七走八走，终于给他找到一个存放图书的窗口。那间屋子里没有人，周乐乐貌似书迷，执着地趴在窗上张望，喉咙里发出呼哧呼哧的兴奋声。李兰妮逼他躲一边去，他犟起脖子就不理。李兰妮怕被人发现挨骂遭白眼，揪住周乐乐速速逃。

不管李兰妮多么严加防范，周乐乐还是冲破围追堵截进了物理系大楼。李兰妮眼睁睁看着周乐乐嗖嗖嗖上台阶，她与他几乎同时冲进大门。李兰妮擒拿失手，踉跄跌倒。坐起来一看，小狗东西正欢快地踏着阶梯上二楼。一朵花样的尾巴高高扬起抖动，似在指挥合唱"欢乐颂"。李兰妮起身追。周乐乐熟练地上三楼，毫不犹豫朝左转。

李兰妮在此校园居住多年，不曾出入理工科办公大楼。进楼眼睛光线不适应，一时半会儿不知往何处走。

心里惊慌。万一小狗东西有眼不识泰山咬了哪位科学家，那可是罪过。谢天谢地，走廊里没有人。周乐乐在闲逛。这看看那看看，居然面带笑容，从容惬意。李兰妮头皮发麻，眼前一暗。时光倒流七十年，难道周乐乐前世认识这幢楼？难道周乐乐前世贵为教授常在这个走廊踱步？李兰妮定定神，轻轻抱他下楼出大门。这回她没敢臭骂周乐乐。

凡事皆有可能。谁能证明七八十年前周乐乐不曾在此起居出入呢?

周乐乐在进士牌坊石基边草丛发现一只白蝴蝶。白蝴蝶故意引他追,飞一飞,停一停,好像逗他玩游戏。周乐乐吐出一小截粉红色小舌头,呼哧呼哧追。李兰妮发现周乐乐追蝴蝶不像小孩子追蝴蝶。小孩子追蝴蝶目的是捉蝴蝶做玩物,周乐乐追蝴蝶目的是跟蝴蝶做玩伴,蝴蝶不怕他,他也不想抓住蝴蝶。他与蝴蝶玩得很尽兴很默契。

李兰妮看得正高兴,脑后忽然传来呵斥:出去!狗不许进校园。

转身。见到两个校园巡警。胖的二十多岁,瘦的三十出头。说话的瘦子有点老气横秋。周乐乐抖擞精神吠叫起来。李兰妮抱起周乐乐,忙说:我们就住西区。马上走。

你的狗办证没有?

暂时还没有。

这只狗没证,不能走。

我是深圳居民,狗也是深圳的,打算回深圳办……

没收。拿证来领。

胖巡警显然喜欢周乐乐,站在一旁不表态。瘦巡警斜眼上下打量李兰妮。李兰妮面容憔悴,衣衫褴褛,临工不像临工,保姆不像保姆,身份有点可疑。

李兰妮心虚道:狗不能交给你。他有点凶。会咬人。

它敢!我一脚踩爆它的头!

他是玩具狗!他有免疫健康证。我背囊里有复印件,我拿给你看……

不看!没收!你,把狗送去我们办公室。

胖巡警跟瘦巡警咬耳朵,可能是替周乐乐说好话,眼睛直往乐乐身上扫。瘦巡警不以为然,口气更严厉,手往下指指道:草地不是给狗踩的。抱它跟我走。

李兰妮说:人家白宫草地不是也给狗狗踩吗?纽约大街巴黎大街狗狗待遇不比人差。普京总统的狗还会见外国政要呢。你这里没贴告示不许狗狗出现啊。

胖巡警点头。李兰妮明白,并非铁板一块。为了缓和气氛,她抱着周乐乐跟着他们走了几步,然后停下来,对胖巡警说:麻烦你帮我记个校内电话。

两个巡警停下来,看着李兰妮。李兰妮试着赌一把。

这个号码是狗狗家长的。他在学院加班呢。拜托你们给他打个电话,通知他立刻到你们办公室去领狗。该罚款该训话你们跟他说。我就不去了。

李兰妮把周乐乐递给胖巡警,胖巡警不接。李兰妮看瘦巡警,心想交给这人乐乐是否安全?瘦巡警像被黄蜂螫了似的急忙后退。

胖巡警开口道:原谅你一回。抱你的狗狗回家吧。

李兰妮眼睛瞄瞄瘦巡警。瘦巡警装作没看见,径自往前走。

胖巡警看看同事背影,忽然露出稚气未脱的微笑,他伸出手背让周乐乐闻,说:嘿,你闻一闻,我家有只小母狗。喜不喜欢妹妹的味道?

周乐乐摇起了小尾巴。胖巡警冲乐乐做了个拜拜的手势,紧走几步去追同事。李兰妮站在原地愣了好一会儿。她放下周乐乐,拿出手机致电深圳路易妈。

你家路易办证没有?

办了。

方便吗?

方便。我家附近那个宠物医院就有办证点。路易就是在代办点办的证。怎么了?

周乐乐必须立刻有个合法身份。

受什么刺激了?我正想告诉你,路易眼睛有问题,最近三天两头要打针。医生说搞不好会瞎掉呢。你说烦不烦?

你带路易来广州找权威看一看,做个全面检查吧。

我明天要飞加拿大。有空再说。

带周乐乐回深圳办证很顺利。一天来回穗深搞定。事先通过路易妈提供的咨询电话号码,得到狗狗办证地址。抱周乐乐坐朋友的车直奔深圳市内。到了办证点,连等候时间都算上,检查、免疫、登记、办证、领证领牌时间一个多

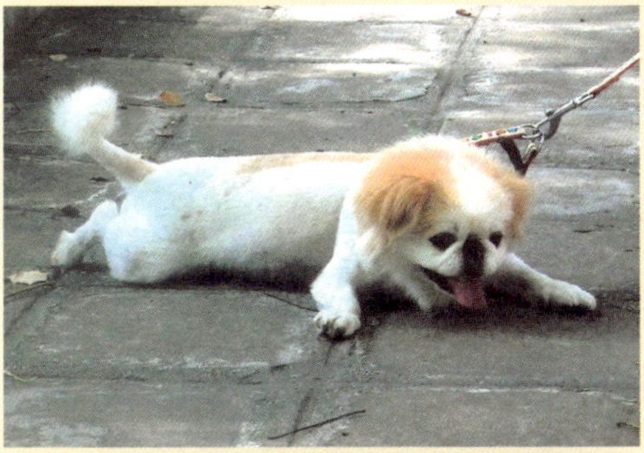

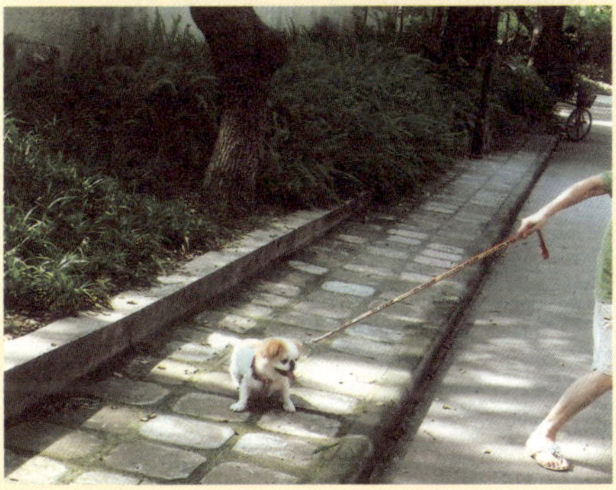

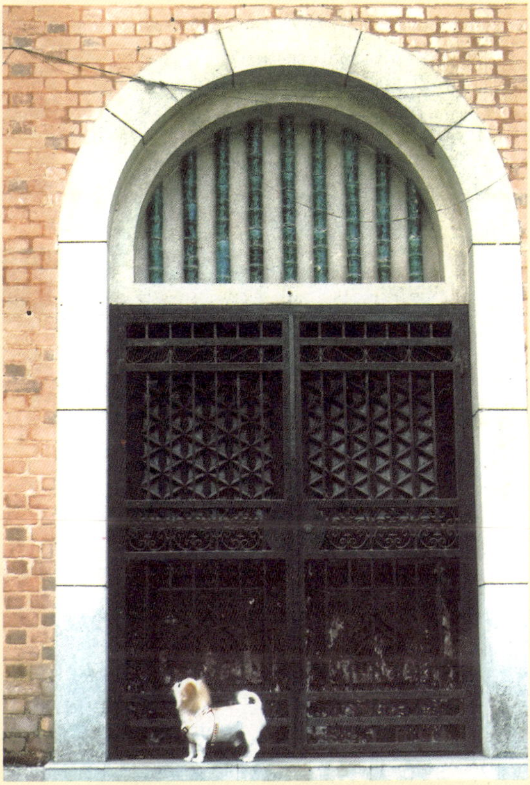

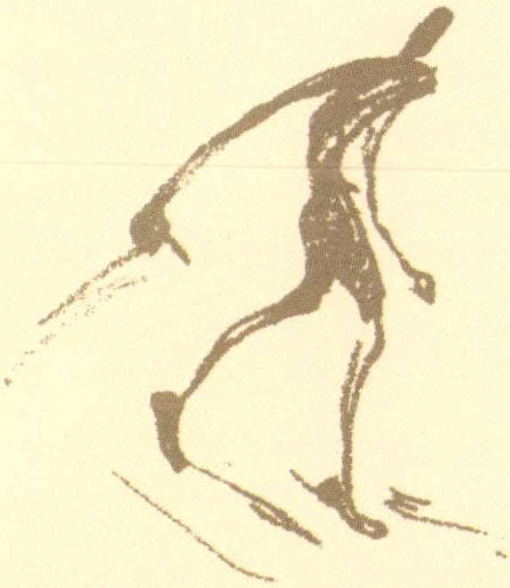

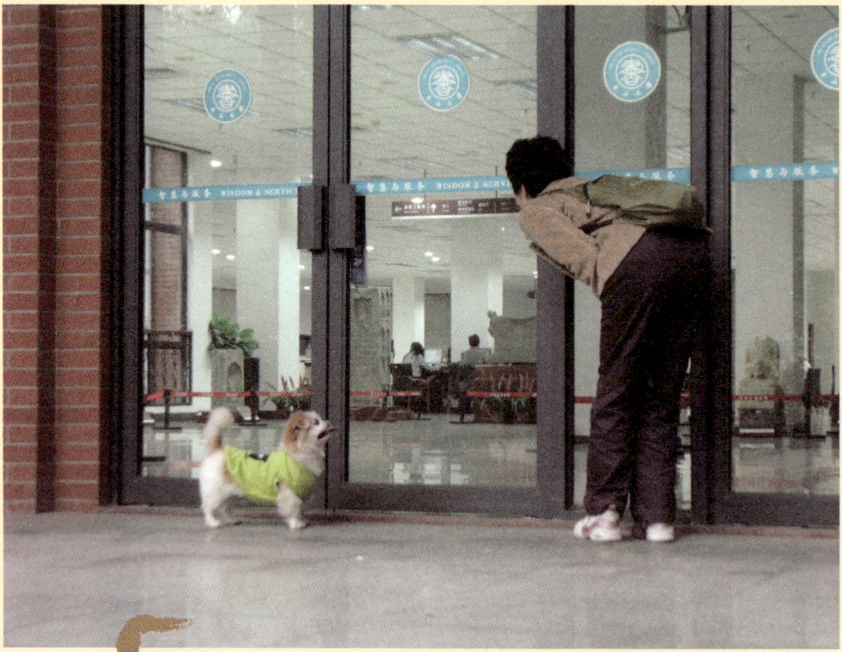
智慧与服务 WISDOM & SERVICE

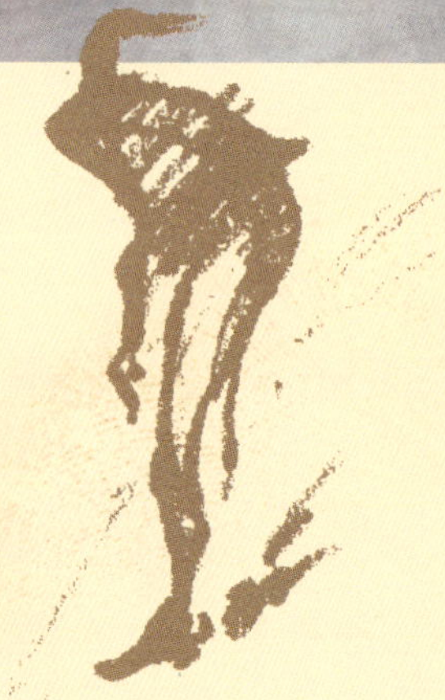

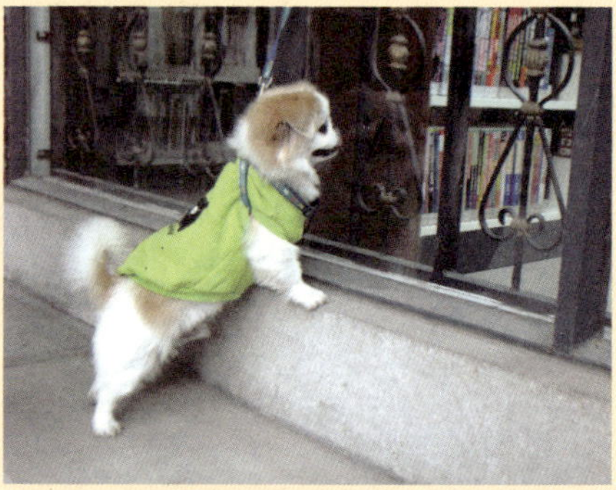

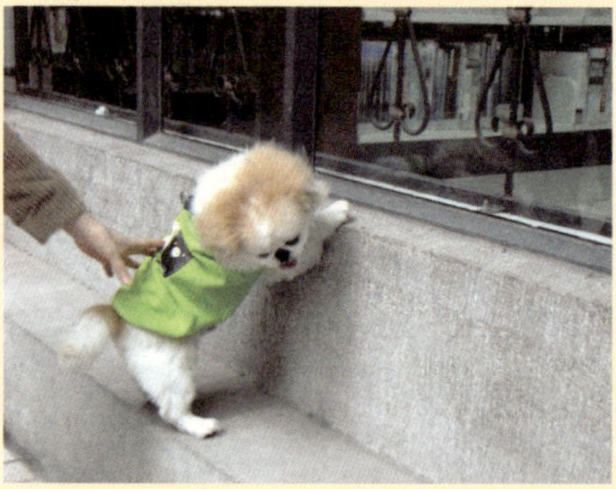

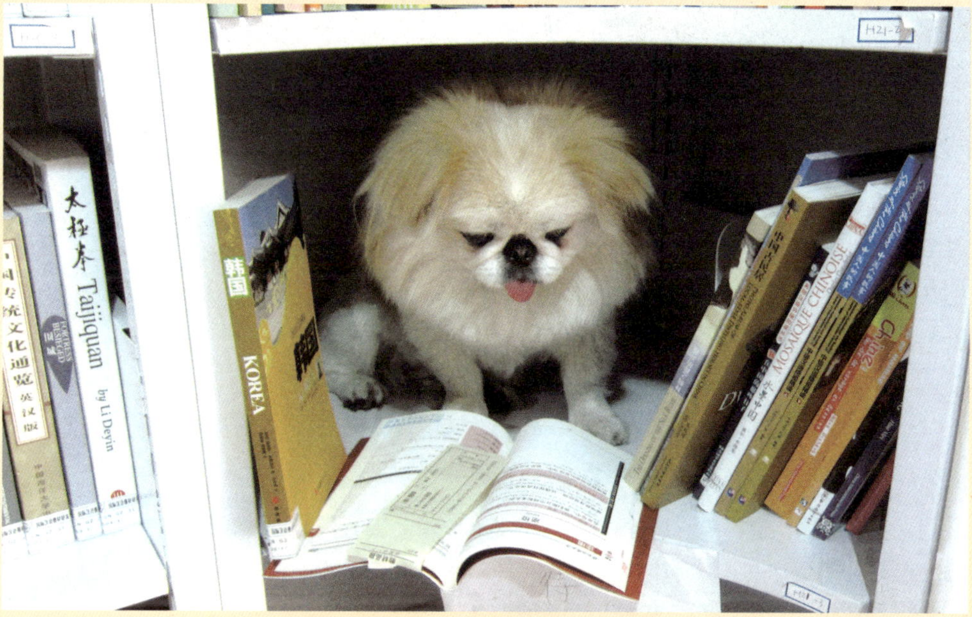
太极拳 Taijiquan
by Li Deyin
韩国
KOREA
MOSAIQUE CHINOISE

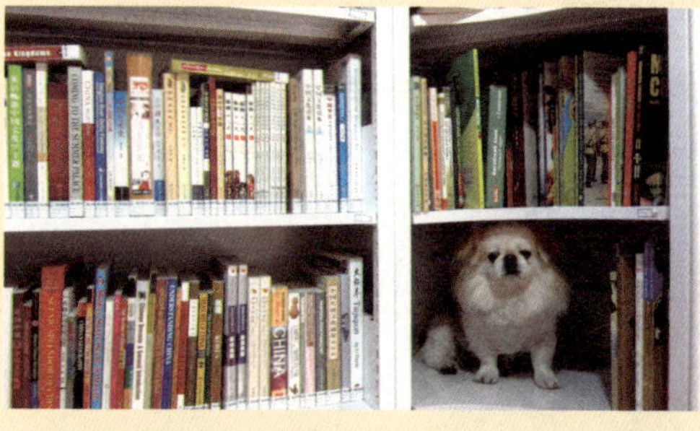

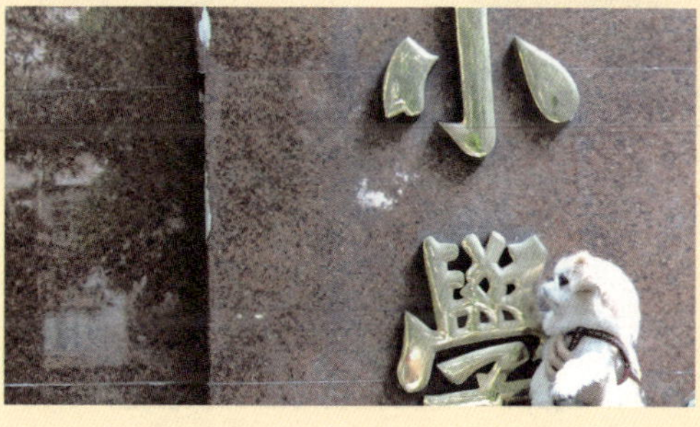
小
學

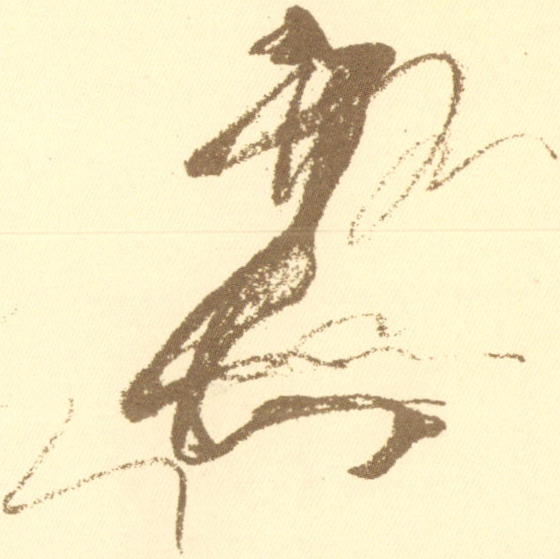

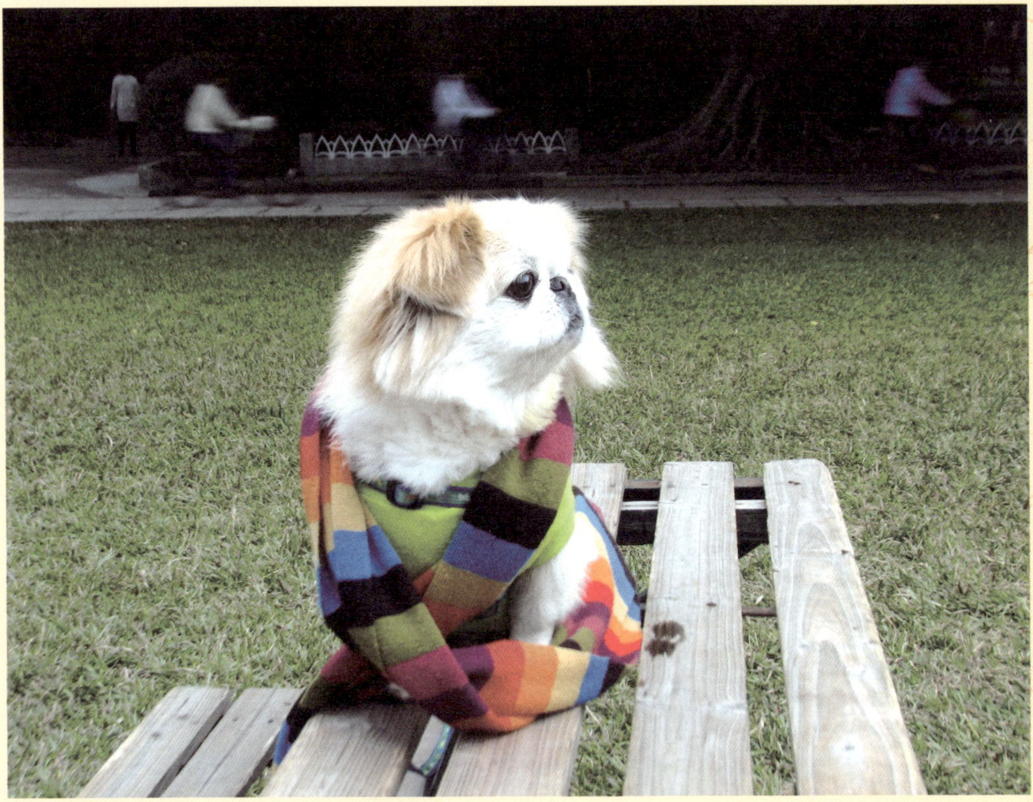

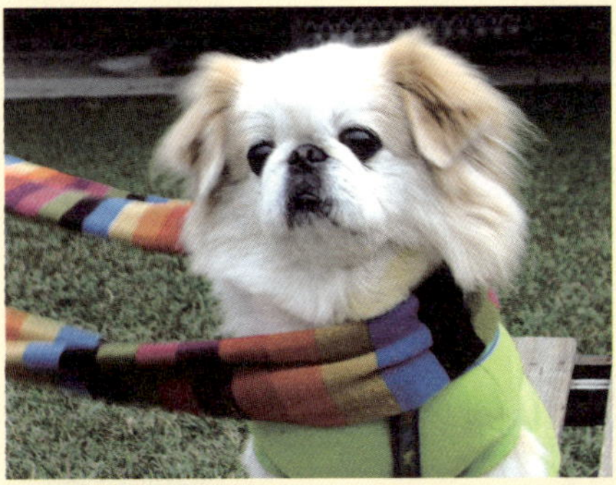

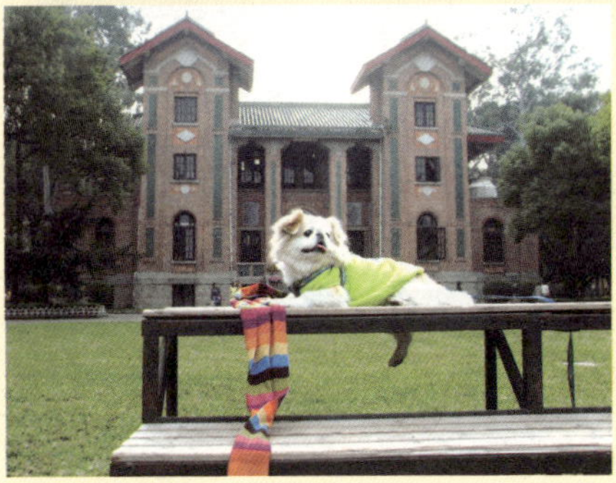

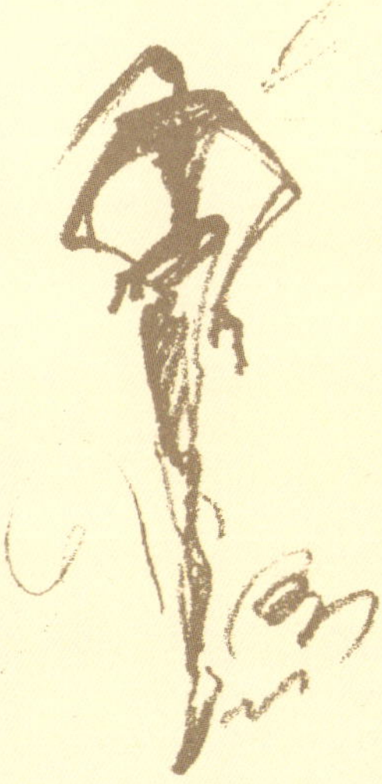

小时。稍事歇息。让周乐乐在附近草地嘘嘘。溜达。坐车返回广州。到家时，已是晚上近八点。

花姨已下班。饭桌上盖着做好的菜。花姨特意做了几道拿手菜：金银菜干煲猪骨、白切清远鸡、彩椒炒鳝片、茄子凉瓜藕片瓤三宝、上汤枸杞叶。

周乐乐的食碟里放着剪碎的鸡脖子、鸡肝鸡肾鸡心鸡胸肉。周乐乐上前闻一闻，知道是奖励他的美食。

哥哥开红酒，拿酒杯，要为周乐乐喝酒贺一贺。姐姐忙于显摆。她翻抽屉找出两条长短不一的银项链，先拿长的那条把周乐乐的登记牌穿起来，拿到乐乐脖子上挂挂看效果。太长，容易拖地、丢失。又取那条短的项链穿起登记牌，比画一下长短。

哥哥说：给周乐乐摆个座位。加个座位。周乐乐小同学有户口了！不再是黑人黑户了。

姐姐说：从今天起，周乐乐——户籍——深圳！

哥哥拿起那张证看完正面看反面。蓝灰色的登记证很像一张银行借记卡，上面有登记证号码、登记犬种、注册日期，还有条形码。姐姐掂量登记牌，大小如一元人民币硬币，分量比一元硬币轻，一面刻有一个卡通狗狗的笑脸，一面刻有登记号数字，一长串数字。姐姐把狗牌项链挂在周乐乐的脖子上。

周乐乐人模狗样坐在饭桌前，两只小前爪子扒在桌边咧嘴笑，小尾巴摇得很欢实，很自豪，很骄傲。没等家宴开始，周乐乐两分钟吃完了他碟子里的小肉肉。

姐姐把红酒倒在手心里，让乐乐舔，乐乐低头闻了又闻，没有舔，皱起小眉头，咂吧嘴。姐姐用三只手指蘸蘸酒，抹进乐乐的嘴里。周乐乐舌头卷呀卷，甩呀甩，小脑袋晃了晃，表示不好这一口。哥哥姐姐笑，为周乐乐举杯。

哥哥说：从今往后不担心了吧？

姐姐说：不至于再被人胁迫去派出所。

哥哥说：以后遇上这种人，叫他们来找我。我借他一个胆，他也不敢胁迫我去派出所。人善人欺你知道吗？

对呀，周乐乐姓周，你是他老大，又是他家长，以后他惹事你去赔。我已经吓破胆了。天哪，在中国养只小狗，要挨多少威胁臭骂？

国民素质就这样。

为周乐乐赔钱，已经赔了上万块钱了。天天担惊受怕，一会儿怕被人偷去炖狗肉煲，一会儿怕他被人打死。我严重焦虑。我觉得我根本保护不了他。

喝酒喝酒。不要整天自己吓自己。

李兰妮喝酒时扫了一眼周乐乐，不由扑哧一乐。原来周乐乐趁哥哥姐姐说话、喝酒之际，从椅子爬上了饭桌，正趴在那碟白切鸡跟前。黑黑扁扁的小鼻子抵着一个鸡翅膀尖，以科学家研究学问的神情，专心探索。李兰妮用手揪下那个鸡翅尖，把周乐乐抱下地，将鸡翅尖放在他眼前，说：继续你的研究。反正你不喝酒。

酒足饭饱。李兰妮心情一好就吃撑了。

李兰妮学着美国饶舌歌手抽风一般演唱道：周呀周乐乐啊，乐呀乐乐呀乐，我们有户口哇，嘿哟嘿哟嘿。嘿哟嘿哟嘿。周呀周乐乐，大呀大嘴巴娃，乐呀乐呀乐，我是臭乐乐……

乐乐尾巴跟着摇啊摇，节拍正合适。李兰妮走螃蟹步，在屋里发酒疯。乐乐在一旁当观众。他舒服地伸个小懒腰，翻个身，晾晒他的小肚皮。这是他心情大好的招牌动作。

李兰妮特别喜欢挠他的小肚皮。周乐乐特别喜欢李兰妮挠他的小肚皮。周乐乐仰面举起两只前爪，后爪一蹬一蹬，发嗲。李兰妮抓住他四个小爪子，像摆弄幼儿一样摆弄着，教他学舞蹈，做广播体操。

一达达，二达达，三达达，四达达……

广播体操现在开始：一二三四、二二三四、三二三四、四二三四……

哥哥连忙用手机拍照。周乐乐娇笑着。

李兰妮像给幼儿呵痒痒，去亲周乐乐的小肚皮。

哥哥说：乐乐——这是妈妈。妈妈。

李兰妮警觉道：是姐姐。姐姐。

妈妈！

姐姐！

叫妈妈爸爸有什么不好？

不愿意。

我愿意呀。

必须你我都愿意。再说了，叫姐姐他有反应，叫妈妈他一点反应都没有。他已经习惯了，姐姐，哥哥。

习惯能改。

不能改。

哎你这人臭硬臭硬的，根本不听别人的意见。

你也一样。我的意见你也不听啊。

你什么意见我不听？

阉掉周乐乐。我说过多少次了，不阉掉他他总惹事，平均十天赔一次钱。吓都要给他吓死了。

我就是不同意。

哪一天他被人打死或者毒死了，你会后悔一辈子。

你咒他啊。你有病！

就是有病啊。行不改名，坐不改姓，李兰妮就是有病怎么了？有病不丢人。有病没借你的钱，没耽误你一天工作，没成为爹妈亲友同事任何人的累赘。换个人得癌症抑郁症试试看，谁愿意试试这种有病的日子！

乐乐——你看啊，姐姐躁狂了。她还说医生诊断错了，她从来不躁狂。

第二天上午八点，李兰妮破例跟着花姨带乐乐出门遛弯。花姨给乐乐挂上狗牌项链，李兰妮背上浅黄色卡通小背囊里多了一个周乐乐的护身符——养犬登记证。走几步，她觉得乐乐的护身符很重要，就把背囊转到胸前保护着。走一走，就去摸一摸护身符。怕乐乐的水瓶里的水溢出来湿了护身符。怕不留神刮花了护身符。花姨无意识中受感染，突然神经兮兮问：李老师，乐乐这个户口是深圳的，在广州管用吗？

李兰妮说：那我是深圳的，不也住在广州吗。

花姨说：要去物业公司备个案，让他们知道周乐乐有证。有证那些黑心衰人就不能胡来，不敢从我手里抢走周乐乐，打死他，吃掉他。

嗯。我还要复印十份备用。

李老师，我觉得狗牌总挂着容易丢。乐乐甩两甩，抓两抓，戴不了几天就会丢。

你说怎么办？

要跟狗证放在一起，收好。

多戴几天。让小区的人都看到，乐乐有狗牌。

会丢的。李老师，我有压力的，看不住的。

要不我拿这玩意儿当项链戴？笑什么？这叫另类时尚。我无所谓的啊。

让乐乐戴一天足够。我有嘴，会跟人家说的嘛。传得很快的。

傍晚，李兰妮独自带乐乐出门遛弯。的确费神。眼睛总要不时瞄瞄周乐乐的颈部。乐乐颈毛长，浓密，跑着跑着，狗牌就埋没了。李兰妮要蹲下身，一阵捣鼓，将狗牌给乐乐整理妥帖。就依花姨说的，戴一天意思意思就行了。

周乐乐在小公园草地转圈。李兰妮赶快从背囊里取出折叠的报纸广告页。这种纸多是整版房地产广告，纸质佳，大小合适。周乐乐拉屎习惯要原地转十几圈，甚至几十圈，令李兰妮有充分的时间掏出画页纸，展开，放在周乐乐屁股底下的草地上。周乐乐撅腚拉臭㞎㞎。拉完他还知道等，等李兰妮把画页纸四角拎起来拧一拧，扔到附近不可回收垃圾桶里。他知道这一系列程序完成后，他才能撒开小短腿儿奔跑，这样李兰妮才会牵着绳子跟在后面跑。

李兰妮任周乐乐想往哪儿跑往哪儿跑，顾不上跟他拔河较力，狗牌狗证都让她分神。

周乐乐跑到一棵大榕树下，那里有两个沙池，一个供小朋友玩沙子过家家，一个供成人玩单杠双杠。几个刚学会走路的幼儿拿着小铲子小桶，在保姆的陪同下，忙着堆沙丘、埋宝藏、挖地洞。

周乐乐跳进沙坑，大咧咧躺在沙子上打了几个滚，又起身甩去身上的沙子，起劲地刨沙，四个小短腿儿扒拉扒拉，小屁股左扭右扭，旁若无人。

保姆们赶紧护住各自照看的幼儿。

李兰妮气哼哼将兴头上的周乐乐提溜出来，扯到大榕树下一张石椅前，将他往石椅上一扔，训斥道：沙坑不是你的地盘。知道吗？你吓到小朋友了。你以为你是谁呀？小心我踢你！李兰妮看见周乐乐不服，居然转身用屁股对着她，分明是藐视训话权威，不把豆包当干粮。李兰妮气不打一处来。小狗东西太拧，就像小学里那种差等生，抗打压能力强，越挨批表现越叛逆。

李兰妮往大榕树附近看，想捡一根干树枝敲打周乐乐。尚未抬头，李兰妮先看见了一个轮椅的轮子。

面前是轮椅上的男孩。有点变形的五官，光头。细弱的脖子。皮肤薄得有些透明，皮下一条条青色血管微微凸起。他向乐乐伸出一只手。推轮椅的是那位忧伤的母亲。

周乐乐从石椅上嗖地跳下来。李兰妮揪紧狗绳。周乐乐头向前倾，盯住那男孩。男孩在轮椅上蹬脚踢腿，很快就累了，脚蹬不动了。他望着周乐乐，嘴里嗯嗯嗯叫。

周乐乐歪一歪头，粉红色的舌头露出一点点。有点不知所措。李兰妮抱住周乐乐，看看四周，想着怎么往后撤。

男孩子嗯嗯嗯叫，身体竭力在轮椅上晃动，李兰妮担忧地叫：小心。小心。男孩不肯安静。

李兰妮附在乐乐耳边说：乐乐不要乱动。不要动。

男孩伸出一只手。周乐乐闻闻他的指尖。

李兰妮的心紧揪，痛。屏息，默祷：千万别出事。

周乐乐轻轻往前走两步，男孩的手终于摸到了乐乐背上的毛。男孩咳咳声像哭一样地笑起来，乐乐怔了怔，跟着咧开嘴巴笑。男孩的妈妈脸上掠过温暖的笑容。男孩继续摸乐乐，他咻咻地笑，还仰头朝天笑。周乐乐配合他的笑声摇起了小尾巴。男孩的妈妈抱过周乐乐，放在儿子的腿边，母子俩轻轻抚摸周乐乐，脸上的笑容很恬静。

这个瞬间，李兰妮相信：头上三尺有爱的天使。带来医治、安慰和信任。

当晚是天台聚会时间。李兰妮的小背囊里放着几袋宠物零食：小鸡胸肉丝、小公鱼缠肉、鸡肉哑铃骨、鸡肉鳕鱼丝、牛奶片，折叠水盆装了大半桶清水。她给乐乐挂好小狗牌。狗证用一个小文件透明夹袋装好。就等着花姨带乐乐上去跟毛毛、娇娇、匪匪及家长们分享快乐。十点半时间过了，花姨尚未到。

李兰妮接到匪匪妈催促的电话。又等了近二十分钟，李兰妮打算自己带乐乐上天台。这时花姨出电梯，没等询问就道出迟到的原因。

小美死了！我陪它妈陪了很久。

小美跟着妈妈去散步。它追猫。一辆逆行的面包车冲过来，撞倒小美没停车。小美妈把小美捧起来，边哭边往医院送。到医院咽气了。小美爸报了警。报警没有用。

花姨说：办了狗证一样不安全。到处都有缺德人做缺德事。

李兰妮没说话，她在想小美的爸妈此时的心境。

花姨说：小美脑浆、肠子都轧出来了，狗牌上全是血。

周乐乐的小狗牌挂了不到一天就收起来了。再也不曾拿出来显摆。在这样的世代里，安全感不过是水中月。

再不安全日子也得一天一天过。李兰妮照样每天吃抗抑郁药，试验着各种辅助疗法。周乐乐照样领着李兰妮遛弯。

如果哪天黄昏李兰妮特别乏力，就会求花姨代她出征。周乐乐会强烈地再三地表示不乐意。因为只有和李兰妮出门，他才能享受带头老大的精神待遇。李兰妮早已不是他的对手，只能顺着他的脾气当跟班。周乐乐会走到李兰妮躺的沙发前，鼻子里直哼哼，又用前爪去挠她。花姨抱走乐乐说，姐姐要休息，花姨带你去。周乐乐不肯让花姨带项圈，与花姨展开游击战。东躲西藏，折腾许久，终于戴着项圈出门了；迈出门槛他还会回头看，期望他的跟班李兰妮会忽然跟上来。

过了两三个月，李兰妮和周乐乐没再见过那辆轮椅。李兰妮心里暗暗为男孩高兴：也许能够走路了。说不定又在附小上学呢。他还会来找乐乐吗？

李兰妮花姨偶然同带周乐乐出门遛弯。走累了，便坐在大榕树下石椅上歇息。她想起了上次在这里遇到轮椅男孩的事，就跟花姨讲，末了笑说：乐乐也许真能当医生。很久没见，那个男孩可能上学了。

花姨沉默片刻，说：走了。

他家搬走了？

就是……你还不明白？

啊……哦！

听说死在手术台上。

……

解脱了。大人小孩……就这样。

不要孩子的念头何时萌芽的？不记得了。

十一岁重归家庭，一家四口在佛山某个军队大院度日。父母没有搂住我说惦记我。没有解释为什么会有这样一年的离散。回家对父亲第一个记忆，他在忙于"支左"。极少见面。他让我们借住在友邻部队的一个小院子里。他白白胖胖肚皮拱起。

关于母亲的第一个记忆，是她关上门窗，对我和弟弟严肃严厉地说：不要向邻居透露妈妈识字！模糊知道她娘家出事了。

外祖父上过清华大学，母亲是地主资产阶级的后代。她就像电影里的女特务一样，假装贫农不识字，害怕被邻居识破揪出来。母亲最担心祸从我口中而出。她也不信任这个想当红小兵的女儿。父母防我如防一只狼崽。我情愿我不曾出生。我不愿出生。

二十多岁的时候，我独自一人在深圳从事着所谓的文化工作。在经济特区，有"文化沙漠"一说，可见极其边缘化。结婚的时候就下了决心：绝不要孩子。单位里管计划生育的阿姨问：为什么还不要孩子呀？我说：养不起。阿姨听了乐：瞎说。我说：是真的养不起。

我从未想过我的孩子是什么样的？我没有当母亲的欲望。没有生儿育女的渴望。我不能让孩子幸福，不能给予她安全感，我就不会生下她。我不想延续我的生命。

可是在我严重抑郁期间，噩梦中反复出现儿童。我梦见通往大山的旅游车道上，一辆大卡车翻车了，满地是儿童的尸体。缺胳膊断腿，头与身子分开。旁边的露天水渠中全是孩子的尸体。一具无头尸体塞在涵洞……四处无人，我大声呼喊，痛彻心扉。没有人声回应。我站在满地孩子们的尸体前痛哭，心里喊：为什么都是孩子！为什么呀——心痛。痛得醒了过来。

我梦见收割过的稻田，田里还有点儿水，稻茬枯干泡在水里。稻田里一片油污，是红色的血污。走近水田一看，田里都是七零八碎的尸体。一块一块散落在田中，看不到尸体的头。从一块一块的尸块看，是儿童！举目望去，水田看不到尽头，好多散落的尸块，血污泛着油光。我在梦中哭：谁家的孩子？为什么——

……

一向与亲戚朋友的孩子保持距离。众人说我天生缺乏母性。也许这天性深深压抑在潜意识里。只有在梦中，才以恐惧的场景呈现出来。

朋友说：没有当过母亲的女人不是完整的女人。

我说：我不求完整。我就是残缺的人。我不追求完美。我凑合着活。我活在绝境中。绝境中，不分男人女人，不分老人小孩，只有一口气在……还能奢求什么？

对于周乐乐，我打算做个无为而治的家长。我不需要他学握手、打滚、数数、接飞碟等才艺。他要当我的老大，那就让他当吧。

只要他快乐。看到他快乐，我也会快乐。

呵呵呵。啊啊啊。

姐姐说，呢呢——过生日啦——

姐姐送我一匹马。马背上有几个小圆点，马尾巴缩成一朵花。姐姐一拽那条马尾巴，就有小朋友唱歌的声音：哆哆哆嗦拉拉嗦，咪咪来来哆。

哥哥拍巴掌，跟着曲子唱：我们乐乐真漂亮，真呀真漂亮。

我看马尾巴：这东东会唱歌，会跳舞，它会跟我打架吗？

我一口咬住马脖子，使劲甩。甩呀甩。我在屋里跑。跑一会儿，停下来，我等姐姐来抓我。姐姐喊：这是我的玩具。给我玩！我来抓你啦——官兵抓强盗啦——

我跑客厅，姐姐追。我跑书房。姐姐差一点抓住我。噢抓不住我。我跑进卧室，躲在床底下。我紧咬着玩具马。看姐姐怎么来抓我。

姐姐趴在地板上，观察地形。她钻进床底，伸手来堵我抓我。我嗞溜，故意从她手边蹿出去。我赢了。赢了！我伸头往床下看，姐姐趴在床底下，拍地板喊：给我。我的玩具。

　　我咬着马腿使劲甩，甩给姐姐看。

　　姐姐输了耍赖皮。她趴在床底下不出来。她蹬脚，拍地板。姐姐呜呜呜装哭。我才不会上当呢。我要看好我的玩具。

　　哥哥过来了。哥哥说：让姐姐玩一下好不好？

　　不给。等我玩够了。再给姐姐玩。姐姐会拿我的小马给别人。我就不松口。姐姐从床底下爬出来。抢走小马。拉响马尾巴。

　　马尾巴唱歌：哆哆哆嗦拉拉嗦……

　　我追姐姐。我追追追——

　　胜利了——噢噢噢——

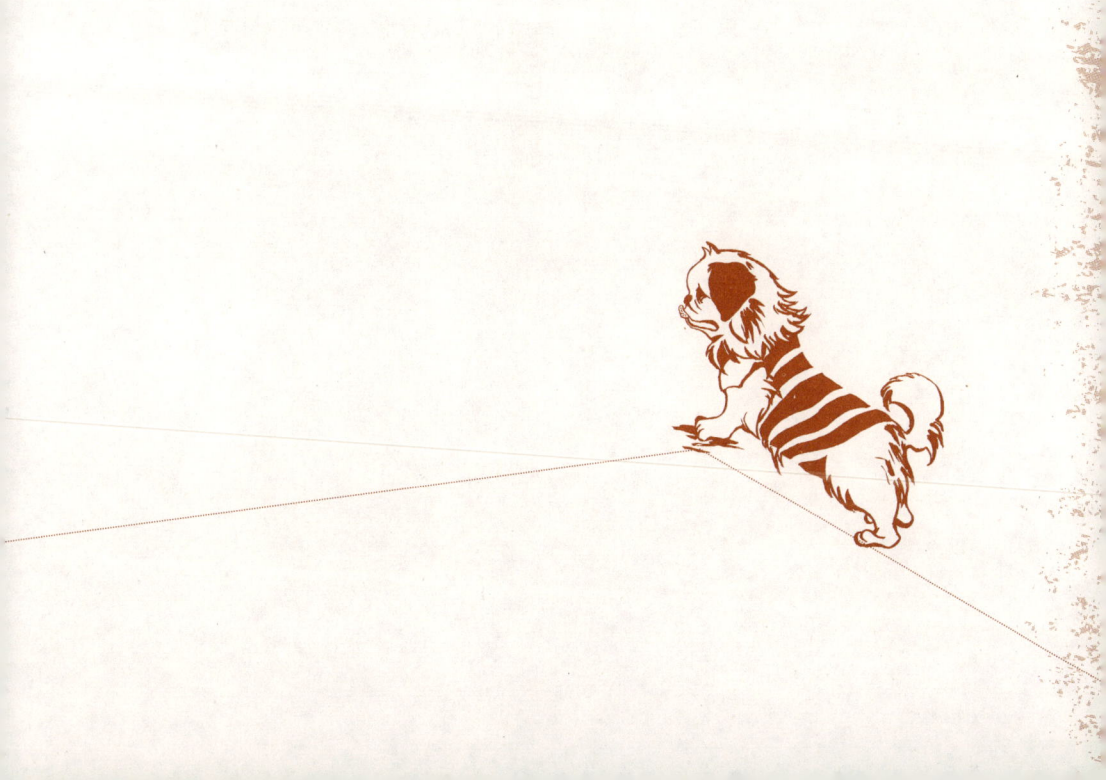

12. 险象环生

——周乐乐的内忧外患

::娇娇中毒了,不知小命保不保得住。乐乐,有人想毒死小朋友。乐乐出门要小心

李老师——乐乐受伤了！受伤了——李老师快开门——

　　花姨使劲拍门。花姨的声音怪得刺耳。

　　李兰妮心里哆嗦：是不是被车撞死了？！

　　李兰妮手发抖，战战兢兢打开门。

　　花姨怀里，周乐乐一动不动。

　　李兰妮急喊：乐乐！乐乐！

听到姐姐的声音，乐乐眼睛勉强睁开一条缝，小孩子哭似的哼唧一声。李兰妮生怕看到乐乐脏腑破裂鲜血淋淋，她小心扫描乐乐全身。没有大出血。她心里轻呼：感谢神！不是致命之伤。

　　李兰妮想接过乐乐抱在怀里察看，乐乐痛楚地闭上眼睛不让人触碰。他的脖子高高地肿起来，肿得几乎比脸大，五官走了形。

　　花姨喊：内伤！内出血。不能碰。

　　李兰妮喊：快送医院！

　　乐乐趴在医院诊台上，脖子上的血包更大了，脸被血包挤歪了。教授小心给他剃掉了伤口上的毛。让矮个子小医生准备了五支肌肉注射针，止血、止痛、消炎。又让护理师准备内服药、外敷药。乐乐痛得不再撒娇，他一直表情痛苦耷拉着眼皮。

　　李兰妮在一旁看得很心疼。她问花姨怎么回事。

　　大金毛旺福。六七十斤重啊。一口咬住乐乐的脖子。还甩啊甩。我冲上去抢乐乐，旁边人都说，不能上去啊，它会咬你呀。这只金毛真的很凶啊，它两只爪子一搭，就搭在我肩膀上。我死死抱住乐乐不放。旺福的嘴巴都碰到我脖子了。吓死我啰！

金毛不是很温顺的狗吗？

旺福例外呀。咬过好几个人，伤过好几只小狗了。它远远看见乐乐就冲过来，我还没来得及把乐乐抱起来，它就咬住乐乐了。咬住就不放。我怕它咬死乐乐，就拼命去抢回乐乐。好可怕。

旺福的主人呢？

这人很缺德。慢吞吞过来，还不道歉。我怕耽误乐乐的伤，没跟他计较就回来了。

它的主人必须道歉。

是啊李老师，你应该找他叫他赔钱。

我不稀罕他赔钱。但是，他的狗屡屡伤人伤狗，他还不拴狗绳，他就必须反省。

他的狗随地拉屎，他从来不清理。这人脸皮又厚，根本不怕犯众怒，大家拿他没办法。

花姨，你代表我去找他，要求他上门道歉。你告诉他，他如果不道歉，我就告他。我会用法律手段追究他的责任。

对呀，他没有办狗证。还有，旺福咬伤过好几个大人小孩，我可以找到人作证。你们可以联名告他。

奇怪。一般金毛犬很少伤人。

旺福小时候被拐卖，受过狗贩子虐待。卖到这家已经是转过三四手了。

李兰妮想起了失踪的银狐犬拉拉。拉拉若是落在狗贩子手里，也会被转卖，也会被虐待，若是转到一个缺乏爱心和责任感的主人家中，一定也会成为暴力犬。

在李兰妮有限的养犬知识中，金毛犬是最温顺的犬种之一，也是最可靠的伴侣犬。李兰妮曾经很想养一只金毛犬，因为它的笑容迷人，天真烂漫。金毛天生喜欢与人亲近，长相英俊。如果牵着这样一只狗狗在阳光下草地上奔跑一定很拉风。养眼又养心。

李兰妮相信，金毛旺福本应是个好孩子。

李兰妮写了一个字条，交给物业服务中心前台。

既要谴责旺福的家长行为不当，又不能让旺福遭遇家暴。李兰妮的字条用词不敢强硬："鉴于小区个别大狗不拴绳，频频发生袭击小狗、危及人身安全之事，请求尽快发出告示，提醒警戒有关不负责任、公德心低下之人。"

花姨认为李兰妮危机处理能力太差。这么软弱的表态令她生气。

哥哥出国，姐姐有病，能为乐乐主持公道的唯有花姨了。花姨打听到旺福老爸住哪一栋楼哪个单元，以乐乐家长的名义，坚持要物业中心的管理员跟她一同上门，宣读乐乐姐姐写的字条，要求对方家长登门道歉。金毛旺福的老爸答应去跟乐乐家长道歉。

花姨抢在对方登门前教导李兰妮：你态度一定要强硬。对这种缺德的人不能客气，就给他脸色看。乐乐的哥要是在家就好了。他那个样子能镇住人。李老师，你这个样子就吃亏。你记住，第一要他道歉。第二要他赔钱。要他赔乐乐的医药费，赔我的精神损失费。旺福两只前爪扑到我肩膀上，差点咬到我的脸，我心脏分分钟要破裂。

金毛旺福的老爸刚走出这层楼电梯，周乐乐就吠叫起来。表情很严肃很愤怒。李兰妮只好把他抱上客厅窗台，让花姨护住他安抚他的情绪。

旺福爸态度勉强，站在门边，敷衍道：对不起。伤得怎么样？这个阿姨不要去抢你家狗嘛，越抢它越不松口。本来不至于……

花姨抢过话头说：你不管好你的狗，还把责任往我身上推。哪有这样做人的！

旺福爸不接话，眼睛根本不屑看花姨。

李兰妮说：请你拴好你家的狗，下次再伤乐乐，我一定告你。我说到做到。

旺福爸略略点头，表示有急事在身赶时间外出办理，告辞离去。

见旺福爸就这么走掉了，花姨很气愤。

李老师，你这么轻易放过他，等于纵容恶人。他根本没有诚意道歉。我要是你，就狠狠臭骂他一顿，至少要他赔一千块钱药费。

这种人不会在乎别人说什么。一看他的态度就知道，你跟他说什么道理都没有用。清清楚楚告诉他，不会容忍他再犯，就算达到目的了。

你必须叫他赔钱。对付这种人就得叫他出点血，把钱掏出来。这种人赔了钱才会心疼，才会记住他犯过错。

怕就怕他心疼不改错，拿他家旺福出气。万一他虐待旺福怎么办？万一又转手卖掉旺福……我不忍心。

你不想想乐乐多可怜？你看他的样子多痛苦，好像一下子老了五岁。我有心理阴影啊。给它吓出心脏病了。

李兰妮瞄一眼周乐乐，四岁的周乐乐表情很阴郁。他脖子上的皮肤显得特别薄，兜着一大包淤血，仿佛皮肤快承托不起血块的重量，随时会破裂淌出来。李兰妮想起自己十四岁时那个血管瘤，也是薄皮托不住越来越重的一包血，破裂，淌血。那血管、那神经受伤害，那颗心同时被伤害。她怜惜地伸出手，想抱周乐乐，周乐乐不领情，耷拉尾巴蹒跚走到小窝躲起来。他不信任李兰妮。他选择独自疗伤。

连续多天，周乐乐小脸痛得皱巴巴的，眼睛不看李兰妮，对花姨也表情冷淡。他常常背对家人，默默看着窗外，长久地一动不动。李兰妮被他这种状态所困扰，很想知道周乐乐的小脑袋瓜里在想什么？她怕乐乐沉浸在负面情绪中。她走过去，轻柔地摸摸他的背。喃喃低语道：乖乖，姐姐知道你痛痛。我们孩子好委屈，好气愤。姐给乐乐吹吹好不好？李兰妮鼓起腮帮往乐乐伤处吹气，轻轻地吹。周乐乐仰起头，看窗外。就像一个小男子汉，伤痛心痛，但是自尊地用姿态宣告：我不哭。我忍住。再痛我也要忍住。忍住。我不会被吓倒。我要练内功。我不会认输。我是小狮子王周乐乐。

李兰妮接到匪匪妈电话。

李老师，我和毛毛妈娇娇妈都说，你不替乐乐维权，他会抑郁的。你不要以为他不懂。狗狗有五岁孩子的智商。情商比人高。你不要低估事件对他的伤害。

我不知道该怎么办。

当时你打个电话给我嘛。让我来跟旺福爸讲数，要让他知道恶有恶报。

谢谢。匪匪还好吧?

匪匪怀孕了!

啊?你不是说阉掉它吗?

太忙,没空带它去。我觉得附近没阉过的小公狗都有作案的嫌疑。

周乐乐绝对不可能。我看得多紧啊。

那是。身形差距大。

乐乐就算有贼心,他也驾驭不了啊。

这是一个谜耶。没发现匪匪跟哪只公狗特别要好。它啥时候溜出去干的坏事?娇娇妈说,一个多月前在四楼电梯见过它,还夸它聪明,自己会等着进电梯。

匪匪那叫自主择偶。

头痛死了。我想带匪匪去做手术,拿掉胎儿。

狗狗怀孕六十天就产崽。现在手术危险,说不定母狗小崽全完蛋。

那那……可能来不及了。

……

放下电话。李兰妮想起乐乐在深圳的狗爹,没准儿也是……这是一个谜。

内心深处,李兰妮对周乐乐的出生日期及血统疑问颇介意。如果乐乐真是珠珠和仔仔乱伦的杂种,李兰妮无法真正接纳它。她似乎有道德洁癖,心理洁癖。每每发现周乐乐有缺陷,比如听觉不如毛毛,嗅觉不如娇娇,敏捷不如匪匪,反应快慢不如小美,视觉不如路易时,她心里都会闪过疑云:难道是近亲繁殖引发残障?

强迫症又在起作用,不可遏止地去想那个可疑的数字:2003年9月11日。到底是9·11生的,还是9·12生的?万一真是9·11生的,暗示什么?预示什么?警示什么?

这回匪匪孩子它爹找不到主儿,让李兰妮心结稍解。她反复给自己做认知治疗。要往光明处积极面想,不要纠结负面联想。

记住记住:周乐乐生于2003年9月12日。这是一个吉祥的数字。周乐乐的狗爹爹不论是名犬还是流浪犬,反正不是仔仔。周乐乐身世清白。

二十多天后，乐乐脖子上的淤血渐渐被吸收。花姨提出辞职。

辞职原因有三，一是旺福事件令她心悸。她带乐乐出门，总担心脑后遭猛兽袭击，心脏会神经质疼痛，因此恍惚头晕失眠。二是家中经济状况好转，不再需要她做钟点工帮补家用。三是娇娇的中毒让她心寒。这天早上，花姨带乐乐出去才十几分钟，就惊惶地抱着乐乐回来了。李兰妮一看她的表情，以为乐乐又出事了，吓得下嘴唇发木，一时呆住。

花姨说：娇娇……中毒了！抽筋。吐……吐……

李兰妮立刻把乐乐抱到怀里看看，问：严重吗？

花姨使劲点头。李兰妮使劲抱紧乐乐。

送医院没有？

娇娇爸妈都去医院了。听说是有人故意下毒。

不会吧。是不是草地喷了杀虫剂？

比杀虫剂厉害多了。娇娇妈说，她看见是一块鸡肉，娇娇捡着吃。发作太快了。鸡肉里可能拌了毒鼠强。

有人要毒老鼠？

那地方每天有狗狗在玩。可能附近有人嫌烦，恨。干脆下毒。

以后乐乐出去要盯紧，不许他捡任何东西吃。也不许吃草。

猫猫狗狗不消化，都是要吃草的。这是本能，拦不住的。

拦不住你就揍他。

揍他他会恨我的。狗狗会记仇。乐乐，娇娇中毒了。不知道小命保不保得住。乐乐，有人想毒死小朋友。乐乐出门要小心。乐乐千万不能出事。你要是再出事，花姨没法向姐姐交代。花姨真的很怕。

在报刊网络上，常看到小动物被虐事件。事件背后，可怕的是人心。心理学专家认为，人们为了缓解压力，就会借小动物来发泄。自卑感和被歧视感也会导致人们借虐待动物来冲淡内心的自卑，寻找畸形的心理平衡。

也许是抑郁病人的缘故，一切有关狗狗负面的消息，李兰妮会记得特别清楚。这些阴影会不断闪现放大。幻听幻觉中，心魔在吸血。心魔在狂舞。李兰妮竭力控制，不许自己跟着心魔的脚步走。

晚上，花姨来带乐乐出去遛弯。一进门，就告诉李兰妮：刚才进电梯见到娇娇爸。听说毒性很强，不一定救得过来。这两天最关键，熬得过来才有救。他们两口子轮流在医院守娇娇。李老师——跟你商量一件事。我早就很想跟你说，我要辞这份工。

花姨答应留任一个月，等李兰妮找到合适人选顶替她。

第一个上门应聘的女人手里抱着一条玩具贵宾犬。

女人四十岁左右，不胖不瘦，文了眼线，脸上化了妆，穿着高跟鞋，头发烫得卷卷的，高高向上堆起。她带来的贵宾犬是咖啡色小母狗，名叫丽丽。乐乐冲它直摇小尾巴。爱屋及乌。乐乐对丽丽妈很友善，跟着她在客厅走来走去。贵宾犬天性和善，喜欢玩耍。与玩具贵宾相比，乐乐拥有身高优势，自我感觉极好。他总去嗅闻丽丽的屁股，目不转睛盯着小靓女傻笑。

李兰妮盯着那双高跟鞋，心里想：穿这么高的鞋子能拖地吗？

丽丽妈不像应聘钟点工的，倒像来看房买房的。客厅、阳台、厨房、书房、卧室一一察看。

李兰妮托花姨放话，新钟点工只要会做饭、不怕狗、住附近就行。她付给钟点工的每月酬金比别家高，以至于熟人半开玩笑说：你这不是扰乱市场价格吗？李兰妮无奈解释道：谁叫周乐乐不省心啊。

没想到，乐乐名气太大。都知道他爱惹事，李兰妮总为他赔钱。如今连花姨都带不了这个小家伙，胆敢来应聘的人极少。

丽丽妈原是做小生意的，生意亏了钱，赋闲家中，她见过周乐乐，乐乐曾追着丽丽献殷勤，丽丽妈特来商议。

李老师，我可以帮你做饭带乐乐，但是我不做卫生，你要另请钟点工做卫生。

好的。

我带乐乐不在你家带，放在我家里带。它喜欢我家丽丽，每天就在我家里玩就行了。

放你家……那怎么行啊？

怎么不行？就像送幼儿园，早上送过去，晚上接回家。丽丽陪它在家玩。

它早中晚都要出去散步，拉嘘嘘，拉屁屁。

改过来。我家丽丽一星期出去玩一次，洗澡那天让他们出去玩，拉屎拉尿在我家厕所地上解决。

不行。乐乐每天必须出去散步。

好好——可以带它出去散步。一天出去一次足够了。多了没必要，还危险，容易出事。

丽丽妈突然看到乐乐的食碟边有一个粉碎器，顺手拿起来看。

李兰妮介绍说：乐乐的饮食是混搭。吃点肉。再搭配狗粮。它不肯吃狗粮。所以，狗粮要磨成粉，调成糊糊来喂。

丽丽妈说：多麻烦。你把它交给我带，我绝对不会这么惯着它。坏毛病都可以改过来。

李兰妮赶快把乐乐抱在怀里，决定送客。

谢谢。谢谢你。我觉得——不太合适。你很能干，你家丽丽也很可爱，但是……我想还是算了吧。

丽丽妈也把丽丽抱起来，让它靠近乐乐。

李老师，我要找工很容易，你家乐乐要找人带很不容易。你再考虑考虑。我把我家电话号码留给你。我愿意来帮你。你想好了就给我打电话。

李兰妮客气地留下了她的电话。但是，她下了决心，要对乐乐负责，不能把乐乐交给这样的人。

第二个来应聘的女人也是四十出头，说话声音不大，衣着朴素整洁。她给附近一户人家做午饭，想找一份工做晚饭。

李兰妮觉得这人靠谱，忙请她坐在沙发上。请她喝软包装的凉茶饮料。人家礼貌客气地婉拒。

周乐乐跳上沙发，去闻这个阿姨的衣角。阿姨连忙往旁边挪。周乐乐紧跟，阿姨被挤下沙发。

李兰妮训斥周乐乐：乐乐，不许没礼貌。给阿姨摇摇小尾巴。

乐乐冲阿姨吼叫起来。阿姨害怕。不敢动。用眼角余光扫乐乐，时刻准备逃跑。李兰妮看出她怕狗。

别怕这个小坏蛋。它有点认生，熟悉了就好了。

我……本来不怕狗，听说——它咬过人。

你放心，它不会乱咬人。你对它好它就会对你好，听你的话。

能不能……我做饭，你另外找人带它？

周乐乐看出阿姨怕它，越发目光炯炯盯着她。李兰妮的一点指望就这样被它盯着盯着消失了。

李兰妮接到匪匪妈电话。

匪匪一胎生了四只小狗，就在家里生的。因为是头胎，匪匪没经验，匪匪妈也没经验，不知匪匪预产时间，凌晨生产时，开始没人守在跟前接生。等到匪匪爸妈感觉不妙，起身去察看帮忙时，第一只死了。后出生的三只活了。

匪匪妈说：匪匪瘦多了，掉毛很厉害。小狗要找人收养。你帮我问问有谁愿意要。最好是你的朋友，以后匪匪要去探亲的。

李兰妮说：光有钱不行，必须有爱心，还要有时间陪狗狗玩。这样的人家不容易找。

匪匪妈说：是啊。拜托你帮忙留心。哎，你带乐乐来我家看看吧，狗宝宝可好玩啦。

李兰妮正有此意。

匪匪和小崽都在厨房边走廊，那里用旧毛毯纸壳砌了一个窝。匪匪妈说要引开匪匪才可以看，匪匪除了吃饭、撒尿，一刻不离自己的孩子。

匪匪妈去厨房盛了一碗汤渣排骨，示意李兰妮抱着周乐乐先在门外躲着，她引匪匪去阳台吃肉肉。

匪匪不让人看小狗，你看几眼就快闪，小心它发现来咬你。

遵命。小外婆呀，快引开你那厉害女儿吧。

周乐乐很配合，好像知道要潜入别人家不能声张。他略带紧张地伏在李兰妮怀里，睁着大眼睛。

匪匪一去阳台，李兰妮立刻溜到狗窝边仔细看，三只小狗崽，还不会睁眼呢，一黄两白。胖嘟嘟，很可爱。

李兰妮偷偷地、小心地把乐乐放在小狗崽旁边，想让他感受一下新生命的奇妙。不料，乐乐不敢嗅闻不敢触碰，惊恐地跳出狗窝，就像一个大老爷们不敢进产房，他被小狗崽吓着了。

李兰妮刚想伸手去抱那只黄狗崽，忽听它外婆尖叫：快跑！匪匪发现了！

李兰妮抱起周乐乐飞奔，逃到门外，火速关门。匪匪紧扑门，低吼着挠门，以示警告。匪匪妈在门里喊道：乐乐大叔，撒呦拉娜。

李兰妮见过五六个应聘的钟点工，几乎都败在周乐乐手里。一个月期限到了，花姨帮忙，求来一位不怕狗的小阿姨来试工半个月。

第一天李兰妮就把家中钥匙交给小阿姨以示信任，又将半个月薪水硬塞给对方，还有五百元做菜金。

头三天，她一直陪着小阿姨熟悉事务，包括一起带乐乐出门散步。小阿姨也聪明学得快，第四天就可以独自带乐乐出门了。

李兰妮又喜又忧在家门口等着他们回来。喜的是，小阿姨会心疼人，坚持自己带乐乐出门，让李兰妮安心休息；忧的是，万一撞上灭绝师太这样的人会不会出事。

半个多小时，谢天谢地，乐乐跟着小阿姨平安回来了。李兰妮高兴极了，忙让小阿姨休息，她自己给乐乐洗脸洗脚。小阿姨卷起裤腿让李兰妮看，她的膝盖磕烂了，流血了。

乐乐突然飞奔，小阿姨被绳子绊倒，膝盖正磕在花基铁花纹的尖角上。李兰妮想起当初，也是被小狗东西突然一拽跌倒，左腮正巧摔在砖头上，磕破的伤口近一个月才痊愈。李兰妮忙道歉，表示愿付医药费。小阿姨坚决不收这个费。

两天后，小阿姨挽起裤腿让李兰妮看伤口，伤口青紫化脓。小阿姨说：我老乡都笑话我，说我没用，一只小狗都牵不住。她们都说我打不好这份工。

李兰妮加倍道歉，提出加倍赔钱。小阿姨死活不肯收。她交出李兰妮家的钥匙，又交出剩余的工钱和菜金。小阿姨说：我昨晚整整一晚睡不着，想了一晚上，我真的做不了这份工。

好说好散。小阿姨告辞出门，李兰妮在电梯门前硬塞给她一个小红包，说：这不是医药费，是祝你顺顺利利找到下一份工作。

一个月过去了，李兰妮没有找到合适的钟点工。吃饭只能打电话叫人送外卖，偶尔自己做点简单饭菜。或者下馆子，打包回来，下一顿用微波炉热热。吃饭的事情容易对付，李兰妮最焦虑的是，早午晚要带周乐乐遛弯。

娇娇出院后，它爸妈几乎不让它出门，每星期只在十六楼天台出现一次，晒晒太阳，以助康复。大难不死，它瘦得脱了形，嘴变得尖尖的，眼神呆滞，身上的毛几乎全脱落了，皮松松的，牙掉了好几颗，听力急剧下降。娇娇妈说，娇娇再也没有能力生小崽了。

为了不蹈娇娇的覆辙，李兰妮带乐乐出门，神经紧绷。严格限制乐乐的自由。不许吃草。不许嗅地上任何物件超过十秒钟。不许到狗狗聚集的草地凑热闹。不许冲路人吼以免树敌。

周乐乐反抗。李兰妮就打他的嘴，用脚踢他的小屁股，或者干脆抱起他回家。周乐乐愤怒吼，拼命乱挠，李兰妮铁了心镇压。李兰妮揍周乐乐，吼：不要你！不要你这个狗东西！我要扔掉你！

隔三差五，搏斗加冷战，人不人，狗不狗。李兰妮烦透了。看看这个家，早就失去如办公室一般的整洁。多年来，李兰妮习惯家中简洁。简洁是她追求的个人风格。自从周乐乐来到身边，家中一年比一年杂乱。周乐乐的玩具散布各处。李兰妮捡起归拢到玩具篮，没多久又发现地板上、沙发上、门垫上东一个西一个。

12. 险象环生

光是客厅，就有周乐乐三个专属地盘。茶几下，一个藤窝；客厅饭厅间隔柜下，一个铺垫，夏天垫着史努比消暑瓷砖，冬天垫着小熊维尼的绒毯；房门口，一个竹篮，里面铺着哥哥姐姐的旧衣服。没人在家乐乐独自看门时，这是他的岗哨位置。哥哥书房有一个乐乐的专用卧垫，姐姐书房有三处乐乐的领地，他躺卧一会儿就换一个地盘一个姿势。卧室里，一个乐乐的布艺狗屋，蓝底印着许多小小的史努比；床底下，铺着两张乐乐的卧垫。每逢洗完澡，周乐乐在床上也有位置。

小狗东西心里非常明白。若是哪天夜晚姐姐忘了抱他上床，他就会两个前爪扒在姐姐枕边，后爪直立，嘴里嗯嗯嗯。先是第二声的嗯嗯嗯，表示质疑：怎么了？你忘记我洗过澡干净香香吗？再是第四声的嗯嗯嗯，表示气愤谴责：我的地盘！装什么装你是故意的。快抱我上去。我决不放弃。抗议。抗议。

周乐乐腿短，床架高，自己跳不上去。但他觉得自己是姐姐的老大。姐姐怎能将老大忘到脑后勺去呢？还有没有王法啊？

心情不好时，姐姐就不理睬周乐乐。让他知道，游戏规则改了。现在姐姐是老大。你气呀你气吧怎么地了。

周乐乐就钻到床底下，刨他的卧垫。故意整出许多响动，以示反抗、愤慨。姐姐装聋作哑。周乐乐就耷拉尾巴，去小狗屋趴着，屁股对外，宣告生气了。

有时候，两个家伙气性大，比试倔犟度。直到第二天谁都不理对方。哥哥说姐姐：你把他宠成这样的。你俩这样子多可笑。和好吧。哥哥说乐乐：男子汉，肚里能撑船。去跟姐姐摇个小尾巴。姐姐做香香饭，乐乐七右右。

花姨来看乐乐，特意带了他喜欢吃的鸭腿肉。十几天不见，花姨说很想这孩子。乐乐趴在茶几下不动。听见花姨叫他，乐乐把头扭开。花姨俯下身想抱他，他立即躲了起来。花姨拿出香喷喷的鸭腿在乐乐眼前晃，乐乐闭上眼睛。李兰妮说：乐乐想花姨了。

花姨哽咽：乐乐生气了。你想花姨，花姨也很想你呀。花姨抱抱乐乐好不好？

乐乐躲在电视柜背后就是不出来，小身子紧紧夹在墙壁和柜子之间，不肯让花姨抱。他像一个被老师遗弃过的一年级小学生，满腹的委屈，满腔的思念，满脑子的倔强，不让任何人触摸他。花姨眼眶湿了。花姨告辞，走出门，又探头回屋对乐乐说：花姨过两天再来看你，花姨一定想办法让乐乐高兴。

花姨进电梯，李兰妮关门。这时听见乐乐长长地叹了一口气。李兰妮吓了一跳，乐乐叹气很像人。灯光虚影下，乐乐越看越像一个小人人儿。

第二次来看乐乐，花姨特意先接了毛毛，让毛毛上门跟乐乐玩。

乐乐一扫颓态，轻轻摇起小尾巴。他有点犹豫，眼睛里有了光。表情并不活泼，似乎没有完全忘记烦恼。

毛毛没往乐乐跟前凑。它先跑到乐乐的食物区，把碟子里乐乐剩的鸡脖子、小排骨，专注地吃掉。又在地上捡了乐乐的脆花生、水泡饼，津津有味地吃。它会剥开花生壳，去掉花生衣，花生米进了它的大嘴不够塞牙缝，但它的表情显明它在享受美食。乐乐受到吸引，在一旁呆看。

毛毛把该吃的东西吃完，不慌不忙到乐乐的水盆里呼啦呼啦喝水，喝到小水盆见了底。李兰妮忙找出折叠小水盆，装上水，放在毛毛的眼前。毛毛没有喝，抬头露出两排大牙冲李兰妮笑，深邃的小眼睛眼波闪呀闪的，好像说：谢啦——谢啦——乐乐挤开毛毛去喝水。他不是口渴想饮水，而是在吃毛毛的醋，强烈感觉到姐姐正在欣赏毛毛。李兰妮看出乐乐的小心眼，把折叠水盆里的水倒掉，把水盆往毛毛脚前一扔。毛毛心领神会叼起来，将遮住眼睛的长发一甩，径自在屋子里跑开了。它的脚趾甲很长没修剪，在木地板上跑起来哆啦啦哆啦啦响，节奏很欢快。乐乐看它跑了一圈两圈，受到吸引，跟着毛毛跑了起来。花姨拍手大叫：乐乐加油。追上毛毛！

李兰妮跑到毛毛跟前拍手，鼓动道：毛毛，跟乐乐打一架。打趴周乐乐。

毛毛突然扔下水盆，跑到门边去挠门。挠一挠，又用身子轻轻撞一撞花姨，抬头看着她。花姨看了看表，说：毛毛离开爸妈二十分钟就想家，就要回家。

李兰妮说：毛毛别回家，阿姨给你肉肉吃。

她打开一袋香喷喷的鸡胸肉丝干，拿给毛毛吃。毛毛不吃。它好像突然对乐乐、阿姨及美食、玩具都失去了兴趣，专心挠门要回家。乐乐凑过去咬它的颈毛跟它玩，毛毛不回应。花姨打手机跟毛毛妈说：它找你。你正在过来呀？

花姨关了手机对毛毛说：你妈过来了。这么大还离不开妈妈爸爸。你看周乐乐，一天二十四小时不回家都行，谁说出发跟谁走。

李兰妮说：周乐乐就是喂不熟的白眼狼。只要出门，跟谁走都行。

花姨说：毛毛是宅男。恋家恋爸妈。

毛毛见挠门不开，大为焦躁，在客厅里来回走。它走路像模特走猫步，壮男一个却走着一字步。旁边周乐乐小身板走的是老虎步，对比看来挺滑稽。毛毛开始嚎叫起来。它的声音高亢震耳。花姨怕惊动邻居，想捂它的嘴，捂不住。李兰妮赶快开门，打算送客。

打开门让毛毛走，它凝神听听停住脚步不走了。电梯门一开，毛毛妈走出来。毛毛第一时间上前闻闻妈妈的手，转身率先进了李兰妮的家。它在地上叼起折叠水盆又在客厅跑了起来。无忧无虑欢欢喜喜跑，它故意等乐乐追上来。

花姨说：妈妈来了，毛毛放心啦。别跑了。跟乐乐玩打架。

毛毛妈拦住乐乐，抱起乐乐说：我喜欢像乐乐这么大的狗，这么一抱，多好玩。

花姨说：毛毛快减肥。你这个样子你老爸都抱不动你。

乐乐听出两个阿姨在表扬他，嗲嗲地咧嘴笑，用舌头去舔毛毛妈的脸。毛毛妈嘻嘻笑。很享受。毛毛着急了，立起后肢站起来，伸出前爪要把乐乐从妈妈怀里扒拉开。毛毛妈后退躲，故意逗毛毛吃醋。毛毛不顾一切把大脑袋埋在妈妈怀里，拱来拱去与乐乐比着撒娇。

李兰妮把乐乐抱过去，放在地上，煽动毛毛说：去打周乐乐。揍它。

毛毛有点不知所措，抬头看妈妈。

毛毛妈说：去吧。去跟乐乐玩打架。玩抱抱。

花姨和李兰妮一人推着一只狗，怂恿它们打架玩。

两个小狗东西果然后肢立起，前爪相扑，抱来抱去，啃来啃去，打一阵子。

站累了，又你追我赶在客厅、书房、阳台绕圈跑一阵子。跑腻了，又扑通、扑通一个一个扑在地板上，头尾错开趴着，你闻闻我我闻闻你。毛毛咧着嘴在笑，乐乐笑呵呵吐出一截粉红色小舌头。

花姨道：乐乐终于高兴了。哎呀上次来我太难受了，乐乐心里不快乐，太可怜了。

李兰妮道：他从小由你带大，每天习惯跟着你去跟小朋友玩。现在突然变了，我又没耐心，常打他骂他。每次打了他我都内疚。心情很差。

毛毛妈说：乐乐算是乖的了。毛毛现在很麻烦，不愿自己待在家。我们夜里回家晚一点儿，它就发脾气，乱叫。我都给人投诉 N 次了。

李兰妮道：听说有种嘴罩，戴上就叫不出来了。

毛毛妈道：是止吠器。我看过。戴上，狗一叫，就被电击一下。电击几次，狗就不敢继续叫了。匪匪妈买过一个呀，用过几次就懒得用了。

花姨说：借来给毛毛用用呗。

毛毛妈沉默片刻，淡淡说：算了。麻烦。

李兰妮说：干脆我去买一个，整治一下周乐乐。他特别爱管闲事。这层楼只要来了陌生人，他就以为他是保安大队长，或者是见义勇为好市民，就噢噢叫发警报。气得我拿出鞋拔子在他鼻子跟前晃。

花姨道：紧张什么？哪一家没有小孩子哭哭闹闹？我家隔壁一个 baby 仔总是半夜哭。好像就在我耳边哭。我家对门养了两只猫，猫叫春的时候声音烦死人。我没有去投诉。邻居之间，斤斤计较什么嘛。

李兰妮道：幸亏我对门邻居很宽容。

李老师，你这人对乐乐好的时候宠得……叫溺爱。发火的时候……我不好形容。这样他会觉得你很怪。他不会信任你。

我有病。乐乐摊上我这么个主人……我尽量克制吧。

不能总说姐姐不要你了。姐姐去抱一个听话的小朋友回来。他听得懂，会伤心的。

他总气我呀。总气得我胃痛。

不能说不要他。狗狗也会得抑郁症。你的病会传染乐乐。

怎么可能。

或者不叫传染，叫感染……影响什么的。匪匪妈说过，乐乐爱惹事，是情绪不稳定。乐乐情绪不稳定，是乐乐他姐有病。

听花姨这么说，李兰妮怔了怔。她看了一眼毛毛妈，想知道她是否有同感。毛毛妈此时正走神，似有心事。

李兰妮正想反思一下，忽见两个小狗东西在嘿咻嘿咻。她推了毛毛妈一把，示意她快看。

乐乐趴在地板上傻笑。毛毛压着乐乐，凭空抽动胖肚子，小鸡鸡露出一截红茎。地板上有星星点点的液体，发出怪味。

李兰妮大吼一声，把乐乐从地板上揪起来一扔。正想臭骂他，转念一想花姨的话，硬将臭骂咽了回去。

花姨抱开毛毛，笑着用纸巾擦地板。毛毛妈也笑。她拿起茶几上的纸巾盒，嗖嗖抽出一叠纸，仔细给毛毛擦拭身上的黏液。

李兰妮说：毛毛不是阉了吗？

毛毛妈道：是啊，阉过了。

为什么还会这样！

呵呵。没事的。

哎呀又乱来。不揍行吗？

玩游戏嘛。我拿手机拍下来，等会儿让毛毛他爸看。没阉干净。叫宠物医院退钱。

李兰妮自己带乐乐，焦虑郁闷日增。

她天天祷告，上帝啊，求你帮助我。可是她的祷告似乎没有得到回应，不知在哪儿被耽延了。晚上入睡前，李兰妮心里会默想：上帝啊，你听到我的祈求了吗？能帮我解决后顾之忧的人选在哪里呢？我应该到何处寻找呢？

她没想到，这个人就在她楼下。时候到了，后援就来了。上帝的应允超出她所求所想。

匪匪妈打来电话，推荐她家的钟点工珍姨。

匪匪爸妈倘若出差在外，珍姨便临时帮忙遛匪匪。匪匪不听珍姨的话，拖着珍姨跑。一会儿拱到草丛里捉老鼠，一会儿叼着捡来的破皮球胡乱耍。李兰妮曾见珍姨抱着匪匪的脖子说，你是女仔呀，不要这么疯。

李老师，珍姨在我家做午饭，还想找一家做晚饭。珍姨不怕狗。咱们又是上下楼，时间好协调。

李兰妮连连道谢。

李兰妮又问：匪匪的宝宝怎么样？

匪匪妈说：送走了。花都一个番禺两个。都是同事的亲戚朋友抱走的。

匪匪习惯吗？

头两三天不吃东西。发呆。总去原来走廊那里发呆。可能想宝宝哪里去了？

后来呢？

后来我和老公带它出去玩。我们跟毛毛家一起开车去大学城玩，吃农家菜。匪匪一到外面心情就好。玩得可疯啦。不过它跟毛毛玩不来。各玩各的。可能毛毛怕匪匪，匪匪也不欣赏丑男。

毛毛算型男。

男什么男？太监一个。他只跟乐乐玩。匪匪最近发呆次数少了……又扯远了。那我就叫珍姨去见你啊。工钱什么的你俩面谈才合适。

珍姨是从珠三角之外的粤西山区嫁入广州的。儿子才上小学，丈夫病退在家，她必须打两份工养家。珍姨住在校园外城中村，路上骑车要十五至二十分钟。周末夜晚，她不能带乐乐上天台跟狗狗们聚会。她也不能像花姨那样优哉游哉带乐乐遛弯。珍姨做事必须算时间赶时间。

珍姨第一天来上班，乐乐围着珍姨嗅了又嗅——鞋子、裤腿、手指。他犹豫着，不排斥，不欢迎。珍姨蹲下身，轻轻用手抚摸他，挠他耳背的毛。乐乐和匪匪一样，喜欢让人在多毛的耳背挠痒痒。

珍姨说：乐乐，阿姨给你做鸡肝饭吃。鸡——肝——饭。

乐乐听懂了，在厨房守着看着。珍姨用微波炉几分钟就做好了鸡肝饭。乐乐闻到热乎乎的鸡肝香味，嘴里嗯嗯叫，用爪子去刨珍姨的脚，催促要吃小肉肉。

珍姨把盛鸡肝饭的食碟放在厨房地上让乐乐看，让乐乐闻，说：现在不能吃。舌头要烫掉的。

乐乐不相信，急急凑过去，果然烫嘴。他仰头望珍姨。珍姨拿出一把大葵扇，对着食碟里的鸡肝饭使劲扇。扇一扇，又用嘴去吹。

乐乐安心了，知道珍姨在帮他解决困难。

珍姨端起食碟用乐乐的勺子搅拌鸡肝饭，鼓起腮帮吹凉了，便放在地上让乐乐大快朵颐。温度正好，不烫嘴，又有点温热，此时的食物特别香。珍姨开始赢得乐乐的好感。

一周将过，似乎珍姨顺利接班。不料，周六的夜晚乐乐闹着要上天台。珍姨九点带乐乐遛弯，遛了一小时，回家洗了小脸蛋，从头到脚丫用湿毛巾擦干净，吃了狗粮和肉肉。珍姨说：乐乐，阿姨回家了。拜拜。

乐乐不肯拜拜。他咬着珍姨的裤角，嗯嗯嗯，表示他要去天台聚会。珍姨蹲下身，耐心告诉他：乐乐，珍姨要回家。没有聚会了。花姨不带乐乐了。花姨再也不会带一大包肉肉上天台，招呼毛毛匪匪娇娇乐乐吃宵夜。聚会取消了。

乐乐撒娇，没有用。冲珍姨噢噢乱叫，没有用。想抢在珍姨前面夺门而出，未遂。珍姨年纪轻，身体健壮，眼明手快。抓住乐乐，用力往屋里一推，哪的一声关门锁门。珍姨不会心软，不会为乐乐的Q模样改变主意。

周一上午八点，珍姨照例来上班。进屋发现乐乐不理她，躲在饭桌下面不出来。珍姨伸手去抓他，他躲闪，抓不着。珍姨悄悄走到门外去敲门。门板一响，周乐乐立刻变身保安大队长，急急跑出来，耀武扬威冲到门口，吠叫示警。

珍姨抱起他，接过李兰妮递过来的牵引绳，俩人合力制服周乐乐，给他套上狗绳。珍姨笑嘻嘻地抱他进了电梯。

一到小公园草地，周乐乐忙于到处嗅闻其他狗狗的尿迹，忙于用嘘嘘覆盖对方的气味，忘了与珍姨闹别扭。

　　一整天下来，除了在家有些懒得搭理珍姨外，周乐乐没有报复珍姨。珍姨特意去看厨房的垃圾桶、浴室的洗衣机边侧、客厅的垃圾桶边，没有周乐乐的尿迹。

　　为了表扬周乐乐的听话，珍姨晚上遛完周乐乐，特地带他坐电梯直接到天台。在那里放开狗绳，让周乐乐自由闲逛，闻闻毛毛匪匪娇娇留下的味道。

　　十点半左右。珍姨站在门口，抱着周乐乐，对看电视的哥哥姐姐说：不好意思，出事了。

　　李兰妮的头嗡的一声响。脸色突变。

　　珍姨忙说：一点小事。不算什么事。

　　珍姨进门，放下周乐乐。

　　周乐乐在咳嗽，咳声像个有肺病的老人家。珍姨手上有个牙印。

　　周乐乐在天台左嗅右嗅，在一个茉莉花的花盆边，似乎收到了毛毛留下的相思短句。他蹭地——冲向东座铁楼梯，那是毛毛家的方向，上梯一溜烟儿，不见了。珍姨狂奔。在十五楼走廊逮住周乐乐。珍姨把乐乐放在天台西座一边，自己守在中间那道水泥长棱上，不许他往东座跑。

　　天台上遗留少许没扫干净的鸡骨鱼刺。可能是毛毛或者娇娇吃剩的。没有一丁点儿肉丝，纯粹是鸡嘴尖壳、鱼尾残骨。乐乐叼起来，放在嘴里使劲嚼。还吧唧嘴，用力把骨头吞下去。珍姨见势不妙，去抠他嘴里的骨头。周乐乐发火，甩头叫，一口咬在珍姨手上。珍姨手缩得快，破了一点皮，隐约有血痕。

　　李兰妮顾不上理睬周乐乐，慌忙拿钱给珍姨，说：你快去打防疫针。地点你知道的。打的去。

　　珍姨到厨房，打开水龙头，把手放在清水里冲洗，道：一点点。不要紧。你去看乐乐。是不是嗓子里有骨头？

　　李兰妮坚持要帮珍姨的伤处擦碘酒。擦完碘酒，珍姨问：一定要打针吗？我不想打针。

　　必须打。不然我不放心。你家人也不放心。

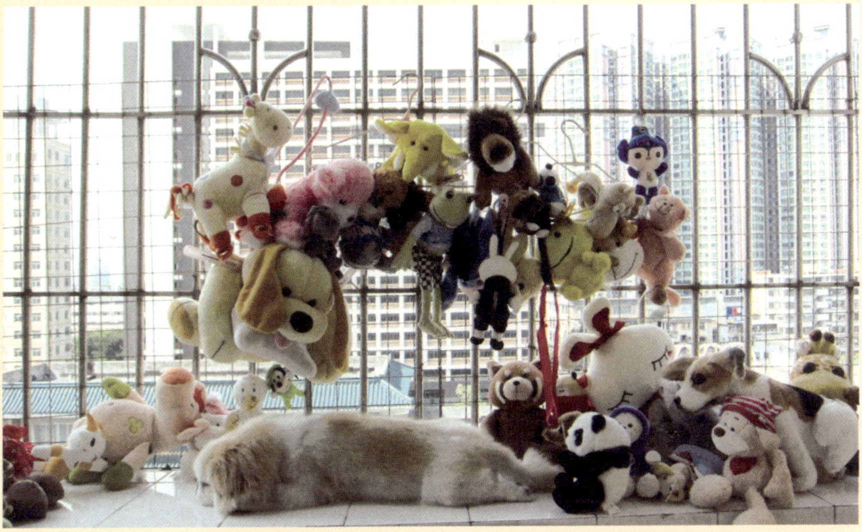

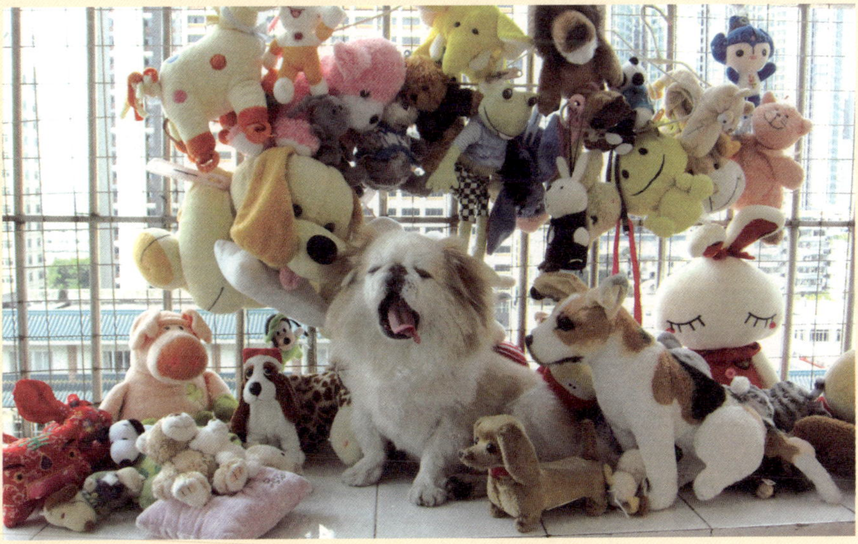

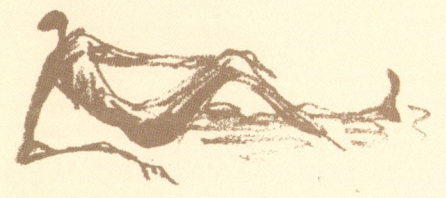

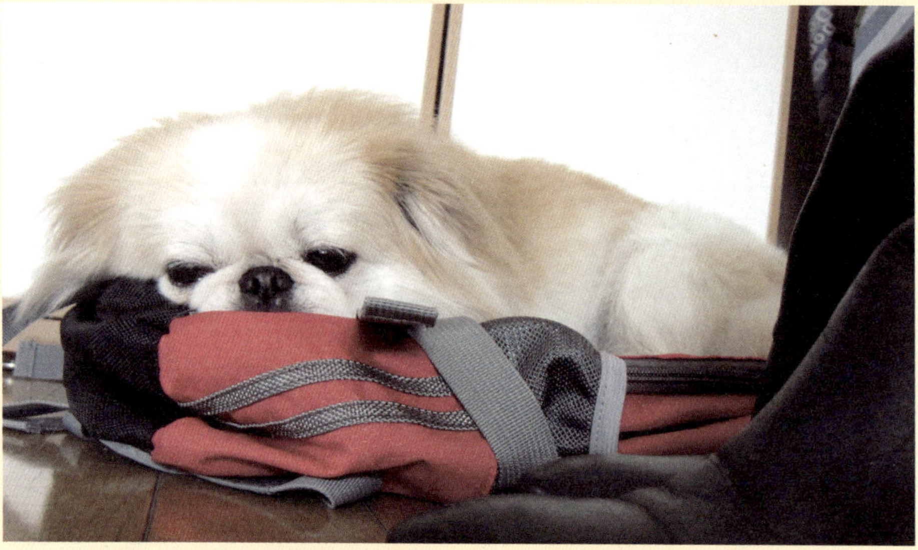

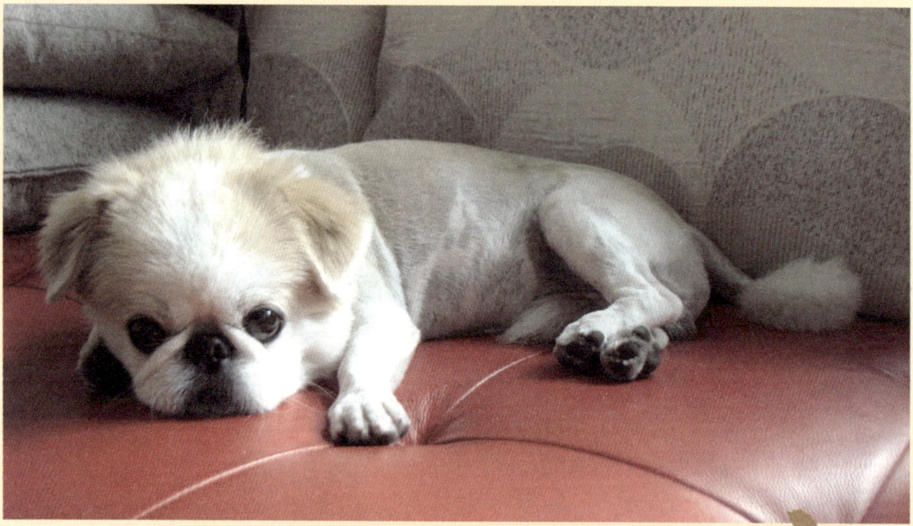

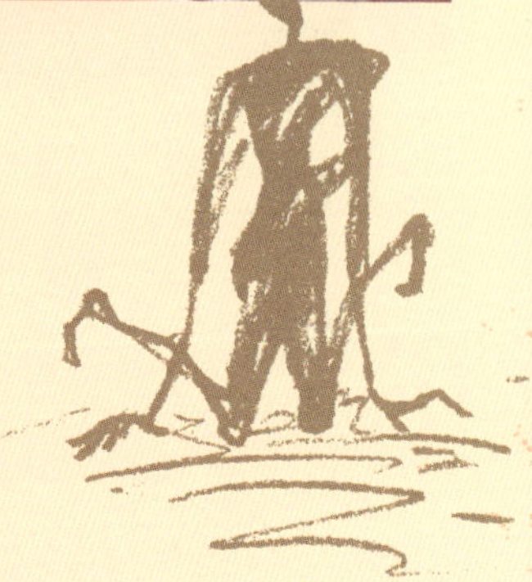

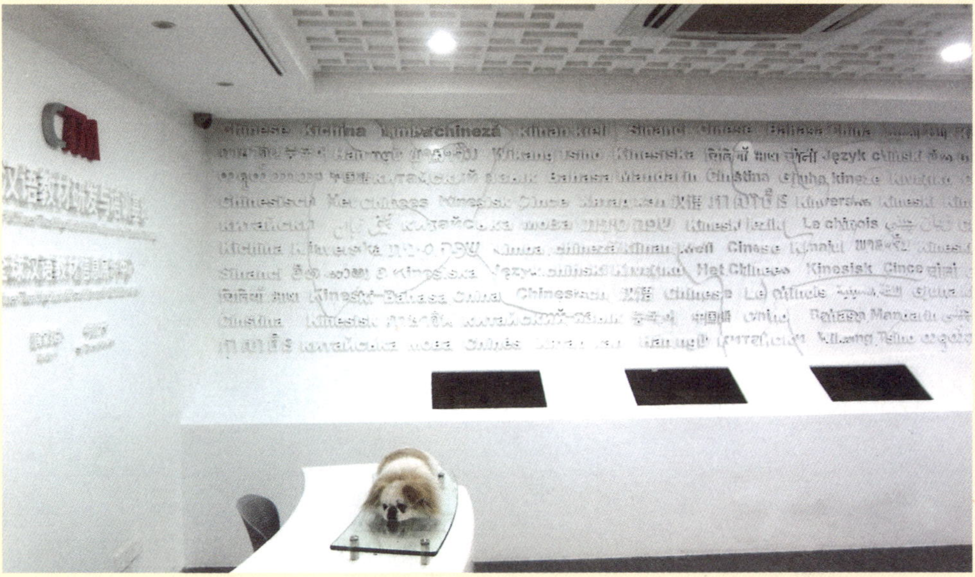
Le chinois
Het Chinees
Kinesisk

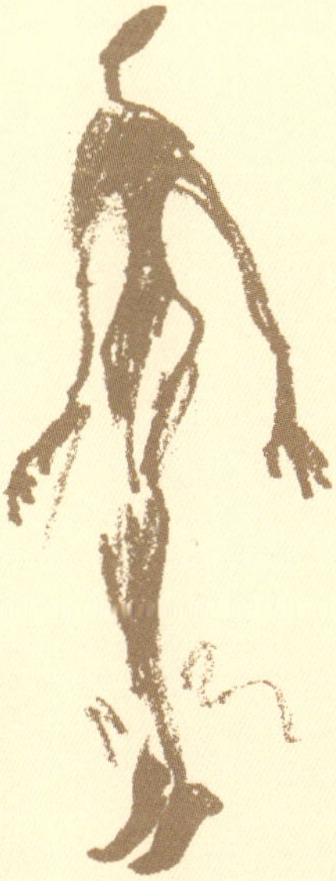

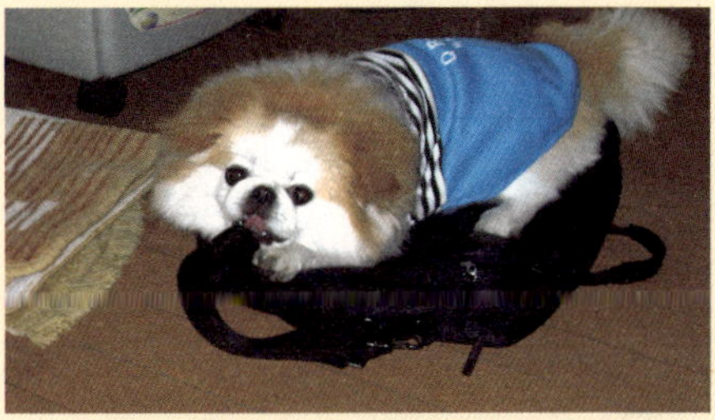

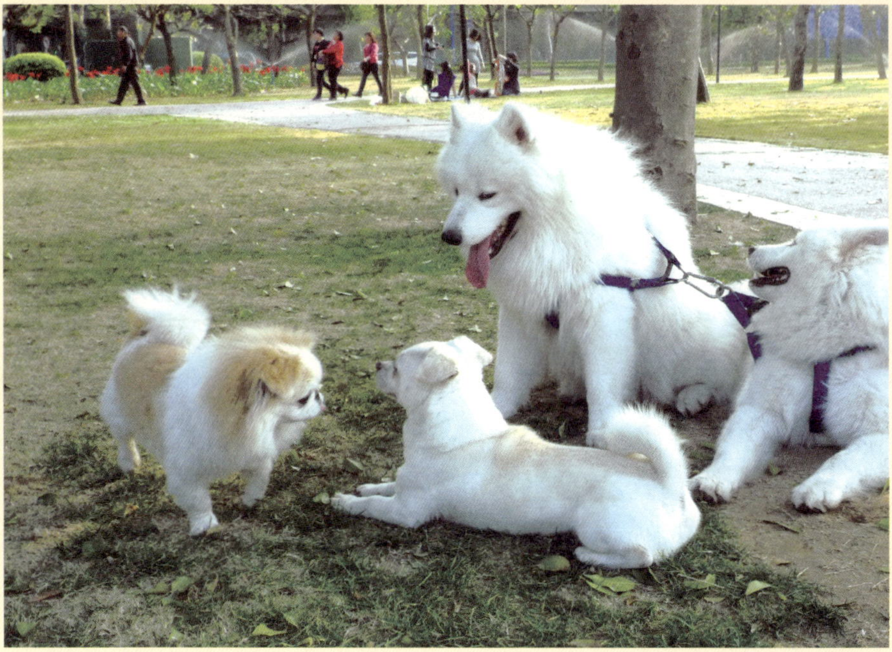

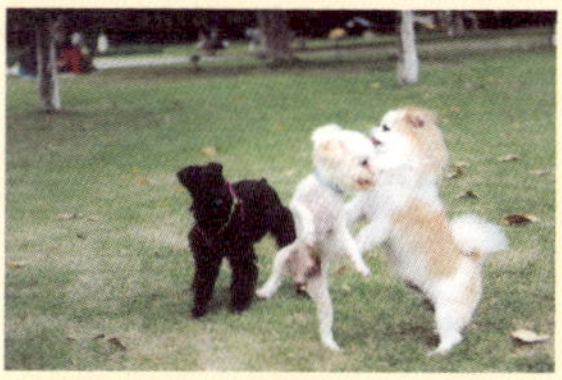

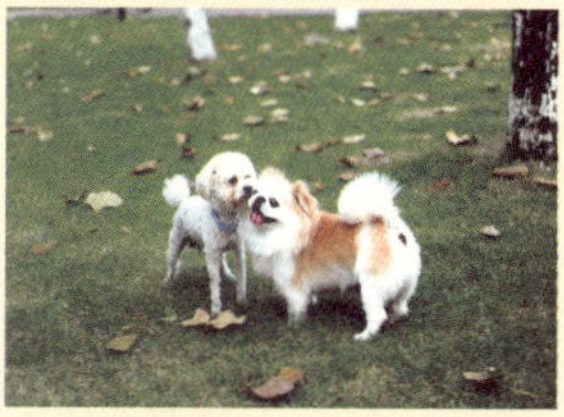

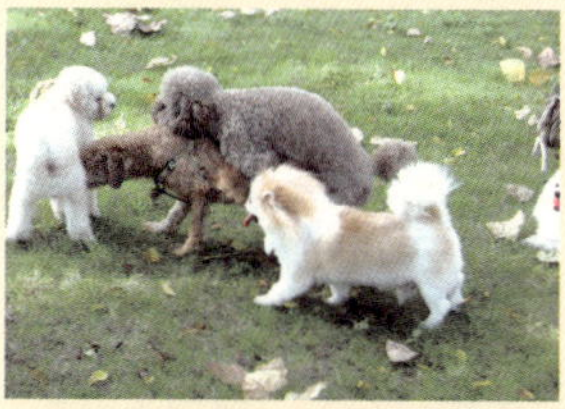

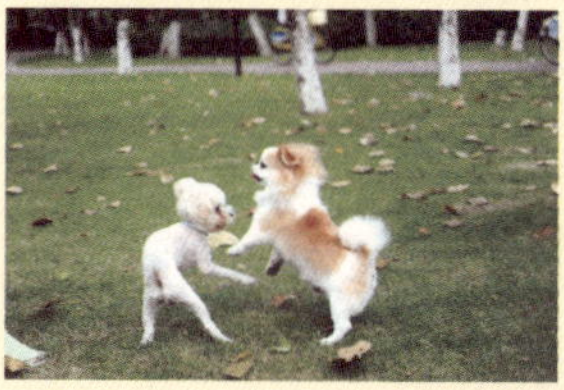

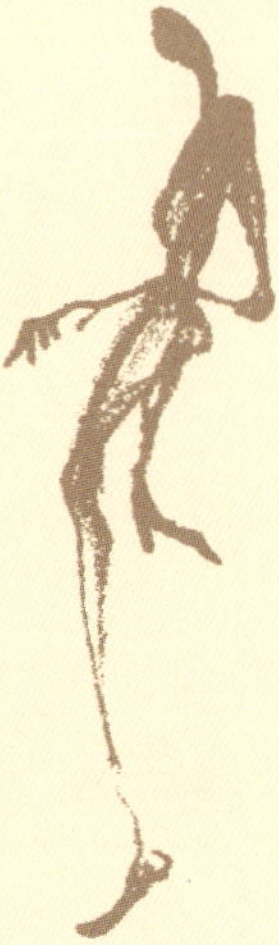

12. 险象环生

明天打吧。我先回家。家里还有事。

明天上午你一定要去打针。我带乐乐。

珍姨走了。李兰妮这才得空去看周乐乐。周乐乐皱起眉头,垂下眼睛,耷拉脑袋。咳几声,停一停。才以为他没事了,突然又深深吸气,张大嘴巴像要呕什么东西出来,却又呕不出来。他趴在地板上,一会儿咳咳咳,一会儿干呕,呼吸渐渐急促,表情痛苦。哥哥、姐姐趴在地板上,盯着他,暗暗着急。

要不要送医院?

这么晚,医生下班了。

如果是鸡骨头……他会死的。会死的!

总想坏事。

我抱去医院试一试,要想办法找医生。我抱他去。

用不着你抱。我来抱。你拦车,你负责找医院找医生。

上了出租车,已是夜晚十一点。第一目的地,是乐乐定点看病的宠物医院。李兰妮抢先下车去敲门,哥哥抱乐乐在车上等消息。

敲了好一阵儿,胖护士打开医院的小门,问:李老师?什么事?

乐乐喉咙卡了东西。总咳,喘不过气来。

哎呀要是鸡骨头就惨了!我看过被鸡骨头卡死的狗狗,送来已经没救了。可是教授下班了,你现在送来……

怎么办啊?求你想想办法!

我给你一张名片。那家医院是教授的学生开的。人很好,技术也好。那家医院开到十二点。快去。还来得及。

哥哥、姐姐抱着周乐乐,从广州的城南,坐出租车赶往城北。心急如焚,生怕那家医院医生提前关门。周乐乐小脸皱巴巴的,呼吸极其困难。嘴巴半开合不上,一直僵硬地呗着,口水长长细细地淌着,咳呕声喘息声吓人。似乎随时会窒息毙命。哥哥对乐乐说:快到医院了。快到了。乐乐真勇敢。不要怕。哥哥在这里。

李兰妮下车，哥哥和乐乐留在车上等消息。

医院居然关了门，还差十分钟才十二点呀。李兰妮速速敲门。

一个女孩儿打开门上一个方形窗口，露出半张脸。没等李兰妮求援，女孩儿说：医生出差了，后天才回。你后天来。

李兰妮连忙告知事关小狗性命，不能等。女孩儿机灵地写下一个地址从窗口递出来，这家宠物医院二十四小时营业。李兰妮才从海珠区赶到越秀区，立刻又要赶往荔湾区。

忐忑不安赶往这家宠物医院。远远看见大门敞开，灯火通明。

有医生值班！而且还是两个。两个都年轻，其中一个像是实习生。进门大堂角落趴着一只大型犬圣伯纳，有一百多斤重，口水滴滴答答流，皱着一张脸，头仰着，大嘴巴呼哧呼哧喘。

医生听了情况介绍，把周乐乐抱进治疗室，让哥哥姐姐坐在大堂等。

等啊等……

太焦急，必须分分心，分散注意力。打发缓慢而焦虑的等待时间。

姐姐问值班护士，那只圣伯纳犬怎么了？

护士说：它等开刀。明天上午的手术。

什么病？

调皮呗。把它老爸的短裤吞下去了。

天啊。整条短裤吗？

这算什么？它还吞过一塑料袋豆角，半个塑胶地毯。

姐姐着实庆幸：与这只圣伯纳犬比，周乐乐该佩戴一朵好孩子小红花。

大堂通往诊疗区的走廊，放着一个栅栏犬舍，一只苏格兰牧羊犬温顺地打着吊针，一个三十多岁的女人坐在瓷砖地板上，搂着苏牧，面带疲倦忧伤，轻轻在苏牧耳边说话。苏牧很平静，看不出有什么太大的不妥。只是有些消瘦，毛枯稀落。

姐姐又问：那只苏牧怎么了？

护士说：癌症。晚期了。不能开刀了。

姐姐立刻明白那个苏牧妈的心境。

护士说：医生建议安乐死。打一针，不痛苦。狗狗爸妈舍不得。

当然舍不得。几岁了？

九岁。老了。该死了。

看不出来有九岁。

营养好呗。已经没必要治疗。两条路：一是打一针，安乐死。一是带回家等死。它爸妈在这里半天了。那个妈哭了很久。求我们给她狗狗打吊针。打有什么用？心理安慰一下。

姐姐眼睛扫了扫，这才看见一个三十几岁的男人在门口低头徘徊，满腹心事，估计那是苏牧的爸。

姐姐惊慌未解，又添哀伤。再无说话的心情。很明白那对夫妻的处境。如何选择？！在这个抑郁症病人心底，将永久留下对这只苏牧的记忆。

正在这时，实习生模样的小医生出来了。告诉哥哥：我们要给你的狗打麻药，用器械撑开它的喉咙，看看能不能把卡在喉咙的刺取出来。

姐姐嘴快，问：什么刺？

可能是鱼刺。目前看不清楚。你们在这里等消息。

我跟去看看行吗？

不行。会影响我们操作。

我不说话。就在边边看。

你看没有用。医生看才有用。

实习小医生穿着白大褂，斜扫一眼这个多嘴的家长，转身走进诊疗区。

姐姐不甘心，对哥哥说：你偷偷过去看一看呀。

看什么？我又不懂。你开过刀住过院，你比我懂。你去看。

本来就说我躁郁，万一受刺激，发作更添乱。

坐下。一点多了。你不累吗？

累呀。你快进去看看吧。我心疼。不敢看。

就你心疼？我一样。不忍心……看嘛。

姐姐习惯独自应对苦难,不给别人哪怕是家人添麻烦。但是,乐乐遭遇灾病时,哥哥跟姐姐一样很心疼,很在乎。这让她感动。原来这就是一家人,有难同当。

哥哥是在城市军营长大的,他家的小孩子从幼儿园起就离家住读在部队子弟学校。这种环境中成长的孩子多数家庭观念淡薄,进取心强烈。哥哥十一岁遭遇"文革",父亲跳楼自杀。为使孩子少受政治牵连,母亲忍痛不流一滴眼泪,领着四个儿女,在父亲遗体前宣布与之划清界限。此后,母亲、兄姐各奔东西。十一岁哥哥和七岁弟弟被逐出军队大院,受欺凌,遭白眼。这一代人的少年时期都有不堪回忆的经历,这记忆久远地影响着一代人的一生。

哥哥绝不容许乐乐无故遭人欺凌打骂。周乐乐跟着哥哥出门遛弯最安全。

姐姐把哥哥推到诊疗区路口,看见一间屋里有灯光和声音。她指指那门口,示意乐乐在里面。

哥哥终于行动了。他贴着墙边溜过去,到那间屋门口张望。一小会儿就溜回大堂,用手比画说:看不清楚。好像是用个东西撑开乐乐的嘴,用灯具照乐乐的喉咙,还有一个闪闪亮的东西,长长细细的,捅乐乐的喉咙。

是刀吗?要不是长针?乐乐痛苦吗?

废话。还用说吗。

看来技术一般。不会出医疗事故吧?

你咒周乐乐啊。你到门口待着去。

姐姐看看与妈妈相依的苏牧,又看看独自发呆的圣伯纳,心里堵得慌。

医生抱着周乐乐出来了。哥哥抢先迎上去。

取出来了?

没有。可能要开刀。

为什么要开刀?

我们在它喉咙没看到那根刺,说不定现在掉到气管里了。不管在气管还是食道,都有危险。必须开刀才能取出来。

姐姐傻了。她自己癌症听说开刀都没傻,此刻周乐乐要开刀她吓傻了。她不敢说"开吧",也不敢说"不开"。躁郁的幽灵蠢蠢欲动。

万一开刀开死了,悔恨终生。万一不开刀卡死了,终生悔恨。

哥哥姐姐面面相觑。

医生问:你们回去商量好了,明天再来吧。

明天开来得及?

当然来得及。

今晚它不会卡死?

不会。我给它打了针,作了应急处理。明天上午手术排满了,最快也要下午开。

啊!

或者你们问问别家医院。

我家附近有医院,内科外科都是教授。都当过农大的小动物系主任。

那是我们的师公啊!我们院长还是他弟子呢。

回到家里,近凌晨三点。周乐乐状况有所好转。也许医生给他打了镇静剂,他昏昏沉沉,呼吸、咳呕渐趋缓和。

姐姐在书房地板上铺上席子,把周乐乐搂在怀里,让他枕着自己一只胳膊。不敢关台灯,合一会儿眼,就摸摸周乐乐,看看周乐乐,祷告又祷告。等待天亮。

等不及宠物医院开门,哥哥姐姐就抱乐乐敲门进去坐等。

祷告真有作用。干瘦的外科教授居然提前来上班了。

姐姐急问:教授,你今天上午还有手术名额吗?

教授反问:谁说它一定要做手术?

哥哥听出利好消息,说:我们就是来听你意见的。

教授把周乐乐抱进外科诊室,放在诊疗台上。周乐乐很识相,也许闻出这个教授是操刀的。此教授非彼教授,不能得罪。它任凭教授扒开它的嘴,搬弄它的牙齿舌头脖颈。

教授给周乐乐拍了两张 X 光片。举起洗出来的片子仔细看。

教授说：拍片看，现在没有问题。你们可以带它回去了。

姐姐争辩道：昨晚有两个医生说，有骨头卡着啊。

教授眼神锋利看她一眼，说：我说没问题。不用开刀。

姐姐猛然醒悟，自己正面对那两个医生的师公。

啊啊——谢谢谢谢。教授，真的很感谢。我吓坏了。担心了一夜。

哥哥喜出望外，忙把乐乐抱出来。

教授说：估计是被骨头渣卡过一下。咳嗽咳下去了。就像你们吃鱼被鱼刺卡了一下，咳下去了，喉咙还会疼。有点损伤，过两天就没事了。

姐姐揪紧的心刚放松，忽然想起珍姨。但愿珍姨别被乐乐吓跑。

珍姨告诉李兰妮，打防疫针好痛好痛。珍姨身体一向健康，极少吃药。在她的记忆中，似乎没有打过针。防疫针全疗程是五针，按0、3、7、14、28天各注射一针。

周乐乐给了珍姨一个下马威。珍姨犹豫，要不要辞这份工？

李兰妮拿出一个绿色薄皮小本让她看，李兰妮也打过狂犬疫苗接种针。她跟珍姨打的是同一个进口的品牌。作为癌症抑郁症病人打了都没事，这针应该很安全。

珍姨告诉匪匪妈，乐乐其实比匪匪凶，公狗比母狗难照看。匪匪妈说，乐乐的姐病得很可怜。你呀就当为子孙积德积福帮帮她，这比富贵人烧香吃斋效果好。这话珍姨很爱听。当妈的就是要为孩子多积福，善有善报报儿孙。

珍姨打第二针时，痛感轻多了。

珍姨没辞工。既然要打这份工，就要化解周乐乐的抵触情绪。

早上遛弯，珍姨把周乐乐带到旺福住的那栋楼的楼下。旺福家住二楼，珍姨让乐乐在这栋楼花基来回逛，花基里的芒果树下、灌木丛边有旺福留下的尿迹，这是旺福的地盘。周乐乐闻出旺福的宣言，顶起右脚尖，高扬起左腿，拿出国家体操队小将在国际比赛中的高难度范儿，尽量尿得高一点再高一点点。它用自己的尿迹覆盖旺福的尿迹，告诉它：这块地盘我做主。你气呀，你吐血呀！

旺福家的窗口正对着这棵芒果树,它的嗅觉好,隔着封闭的门窗都闻到有冤家来踢它的场子。它隔着紧闭的窗户看着外面的周乐乐,大声吠叫。

旺福在里面二楼叫,周乐乐在外面花基叫,边叫边用四个爪子扒拉地上的泥土,不时跳跃一下,又去撒儿滴尿,摇头扭屁股,就像武侠片黄飞鸿在舞狮。珍姨在一旁,加油添醋说:旺福不听话,不能出来玩。旺福不乖,它欺负小朋友,乐乐不跟旺福玩,乐乐比旺福威。

这时辰,上班的已上班,上学的已上学。楼上一只大狗,楼下一只小狗,吵来吵去只有珍姨是听众。唯一的听众力撑周乐乐,周乐乐自我感觉非常棒。珍姨见好就收。抱起周乐乐转场,远远离开这块地盘。早上这一招,周乐乐很受落。

珍姨买菜时,专门到卖鸡的摊档给乐乐买鸡肾,挑新鲜的买,一斤两斤地买。洗干净放在冰箱里。每次煲老火汤,必放四只鸡肾进去一起煲。煲好之后取出来晾着。在哥哥姐姐吃饭前,珍姨将煲得香香软软的鸡肾用剪刀剪成一片片,放在食碟里让乐乐过把瘾。下午这一招,周乐乐很受用。

晚上带乐乐遛弯,她把乐乐带到贵宾犬丽丽家附近一个羽毛球场地。晚上九点半,丽丽会和周围几只小型犬在那里玩耍。那几只狗要么是温顺的小母狗,要么是阉过的小公狗,不会吵闹、打架。周乐乐对这个小圈子若即若离。他会走过去,大模大样闻一闻每只狗,接受周围闲聊女人的称赞。偶尔允许抚摸一下,然后就自动拉着珍姨离开此地。不接受任何挽留。

每天出来能看见小朋友玩耍,闻闻它们,稍作交流,周乐乐心情就会舒畅一点,愿意听珍姨的话。如果哪天出门没有看到一个小朋友,周乐乐心情不爽,就会耍赖,趴在电子防盗大门外,坚决不肯进入回家的大门。狗狗是群居的动物。珍姨觉得乐乐就像一个独生子女在家很孤单。珍姨的儿子每天晚饭前,肯定要跟邻居小朋友玩一玩,哪怕只玩十分钟,否则吃饭就不香。

珍姨不再带周乐乐上天台。每到周六晚上遛乐乐,她请李兰妮当跟班。周乐乐一马当先在前面走,珍姨牵着绳,姐姐乖乖跟着走。姐姐一骂周乐乐,珍姨不答应,力数乐乐的优点,这让周乐乐的虚荣心得到极大的满足。

做了一个梦。梦见我带乐乐出去玩,见到一个白白胖胖的矮个子小女人。女人牵着一只漂亮的小母狗。小母狗肥嘟嘟的,全白色,很讨人喜欢。小女人是很有福气那种胖,胖得甜美可爱。小女人扛来一张铝合金短梯,往一棵桃树下一放,爬上去,说要摘桃子给狗狗吃。乐乐和小母狗都到她梯子底下等,抬头看她。小女人突然掉下来,直接砸向乐乐。我大喊扑过去。小女人没事。她爬起来一看,乐乐已经被砸扁了。我觉得血往头上冲,扑到草地上去抱砸扁的乐乐。乐乐变成一只黑色手机模样,压缩得一层又一层。我的手指一触到它,它就破碎了。我抱住几块碎片哭。碎片抱不住,滑落不见了。我心痛啊大哭:乐乐——乐乐!

我醒了。我闭着眼睛,知道这只是一个梦。我庆幸只是一个梦。我的哭喊和眼泪永远封存在梦境里。心仍然痛。

上午的写作不顺利,头痛。断断续续写了近三个小时。我怀疑,写作意义何在?多年来,我想逃避写作。不想说什么,没有渴望表达的欲望。我不适合当作家。我适合做什么呢?我一无是处,没有才华,智商悟性都比别人低。不勤奋,不刻苦,我觉得我这人最该死。很盼望早日正常死掉。

有段时间,我每天祷告:上帝啊,求你早点儿让我回天国好吗?我什么时候可以回去呢?求你应允我的祈求,让我自然地告别人世。我是真心想走。

上帝沉默着。也许,我来到人世,就是体验疾病对身心的折磨。我的职业是病人。每天在病中熬炼。上帝呀，你要把我熬炼成什么呢？你的旨意是什么？你的计划是什么？等待是需要定力的。盼望是需要属灵的智慧作指引的。我一无所有啊。

写了一上午，关机前电脑显示：是否保存？我点击了"否"。一上午的文字全消失了。不能恢复。问了电脑供应商、制造商技术人员，回答是程序如此不可恢复。像不像我的人生？似乎存在过三个小时，阴差阳错一点击，不曾留下半分痕迹。虚空。全是虚空。

许多人说，写作是一种良性的宣泄，有助于抚平心理创伤。对我来说，不是这样。触及抑郁的意识深处，探究精神黑洞，追踪家族的"生物疤痕"，这过程令我无比抑郁。就像雨夜子时登上十六楼天台的围栏，站在比一只鞋子长度仅多出三指的围栏上，脚一滑，人必飞出去，扑入空中坠落。身一歪，就失去平衡栽入黑暗的夜空中与死神共舞。一个恍惚，一个抑制不住的犯困打盹，人就变成蝴蝶翩然飞落。雨中的蝴蝶会跌入灌木丛中，蝴蝶有脑浆鲜血吗？我害怕面对电脑，害怕叙述抑郁。我厌恶展示伤口。多本谈及防治抑郁的著作中提醒：尽量回避负面话题。可是，我的写作必须展示人的精神创伤，用粗粝的号叫安慰旷野之中的人们。

亲爱的上帝，求你原谅我的软弱。每次触及这个主题，写下这些文字，我就头痛、胃痛、恶心、胸闷、手指僵硬，大脑迟钝。我好想好想用刀尖刺向李兰妮。就像骑手用匕首狠扎不敢冲入战场厮杀的瘸马。我好想好想切开李兰妮的血管，让她的鲜血浸泡电脑。我想逃跑。喉咙发紧，眼睛肿痛。脑电波高速放电，无意义无成效地放电，白白耗去能量。直至李兰妮筋疲力尽钻进书房沙发床底下躲藏。

上帝，求你原谅，我灵命软弱。我天资愚钝，从小没有接受良好的知识教育。我没有当作家的理想。我的五脏六腑头脑躯体早已被一次次手术及化疗重创。我是破碎的，我是残败的。我已碎得不成人形，我已残得不愿在世上多待一天。上帝啊，你为什么拣选我？！我害怕让你失望。上帝啊，求你宽恕我。

嗯嗯嗯（v v v）。

我最讨厌去医院。我闻到医院的味道就害怕。我是男子汉大丈夫。打针我不叫。我只哼了一小声。到了医院我听到的声音特别多。住院的大狗叫，小狗叫，猫猫叫。

它们说:痛痛啊。要回家。爸爸快来接宝贝！妈妈妈妈我要妈妈。

我听到圣伯纳老哥说：我不想开刀。我要逃跑。我不想回家。我要跟爸爸去旅游。喂喂喂，别来惹我。谁烦我，我就一屁股蹾它坐死它！

我听见苏牧老姐说：妈妈带我回家吧。妈妈我想家里我的窝。这里味道怪。我怕怕。我要坐爸爸的车回家。我不要打针。妈妈你不要听医生乱说。我没有病。我有点累。想睡觉。我想回家睡觉觉。不打针。不打针。不要安乐。不安乐。妈妈你快带我走。

到这种地方我要乖。不乖要吃苦。我闻到手术室有血腥味。有死亡的味道。有吓得屁滚尿流的味道。我是神犬特工001，擅长收集情报。我能闻出哪个医生不能惹，他的手上有麻药味刀子味。

姐姐最懂我的心。我怕的时候，她会来抱我，保护我。我能听见她心里说：不许乱碰周乐乐。

看见姐姐我就有救了。姐姐知道怎么跟医生说话，怎么跟教授说话。姐姐告诉医生护士我是她最爱的宝贝。姐姐说这话，就是要让实习的医生护士爱护我。在场的人听得出来，我对姐姐很重要。她的口气很坚定，她的眼神很坚定，姐姐一举一动都坚定。都在清清楚楚表达一个意思：我对周乐乐负责到底。任何人不要伤害他。

老板娘的老公说：这叫护犊子。

只有这种时候，我愿意姐姐当一会儿老大。

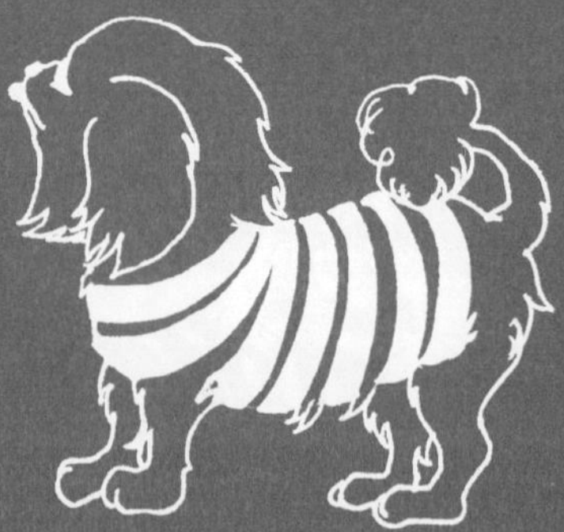

13. 伤　逝

——周乐乐追爱

::想想周乐乐相熟的几个小伙伴，当年就像大观园里的少男少女，活泼可爱。转眼间，死的死，伤的伤，离去的离去……

珍姨做晚饭时，告诉李兰妮一个惊人的消息。

李老师，毛毛爸妈要带毛毛去打针，叫它安乐死。

不可能。

真的。匪匪妈说，前晚毛毛上天台，好几只狗在那里吃骨头。毛毛爸对毛毛说，多吃一点，这是你最后的晚餐。

那是开玩笑。

不是开玩笑。毛毛家买了新沙发，它又在沙发上拉尿。它爸揍它。它妈说，养毛毛几年，家里换了四套沙发。它总在沙发上拉尿。怎么教育都没用，干脆打一针拉倒。

那是吓唬毛毛。

李兰妮不担心毛毛。毛毛爸妈不会亏待这孩子。她去超市买水果，见到酷丫爸，近一年不见，李兰妮主动打招呼。她担心酷丫，同情酷丫。

酷丫怎么样啦？

爷爷很疼它。酷丫很懂事。

你回去看过它吗？

没有。很想回去看看。它上个月才开过刀。

怎么了？不是说那里没有宠物店也没有宠物医院吗？

它胃里长了东西。我表姐夫是外科医生，是镇医院的，就……就……

哦。术后怎么样？

还行。

你最好回去看看它，对它痊愈有帮助。

我抽空去。以后我会把它接回来的。

你说过，你想开个宠物酒吧，让酷丫当形象代言人。

李老师你记性真好。

酷丫是个好孩子，大家公认的好孩子，真希望它……快乐。

我明白。

李兰妮在一楼走廊等电梯，正好遇上匪匪妈，匪匪妈说，正想找你帮我个忙。

匪匪爸妈去探亲。带上匪匪，到花都、番禺三家看宝宝过得好不好。本来情况良好，平安无事。

两只白色宝宝长得偏像萨摩耶，很得抱养家庭的宠爱。

那只黄色宝宝颜色像匪匪，五官不像匪匪，神情像萨摩耶。匪匪妈推断，匪匪的交配公狗应是萨摩耶。

告辞上车时，匪匪妈关车门之前摸摸黄宝宝，说：它会越长越像萨摩耶。它的弟弟妹妹长得都像萨摩耶。

黄宝宝的养父顺口说：它要是长成土狗样，一年之后宰来吃。

匪匪妈大惊，说：你要吃了它？！

黄宝宝的养母安抚道：别听他乱说。

匪匪妈半信半疑回到家，命令老公去打听，黄宝宝的养父母是不是喜欢吃狗肉。匪匪爸还真打听清楚了，黄宝宝的养父嗜吃狗肉。每年冬天呼朋唤友，四处去吃香肉煲。香肉煲其实就是狗肉煲。虽然此人未必会吃掉黄宝宝，但是黄宝宝的小外婆小外公有共识：宝宝不能在这样的家庭待下去。这种人家里有血腥味。

匪匪妈给对方打电话，谎称匪匪想宝宝在家闹腾，他们要去将宝宝接回家。对方女人有点舍不得，经不起匪匪妈再三央求，同意将宝宝还给匪匪家。

匪匪妈对李兰妮说：你给乐乐收个妹妹吧。我家面积比你家小，匪匪个头大，宝宝将来个头也不小，家里怕是容不下这么大的两只狗。当然啰，如果没有可靠人家收养宝宝，家里再狭窄，我也会留下宝宝的。

李兰妮说：曾经……我想过再养一只狗。

对呀对呀，乐乐有个伴多好。

乐乐它哥不同意。他说如果养两只，我会偏心另一只。

为什么？

因为乐乐不把我当老大。我想再养一只，就是想当那只狗狗的老大。

小母狗听话。像女儿贴心。你看匪匪霸道吧，但是特听我和它爸的招呼。出门特别怕我们扔下它，跟得可紧了。在外面玩得再高兴，我喊一声走，不用回头看，它肯定在后面跟着呢。不像你家周乐乐，你越喊它越往相反方向跑。

我要做乐乐它哥的工作。

我等你的电话。哎，听说了吧，毛毛没了。没病没灾，就送去打针安乐死。我真搞不懂。

我不信。

你不信？我和娇娇妈还有花姨都相信。不过，我们都说搞不懂哎。

李兰妮不相信这个谣传。曾经小区里传说过乐乐咬了一个孕妇，孕妇生了个怪胎。这年头，耳听是虚，眼见也未必为实。她回家立刻给毛毛家打电话。接电话的是毛毛妈，声音温柔带笑意。

李老师，什么事？

我今天有空，想带乐乐来你家跟毛毛玩。

噢，我把毛毛送到我姐家去了。

你姐家在哪里？毛毛什么时候回来？

在深圳。暂时不回来。

为什么送去深圳呢？

我和它爸忙，没空照顾它。我姐夫在深圳龙岗的房子前后有草坪，条件比我这里好。

毛毛果然消失了。李兰妮心中疑惑。她绝对不相信毛毛爸妈会送它去打针，施行安乐死。毛毛才四岁。大好年华，无病无灾，聪慧懂事，忠心耿耿。怎么可能会因一套新沙发而丧命。毛毛爸妈绝对不是这样的人。狗狗性格像主人。

毛毛有教养，说明它爸妈值得尊敬。

李兰妮不相信谣传。但是，她很想知道，毛毛真在姨妈家么？它快乐吗？它什么时候能回到自己家？

乐乐每次出门回来进院子大门，会往毛毛家东座方向跑。

李兰妮一次又一次告诉他：毛毛不在家，它去姨妈家住，很快就回来，回来就带你去跟它玩。

乐乐像牛拉犁，硬拉着李兰妮到毛毛家那头一楼的电梯口，抬起头期待地看着李兰妮，渴望见毛毛。李兰妮只得抱起他，认真对他说：毛毛不在家。不在家。乐乐等。等它回来好不好？姐姐给它爸妈打电话，请他们快点接毛毛回来好不好？乐乐似懂非懂地看着李兰妮，李兰妮不忍心看着他的眼睛。

乐乐闷闷不乐。过去他看见毛毛爸妈，老远就激动地摇尾巴，要抱抱，要跟他们走，要去跟毛毛玩。渐渐地，乐乐看到毛毛爸妈，不再激动，他们伸手摸乐乐，乐乐会躲开他们的手。

李兰妮故意笑着问：毛毛啥时回来呀？

毛毛爸妈笑着答：暂时不回来。

毛毛在深圳不想家吗？

挺好的。

我带乐乐去探望毛毛好不好？

没事的。它很好。

花姨来探望乐乐，乐乐不热情，敷衍地摇摇小尾巴，趴到饭桌底下不出来，不让花姨抱。

花姨说：乐乐怎么了？

李兰妮说：花姨不带乐乐了，毛毛在深圳不回来，娇娇出院后不再出来玩，匪匪当妈了，酷丫在湖南爷爷家，小朋友一下子都散了，乐乐郁闷了。等毛毛回来，他就会高兴了。

毛毛不会回来了。它死掉了。

毛毛在姨妈家。

那是善意的谎言。怕你难受哄你的。毛毛吃剩的狗粮、平时玩的小皮球，所有的东西都没有带走。摆明就是一切结束了。一针。搞定。

我不信。

这段时间，毛毛爸妈跟你提过毛毛吗？如果真在深圳，总会去探个亲，拍些照片回来吧？你见过毛毛最近的照片吗？

……

反常吧？说不定乐乐已经知道毛毛死了，它们会有感应的。你看乐乐的眼神多忧郁。突然一下子长大了，变老了。

我……不太相信。

路易妈来电话，通告一个坏消息。

路易的眼睛治不好了。瞎了。

去找权威看过吗？

看过。眼角膜溃疡，导致失明。治晚了。我去加拿大之前送去住院就好了。我走了一个月。急剧恶化。

开刀行吗？

有一成希望吧。一只眼睛开一刀是八千元，两只眼睛一万六，还得去北京做手术，术后结果难测，谁敢去？反正我不敢去。

求你答应我一件事。

什么事？

不要抛弃路易。不要送它去安乐死。

……瞎了比死了更难受吧。听说安乐死一点不痛苦，狗狗就像睡着了。

路易多可爱。你想想，它带给你多少快乐，它多爱你听你的话，你忍心……我在杂志上看过例子，狗狗视力本来就弱，它们靠嗅觉、听觉照样活得很平安。路易会照顾好自己。不会给你添多少麻烦。

倒也是。它在家里还可以。就是不敢出门。

给路易找个伴吧。我邻居的狗生了宝宝,有一只米黄色的,小母狗,很乖巧,正想找人家收养。

什么品种?

狗爹八成是萨摩耶,狗妈是……大概是山里猎户的猎犬。混血犬比纯种犬长寿,不容易生病,好养。那只宝宝现在能吃狗粮,很省事的。

它长大会欺负路易是瞎子。

你调教啊。从娃娃抓起,树立路易的一哥地位。你不是教官吗?小母狗更听指挥。

那就……试试?

路易妈见了宝宝的小模样挺喜欢。宝宝是女生,路易对它不排斥。匪匪爸妈心里放下一块石头。李兰妮也高兴。她在想毛毛,她希望能为毛毛尽点儿心。

"十一"长假将至,李兰妮要带乐乐去深圳。一年前,毛毛与乐乐在天台玩,毛毛妈曾提议两家人带狗狗去度假,毛毛爸说度假地点由深圳、珠海二选一。

李兰妮对乐乐许过愿:乖乖,姐姐带你去深圳,找毛毛玩。乐乐去看毛毛。毛毛在哪里呀?在深圳。毛毛。深圳。

每次李兰妮口中说出毛毛的名字,乐乐都抬头仔细看她的脸,充满期待。他略略歪着头,左歪一歪,右歪一歪,时而眼睛发亮,时而眼神疑惑。李兰妮希望亲眼看到毛毛在姨妈家生活快乐。深爱家人的毛毛感动过她,她盼望毛毛的命运与温馨相连。

为了见毛毛,李兰妮央求路易妈在龙岗一个小山沟里租了两套旧别墅,打算爬爬山,钓钓鱼。李兰妮提前十天致电毛毛妈,热情邀请她一家带毛毛一同前往度假,让毛毛和乐乐团聚玩耍。毛毛妈婉谢,说是要游"新马泰"。

李兰妮很失望。为什么她会那么介意?毛毛是别人家的孩子,它怎么活在哪里活是别人家的内政。毛毛爸妈肯定有苦衷。她为什么一定要追问毛毛的下落?不完全是因为乐乐。越是想不清楚,她越是会想。以至于不通则痛。隐隐地、长久地、莫名地痛。

哥哥在国外讲学。姐姐带乐乐去深圳度假。这个边远偏僻的山沟是早年被私人买下的荒地，建了几栋两层别墅，权当私人度假地，只接待沟主的朋友，以及朋友的朋友。也只有这种地方，肯让狗狗自由出入。

这里有鱼塘、果园、菜地、农家土屋、乒乓球室、棋牌室、卡拉OK室、厨房餐厅。放养的鸡鸭鹅随地乱走，还养了鸽子、鹦鹉、画眉、八哥。前台一只八哥会说话，说的是广东话："老板发财"，"衰仔玩嘢"。估计是无聊的员工寻开心教出来的。

李兰妮给周乐乐带上迪士尼小粉红猪、卡通熊猫、折叠水盆、磨成粉的狗粮、零食小肉干、洗脸巾、洗脚巾、大浴巾、干水毛巾、可背可拉走着的宠物旅行小箱车、牵引绳、捡屁屁的画页纸，带乐乐出门要备用的东西不比人的行李少。

到了小山沟，一住下，李兰妮先抱乐乐到路易妈住处，去见路易和宝宝。一进门，就看见保姆坐在沙发上抱着路易。路易变化很大。发胖了。毛色黯淡。原先雪白的卷毛显得脏，发黑。额头上的毛几乎剃光了，五官轮廓也粗糙了。它的眼睛依然睁开着，瞳仁有白膜，曾经美丽的眼睛浑浊无神。李兰妮暗暗感慨：上次见路易，像个能上宠物杂志封面的万人迷。此时，沧桑许多，呆板许多。

路易妈叫保姆把路易放在地上跟乐乐玩。路易下地不肯动，趴在地板上。李兰妮推乐乐上前跟路易哥打招呼，摇个小尾巴。乐乐表情有点惊慌。犹犹豫豫走过去，闻闻路易的头，又去闻路易的屁股，很迷惑的样子。好像说：你谁呀？路易吗？路易突然闷声闷气吼了一声。周乐乐知趣往后退。李兰妮抱住乐乐说：宝宝呢？看看宝宝在哪里？

宝宝躲在沙发背后。路易妈说：宝宝很胆小，整个儿没脾气。它父母大概很乖。

李兰妮说：它狗妈江湖绰号是"小土匪婆"。可能狗爹是萨摩耶，性格好。

李兰妮把乐乐放在宝宝跟前说：认识一下乐乐哥。叫哥还是叫大叔？

宝宝胆怯，忙往路易妈身后躲。露出半个脑袋看乐乐。乐乐很绅士，矜持地不往前凑。路易妈喜爱地摸着宝宝说：叫叔，宝宝吃亏。叫哥。路易是大哥，乐乐是二哥。

宝宝模样还没有长开。五官不如匪匪俊秀，却另有一番可爱。大鼻子，憨头憨脑，总是脉脉含着笑意。

李兰妮说：女大十八变，宝宝会越变越好看。

路易妈自信道：半年之后你再看，绝对亭亭玉立。我把它接走是对的，不然，半年后宝宝在哪里？很可能就在那家人的狗肉火锅里。

不至于这么狠心吧？

我就遇过这种事。去一个朋友家玩，有人起哄要吃狗肉，他就把自家那只狗杀了，炖上。我们进门那只狗还跟我们摇尾巴呢。说杀就杀了。没听见响声。炖成一大砂煲端上桌。我吃了一块，还没炖烂，嚼不动。从那次以后，我不吃狗肉。

不理解那些人。于心何忍？

在你眼里，狗狗是孩子。在人家眼里，狗狗就是肉。就这么简单。

我现在特别神经质。不能听谁家狗狗被伤害。哪怕报纸上、电视上，一有这些消息画面我不敢看。我还会特别惦记跟乐乐玩的小朋友。乐乐有个朋友叫毛毛，下落不明。有人说它被送去安乐死了，它家人说送走了。

李兰妮说到"毛毛"两个字，乐乐一下子睁大眼睛。看看李兰妮，又四下张望。他在这间屋里犄角旮旯到处找着什么。没有发现什么。他似乎心神涣散，走到门口，闷头挠门。

你看乐乐。我现在特别注意，尽量不在他面前说起这个小朋友的名字。一说就会引起他的不安反应。

你少琢磨这种事。什么人养什么狗，你别把周乐乐养得神经兮兮的。

李兰妮一时语塞。想想周乐乐相熟的几个小伙伴，当年就像大观园里的少男少女，活泼可爱，无限风光。真有那么一点"喜荣华正好，恨无常又到"，转眼间，死的死，伤的伤，离去的离去……世事难料。

乐乐嗯嗯挠门坚持要走。见他跟路易、宝宝也玩不起来。李兰妮匆匆告辞。

回到住处，李兰妮把乐乐放在沙发上。为安抚他的情绪，特意将玩具猪、玩具熊猫塞在他跟前。乐乐闻玩具猪,把下巴搁在玩具熊猫肚子上,皱着小眉头,若有所思。

　　李兰妮把装狗粮的塑料瓶、宠物零食盒摆放在桌面上,将折叠水盆装上清水,放在沙发边。又把乐乐的行李箱用干水毛巾擦了擦。
　　李兰妮很喜欢用这个花式图案行李箱带乐乐上街。乍一看,这是一个人用便携式行李箱,下面有轻便的四个小轮子,可用伸缩拉杆拉着走,可用双肩背带背上走。乐乐趴在箱里长宽正合适,拉链一拉上,上方、左右都有透气网,透气网上有拉丁风格的花式图案帆布帘遮盖着,没有人看出里面有狗狗。乐乐心里有数,什么时候姐姐把这个活动窝窝拿出来,就是可以上街了。他会自动往里钻,趴在里面等出发。如果一时半会儿没行动,他会伸个小脑袋出来嗯嗯叫,好像说:还不走?走不走?快点啦!
　　路易妈拿着一盒蚊香推开门进来了。别墅旧,房子里有一股潮湿的霉味。路易妈说要开窗,透透气,点几根檀香味蚊香驱霉味。
　　就在点香的一小会儿工夫,沙发上的周乐乐不见了。
　　路易妈拿着蚊香,李兰妮划火柴点着。看一缕烟在屋中轻绕,正想闻闻这檀香香不香,忽然,李兰妮僵住了。直觉告诉她,出事了。这样的感应可能存在双胞胎姐妹间、母子间,根本没有察看,就知道另一方不见了。李兰妮梦游般对路易妈说:乐乐不见了。
　　路易妈说:在屋里呢。刚才在喝水。
　　李兰妮先看房门,房门开着一条缝。再看那艳蓝色的折叠水盆,里面清水没有少。
　　路易妈在屋里找乐乐,找不着。她与李兰妮对视一眼,同时朝门外跑。边跑边喊:乐乐——你在哪里——出来——乐乐快出来——乐乐!
　　李兰妮住的这栋小别墅找遍了。没有。路易妈和路易住的那栋别墅找遍了。没有。路易妈把路易牵出来,说:路易,你快闻一闻,乐乐在哪里?告诉妈妈,乐乐跑哪里去了?闻到没有?你听,听听它在哪个方向?

路易出了房门，不太敢迈步，摸摸索索，不敢下台阶。表情木然。路易妈只好把它牵回屋里，让保姆盯住宝宝和路易。

路易妈说：是不是追猫去了？

李兰妮看看周围环境，说：这里有点像农家乐。乐乐跟毛毛在农家乐玩过，这种环境对他有刺激。他找毛毛去了。

路易妈说：别着急。找不到他自己会回来的。

乐乐从来没有自己主动回过家。一撒手出去，有去无回。

你是他的主人啊。

他不把我当主人。

那……凶多吉少。

近来他情绪不稳定，总受刺激。

他又不是人。哪有这么复杂。

狗狗情商高，远比我们高……

别说啦分头找哇。

同来度假的人分头到每一栋别墅寻找呼喊，没有。两个保安拿着对讲机跟别墅区各岗位通报，没有人见过周乐乐的踪影。

前台找过了，没有。餐厅找过了。没有。果园找过了。没有。鱼塘找过了，没有。菜地找过了，没有。

天色渐暗。李兰妮累得站不住了，嗓子眼肿痛起来。她拒绝接受安慰，独自坐在菜地的田埂上。众人吃晚饭去了。别墅一带星星点点的灯光发黄，愈发显出山沟荒凉。

李兰妮心里堵得慌，脑子麻木。她很想念很想念藏在家中的那几个针筒，渴望立刻抽血。渴望得手脚开始发抖。她朝着天空祷告：亲爱的上帝，求你帮助我！求你……

上帝没有回应。天地苍茫。无意中，李兰妮瞥见一条发白的细长的土路，从菜地通向山脚。那里有一间小土屋，里面的灯光很微弱。可能是菜农放种子、农具的小屋。不由自主，她慢慢走到小土屋前。门半开着，扫一眼，没有人迹。扫两眼，水桶、扁担、草筐、竹篮、铁锹、锄头、麻袋、木凳散乱堆着。李兰妮懒得进去，正想离去，一阵强烈的第六感袭来，心有感应。她跑进去，拨拉麻袋、草筐，赫然发现周乐乐蜷缩在一个破破烂烂的小竹篮里，不细看以为篮里是一堆干草。周乐乐闭上眼睛故意不看进来的人。

一瞬间，李兰妮灵魂出窍。没有惊喜的尖叫，没有躁狂的怒骂。呆立片刻。脑海空白。

抱周乐乐回别墅的路上，李兰妮像在梦游。心中没有喜怒哀乐，除了一具躯壳，她没有感觉，甚至感觉不到怀中乐乐的重量。

周乐乐一直沉默，眼睛不看李兰妮。

我抱着周乐乐在池塘边走。异样的感觉又迎面袭来。阴风习习，似有幽灵在身边拥挤。池塘里突然有绿色的波光升起，似斑驳的绿油漆跳舞。有个黑色人影在绿漆里朝我呼喊，招呼我走进池塘，到水中央共舞。受到吸引，我想变成随意出没的绿色幽灵。我想啊想疯疯疯……周乐乐在我怀中长叹一口气。气息吹到我脸上。陡然醒悟。不能到水中央去。我要摆脱幽灵的诱惑。

我抱紧周乐乐。

长假后第一件事，去精神科看专家门诊。我说我想抽血，渴望抽干血管里的鲜血。我知道这是自残不可为，就想去献血。可是我怕被歧视，我自卑。我无数次想问献血车上的医生，像我这样的癌症抑郁症病人有资格献血吗？我的鲜血对别人的生命有益还是有害？万一有害怎么办？有什么办法放血？我快失控了。求放血。求电击。求安息。专家并无良方，答复：放血、电击对你没有用处。试试最新的抗抑郁药吧。要自费，但不至于天价。

我拒绝尝试新药。

我打听能否住进康宁医院、脑科医院。

医生告诉我，深圳的康宁医院只有二百个床位，已经住了三百多人。我脑子不好，问：难道是两个人睡一张病床？怎么挤得下呢？医生说：是严重超员，住不下。

我托匪匪妈帮我打听脑科医院床位怎样？匪匪妈说：有床位也别住。我同事住过，才几天就跑出来。环境太……乱糟糟。你住住就被传染了，神经就该分裂了。

我给北京的朋友打电话，说：精神病院哪家口碑好？帮我问一问。朋友说：看过《飞越疯人院》吗？都那样。我一摄影的哥们儿住进精神病院，半夜惊醒，发现别的病房疯子进来了，脸对脸看他冲他笑……外太空那家口碑好，距离咱们一亿光年。

怎么坚强？我要碎了。就像梦中那一口碎牙。早就松动破碎，勉强原地站立。一张开嘴，一口碎牙就会稀里哗啦掉出来。

求助一家养生中心。这里有来自中医院的针灸师。我说我要放血。来了一位女中医，告诉我这种疗法极少用。一般用于针刺中风病人指关节上的经络，正常人忍受不了这种痛。我说你就把我当做中风病人来刺吧。我躁郁不属于正常人。你就把我当做萝卜茄子来挑筋。我不会叫不会闹，保证你安全。

女中医下手了。用注射针头扎我的手指，挑拨指甲与指节间的筋经。真的很痛。钻心。头皮发麻。怪不得用于中风病人，这就叫以毒攻毒吧？

疼痛舒缓着躁郁的神经。大脑应急系统在全力抵挡刺痛。想起了癌症手术时，麻药效力不够了。活活地痛，生生地痛，赤裸地无处遁藏地痛。

女中医告饶。疗程进行了三分之二，十个指关节才扎完。还有更疼痛的穴位要扎，女中医说，不行，我……我手软。

我说：别害怕。心要狠一点儿。

她说：我只扎过一次失去知觉的中风病人，你……你这样的，我下不了手。

我夸她：这说明你有慈悲心，把病人当人看。咬咬牙，扎完这半个钟的疗程吧。

我像披着一张画皮的妖。它要露出原形，它要变变变……变形。不能让它变。稳住。不许露出躁狂的獠牙。不许号叫。

家里没人。乐乐在客厅趴着。我在书房用头撞墙。头痛头晕能止住我变形吗？不能！我的手哆嗦，抖得厉害。香薰吧。我把一瓶香水倒在咖啡杯子里，把脸扣在杯口拼命闻。嗅觉失灵。香味太微弱，我想喝掉杯子里的香水。不行。我必须镇定。不要做疯狂的事。我听见右眉骨上有声音对我说：跳楼。只要几秒钟。不用去天台。开门，几秒钟。眼前出现最佳路线图：开房门，电梯旁有窗。跳下去。跳下去。我的腿脚太想往外跑，像马达发动在抖。我大叫：上帝，救我！我脖子后面有声音在说：不能出去。不能跳楼。不去。不跳。两个声音在叫，我手脚剧烈抖动，我全身在抖抖抖……空白了。

空白了。

不知过了多长时间。有知觉了。我摸到了地板。

原来我昏厥在地。

睁开眼睛。只见周乐乐俯身在看我。

他的眼睛里没有惧怕。没有安慰。没有好奇。
他的眼睛像一个宇宙黑洞。无限深无限远。
恍惚。不知我是谁,他是谁,身在何处……

我做好了走的准备。
舍出去。
豁出去。
放下来。

上帝啊,求你应许我,两年之内,让我平静走完人生。亲爱的上帝,求你听我说,我完全准备好了。我没有牵挂留恋。我在仰望天国。求你让我回到你的身边好吗?我实在支撑不住了。最多最多扛不过两年。求你接我走,越快越好。上帝,求你帮助我!

嗯嗯嗯(ノノノ)。

很久没有看到毛毛了。花姨为什么不带它来玩?我想逃出去找毛毛。珍姨不带我去天台聚会。我生气,我反抗。我咬她,我要让她怕我离开我家。我想花姨回来带我出去玩,去毛毛家玩。可是我的招数都使完了,珍姨没有走,花姨没回来。姐姐看紧我。我在天台上给毛毛留了很多信息。毛毛没有回音。为什么没有一点儿消息呢?我猜想,出事了。

天最黑的时候,我竖起耳朵听。如果毛毛在家,它会嗷一声,给我发信号。我试过半夜突然汪汪给毛毛发信号。我冲到门边大声叫,

毛毛没有回音。姐姐从床上爬起来臭骂我，拿起鞋拔子敲我小屁股，叫我闭嘴睡觉觉。我闭嘴。但是我就不回窝睡觉觉。

我整晚整晚趴在门边听。等毛毛回信息。等不到，我就对着门缝窗边闻。我盼着天起风，风把毛毛的味道吹过来。闻到毛毛的味道，我就知道它是不是在想念我，是不是生病了，它在家里过得好不好？

很久了。听不见毛毛的声音，闻不到毛毛的味道。我是特工001，我要收集毛毛的情报。姐姐带我遛弯时，见到匪匪。我让它闻闻我屁屁，我闻闻她屁屁。我用尾巴给它打暗号，问她见到过毛毛吗？匪匪动动耳朵给我回暗号：没见过。没消息。我又打暗号问：毛毛是不是有危险？匪匪暗号回答：毛毛不见了。

我注意听姐姐、哥哥、珍姨、匪匪妈、花姨的讲话。他们说话一提到毛毛的名字我就特别留心听。我还盯着他们的脸认真看表情。特工001。天赋不是吹的，直觉超棒。

我跟姐姐出门。见到毛毛的爸妈。我扑到毛毛爸脚边，使劲闻毛毛的味道。味道是以前的，不是最近的。见到毛毛妈，我就往她怀里扑。我使劲去闻毛毛的味道，味道有点淡。我还发现一个很重要的线索：毛毛爸妈有变化。

这种变化，姐姐看不出来。我感觉很强烈。毛毛爸见我表面呵呵笑，但是他不提毛毛。以前在外面见到毛毛爸，他每次都说：要不要跟叔叔走啊，跟叔叔去找毛毛。我就不理姐姐，也不想在外面玩，我就要立刻跟叔叔走。叔叔就大笑，很得意很开心地笑。姐姐就说：叔叔骗乐乐。骗你的。傻瓜。一骗一个准儿。现在毛毛爸见到我，不跟我玩骗骗游戏。

以前在外面见到毛毛妈，毛毛妈一定会抱我。我舔她的脸，她就知道我想跟毛毛玩。毛毛妈就会说，阿姨有空就带毛毛来跟乐乐玩。阿姨说话算数不骗我，说了就会带毛毛过来玩。还给我和毛毛照相。现在见到毛毛妈，毛毛妈不抱我。不说带毛毛来跟我玩。我知道，毛毛一定出事了。

听来听去。看来看去。我记住了几个字：打针。死。送走。姐姐问起毛毛时，花姨、珍姨反复说起这几个字。说这几个字的时候，我感觉到姐姐心情很差，表情很严肃。

我去医院看病治病时，拼命闻，闻不出毛毛来过这里打针的味道。我的情报分析是：毛毛没有到这里打过针。这里没有毛毛死去留下的味道。剩下一个可能：毛毛被送走了！为什么要强迫毛毛离开家？我和毛毛可以到哪里去讲理？毛毛会想我。会想它的家。谁可以帮我找到毛毛？我要去找毛毛！

毛毛不要死。毛毛不要走。天底下不管谁抛弃你，乐乐不抛弃你。周乐乐跟毛毛永远是朋友。

姐姐骗我，说要带我去找毛毛。姐姐带我去山沟。我没有见到毛毛。姐姐用折叠水盆倒水给我喝。我在水盆里闻到毛毛的味道。毛毛是不是到过这个山沟沟？毛毛是不是在山沟里流浪？毛毛你是不是没有家？没有爸爸妈妈？可是你有兄弟呀。我在山沟找你叫你告诉你，我周乐乐永远想念你，我是你兄弟。

呜呜呜。

14. 暗黑天使
——孤僻直到冷漠

∷周乐乐开始惹事,频频惹事。他专找猛犬单挑。故意在沙发垫上撒尿。突然袭击男人

上帝的旨意和计划是："我必在旷野开道路，在沙漠开江河。"

李兰妮出书了。

她居然回到深圳上班了。

无法解释。当她精神抖擞随波逐流，一年一个命题作文的长篇电视剧本黄金时段播出。钱也赚了，奖也拿了。正打算顺流直下，迎接丰收，却遭命运迎头痛击。连得绝症。癌症。化疗。抑郁。躁狂。天罗地网。魂飞魄散。当她痛定思痛归于安息，只求问心无愧平静离世之时，却得到上天赏赐，收获理解和祝福。

许多病人和病人亲属问她：抑郁该吃什么药？怎么预防自杀？哪个医生可以信得过？癌症你还要开刀吗？抑郁你是重度吗？

李兰妮回答：是。重度转中度。嗯，还躁狂。对，想跳楼。想怎么了断。我还在吃药。天天吃。没有减量。对呀，抗抑郁的药，抗癌症的药，都在吃。必须吃。

作为病人，她本该避免这类话题的负面刺激。但是，她不能沉默，要作见证。见证如何学习面对死亡的功课，忍耐，等待，盼望光明。

李兰妮低估了病魔。病魔摇身一变，令她踏入躁狂阶段。

为了应对外面的世界，她用激素药物力促精神亢奋，用百分之九十纯度的巧克力补充热量，用一天五杯美式咖啡提振神经中枢，用黢黑发苦的铁观音浓茶调高心跳频率。必要的时候，用五十二度的白酒壮胆，换来自我感觉不是病人的气场。李兰妮竭力表现自己不是一个可怜的病人。

有时候，自己都骗不了自己。她知道演砸了，越想证明自己是个正常人却越是表现不正常。就像喝酒喝高了，介乎醉与不醉之间，意气风发，笑声爽朗，言行举止，有点夸张。即使是这样，她喜欢这种状态。就像在苦寒的冬季冻得久了，突然进入阳光灿烂的夏季，暴晒吧，不惧中暑，只怕晒得不透彻。

李兰妮出差在外，每天晚上十点左右，会给周乐乐打个电话。这个时间段电话一响，周乐乐会自己跳上茶几，守在电话机旁。珍姨会拿起话筒，照例说几句：乐乐今天没惹事，还好了。拉了小屎屎，小屎屎正常。好了，乐乐来听电话了。

珍姨把话筒放在乐乐耳边，那头李兰妮就吹声口哨，说：乐乐——你乖乖啊，等姐姐回来哟。姐姐给我们乖乖买玩具。

珍姨也会在旁边听，还插话：乐乐的耳朵在动。他看话筒。

李兰妮接着说：乐乐很了不起哟，我们孩子会看家。哎哟，乐乐很勇敢啊，自己一个人守家对不对？亲一下好不好？亲亲哦。你等我回来啊。

珍姨又插话：他不听了。他掉过身子，把屁股对话筒。可能是生气。姐姐你说这些有屁用，赶快回家吧。

李兰妮说：不听拉倒。小狗东西，还挺转啊。

珍姨说：哥哥姐姐总出差。总留乐乐一个人守家，他生气了。刚才他在小公园玩，匪匪妈开玩笑说：乐乐，姐姐呢？姐姐在哪里？乐乐的表情立刻变了，好像很不开心。

李兰妮说：不管他。只要他不惹事就好。

周乐乐开始惹事，频频惹事。

周乐乐专找猛犬单挑。

罗威纳犬哈里号称价值上百万元，具有藏獒和牧羊犬血统，它是周乐乐所认识的最威猛的狗狗，有出世纸、血统证明书。哈里家有个小院子，平日里铁门紧闭，哈里自小就会守家看院。周乐乐趁哈里幼年时曾挑战它。哈里在爸爸的呵斥下不敢还以颜色，乐乐蹬鼻子上脸，围追堵截。

哈里长大后，体重一百多斤。哈里爸怕它惹事，从不放它出院门。家里来客人时要用铁链拴住它,以防不测。乐乐知道哈里出不来,故意到哈里家紧闭的铁门外示威,引发哈里的愤怒。哈里在铁门里高声警告乐乐,乐乐就在铁门边撒尿,宣示主权。

哥哥姐姐前后脚出差不在家,乐乐把自己当老大。乐乐沉迷于挑战比他高大威猛的大狗。他出门的新路线图专挑吵架对象。李兰妮每次出差前,都要告诉珍姨,她在抽屉里放了一千元备用金;都要把乐乐的狗牌狗证拿到书桌桌面上摆放好。珍姨遛乐乐,随身小包里必装乐乐的防疫证明复印件、狗证复印件。

一只德国黑贝狼犬家住附近三楼,平日里只有半夜才出门遛弯,乐乐每天要到黑贝楼下汪汪加嘘嘘。不料有一天,黑贝家人夜里十点就带它出来了。黑贝老远就看见转转的周乐乐在前面走,便挣脱皮绳狂奔,直扑周乐乐。好在黑贝爸身手矫健,飞快踩住皮绳。纵身抱住黑贝,拯救了周乐乐。

珍姨大惊失色,赶紧抱起周乐乐,庆幸脱险。周乐乐不知死活,居然还冲黑贝叫嚣。好像说:来啊,打啊,有种你过来打啊。黑贝愈加愤怒。黑贝爸大声喊,叫珍姨立刻带乐乐走。珍姨抱周乐乐快跑。

第二天珍姨不让乐乐拽着去吵架,乐乐趴在马路上耍赖。珍姨扬手打他小屁股,责备道:小坏蛋,叫姐姐回来揍你。

乐乐怀恨在心。连续几天故意在客厅音箱边拉尿,在沙发垫上拉尿。珍姨一上班,就抽着鼻子到处闻,闻哪里有尿臊味。珍姨无奈投降道:我怕你了好不好?乐乐天下第一乖好不好?珍姨告诉姐姐乐乐乖,珍姨叫姐姐快回来。

哥哥在墨尔本。姐姐在北京。姐姐每天给乐乐打电话。哥哥隔一天给乐乐打电话。每次往家打电话,第一句话都是问珍姨:乐乐今天听话吗?

珍姨实话实说:乐乐在沙发垫上拉嘘嘘。

哥哥姐姐毫无办法。

乐乐路上遇到柯基犬阳阳。四目相视几秒钟,开始吵架。柯基犬是英皇室最喜爱的犬种,如白金汉宫的守卫,体魄雄健。乐乐一见阳阳就吠叫,阳阳如同正规军遇见杂牌军不屑理睬。乐乐得势不饶人,越发轻狂嚣张。边吠边跳,四个爪子扒拉地上的泥土,泥沙四溅,意图扩张势力范围。阳阳龇牙扑向乐乐。

阳阳的家长狗绳拉得紧，阳阳无法得手，气得直吠。它的吠叫功夫不如周乐乐。周乐乐边吼边摇尾巴，自我陶醉，给自己喝彩。掌控狗绳的是阳阳爸。阳阳爸呵斥阳阳立马见效。阳阳听爸爸的话，闭嘴随老爸离开。乐乐意犹未尽，追着对方背影厉声吠叫。

一对中年夫妻紧贴周乐乐擦身而过。妻子在前面说，吵死了。这只小狗多凶。丈夫在后面应了一句：踢死它才好。

周乐乐甩头袭击。男人闪得快，脚脖子留下一道小牙印。

珍姨赶紧抱起乐乐赔不是。好话说了一箩筐。这对夫妻要求赔钱。珍姨说，这只狗不是我的。我替别人带它。

女人说：叫它主人来。

珍姨说：他们都出差了。

男人说：那就把狗关到我家单车房去，等它主人回来领。

珍姨誓言绝对不会把乐乐交出去。

女人说：我们不为难你。八百。你找熟人借。

男人说：一千！一口价。这是底线。

珍姨听说过灭绝师太一出手，不眨眼就缴获了李兰妮近五千元。相比之下，这对夫妻不算狮子大开口。她原想讨价还价给八百。心里紧急盘算，眼睛偷瞄对方。掂量来掂量去，觉得对方不是省油灯，想省两百难度大。珍姨心里叹口气：平安是福。幸好李老师每次出差前，都会在抽屉里放一千元救急金。此时不用何时用？

珍姨答应去筹钱。这夫妻俩生怕珍姨携犬潜逃，一左一右跟紧她。一直跟进电梯，直跟到家门口。珍姨央求他们隔着铁栅门别进屋，容她安顿手中乐乐就凑钱。

男人说：你别给我耍花招！

珍姨说：我一个打工的，没有招。替人做事凭良心。这个道理你也懂的啦。

女人说：信你一回。

珍姨关上铁栅门，门外依然能看见客厅的动静。珍姨把乐乐放在洗衣机上，掩上浴室的门。

她赶快去翻乐乐的杂物柜抽屉。以往李兰妮说到救急金时，珍姨从没细看细数，她自信眼明手快，三米的狗绳，她时常只松一两米，周乐乐没有机会惹事。不料，周乐乐名不虚传，赔钱的事防不胜防。她有点担心，如果李兰妮出差前疏忽，抽屉里没放够一千元，门口的男女会翻脸。她在想：翻脸会不会砸门？砸门要不要打110？

一个浅绿色夹子夹了一沓钱。珍姨飞快数，哎呀果真是一千元。珍姨又数第二遍第三遍：十张一百元钞。一张不少。

等在门外的夫妻拍门，不耐烦了。周乐乐在浴室洗衣机上大声吠叫。珍姨慌忙打开铁栅门，把一千元交在女人手中。

女人说：你看我数，当面数清楚。

男人说：照一照，小心有假钞。

男人随身取下钥匙串，上面挂了一个六元钱的小小手电筒形验钞灯，一摁亮按钮，便有一道蓝色光束射出来。男人一张一张用它照射钞票面上的水印。

女人说：摸都摸得出来啦。

男人说：双保险嘛。

珍姨赶快拿出防疫中心地址递过去，说：你到这里打针。打法国那个牌子的。三百多块钱，我打过。

女人把钱塞进钱包里，与男人相视一笑，默契在心。

男人说：你以为我傻呀。这只狗肯定打过防疫针的啦。没流血，我才不用去打针。

女人对珍姨说：算你好彩啰。如果是这只狗的主人，我开价最少三千。你替人打工不容易，我不为难你。

说完夫妻俩进电梯走人。

珍姨忙去浴室把乐乐从洗衣机上放下来。乐乐冲到铁栅门门口吼，门外空无一人。乐乐噢噢噢吵架一样叫一通，仿佛说：还钱噢。还钱噢。

珍姨给乐乐擦脸擦脚，念叨说：吵什么？凶什么？人家早把姐姐的钱拿走了。乖乖,我们没钱了。没钱了。你千万不要再惹祸。咬人要赔钱,阿姨没有钱。没有钱赔你懂不懂?

乐乐不肯擦脸擦脚,在客厅里围着茶几跑来跑去。珍姨伸手抓,他就作势要咬人。

晚上李兰妮给周乐乐打电话。周乐乐听到电话响,立刻钻到饭桌下。珍姨抓住他,抱他上茶几。刚放上来,他跳下去。放上来,又跳下去。

珍姨说:他不肯听电话。你快回来吧。他脾气越来越怪了。今天他不肯洗脸,给他洗他就要咬我。他真的很凶,脾气大得像秦始皇。

李兰妮在电话中恨恨地说:打他。扇他。秦始皇。给我打。打到他怕。

珍姨说:不行的。越打越反叛。不是他的错。是你们总不在家嘛。

珍姨说,乐乐独自看家很尽力。他绝对不肯像平日睡在狗窝里。他会在客厅和大门之间选一个战略要地,进可攻,退可守。他会把狗窝里的小枕头、小被子一一叼到战略地点,自己用小爪子、嘴巴牙齿铺好被子、枕头。

开始几天,珍姨早晨一进门,就会看见乐乐自己在客厅铺的床。打扫卫生时,她把乐乐的小枕头、小被子扔回狗窝里;第二天早晨开门进屋,会发现枕头、被子又被乐乐叼到战略地点铺好了。如此反复几次,珍姨不再动乐乐的枕头和被子。

出差半个月归来,李兰妮拉着行李箱在路上走,离家不远的马路上,遇到一个邻居家小学生。小姑娘喊道:回来了李阿姨。你家乐乐抑郁了。

李兰妮觉得奇怪,问:乐乐抑郁……谁说的?

小姑娘说:我们班同学说的。

李兰妮心里想,什么时候"抑郁"成了时尚词,连小学生都拿它做八卦。

进电梯,遇到这栋楼的物业清洁工。清洁工说:李老师出差刚回来?回来就好了。听说你家小狗抑郁了。

李兰妮礼貌地笑一笑,心里说不清啥滋味。

用钥匙开门前,李兰妮特意在门外平放行李箱。开了密码锁,在二十六寸行李箱里翻找。找出买好的迪斯尼玩具驴，以便进门后第一时间讨好周乐乐。

玩具驴没奏效。周乐乐趴在门口放鞋子的过道上，身子压着李兰妮一双绒拖鞋。他抬头看看李兰妮，不理会李兰妮的殷勤。头一低，脸贴在地上，半边小脸儿被压得皱巴巴的，像个小老头。

李兰妮趴在地板上仔细看。周乐乐病恹恹的，眉头紧锁，大眼无光。眼睛成了熊猫眼。两道泪痕印又湿，又黑，又深。还有大颗褐色的眼屎粘在眼睑边。

珍姨说：乐乐不让洗小脸蛋。不让碰。我拿洗脸巾走近他，他就要咬我。你看他脏的。

李兰妮问：他多久没洗脸了？

四天……忘了。五天吧。

乖乖，姐姐回来了。摇摇小尾巴，姐带你出去玩。

乐乐这两天不肯出去。总缩在角落里。没办法，我只好抱他到天台去。在天台他也不想动。拉完尿就在地上趴着。给他做鸡肝饭，他也不吃。

拉肚吗？呕吐吗？

不拉不呕，也不发烧。吓死我了。我怕他有什么事你们回来我没法交代呀。我求匪匪妈来看过，花姨也来看过。她们说，乐乐抑郁了。

不会吧。以前酷丫爸经常十几天不在家，没听说酷丫抑郁。还有娇娇小时候，自己在家十天没人理睬。一盆水一盆粮，家里还没开灯呢。也没有抑郁嘛。

李老师，那你说，乐乐是不是装病呢？

装病？

就是撒娇。他一病，你就心疼了，就会抽时间多陪陪他。

男子汉大豆腐，还好意思发嗲。不惯他这坏毛病。

我瞎猜的。你看看，看两天，他到底真病还是装病？

李兰妮看宠物杂志时，见过这种事例。小狗装瘸，总让主人抱，格外给好吃的。李兰妮斜眼看看蔫不唧唧的周乐乐，心里想：哼。你装吧，一天就叫你现原形。

珍姨招呼乐乐出去嘘嘘，乐乐不动。

珍姨说：乐乐，阿姨带你去找旺旺吵架。咱们要吵赢它。

乐乐不为所动。小脸蛋很严肃。

珍姨说：姐姐跟咱们一起出去玩，好不好呀？

珍姨说着拿起牵引绳，乐乐不肯配合。看样子，对出门玩耍真的没兴趣。

李兰妮心里想：小狗东西真会装。以往一听说"出发"，乐乐立刻眼睛贼亮，欢呼跳跃，迫不及待。此时居然这么冷静，很有心眼嘛。高手耶。她要试试小狗东西能装多久，什么情况下才现原形。

她抱起周乐乐，珍姨在后面跟着。到了一个僻静的草地，把乐乐放下来。李兰妮和珍姨一人防守一边，严防周乐乐突然拔腿飞奔去干坏事。周乐乐趴在原地不动。

珍姨扶他起身说：嘘嘘呀，嘘嘘。

乐乐慢慢走动，蹒跚迟钝，好像一个九十多岁的老人家。他拉了两次尿，就不再往前走，无精打采趴在地上。等啊等，李兰妮和珍姨等了几分钟，周乐乐索性闭上眼睛。

李兰妮心里想：装吧。看你能装几天？

嘿呀，这是乐乐吧？

酷丫爸走过来，手里提着一袋刚买的馒头。李兰妮差点没认出他来。酷丫爸瘦削许多，有点邋遢憔悴，一副压力过重、提前进入人到中年百事忧的状态。

李兰妮忙说：就是乐乐。

不太像了。我还以为……你另养了一只。

一直就是这一只。你家……

酷丫死了。胃出血……几天几夜，我特意回家去看它。

能见最后一面……也难得。

酷丫就埋在我家附近竹林。我爸常去看它。

爷爷是真的疼酷丫。……乐乐，快起来，给酷丫爸摇个小尾巴。

乐乐，乐乐，你不认识叔叔了？

酷丫爸蹲下身，腾出一只手去摸乐乐的脸，想看看他的眼睛怎么了。乐乐勃然大怒，一口咬过去。酷丫爸猛地后退，一屁股坐在地上，手中一袋馒头掉地，滚出两三个。

李兰妮一把揪起乐乐，对着他的脸，连着扇了他几个大耳光。

没礼貌！你疯了你！

酷丫爸站起来，扎紧没弄脏的食品袋里的馒头。珍姨上前帮忙，捡起已经脏了的三个馒头，扔进路边垃圾桶。

周乐乐不服管教，脖颈僵直，表情沉郁，半睁着眼，意图继续袭人。李兰妮扬手威胁他，说：你再咬人，我打扁你！你还敢咬？

李兰妮模样很凶恶。心情很恶劣。珍姨快快抱起周乐乐，闪到一旁。不让李兰妮再打周乐乐。珍姨流露出戒备的眼神。李兰妮突然意识道：躁狂。停止。停止。

酷丫爸说：李老师，你不可以这样打乐乐。

珍姨说：越打越不服。

酷丫爸说：我经常想，酷丫跟我吃了很多苦。本来我应该更疼它。

酷丫爸眼睛看着周乐乐，伤感道：乐乐，拜拜。拜拜。

酷丫爸提着大半袋馒头往家走。背影落寞。

珍姨说：我听匪匪妈说，以前在天台很好玩。乐乐跟几个小朋友是青梅竹马。特别是跟毛毛。

李兰妮不接话。想到酷丫和毛毛，她的情绪很不稳定。她跟在珍姨后面走。她觉得周乐乐就是被自己宠坏了，身在福中不知福。

回到家中，乐乐还是不肯让珍姨给他洗脸。李兰妮看得火起。接过洗脸巾，凶巴巴地骂：洗脸！五天不洗，臭死了。宠得你无法无天了。你就是他妈的欠揍！

她边骂边用毛巾擦乐乐的眼睛。眼睑周围的黑眼屎很干很硬，擦不掉。乐乐反应强烈，连连张嘴要咬李兰妮。李兰妮缩手慢了一点，被咬了一口。有牙印，破了皮，但没有咬出血。李兰妮怒。随手扇周乐乐耳光。越扇，周乐乐越反抗越要咬人。

李兰妮躁狂起来，咆哮道：打死你——打死你——珍姨抓住李兰妮，用力推她走，一直把她推到书房。

李兰妮在书房叫：我讨厌周乐乐！讨厌——

珍姨道：李老师，你冷静点。歇一歇。你坐下来歇。

李兰妮明白，躁狂又要发作了，连忙深呼吸，稳定情绪。她赶快去拿药盒，加吃一片抗抑郁药。想想不够，又吃了一包止痛散。

珍姨说：送乐乐去医院。请教授看看。有病治病。装病就问教授该怎么办。

李兰妮恶狠狠地说给周乐乐听：装病就把他扔在那里住院。罚他住院。给他打针。关他十天八天，谁也不许去看他。什么时候认错什么时候回。不认错你就给我滚。永远不想见到你！

珍姨抱起周乐乐，与李兰妮坐出租车到宠物医院。

刚进门，迎面见到内科老教授。教授说：乐乐，很久不见了。乖吗？

李兰妮控诉周乐乐五天不肯洗脸，八成是撒娇、装病。如此这般地描绘一番。

教授微笑道：让我来看看，到底怎么一回事。

珍姨把乐乐放在诊台上。乐乐一直沉默。不哆嗦，不看李兰妮和任何人。他显得很消沉，很委屈。

教授小心地对乐乐说：你别咬我啊。我给你检查一下。

教授仔细看乐乐的脸，反复看他的眼睛，不时问珍姨近期乐乐的反常表现。教授问诊的时间比预期久，李兰妮心里渐渐不安：也许……他真有病？

教授忙乎一阵，坐下来，对李兰妮说：你应该早一点带他来看病。他是角膜溃疡。

李兰妮听了一惊。路易就是角膜溃疡瞎掉的。乐乐眼睛不让人触碰，一定是痛，痛得不能碰，痛得心烦躁。霎时间，李兰妮极其憎恶李兰妮。深深的罪恶感、愧疚感让她透不过气来。

若是别人犯这种错误或罪孽，可以原谅。但是，李兰妮犯这样的罪不可以原谅。她本是一个病人，应该更具备怜悯心。她应该更懂得生病的苦楚。应该谦卑、包容，爱人如己。

教授给乐乐打针。在眼睛的穴位上注射了三支针水，往乐乐的颈部注射了两支针水。开了口服的西药、中药，还开了外敷的西药中药。教授医嘱：打针、吃药一周，看看疗效再说。

李兰妮问：万一疗效不明显，乐乐会瞎吗？

教授说：有可能。

李兰妮又问：你看他有没有抑郁症？

教授说：抑郁症？不好说，目前不能下结论。

乐乐打针后，终日在家中昏睡。也许药物反应所致，他极其口渴，喝很多水，一天的饮水量是往日的五六倍。他依然食欲很差，自己不主动吃东西。珍姨小心翼翼地喂他一点犬粮磨成的糊糊，分量是平日的三分之一。他勉强吞咽，不拒绝。

珍姨难过道：怎么办啊李老师？我宁愿他顽皮不听话，宁愿他出门拽我到处跑，吵架，耍赖皮。我不愿意看到现在他这样。他眼睛有病，心理也有病。不管医生怎么说，我觉得他就是有抑郁症。

周乐乐终日躲在床底下，不许任何人触碰他。他沉默地背朝门面对墙贴在床底旮旯，好像一尊化石。他好像一个伤透心的少年，不再信任任何人。自闭忧郁。

李兰妮忏悔。唯有在上帝面前忏悔，才能稍稍平静。

为了不耽误珍姨给匪匪家做午饭，李兰妮自己抱着乐乐去医院打针，接受诊疗。很多时候，来回都打不到的士。李兰妮就抱着乐乐步行去医院。她愿意劳累，这是自我惩罚的途径。

看乐乐眼睛穴位针药注射时，李兰妮总是很揪心。按说她是经历过手术化疗种种折磨之人，场面见得多，心肠自然硬。但是她看乐乐受苦时，心肠格外软，鼻子直发酸。

护士遵医嘱，给乐乐剪去了眼睑旁黑湿纠结的毛。乐乐因药物过敏大量脱毛，不得不剃光了身上的毛。那是贴着皮肤剃，除了头上没剃光。这是他全身毛发最少的时候。在李兰妮眼里，周乐乐变得陌生起来。

乐乐治病的日子里，李兰妮每天祈祷，求上帝治疗他的眼疾。

李兰妮一连抱他去医院打了五天针。她用一根粉红色背带抱兜装着周乐乐，背带斜挎在胸前，周乐乐的头紧贴着她的心口。李兰妮双手托着抱兜，一边走，一边说：乐乐，姐姐爱你哟。好孩子，不要怕，我会陪着你。会好的。一切都会好起来的。

回到家中，乐乐躲到床底下。不让摸，不让抱。

李兰妮不时趴在床下对他说：乖乖，对不起。原谅姐姐好不好？姐姐是臭坏蛋。打乐乐，骂乐乐，大人欺负小孩子。该不该批评？必须批评。乐乐要不要抗议呀——抗议。姐姐知错就会改，乐乐监督好不好？乐乐眼睛不会瞎。乐乐的眼睛很快就会好起来。有没有信心呀？有！

乐乐蜷缩着，闭上眼，不理李兰妮。随李兰妮说多久，他都没反应。不管他听不听得懂，有空李兰妮就趴在床下说。

打针的第六天，教授终于说：明天他不用打针了。在家吃药敷药就可以了。

李兰妮说：眼睛不会瞎吧？

教授说：不会的。他好多了。

似乎眼病好医，心病难医。周乐乐成了周不乐。快乐从他脸上心上消失了。他对出门散步没兴趣，对美食没兴趣，对新玩具没兴趣，对小母狗没兴趣。他不搭理李兰妮。对哥哥、珍姨、花姨、匪匪爸妈、娇娇爸妈的夸奖逗弄不回应。他似乎提前进入老年。眼神涣散，四肢僵硬，终日蜷缩在窝里。屁股朝外，无声无息，似睡非睡。任凭门外陌生人来来去去，他懒得听，懒得吠。

哥哥教育姐姐。说给周乐乐听。替他控诉心中不平。

有没有搞错？你抱他回来试验宠物疗法。结果你把他整抑郁了。宠他也是你，夸他夸得肉麻。伤他也是你，骂他扇他踢他。拜托你用脑子想一想，这是不是迫害？你没当过妈，你可以学呀。其实你等于是他妈。抱他回家的，是你。看他长大，跟他最亲近的，是你。跟他相处时间最多的也是你，最离不开他的，也是你吧？你抑郁躁狂的时候，都是他陪你。周乐乐很惨，他没有地方可躲，再恐怖也无处可逃。你指望他当宠物医生，给你治病。病人没治好，医生抑郁了！讽刺吧？

　　李兰妮默认指控。尝试治疗周乐乐的抑郁。
　　周乐乐不肯出门散步。李兰妮就把他从小窝里扒拉出来，抱着他到小公园走。让他感受花草树木，沐浴阳光清风，嗅闻来自四面八方的味道。抱他抱累了，走累了，就把他放在落叶上趴着。轻轻抚摸他的小脑袋瓜，小声地跟他说着话。周乐乐表情木然。冰冻三尺非一日之寒。几年积攒的心结一时半会儿解不开。
　　以往乐乐洗澡，完全是珍姨包揽。如今李兰妮有意接了过来。洗澡盆、洗澡桶里的水温用手摸了又摸，调得正合适，浴液、洗脸巾、洗脚巾、薄浴巾、厚浴巾、干发巾、软毛刷、吹风筒她亲手备好。浴液与温水细心配兑，洗脸巾浸上浴液水，轻轻拧一把，一手扶着乐乐的头，一手用毛巾轻柔地擦他的小脸蛋，嘴里说：我家孩子香香哟，这是一个干净的好孩子，谁家的孩子这么帅呀？我家的！谁家孩子这么乖呀？我家的。谁家孩子又聪明又勇敢呀，我家周乐乐呀。乐乐沉默着，却任她擦洗。李兰妮用洗脚巾给他洗小肚皮、小尾巴，珍姨用软毛刷给他刷四肢和小脚丫。
　　珍姨说：乐乐的眼睛好多了，不用敷药啰。乐乐的眼睛最漂亮。最招人喜欢，对不对？
　　虽然宠物杂志说，狗狗听不懂人说话，但是，李兰妮相信，狗狗能从人说话时的语气、声调、频率、肢体动作中获得准确的信息。温柔、鼓励、爱惜的话语可以疗伤。箴言说：合宜的话，好像金苹果落在银丝网里。李兰妮开始注意多对周乐乐说积极正面的话语，少说消极负面的言语。
　　洗完澡，用薄浴巾、干发巾擦擦干，李兰妮用厚浴巾包婴儿一样包紧周乐乐，抱婴儿一样，把他抱到客厅，摊开浴巾，用冷热两用吹风机给他吹吹干。乐乐开始有互动，配合地仰起下巴，表示乐意让李兰妮吹毛发。
　　吹干了毛发，李兰妮用自己的旧睡衣将乐乐从头到脚裹起来，抱在客厅晃。睡衣领正好像头巾裹着乐乐的头脸，李兰妮说：珍姨快来看，乐乐像不像小小狼外婆。小小狼外婆。

珍姨拍手道：哪里有这么帅的狼外婆？乐乐是靓仔，不像狼外婆。李老师，乐乐现在心里是高兴的，他不愿意表示出来。

李兰妮继续抱着乐乐晃，打趣说：是不是偷着乐啊？笑一个。亲一个。亲一个小肚皮。

珍姨在旁鼓励道：这就对了，你就把他当儿子来亲。你真把他当儿子，陪他，亲他，爱他，他就不会抑郁了。

晚上睡觉时，李兰妮把乐乐放在床上，靠在自己的枕头边，用旧睡衣盖着他。乐乐的神情表明他很享受这种待遇，但他的眼神依然回避李兰妮，似乎尚未原谅她，仍不信任她。

过去周乐乐一周洗澡那天，他可以上床睡一个晚上。第二天，他就必须回到自己小窝睡，或者睡在床底下。但从那天起，李兰妮每到上床睡觉时，首先把乐乐抱上床，让乐乐睡在自己被脚下。乐乐趴在李兰妮的被脚下，不到三分钟，一定跳下床。他固执地钻进自己的小窝里。用行动告诉李兰妮：不原谅。不忘记。

曾经，我自以为不是一个造孽的人。我奉公守法，行为端正，洁身自好，问心无愧。如今，面对周乐乐，我反省：我是一个缺乏爱心的人。我是一个身心不健康的病人。我是一个需要悔过的罪人。

很长时间里，我回避内省。我承认自己有病，但是我不敢追寻病根。不接受爱。不付出爱。不传递爱。

在病态的世代里，我甘愿沉溺在躁狂抑郁之中。我用疾病当隐身草，遮盖自己的罪念。

上帝啊，你让我继续存留人世，是让我学习如何爱人的功课。这门功课不及格，我没有资格进入上帝的国。

德兰修女曾说：一颗纯洁的心，会自由地给予，自由地爱，直到成伤。

我曾有过一颗纯洁自由的心，有过一颗纯洁自由的灵魂。是的，一定曾经拥有。何时何处遗失了？邪灵掠走了？污鬼劫持了？不洁的世代遮蔽了？可以寻找归回吗？可以以善胜恶吧？可以清洗洁净对吗？

经上说过，天国是小孩子的。我们必须像孩童才能进天国。

孩童是纯洁自由的。爱，直至成伤，爱不改变。什么时候得爱都不晚。哪怕就在咽气的瞬间。

从小受教育，我学的是，要热爱党、热爱祖国、热爱人民。我没有学过要爱家人、爱邻居、爱狗狗。我懂得向远方付出爱，不懂得在身边怎样爱。我在天南地北尊老爱幼，可我不知怎样与父母相处。不懂得和周乐乐怎样相处。由于不懂，因而恐惧。

我选择此生放弃生儿育女。但是，上帝不放弃我。上帝派周乐乐陪伴我，给我一个爱的机会，让我从爱中成长。我未能领悟。我应该耐心陪伴乐乐走出阴影。

到肿瘤医院复查，加强型CT扫描。晕在CT床上。我能听见医生的声音。听说人死之后，听觉是最后消失的。我相信。我听见医生说话。除了听觉，我没有触觉和其他感觉。

医生说，强心针。抬出去观察。

……

我已经有多次在不同医院昏厥的经历。死都不怕，还怕昏厥吗？如到该死之时，抢救没有用。如果寿数未尽，救不救都能醒来。我早就坚定地向家人表达过，我不需要抢救。请尊重我的选择：我愿意乐意安静离世。

唯一让我厌恶的一次昏厥，是在闹市中心的电影院。

电影尚未开演。我刚坐下。心脏出现一种熟悉的异常。恶心，冷汗，窒息感。心脏似乎要滑落，就要掉下来了。我赶快离座往影室外走，来不及。昏厥在门口。

待到我恢复知觉时，第一个感觉是地毯。或叫门垫。塑胶的。脏，黏。我意识到，我倒在了门口那块破旧肮脏的暗红色地毯上。

围观的人群，杂乱的声音……我不害怕。难受。恶心。自责。

为什么不能撤到一个无人地带再倒下？为什么不能再坚持十几秒钟？为什么要扰民？没有悲伤。只有自责。

我要趁自己还活着，还能动弹，做出改变。我想纠正过去多年的淡漠。

记得几年前，父母在六百里之外的城市居住。父亲因血压高而在当地住院十天。出院后，我打电话问候他。

父亲说：在医院里，最羡慕邻床老爷子。人家坐轮椅出病房，老伴儿女儿媳女婿争着抢着推轮椅。那才叫做有福气啊。

我说：他儿子儿媳女儿女婿肯定下岗了。待在家里没出路，都在他跟前啃老呢。

父亲说：啃老有什么不好？我希望有人来啃老。

我说：你儿子儿媳女儿女婿没下岗，你应该庆幸啊。如果我们一个个养不活自己，要靠你救济，天天到你跟前来啃老，你心里会是啥滋味？

父亲说：我愿意你们来啃，我不怕。

我说：我们不愿意。你愿意没有用。你那是站着说话不腰疼。别人听了会反感。

这样的话题父亲再三提起。我的回答一次比一次刻薄：很自私耶。巴不得我们都下岗，啥事不做天天守着你。你那点工资有什么可啃的？你女儿癌症手术三次，从没找你借钱。你儿子养活妻女，从没伸手求你资助。你赶紧偷着乐吧。还有啥可抱怨的？

父亲十七岁当兵离家。一心革命，一路由东北打到广东。从此驻守南大门。就像军歌所唱："毛主席的战士最听党的话，哪里需要到哪里去，哪里艰苦哪安家。祖国要我守边卡，扛起枪杆我就走，打起背包我就出发。"

他是独子。离家后，回家乡次数总共只有四次。他才探过一次家，我奶奶就病死了。

他为祖国守海岛。军令一下，立即出发。从不去想老人孩子该怎么活？家中不够生活费，岳母一手给他带孩子，一手替别人当保姆带孩子维持生计。

"文革""支左"。他把九岁的女儿扔在动乱中的子弟小学自生自灭。

在海南岛生产建设兵团种橡胶。口号是：多产一滴胶，气死"帝修反"。他把十四岁的女儿一人扔在医院门口，自己坐着吉普车去开种橡胶的会。开完会也不曾过问女儿手术如何，没想过捎带术后的女儿回家。

他守山区。我爷爷孤单一人生活多年，胃癌死去。

父亲给我的言传身教就是：革命人就是公家的人。心里装着全世界，唯独没有自家人。

父母那一代人革命一辈子，差点把家庭亲人全革掉了。他们极少亲手伺候父母，极少亲自伴随儿女生长。他们不曾当过孝子贤孙。如今却渴望跟前有孝子贤孙。多年后，父亲回归农民本性。盼望儿孙绕膝，只恨儿女不恭候身旁啃老。

我感到命运的滑稽与悲哀。

今天面对周乐乐,我听出了父亲的抱憾,品出了这一代人对家庭、对亲情的渴望和呼喊。

那个九岁的李兰妮闪了出来。她像一个迷茫的幽灵,不知道家在哪里,爱在哪里。她一直在精神的旷野流浪。

嗯嗯嗯(ⅴⅴⅴ)。

哥哥姐姐出差。家里超过三天没人,他们回来就会带个玩具送给我。我不稀罕。我抗议。黑夜很黑,很长。守家很累。

珍姨每次带我出去嘘嘘,拉屁屁,我不拉。我忍住。我在家里拉。我在厨房门垫上拉一条屁屁,在客厅中间拉一条。珍姨来上班,扫干净。拖地的时候说我是臭坏蛋,她要告我的状。我就不听话。我就当臭坏蛋。我出去不找小朋友玩。我打架。我要当打架大王。我要当破坏王。谁凶谁猛谁恶我挑战谁。我不怕死。打赢出气。打死拉倒。让姐姐回来看到我死了,哭吧哭吧。她伤心我就胜利了。

我伤心我生气。我气得肚子鼓得圆圆的,胀得痛痛的。我睡不着。我不吃肉肉。珍姨往我嘴里塞肉肉,我就吐出来。珍姨再敢烦我,我就咬她。每天好多时间我昏沉沉趴在地上。我想毛毛。

为什么毛毛、酷丫、小美、拉拉很多小朋友都不见了?它们的爸爸妈妈走了,不要它们了。

我发现一个秘密:人喜爱狗狗的时间是一年。超过一年就烦了,腻了,厌了。人喜欢小狗狗。小狗狗像玩具,是 Qbaby 仔,乖乖,没脾气。小狗狗一长大,就不像玩具了。就有自己的想法了,就不能像番薯想怎么捏就怎么捏。也不像电动熊猫玩具，人一按电钮，就翻跟斗就哈哈笑。人就不高兴了。人最喜新厌旧，他们扔掉旧狗狗。

哇——我终于明白了。人很狡猾。恐怖。不要相信这些人。他们今天抱着你，叫你心肝，明天就翻脸不认你。你舔他们求他们讨好他们没有半点作用。他们心刚硬，血冰冷。

我不想逃跑。屋子里除了墙，还有铁门木门，铁窗玻璃窗，还有防盗门防盗窗防蚊门防蚊窗，连个苍蝇蚊子都飞不出去，我长两个翅膀出来都没有用。

珍姨看我看得紧紧的。像警察盯囚犯，一点机会都不给我。我有办法对付她。她带我出门，远远看见大狗狗，就会抱起我，不许我打架。她会绕路走。我就吼吼吼。我骂大狗狗，白痴大笨蛋你聋了？我在这里。丑八怪胆小鬼，够胆你过来打一架啊。你追不上我气死你气死你。珍姨抱我七拐八转，很会藏。我不爽。就要吵架。就要打架。

过了一些日子，我不想出门了。不想打架吵架，不想吃饭睡觉，不想人摸我碰我。心脏痛痛。眼睛痛痛。肚子痛痛。爪子痛痛。全身上下痛痛。烦烦烦。活得太没意思了。死吧死吧。我一点不怕死。怎么才能死掉呢？姐姐会不会抓我去打针。一针。就是那种搞定的针。打吧，打吧。小爷我不怕死。

姐姐来亲我。我不相信她。她对我说什么好听的我都不听。就不听。哥哥陪我玩，抱我高高抛起接住，这是我喜欢玩的游戏。我不笑。我挣开他的胳膊。我钻到小窝里，屁股对外趴着。这是告诉他们，别来烦我。不想理睬你们。

你们想玩的时候，就跟我玩。想走的时候，就撇下我头也不回地走。我想玩的时候，没有人理睬。想走的时候，哪儿都去不了。

嗷——呜。嗷——呜呜。

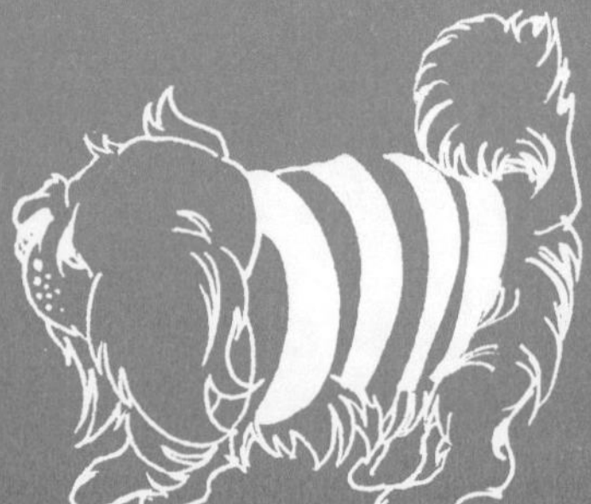

15. 快乐找得回来吗
—— 李兰妮托孤

∷夜晚子时,李兰妮倚床就着台灯看书。看着看着走神了。有种感觉在分散她对书本的注意力,她往腿上扫了一眼:乐乐的小脑袋瓜正枕在她腿上放假期间，哥哥特意带周乐乐去办公室玩。办公大楼除了一个保安，没有老师和学生。周乐乐可以不拴绳子，楼上楼下随意走。

为了表示乐乐是老二，人气指数比姐姐旺，姐姐老实待在家里，任周老大与周老二假装去办公。

周乐乐迈着庄严的步伐，扭着小屁股，神态从容。不疾不徐，顺着大楼一楼走廊，从西走到东，到了走廊尽头。人模狗样上楼梯，从东走到西。

哥哥打开办公室的门，乐乐不请自入。闻一闻，看一看，跳到沙发上趴着。没有兴致再参观。

姐姐给哥哥打电话问：他高兴吗？

哥哥说：一般般。

会不会东溜西串？咧嘴笑？

没有。

看来人家前世在物理系，对你那幢楼没记忆。

那是抑郁了，对什么都没兴趣。让你害的。

要让他高兴起来。

急不来。要给他一个宽松、自由的环境。

那……去二沙岛？

广州二沙岛刚建成一个开放式公园。少有的三块大片草地连为一体。铺好草皮，种上木棉等岭南风格观赏树，栽了许多红黄粉紫的鲜花，有蜿蜒的自行车绿道，有休闲小木屋。不远处是珠江，江水悠悠。附近有美术馆、音乐厅、健身公园。还有江景豪宅别墅。

前来休闲的人们多在江边溜达。或看画展听音乐，或在健身公园出大力流大汗。而三大块草地组成的公园则显得自由、宽松。有人一家三口在绿道骑自行车，有人挎着单反相机拍花拍草拍蜻蜓，也有人带着宠物来转悠。

物以类聚。爱宠之人不约而同会在一个小草坡歇息。宠物有狗有猫，还有兔子、仓鼠、小鸭子、小雏鸡、八哥、画眉、乌龟等等。

这些大人小孩来自四面八方，本不相识。那些宠物形形色色，秉性各异，居然能够和平相处。似乎在这样的环境里，万物平等，天地和美。

心病还须心药医，周乐乐的解压治疗地选择二沙岛。

家里，哥哥拿出乐乐的行李箱旅行小车，打开箱上方的拉链，敞开箱口。周乐乐冷静观察，不动声色。姐姐背上粉红碎花小背囊，背囊里装着旅行水壶、乐乐的小奶瓶水具、接小屁屁的画页纸、牵引绳。姐姐噘嘴说：秋花！秋——花——喽！乐乐好像没听见，他顾左右而沉默。哥哥说：乐乐，出发——出发啰——

乐乐抬头看哥哥，他在犹豫，似信非信。哥哥把他抱进旅行箱里，拉上两边的拉链，中间让他露出头来，可以昂首四处张望。

哥哥拖着拉杆车走，乐乐全身站在箱里，唯独露出整个脑袋，很像一个元帅坐着敞篷车，检阅马路两旁行人。

出校门，去等出租车的一路上，许多大人小孩看着车上的周乐乐，嬉笑、尖叫、称赞、羡慕、欣赏纷至。周乐乐表情由严肃渐渐变化为心中暗喜，好像还有点小骄傲。

坐上出租车。姐姐当保镖坐前面，哥哥带乐乐坐后面。出租车司机大佬看见行李车中的乐乐也笑了，说：这个baby仔好干净，好靓仔。

姐姐回头说：乐乐，叔叔夸你哟。我家孩子青春年少，是一个"大帅锅"。

哥哥说：它五岁了。

司机大佬说：我以为它才一岁。它不会再长了？就这么大了？

姐姐说：是啊。

司机大佬说：看起来它好有个性哦。

乐乐听得出人家在夸它，报以轻轻地嘿嘿喘气。

出租车停在二沙岛公园路边。姐姐付款。哥哥不等姐姐,率先带领周乐乐进入草地。哥哥把车箱子上方拉链全打开,让周乐乐呼吸新鲜空气,嗅闻倾听气味声音。周乐乐眉头渐舒,纵身一跃,跃出车箱子。哇塞,好大的地盘。赶快占领占领。他冲到最近最大的一棵树的树根下,嘘嘘。再嘘嘘。待李兰妮走进草地时,周乐乐已经抖擞精神,在几棵木棉树榕树紫荆树下宣示了主权。他迈出小老虎的步伐,在大片绿茸茸的草地上东闻西嗅。

出生以来,周乐乐还没有在这么宽松、自由的草地园林尽兴闲游。没有牵引绳束缚,没有敌意的目光,没有姐姐的紧张呵斥……快活!周乐乐跑了几步,忽然放慢步子,走到一片花丛前,闻闻花,闻闻叶,又舔一舔草,咂吧咂吧草上的滋味。他循着宠物小朋友发出的气味,自动跑到宠物聚集地,那里有十几只狗狗在玩耍,周乐乐没往里凑,他在一旁观看。

李兰妮很担心。她跟在乐乐后面跑。乐乐跑过行人脚边时,她非常害怕乐乐会突然甩头咬人一口。她忍住想吼叫的焦虑,时刻做好赔礼道歉的准备。

周乐乐没有讨人嫌的举动,行人也没有莫名憎恶的言行。李兰妮捂住心口,又在担心周乐乐与陌生狗狗打架吵架。那里有苏格兰牧羊犬、边境牧羊犬、拉布拉多犬、松狮犬、金毛犬、可卡犬,还有贵宾犬、吉娃娃犬、腊肠犬、迷你雪纳瑞犬、比熊犬、小鹿犬、西施犬、约克夏犬,还有像乐乐这样的小串串。

李兰妮紧盯周乐乐,害怕他神经兮兮攻击大狗,自找倒霉。一只苏牧过来闻周乐乐的小屁屁。乐乐有点紧张,绷着绷着,眼睛有些往外突。李兰妮悄悄取下背囊,做好冲锋准备。只要两只狗狗一开战,她会用背囊甩过去介入。

苏牧闻完乐乐小屁屁,又闻闻他的小鸡鸡,然后轻轻摇尾巴。乐乐不再绷着劲,他也去闻苏牧的屁屁和鸡鸡,也友好地摇小尾巴。

近旁有一只雪纳瑞想骑跨贵宾犬,骑来骑去,有点站不稳够不着。一只西施又来试图骑跨雪纳瑞,前面两只一走动,西施就掉链子往下栽,接着又锲而不舍去扒拉雪纳瑞。一只吉娃娃又用两只细细的前爪去扒拉西施。想骑跨它却差距大,只能勉强踮着脚尖,紧扒着西施跟着走。

这一串四只小狗很滑稽,后一只扒拉前一只,前一只甩后一只。中间两只狗的小鸡鸡都露出一小截红茎。没一只得逞，没一只认输。就像杂技团玩群体杂技。两只头上扎着小蝴蝶鬏鬏的约克夏犬跑过去，金色的长毛很招摇。两个小家伙一会儿跑向这支小队伍的前面，一会儿跑到队伍后面，想加入队伍，却拿不定主意排头还是接尾。

周乐乐看着心里痒。在一旁走来走去，似乎有点想加入，但是又有点顾虑。李兰妮推周乐乐，鼓励说：去吧。加上你，正好是七个小矮人。

周乐乐走几步又退了回来。那几只狗狗的家长在一旁呵呵笑。没有人骂自家宝贝耍流氓，更没有拳脚相向阻止这样的游戏。

一个年近花甲的犬主骑着一辆旧单车，车头菜筐篮子里放着一只小杂种狗，车后面跟着两只白色萨摩耶。两只萨摩耶拴在一根绳子上，互相制约，不会乱跑。李兰妮早就看到这一人三狗在自行车绿道转了好几圈，估计转够了，让自家狗狗来感受热闹气氛。

那犬主把杂种狗放下地，对两只萨摩耶说：跟老窦歇一下。三只狗狗很听话，就地趴的趴坐的坐。广东人称爹为"老窦"，李兰妮立刻明白此人为萨爹。两只萨摩耶高贵甜美，那只杂种狗长相平庸。萨爹倒像小杂的主人，与萨摩耶同行像个男保姆，一人三狗混搭颇奇怪。更奇怪的是，三狗中小杂是老大。若把两只萨摩耶比做羊，小杂就是牧羊犬。

周乐乐溜溜达达过来了，他对两只萨摩耶感兴趣。小杂眼里容不得沙子，发出低沉的警告声。萨爹喝道：不准吵。要友好。小杂立即闭嘴，作低眉顺眼状，就像一个班长听到连长发命令，理解不理解都执行。

李兰妮问：你的萨摩耶怎么会听小狗指挥？

萨爹自豪地指指两只萨摩耶说：这是两姐妹。不挑食，不乱叫，是老窦的乖心肝。这只小的是大哥。

它居然是大哥？

它最早到我家。我女儿收养的流浪狗，求我帮她养。养了两年这两只萨摩耶才进家。大的叫妹头，小的叫妹丁。它们当然要听大哥的。

养三只太麻烦。

哪里会麻烦？我每天骑车过来锻炼，它们就跟着我。这个大哥阉过的，脾气不躁，知道领着两个妹。

正说着，一个两三岁梳小辫穿粉红色芭比裙的小女孩摇摇晃晃走过来，嘻嘻地笑，两只小胖手拍巴掌，嘴里说：汪汪——狗——我要——

小女孩的母亲二十多岁，衣着时尚，手腕上文了两朵青玫瑰，举着数码相机，说：妹妹喜欢哪一只呀？

李兰妮的心揪了起来。看看萨爹，人家很淡定，知道自家狗狗不惹事。李兰妮估计小女孩会去摸萨摩耶。她自己若是小孩子，一定会选萨摩耶。

当她发现小女孩的目标是周乐乐时，试图阻挡已晚。草地不平，小女孩跟跄两步险些跌倒，一下子跪在周乐乐对面。李兰妮这时不敢出声。就像看见小孩正爬在树梢上，大人不敢尖叫。

周乐乐伸出粉红色的小舌头，朝小女孩脸上舔了一下。小女孩摸摸鼻子呆住了。表情很古怪，不确定是哭还是打算笑。小女孩的妈咔嚓咔嚓按动相机快门说：妹妹笑一个，快冲狗狗笑一个。

小女孩笑了。咯咯地笑。周乐乐也咧嘴笑。

小女孩受到正面鼓励，越发大胆。她一屁股坐在两只萨摩耶身边冲妈妈笑。妈妈按快门。杂种大哥走过去，闻闻小女孩的小胖手，横着小身板抢镜头。

从二沙岛公园回到家，乐乐明显有了食欲。洗完澡，吹干毛，乐乐自动跑到厨房，头朝冰箱，趴在地板上。这是他要吃小肉肉的肢体语言。

自从眼疾打针心情郁闷以来，他对美食没兴趣。珍姨为了刺激他的食欲，特意去菜场最贵的肉档买猪大骨。猪骨连着筋肉，炖得烂乎乎的。剪成小碎块，盛在食碟里，不凉不热。放在乐乐的跟前，乐乐掉头走开就不吃。

珍姨每天摸乐乐的脊梁骨、肋骨，说乐乐明显消瘦了。她又在菜场鱼档跟档主要来一副副鱼肝。洗干净，蒸一碟，哄乐乐吃。乐乐一口都不吃。

珍姨忧虑道：抑郁好恐怖。乐乐会不会营养不良死掉呢？他这个样子还能活一年吗？老啰，乐乐老得脸都皱了。他的小肚皮胀气鼓鼓的，哎哟胀成一个球。

李兰妮见周乐乐趴在厨房地板上，过去摸了摸他的肚子一侧。往日胀气发硬的肚子柔软了，瘦了一些。李兰妮连忙从冰箱拿出雪藏的鸡肝，给乐乐做鸡肝饭。

闻到鸡肝熟了的味道时，乐乐抬起头看了看动静，身子依然趴着不动。李兰妮把鸡肝饭晾好拌好，盛在食碟里，放在乐乐跟前。周乐乐像学者做学问一样，低头盯着鸡肝饭，盯着，想着。又像围棋手盯着一盘赛棋，进入长考。李兰妮等了一阵儿，不知周乐乐到底在想什么。她悄悄退出厨房。

李兰妮到客厅看电视，拿着遥控器一通按，从数字1一直按到97。新闻、影视、财经、综艺、体育、卡通没有一个频道让她手中的遥控器停下来。她往茶几下扫一眼，发现周乐乐已经趴在了茶几下，用舌头舔着自己的前爪。李兰妮站起身，轻轻走到厨房门口看。食碟里的鸡肝饭吃完了。她心里静悄悄地乐。

第二天中午，李兰妮特意叫了一个烧鸭快餐盒饭。周乐乐喜欢吃烧鸭。过去快餐烧鸭饭一送到家，周乐乐闻到烧鸭味，会走到饭桌旁，嗯嗯嗯叫，他要吃肉肉。李兰妮曾经觉得烧鸭咸，乐乐吃了会掉毛、发胖，所以叫外卖时尽量不叫烧鸭饭。

打开快餐饭盒，烧鸭味道溢出来。周乐乐趴在厨房脚垫上，抬头看了看，表示了关注。但是他很自尊地保持沉默和冷静。低下头，趴在脚垫上，把脸扭到一边去。李兰妮挑了两块最好的鸭肉，用开水洗了洗油盐味，撕成小条，放在乐乐的跟前。李兰妮埋头自己吃饭，偷偷瞄周乐乐。他正盯着鸭肉做思考状。终于，他吃鸭肉了。吃完一条接一条，还吧唧嘴。似乎过去酷爱美食的小子回来了。

中午，李兰妮躺在客厅沙发上午休。她把周乐乐抱上沙发。周乐乐不领情，从沙发上纵身一跳，跳到茶几的钢化玻璃面上趴着。他似乎刻意与李兰妮保持距离。

下午近四点，周乐乐突然噢噢叫，冲门口不停地吠。李兰妮打开房屋的木门，铁栅门外有个小身影。仔细看，居然是娇娇。

娇娇中毒出院，大难不死，康复过程漫长。

李兰妮曾在天台偶尔见过它一次，它跟着爸爸在那里晒太阳。娇娇过来触碰一下李兰妮的脚，缓缓摇了摇小尾巴。李兰妮怜惜地蹲下身，摸摸娇娇身上的毛，说：娇娇的毛有点光泽了。

娇娇爸说：它每天吃小儿鱼肝油，喝一支儿童葡萄糖酸钙，喝完上来晒半小时太阳。每天一个鸡蛋。它不是牙齿掉了一半吗，它妈妈给它熬鸡骨架肉末菜粒粥。它的待遇比我好。

李兰妮听了笑。这个二十元钱买来的小狗狗，终究是有福，爸妈真把它当女儿来心疼。

乐乐轻轻冲娇娇叫。李兰妮打开门，张望走廊，没有看见娇娇的爸妈。娇娇自己走了进来。李兰妮问娇娇：谁带你来的？

娇娇不把自己当外人。上前闻闻周乐乐，乐乐也闻闻它。两个狗狗先后摇动小尾巴，互致问候。李兰妮知道娇娇掉牙不能再吃小肉干，忙把一个小蛋糕拿出来，掰了三分之一，掰成碎块，请娇娇吃。娇娇抬头看李兰妮，张开嘴无声地笑一笑，吃地上的蛋糕碎。乐乐在一旁不甘心，凑过去吃。娇娇反客为主，娇嗔地斥责几声，不许乐乐来吃它的蛋糕。乐乐很绅士，赶紧闪一边待着。眼不见心不烦。他似乎懂得娇娇是伤病员，又是女生，不妨让它逞一下小威风。

珍姨开门进屋，见到娇娇很惊讶。她退到楼梯口，对着楼下大声喊：娇娇在这里——娇娇在李老师家。

李兰妮问：谁呀？

珍姨说：娇娇爸。它爸到处找它。刚才我还看到娇娇爸到东座找它找不到。

娇娇偷跑出来的？

跑两回了。第一次去东座三楼找它妈妈的同事。那家小孩特别喜欢狗。娇娇居然跑到那里去串门。第二次跑到匪匪家。去找匪匪玩。

大病之后总关在家里，娇娇，是不是闷得慌？

娇娇爸从楼下楼梯口走上来，气喘吁吁。啼笑皆非地扫娇娇一眼，打着手机说：这回在乐乐家。在吃乐乐的零食。你别过来了。我带它回家。

娇娇见到爸爸来，忙往厨房躲。珍姨帮着去捉它，它又往书房、阳台跑。周乐乐也跟着跑。娇娇爸擦了一把脸上的汗说：人家来送快递，就是开门签字一会儿工夫就不见了。

李兰妮道：它想跟小朋友玩。你们带它出去走走嘛。

娇娇爸说：没时间跟它玩。它就闹出走。还挺会选地方。知道去找它妈妈同事家，还知道来找乐乐。成精了。

电梯门开了。娇娇妈从电梯走出来。她挺着大肚子，看来已有七八个月的身孕。

李兰妮说：啊？要做妈妈了。

娇娇妈微微笑，对丈夫说：你快带娇娇回家吧。我去超市买几个苹果。

娇娇爸从珍姨手里接过娇娇，示意娇娇妈离狗远一点。

娇娇爸说：是不是喜欢乐乐家？送给乐乐的姐姐好不好？娇娇跟乐乐做伴好不好？

李兰妮敏感地问：你们想送走娇娇？

娇娇爸点头。娇娇妈说：还没有想清楚。

李兰妮说：我拿本杂志给你看，里面有例子。养犬家庭母亲怀上孩子，只要小心一点，其实不必送走自家狗狗。

娇娇妈道：我也看过。可是老公很担心。

娇娇爸说：我想把娇娇送给别人养一年。等孩子一岁了，再把娇娇接回来。

李兰妮说：当初酷丫爸也这么想。可是，酷丫……你知道吗？

娇娇爸说：知道。我们不送那么远，最好收养人家在广州。

娇娇妈说：我怕她到别人家不习惯。有人说，不如打一针让它安乐死，我实在不忍心。到现在，我一想起毛毛就难受。没理由就消失了。

李兰妮叹气：据说在深圳。

李老师你相信吗？

我……不知道。

你看过毛毛在深圳拍的照片吗？听过毛毛在亲戚家好玩的故事吗？没有

吧？我一想到毛毛和酷丫，我就想，要留下娇娇。我怕今后会受良心责备。

珍姨带乐乐出去遛弯，回来一进屋，扔下手中狗绳，气哼哼地说：李老师，我刚跟人吵了一架。

乐乐抬头看珍姨，表情严肃，眼神同情。

李兰妮连忙去帮乐乐擦洗小脸蛋、小爪子。从头到脚，照惯例要仔细擦洗两三遍。

珍姨激动地在李兰妮身旁走，叙述事发过程。

那个女人，我忍她很久了。每次我带乐乐从她门前路过，她都破口大骂。她住一楼，把周围圈起来，围了个小院子。那叫占用公共用地。她总骂死狗脏有细菌到处拉屎拉尿。以前我不跟她计较，拿纸出来给她看，告诉她乐乐拉屎都会捡起扔到垃圾桶，乐乐不会在她家门前拉尿。我好声好气跟她说，她臭口臭面嘴不停。还叫我去死。还说要把所有的狗碎尸万段。我看她五十多岁，年纪比我大，就不跟她啰唆，每次都带乐乐快快走。她以为我怕她。今天追着我和乐乐骂，叫我们去死，全家死光光，天下就太平安乐了。还扔个可乐瓶砸乐乐。我不再忍。我力气比她足，声音比她大，她会闹我也会啊。这种人给脸不要脸。我就说：我忍过你多少回，今天警告你，从此不再忍。这条路不是你家的，这天下也不是你一家的。这只狗有狗牌狗证，不违规，不犯法。没招你惹你。凭什么你喊打喊杀欺负它？你人老，别卖老，要给自己给儿孙积点德。你不怕报应？人在做，天在看，头上三尺有神明。不要怪我没有点醒你！

珍姨有分寸。该张口时就张口。李兰妮给乐乐擦洗完毕，抱着乐乐说：乐乐谢谢珍姨。乐乐说珍姨消消气。

乐乐抬头看李兰妮，好像在理解她的话。又转头看珍姨，眼神好像在说别生气。珍姨抱过乐乐来，用脸贴一贴乐乐的脸，对乐乐说：什么世道啊，这么乖的孩子她不给活路。人心烂掉了。

李兰妮担心道：那个人会不会找你麻烦？

她敢！这种人就是欺软怕硬。我一骂，她就收声了。进她院子去了。

以后别从她门前过。

就要从她门前过！看她敢把我们怎么样。她还嫌乐乐脏有细菌，我看她这种人才脏有细菌，心里乌黑邋遢。

别生气了。

做人怎么能够不生气？不能总忍。你忍出病来了。乐乐也忍出病来了。告诉你，我不忍。不能让别人骑在头上拉屎拉尿。

嗯。

我最恨人欺善怕恶。那么多汽车废气装修噪音抽烟吐痰随手丢垃圾随地踢球吵闹，哎，她不说不骂，她就盯住我和乐乐骂。她就是欺负我是钟点工没身份，欺负乐乐是只狗不会说话。钟点工怎么啦给人做饭看狗怎么啦？我不偷不抢靠劳动养家糊口明白是非我就是比她有骨气清清白白。我身份不比她低我还比她高尚呢！

珍姨，喝点水，歇一歇。

恶有恶报善有善报。我这人就这样，谁敬我我敬谁，谁不尊重我我就敢跟谁拼命。

又到周日下午。哥哥决定带乐乐出发。这是执行周乐乐的心理康复计划。

二沙岛。

周乐乐明显爱上这块自由乐土。他从他的小旅行箱里跳出来，眼睛就开始发亮。无拘无束，自由奔跑。想看哪儿看哪儿，想闻哪儿闻哪儿。李兰妮跟在后面会害怕，一见到他从行人脚边跑过走过，就担心他扰民生事。周乐乐心情爽朗，专注于草木花鸟，一反过去的坏脾气，他不惹事，不扰人。他占领过一片树林后，便去狗狗集结处报到。看小朋友追来追去，你抱我我抱你。他似乎有点端着，不急于融入其中。

一只高高的阿富汗母犬对他有好感，过来闻他。就像一名一米九的超模美眉瞅中一个一米五五的举重选手小帅锅。

美女主动献殷勤。闻他的屁屁，闻他的肚皮，闻他的耳朵，又用细长的腿扒拉周乐乐的前爪，邀请他一起玩。周乐乐尽量昂首挺胸，以最挺拔的姿态面对高个儿美女。美女跑过来，轻轻撞他一下，跑开，示意周乐乐追它，跟它玩。周乐乐拔腿去追。阿富汗犬跑起来像一匹苗条的小母马，颈上的长毛随风扬起，吸引附近人们目光。周乐乐压力山大，追了两圈就自动放弃了。阿富汗犬又跑过来找这位小帅锅。

帅锅呼哧呼哧大喘气，脑袋往左转往右看，眼睛避开美女目光，肢体语言表示：谢啦美女今天帅锅没空咱不玩了行不？

阿富汗犬磨蹭一阵，发现帅锅真的无意再追逐，便跑开去找自己的主人撒娇。

自行车绿道上，李兰妮看到萨摩耶犬妹头妹丁拴在一根狗绳上，追着它们老窦的单车跑，乐呵呵的。杂种大哥不在车头菜筐里，它在老窦的车前领跑呢。

看不出它这位老窦是穷人还是富人。若说是富人，他骑着这么旧的单车，穿一件蓝色旧T恤，简朴如一个下岗多年的老知青。若说是穷人，他拥有价值不菲血统正宗的萨摩耶，还能随心所欲骑车带三只狗逍遥度日，住处不会是路途遥远的贫民区。不管此人家境如何，目前他的生活是宽松自在的。

哥哥过来碰一碰姐姐的手，示意她看乐乐。不知什么时候乐乐跑到小型犬中间去了。他去骑跨一只阉过的咖啡色贵宾犬。贵宾犬个子比他高，身材比他长，但是暂时处下风。乐乐刚骑上去，咧开嘴，没来得及嘿咻，就被贵宾犬甩了下来。贵宾犬翻身去骑跨乐乐，乐乐左甩右甩，贵宾犬跌跌撞撞。一只黑色小不点吉娃娃忙叨叨凑热闹，跟在后面嗷嗷叫，很用劲地挥动细细的小爪子。一会儿扒拉扒拉周乐乐，一会儿拉扯扯贵宾犬。它骑跨不了任何一只犬。最轻量级。最矮小。可是它雄心勃勃，捣乱不止。

乐乐不生气。三个小家伙纠缠一阵，都累了。分别趴在各自家长脚边喘大气，眼睛却是笑眯眯的，神情满足。李兰妮忙将乐乐装水的奶瓶拧开盖子，将清水倒在瓶盖里。乐乐一口气舔光一瓶盖水。李兰妮又倒满水让他喝个够。

当天晚上，乐乐洗了澡，洗得香喷喷的。李兰妮把他抱上床。周乐乐没有立刻跳下去。李兰妮装作不注意他。洗澡刷牙看书。

夜晚子时。李兰妮倚床就着台灯看书。看着看着走神了。有种感觉在分散她对书本的注意力，她往腿上扫了一眼：乐乐的小脑袋瓜拿她的腿当枕头，信任地枕着她。刹那间，李兰妮明白：她可以重获周乐乐的爱和信任。

周日，李兰妮带着周乐乐遛弯。忽听有个轻柔的声音叫乐乐，原来是毛毛妈。

毛毛消失后，李兰妮心里总是放不下这件事。她不知道该相信谁的话。周乐乐曾经非常喜欢毛毛妈，每次见到一定撒娇。小尾巴摇得很疯狂，整个小屁股扭得好像就要飞出去了。还非要毛毛妈抱一阵子。末了还要跟着毛毛妈走。

李兰妮吃醋，骂：小狗东西，喂不熟的狼。

毛毛妈开心地笑。抱紧乐乐，摇一摇，晃一晃，摇晃得乐乐舒服了，便说：想跟阿姨去找毛毛啊？过几天好不好？等我有空了，就开车带乐乐毛毛出去吃农家菜走地鸡。耐心等啊。毛毛妈说完会把乐乐交给姐姐抱。乐乐不甘心，在姐姐怀里扭来扭去，眼睛紧紧盯着毛毛妈。一副身在曹营心在汉的小模样。

如今，乐乐对毛毛妈感情大减。在李兰妮的催促下，他敷衍潦草地闻一闻毛毛妈的脚，尾巴都懒得摇。匆匆掉头速往小公园草坡走，人模狗样，好像很繁忙。

李兰妮用眼神致歉意。毛毛妈笑，接过李兰妮手里的牵引绳说：没事的。好久没跟乐乐玩，阿姨陪乐乐走一走。

乐乐不抗拒，不兴奋。自顾自在前面四处嗅闻，对草丛树根遗下的狗尿作分辨，根据兴趣进行泛读、精读。毛毛妈牵着绳，耐心跟在后面等，看着乐乐的一举一动，享受着这样的时光。

李兰妮早就存了心，要找一个单独相处的从容时段解开疑惑。大家都忙，极少碰面，又不能装傻充愣，登门去问毛毛究竟是死是活。很长时间以来，她们即使碰面，李兰妮顾忌身旁人来人往，不宜开口戳人伤疤。

此时，四周安静，是个机会。李兰妮想了想，打开天窗说亮话：

毛毛好吗？你们真的不打算带它回来了？

挺好的。它不会回来了。

乐乐很想毛毛。很长时间不习惯。不开心。

乐乐……没事的。

我也常想起毛毛。像它这么厚道纯种的狗狗很少见。它那么顾家，家里人一个不在眼前它就会紧张呼叫寻找。它是我见过的狗狗里最爱家人的。最忠诚的。

是啊。

你们怎么舍得送走它呢？换了是我，肯定舍不得。就连娇娇妈也是。她快生了，她舍不得送走娇娇。

娇娇是小型犬，好办。毛毛块头大，叫起来声音很吓人。主要我们太忙，没时间陪它。

我听到一个传闻。我不愿意相信。说的人多了，我……也有点糊涂了。他们说……据说是，你家买了新沙发，毛毛总在沙发上拉尿，你们就……就带它去打针，安乐死。

……毛毛是喜欢在沙发上床上拉尿。没人在家久了它会发脾气。……没有打针。没有。送亲戚了。

我很早就想问。我不相信……为了一套新沙发，毛毛就送了命。

怎么会呢？不会的。沙发……没事的。

没事我就放心了。

……

最近很少见你出门……

我在做脱敏治疗。哮喘。医生说查出过敏源，脱敏一年就能好。所以少出门。

这种疗法我也听说过。

……李姐，你有没有纸巾？刚才走过桂花树，叶子碰到……眼睛痒。

李兰妮站住。

她慢慢地在随身背的小背囊里找纸巾。心里，有所思，有所想。走神了。不许走神。大脑关闸。不许乱想。

她选择相信人的善良。经上说，那没有看见就相信的人，有福了。

她掏出纸巾，递过去。

她静静地看毛毛妈用纸巾拭去眼角的泪。

李兰妮的父母又到广州来看病。到了广州三四天，李兰妮一直没有登门报到。按理说，至少要到父母家晃一晃，点个卯。或者礼貌性地邀请领导下基层，莅临寒舍做指导。她有难言的苦衷。例行体检时，彩超结果颈部两侧淋巴结"血流信号丰富"，体检部主任建议李兰妮去肿瘤医院做复查。

李兰妮去肿瘤医院做核磁共振。又一次昏厥。

昏倒前几秒钟，她看见护士长惊慌的脸。她微笑，想说话，没等启齿就大脑一片空白。醒来时，发现自己在门外病床上。起身。护士长不许李兰妮走，说是要观察半小时才放行。

回家的路上，李兰妮想：该做准备了，以防万一。

严重抑郁时，李兰妮已经写好了遗嘱。简单。省心。死后第二天就烧成灰。骨灰不留，遗物不留，存折留给父母。

需要给周乐乐留点钱吗？需要为周乐乐写一个补充遗嘱吗？

对李兰妮来说，周乐乐已经不是一只宠物，而是自己的孩子。准备自己的后事时，必须保护周乐乐的生存权利。

酷丫吐血死在湖南，对李兰妮有触动。

如果这个家庭有变故，新的女主人愿意留下周乐乐吗？万一新人提出要怀孕生子必须送走乐乐，乐乐能往哪里送？妈咪老了，无力抚养乐乐，爹地不喜欢乐乐。李兰妮要把周乐乐托付给弟弟。虽然弟弟怕狗，非常害怕狗狗误伤妻子女儿，但是他善良可靠，他会善待周乐乐，做到不离不弃。

李兰妮一向与父母、弟弟很少见面，有事电话联络，无事可以一个月音讯全无。当弟弟的很理解躁郁症病人的难处。李兰妮手机持续几天关机、固话没人接听时，他知道李兰妮犯病了，正在沉默煎熬，作为亲人最好的援助是不去打扰她，在心中为她祈祷。李兰妮不需要任何探视、慰问，她要的是归于安息，从平静中得力，从忍耐中得救。

李兰妮自癌症化疗后，就开始减少与弟弟及父母相处的时间。相互珍惜不在于见面次数，在于祝福平安。李兰妮希望家人习惯她的不在场，习惯生活中渐渐褪去她的色彩。

杨绛先生的《我们仨》出版后，李兰妮买了一本。看完后转送弟弟和父母阅读，其用心弟弟、父母都明白。

姐弟俩互相扶持，形成默契。李兰妮选了个安静的时段致电弟弟。她习惯重要的事座机对座机，这样通话才清晰。

李兰妮说：我写好了遗嘱。在电脑里。万一……以这个为准。

弟弟说：嗯。要不要拿去公证？

不用。就在我的认知日记里。我的钱留给父母。

好。你放心。

父母幸亏有你照顾，我没有牵挂。

知道。

现在多了个乐乐。你看，我要写补充遗嘱吗？

没必要。你相信我好了。

我相信你。……我想跟爸说说遗嘱的事。单独说。

礼拜天吧。我找个理由，送他单独去你家。

父亲说：有啥事啊？听说你又昏倒了。医生怎么说？

李兰妮说：我的病是看不好的。

客厅里只有李兰妮和父亲。还有周乐乐。

父亲坐在中间的沙发上，李兰妮坐旁边的沙发。周乐乐看了看形势，选择跳上中间的沙发。父亲似乎有点拘谨。他不安地看窗外。他的眼睛不看李兰妮。也许弟弟跟他透了风，李兰妮要提前交代自己的后事。

李兰妮说：爸，我写好了遗嘱。存折留给妈妈。就是说，我要是死了，我的钱留给你和妈妈。

父亲说：我不会花你的钱。

你们不花……就留着。多一点总比少一点好。

我们就是想……你能活到现在，很不容易了。我们就是想……尽量吧，你啊，尽量多坚持几年。就是……努力，尽量，时间长一点。

我懂。但是，我要当面跟你谈一下我的遗嘱。谈了，我就放心了。

不用谈了。你遗嘱上怎么写的，就怎么办。

还有两件事，遗嘱里面没有写。

……

第一件，我有一本书，写抑郁患者精神档案的。如果我死了，你们帮我，把这本书的版权捐了。

……

我希望能帮抑郁症病人，可能有一点用。

……

我不知道有没有用，本来……好像应该留给家人。可是，我不知道怎么解释，我想捐……这本书，好像是个心愿。

按你想的做。以后的事……你不要担心。

好。不担心。还有一件事……

李兰妮眼睛移向周乐乐。这时，她发现，乐乐趴在爹地身边，爹地的大手放在它头上，下意识地、一把接一把地揉搓着它头上颈上金色白色的毛毛。李兰妮释然。

哦。不用说了。

李兰妮默默在家熬过一个月。渐渐气力有好转。她晴天拄着一根长柄尖头雨伞出门。有意要去小公园走一走，权当有氧运动。

下楼时，李兰妮在电梯间见到娇娇爸。娇娇爸乐呵呵地点头。李兰妮问：娇娇好吗？

娇娇爸笑着说：娇娇当姐姐了。

李兰妮说：啊生了！娇娇呢？

娇娇爸自豪地说：留下来了。让它和妹妹一起玩。省得独生子女太寂寞。

李兰妮由衷地说：恭喜！娇娇真有福气！

走出电梯，走出大门，李兰妮觉得天空晴朗，心情也晴朗。

多梦。一个梦接一个梦。我只记得后面那个梦。

两辆奔驰大巴载着我们往前开。前后左右都是同行同事和朋友。说说笑笑。我摸旅行袋，里面有一条漂亮的长裙。我打算入住宾馆之后，立刻换上这条彩色柔软的长裙。我身上的休闲服皱巴巴的，是我遛狗时穿的旧衣衫。我不知道这么一大群人到底要去哪里？要去干什么？但我不操心。周围都是熟人，跟着大部队没错儿。

车停在一个繁华陌生处。一望无际的欧式建筑群，一幢一幢的楼房没有一幢是重样的。领队的女同事宣布：拿好各自的钥匙，进屋放行李。十五分钟后集合吃晚饭。

附近有个嘉年华大舞台，台上有人唱歌跳舞。声光电闪舞台背景不断变幻，台下黑压压一大片歌迷摇着荧光棒唱唱跳跳。我听不清他们唱的是什么？我赶快往大舞台相反方向走，离噪音混乱远一些。

忽然发现，我身旁只剩一男两女。我们与大部队失散了。这一男两女既是同行，又是我在广州多年的朋友。我不慌张。这三人都会开车，方位感比我强。我问：这是什么地方？一人答：王府井。我说：怎么可能是王府井？王府井在北京。他们三人都说，这就是王府井。我心想：瞎说。这里没有街道、商厦。逗我玩呢。

管它是哪里。累。我想赶快入住躺下歇息。

我跟着三人走进一个奢华大楼，走到一个类似环球影院小放映厅的门前，男同行说：我到了。那木门很厚重有雕花，上面有两个会议厅门面的镀金把手。他双手一推，进门，门就缓缓地自动掩上了。

我们三个女人议论道：哇——他分到这么好的客房？运气真好。难道男士就可以住大套间？

三个女人急着要看我们的运气怎么样，我们的客房是哪一间。奇怪，我们三人只有一人手里有钥匙。钥匙是个长方形不锈钢铁片。上面一端有个九十度折角，折角是三角形，像个凿子。我想这是高科技钥匙，还是复古型钥匙呢？

拿钥匙的同行将钥匙的三角凿尖对准门孔，门自动开了。进屋，快快放下行李袋。屋内狭窄，靠墙放了一张单人床。另两面墙围着两块木栏当加床，只能侧身睡。屋里脏乱。被单、被子、枕头没有折叠整理，似乎住客刚离去，客房服务员尚未打扫，地上还有烟头、茶渍、面包渣。

拿钥匙开门的同行躺到床上说，好累。三个人怎么住得下？我说：你们等着。我去叫人来清扫。再去找领队要一间房。

我匆匆往外跑。这幢楼外面装修得很豪华，没想到房间里面这么差。找不到客房服务部。找不到总台。找不到大厅经理。我穿过一幢又一幢大厦的大堂，找不到服务员。也找不到一个熟悉的面孔。大堂里摆着一围一围大圆桌，数不清的宴会。结婚的。贺寿的。庆功的。都在祝酒。喧喧嚷嚷。

走出大堂。想去停车场找我们的大巴，想看大巴上有无熟人。可是我发现停车场没有了。嘉年华大舞台和歌星歌迷都消失了。我在想：难道我真的脑残了？找错方向了？

我四下张望。赫然发现，我背后是无尽的豪华酒店群，而我面前是一大片墓地。这些墓地一个位置一定很贵。它们能够紧挨着黄金地段，有钱又有权才能在此占一个墓地吧。这些墓地一个一个挨得紧紧的。太没个性，千篇一律。都是坟头一个拱圆形大理石，涂成赭色，前面立个矮碑，碑窄得有些小气。

我好奇地走过去，想看一看这些碑上写的什么字。我想知道能躺在这种风水宝地里面的，生前是些什么人。往前走。抬头看，有点害怕。这片墓地也是看不到尽头啊。这里埋了多少人啊。成片墓地前有人转悠。是个七十多岁的老爷子。既不像土气的农村人，也不像城里有钱人，倒像个过去年代的乡村私塾先生。黑衣黑裤，长袖、裤脚都卷起，露出一大截白。老人板寸头，瘦长脸，细长眼，灰色眉毛，有点含背，神态闲适。

我问他：这里叫王府井吗？

老人说：对的。

我说：这里怎么能叫王府井呢？

老人说：叫啥不行？

我想想有道理。又问：怎么规划的？墓地不应该在这里。

老人说：一直在这里。

我心想：哦。原来不是死人来挤活人的地，而是酒店的活人来占死人的地。

我对老人说：你住附近吗？

老人说：我过来走走。

我说：我也是过来走走。我想去看碑上写的是什么。

老人说：天黑了。看不清。

我说：那我明天早上过来看。

老人冲我微微一笑。他的表情有点怪。他是笑我无聊，还是觉得毫无必要？或者我不应该走过去，那里没啥可看的？什么意思？

我动脑筋想事就头痛。头痛。痛。

我醒来。脑海里是一个一个拱形墓围，赭色。黑衣老人是谁？那些拱形大理石粗糙而丑陋，梗在我心头。隐隐地恶心。闷闷地胃疼。

我给自己加药。除了阿普唑仑加到五片，中午两片，夜晚三片之外，优甲乐我加到六片。阿普唑仑作用之一是抗焦虑镇静催眠，优甲乐用于甲状腺癌术后的抑制治疗。有点讽刺，我天天必吃的三种药包括赛乐特，商品名称中，都有一个"乐"字。可见这个病人多么的缺乏"乐"。

按医嘱，佳乐定每日两片，临睡前半小时服下。优甲乐每日一至两片，早上一次性服下。如果宅在家中，我便遵从医嘱。如果要出差开会，我就擅自加药。佳乐定的副作用有兴奋、多语、精神不集中。优甲乐的副作用包括：心绞痛、头痛、呕吐、假脑瘤（头部受压感及眼胀）；药物过量导致激动、无意识运动，代谢率急剧升高，长期滥用会出现心脏性猝死。

为了逼迫自己以正常人状态走出家门，我必须在出差七至十天前，给自己加大药量。这种拿捏颇危险。在抑郁状态下，我害怕出门见人，害怕接听电话，害怕坐交通工具，害怕说话。甚至不愿起床、洗脸、刷牙、吃饭、走路。生活节奏与正常人不接轨。我必须利用药物的副作用，让自己逐渐兴奋起来，增加体内新陈代谢速度。人处于兴奋、接近躁狂状态时，就能面对社会面对工作了。

每天我往出差行李备忘录上添加物品。第一项是药品。没有钱可以借，可以用卡。没有抗抑郁药找谁去借？这类药属精神科专方开出，限量。药房给药时特别谨慎。

我猜，这是怕人积攒多了用于自杀吧。其实，吞药自杀成功率极低，铁了心要死的人不会选择服药自杀。药物自杀可以洗胃。容易被发现送院急救。而跳楼，尤其是从十层以上楼层跳下，不可救。

出差时，药品要多带。行李箱里放上各种药，随身带的挎包里也要放上各种药。

备忘录第二项才是：身份证、钱包、手机。

收拾行李时，注意力无法集中。我就用大行李箱，把衣服等物品往里扔。为了振奋自己的精神，我要用红色衣裙、化妆品把李兰妮武装起来。

我藏在红色的背后。

过去多年，我喜欢白色衣裙，淡妆。严重抑郁之后，藏在我体内的抑郁的幽灵像《画皮》里的妖。粉底、胭脂、口红、刷了又刷，刷出貌似健康的好气色。

我往行李箱内扔巧克力、棒棒糖、特浓咖啡、凤凰单枞岩茶、曲奇饼、苏打饼、甘草姜、大杏仁、核桃酥、薯片……好多好多零食。高热量、高能量。为的是把体力催生出来。修正版的拔苗助长。我开会期间继续加大药量，把李兰妮推向躁狂。这样的李兰妮除了性格外向，多语妄言，似乎健康正常。

抑郁的灵躲在画皮的背后喘息。

出差如果超过一周，躁狂的灵就要失控了。必须花费精气神扼住它。尽量拖延时间。赶快撤退啊！

再不撤退躲回家中减药，后果难料。减药减药。

每次出差开会，就是一个循环：抑郁——躁狂——躁狂抑郁——抑郁。每次出差之后，一定是抑郁趴下。

讨厌抑郁的李兰妮。讨厌躁狂的李兰妮。

宅在家中。读经，祷告，交托，盼望。药物治疗、信仰治疗、认知治疗、宠物治疗、饮食治疗、光照治疗……

这就是病人李兰妮过的日子。

必须拥有信心，必须拥有盼望，必须拥有爱和信任。否则，怎么活？！

呵呵呵。嘿嘿嘿。

我在二沙岛草地玩。突然一个黑影冲过来，撞了我一下。原来是匪匪。匪匪爸妈开车带它来玩。匪匪搞破坏。它想欺负一只比熊，被人家的爸爸挡住了。匪匪自己疯疯傻傻跑。自从它生了小崽子，小崽子送走了，匪匪有点呆。我想去跟一只贵宾玩抱抱。匪匪冲过来。抱住我的头，想用肚皮压住我。

我是男子汉，不跟它计较。我用力甩开它。匪匪更来劲了。过来用头拱我，用两只前爪按住我的头，它要骑跨我的头。

姐姐叫：快拉开匪匪。

匪匪爸骂匪匪，踢它说：走开。女流氓。流氓啊。

匪匪妈说：领导领导。

姐姐说：什么意思？

匪匪妈说：匪匪这是想做领导。不是耍流氓。

哥哥说：乐乐，发火。吼一个。

我大吼，使劲甩开匪匪。小爷是这么好征服的吗？是你能领导的吗？你去领导太监吧。

匪匪被我骂醒了。不再呆头呆脑。它前爪伸直，撅起屁股，摇摇尾巴，这是邀请我跟它玩。它突然冲我飞了个眼，跑了起来。它耍我，说我不敢追，我跑得没它快。

比就比。别以为你身高腿长就了不起。咱不比身高比速度。我飞奔。追啊追。眼看快追上了，匪匪一发力，转个弯，又朝另一个方向跑。

姐姐喊：乐乐，加油加油！

哇——我像能飞耶。前面匪匪突然放慢脚步，它怎么了？自动弃权算认输。算我赢？

姐姐跑过来，大喊：并列第一！

匪匪在看一只比它高大的母狗，去闻它的屁屁。我看到路易了。我赶快跑去闻路易的屁屁。路易眼睛瞎，听觉比以前更好。它听出是我，它先摇起尾巴。我去碰碰它的头，告诉它，我见到它很高兴。有三个人跟姐姐说话。其中一个是路易妈。

路易妈说：你们看，宝宝长成大姑娘了。

哟哟哟。

喔喔喔。

匪匪妈对姐姐说：匪匪不认识女儿了。看——好像想起来了。记起宝宝的味道了。

一个阿姨轻轻过去抱住宝宝说：这是生你的妈妈。别害怕。

一个叔叔抱着路易走过来，对姐姐说：我们从深圳直接开车来，让你看一看。应该放心了吧。

匪匪爸妈过来问姐姐：是你约来见面的？

姐姐说：都是我的朋友。他们两家是邻居。介绍一下，这两口子是宝宝的新爸爸新妈妈。

这是怎么回事呀？搞什么搞？我都糊涂了。我要去仔细闻路易闻宝宝。从头闻到脚，关键部位一个不放过。闻闻究竟怎么一回事？我还要动用神犬001的本事，发挥想象力，搞清眼前这件事。

路易妈说说说。姐姐说说说。宝宝的新爸妈说说说。

路易妈常出国，一走一个月。路易瞎，宝宝小，保姆要回老家。路易妈跟姐姐在电话里说，有办法。宝宝的新爸新妈出现了。宝宝特喜欢这个家，天天有煲汤肉骨头吃。路易也寄养在这个干爹干妈家，路易也有肉骨头吃，还有鸡肝鱼肝吃，吃了补眼哦。

　　哇塞，我太牛了。这么复杂的案子一下子查个水落石出，清清楚楚。神犬001比电影里的特工007棒多了。小爷我不用刀，不用枪。动动鼻子，动动耳朵，动动脑子，搞定。

　　姐姐说：我就是有病嘛。亲眼看见才放心。

　　哥哥说：有病你就老实治你的病，少操心。

　　姐姐说：跑起来。乐乐来追我。

　　我追姐姐。匪匪追我。宝宝追匪匪。

　　路易靠在妈妈脚边笑。它听我们玩。

　　啊哈啊哈啊哈。

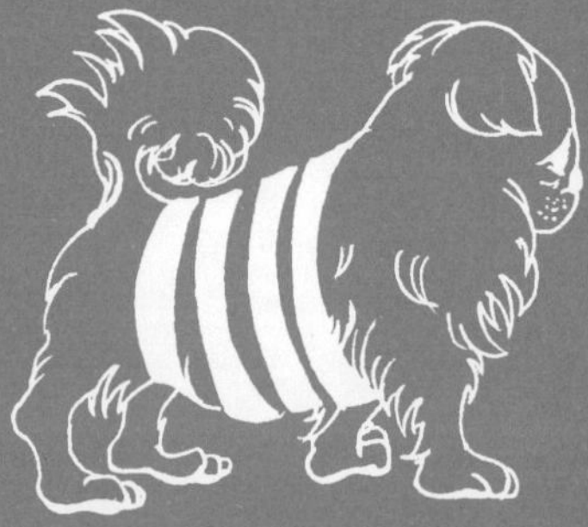

16. 见　证
——实习医生周乐乐

::李兰妮号叫。房屋震动,耳朵疼痛。她倒在地板上。周乐乐用前爪使劲扒拉李兰妮,似乎要唤醒她的神志网上提前炒作"2012 世界末日说"。网友们嚷嚷赶快把钱花光光。该吃吃，该喝喝，该嫁嫁，该娶娶。正如李白大爷说：五华马，千金裘，呼儿将出换美酒，与尔同销万古愁。

李兰妮对 2012 末日说兴趣不大。网上帖子说：时间不多了，遗憾啊。还没有找到老婆，没来得及生孩子。花一分钟想想吧，你的遗憾是什么？

不由自主地，李兰妮想了想。她还有两个心愿没有了。一个关乎周乐乐；一个关乎他的爹地妈咪。

既然上帝要李兰妮继续活，那她就要履行职责。她读到圣弗朗西斯祈祷文中几句话，特意记了下来："在仇恨之处，播下爱心；在伤害之处，播下宽恕；在怀疑之处，播下信心；在绝望之处，播下盼望；在黑暗之处，播下光明。"末日到来之前，我们要做"和平之子"。

母亲打来电话。她自己坐公共汽车，转了一趟车，找到曾经去过的那家精神科。医院开通了电话预约挂号和网上预约挂号。儿子、儿媳一个专攻电话预约，一个负责网上预约。她挂到了主任的专家号。主任夸奖她终于自觉走进精神科诊室。开了百忧解、阿普唑仑。

三天后，李兰妮接到母亲电话。

母亲说：我吃了百忧解，第二天就见效。足足睡了五个小时！多少年了，没有睡过这么舒服一个觉。

李兰妮极其高兴，热烈回应：好哇好哇。早该吃药嘛。

母亲说：可是，我肚子上、背上起红斑，血红血红的，很痒。

噢——可能是过敏。你不要用手抓，越抓越多。我也有过这种经历。

我看百忧解不能吃了。明摆着不适应。

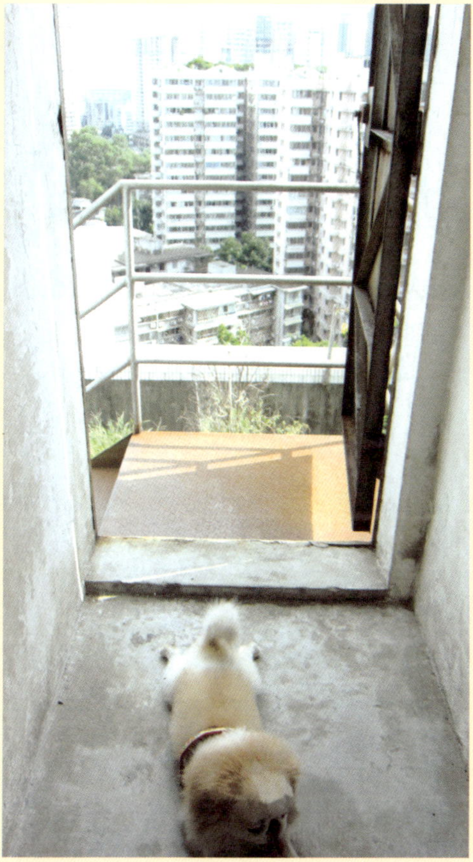
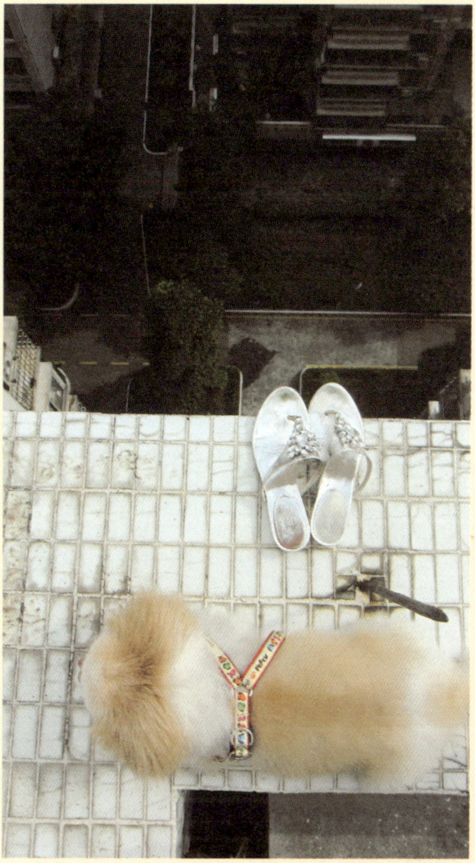
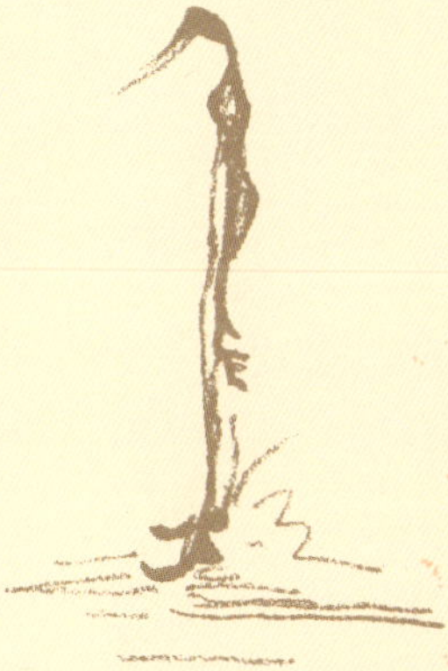

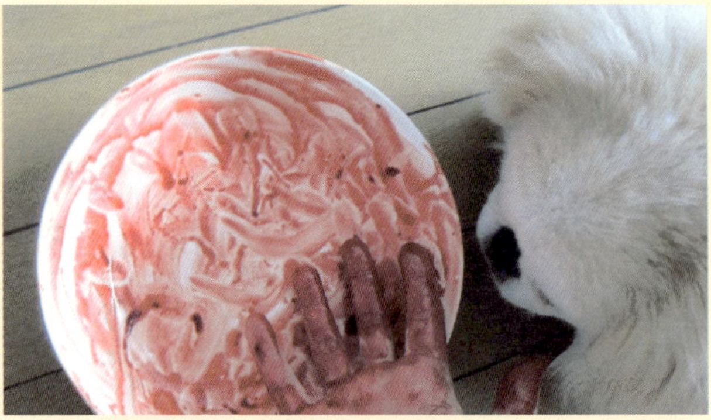

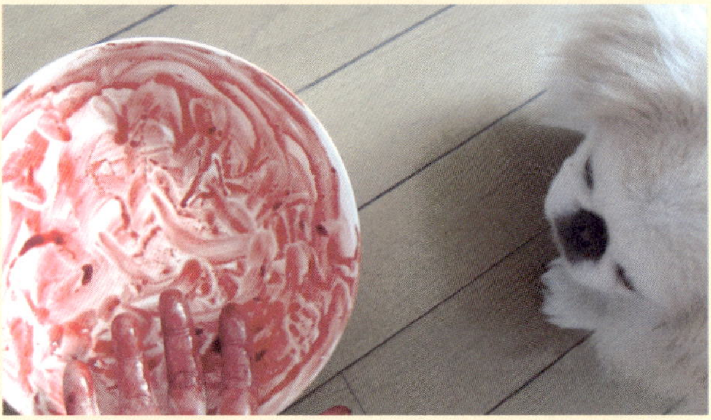

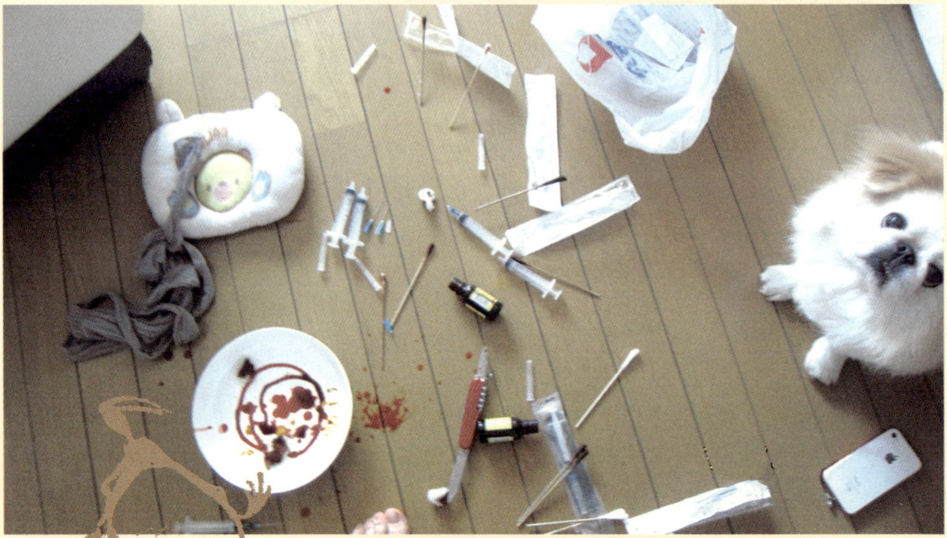

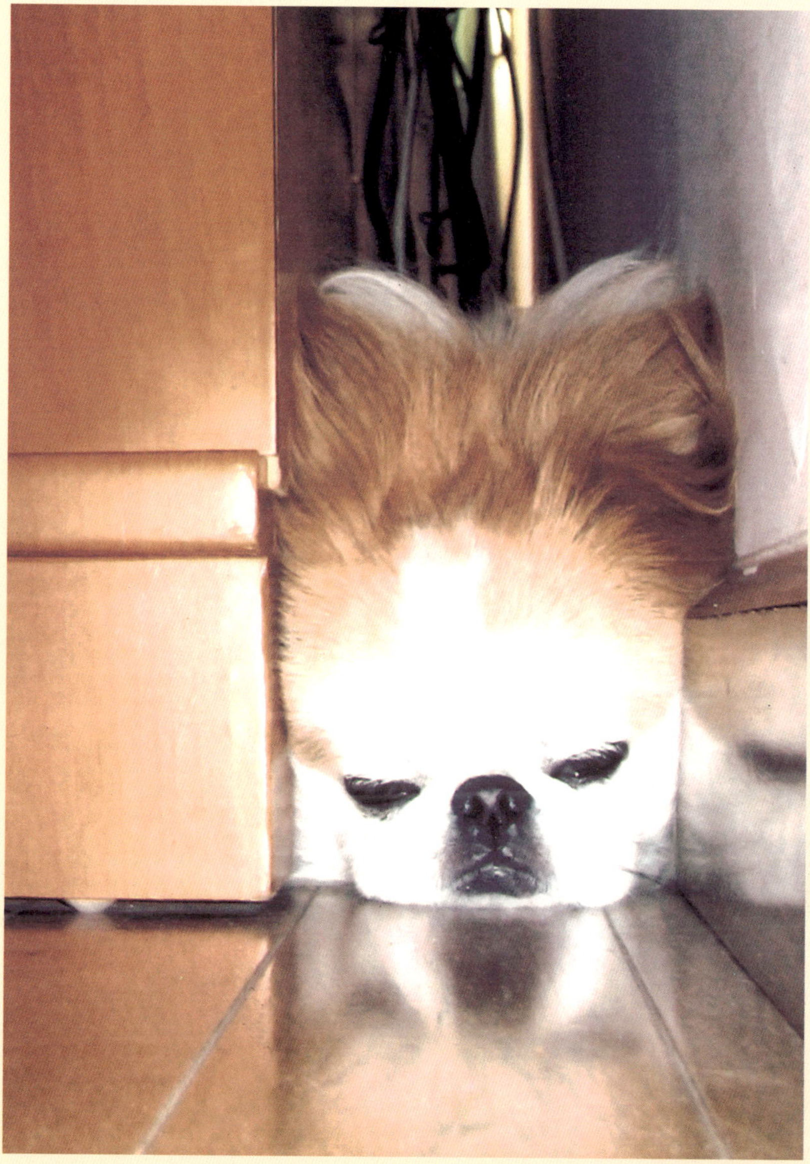

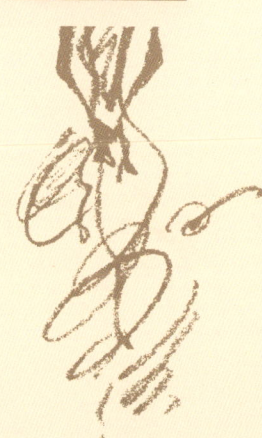

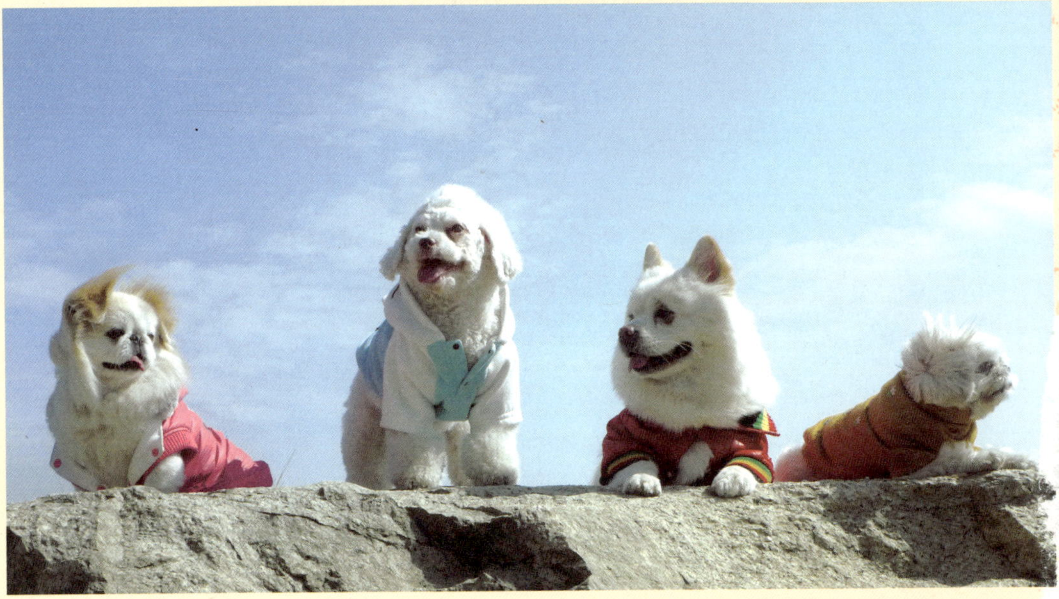

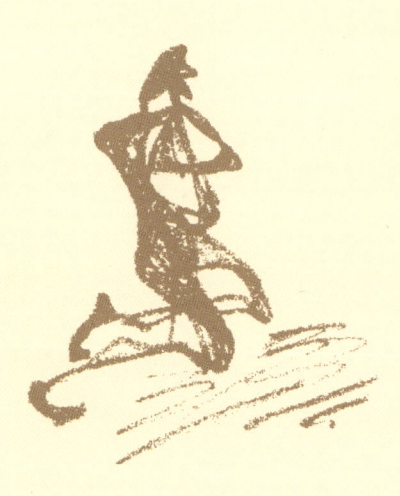

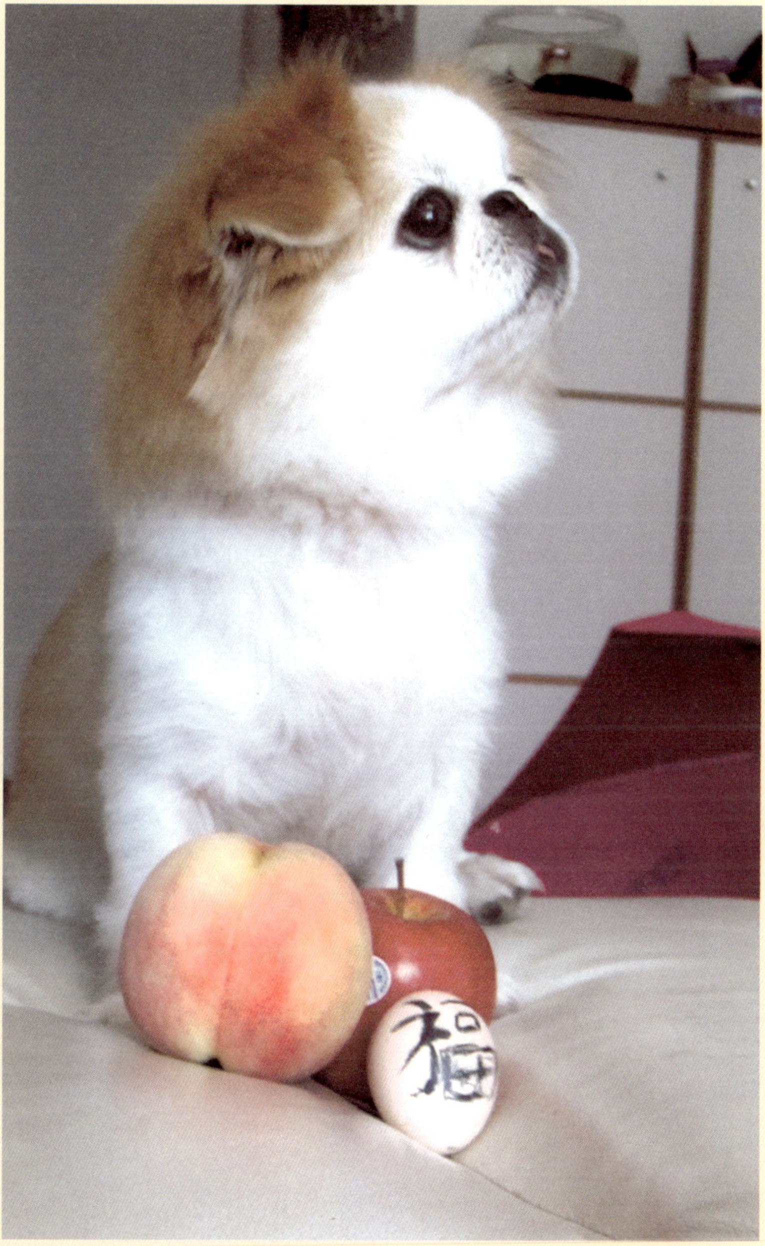
福

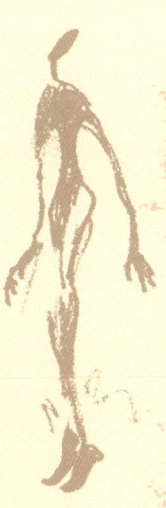

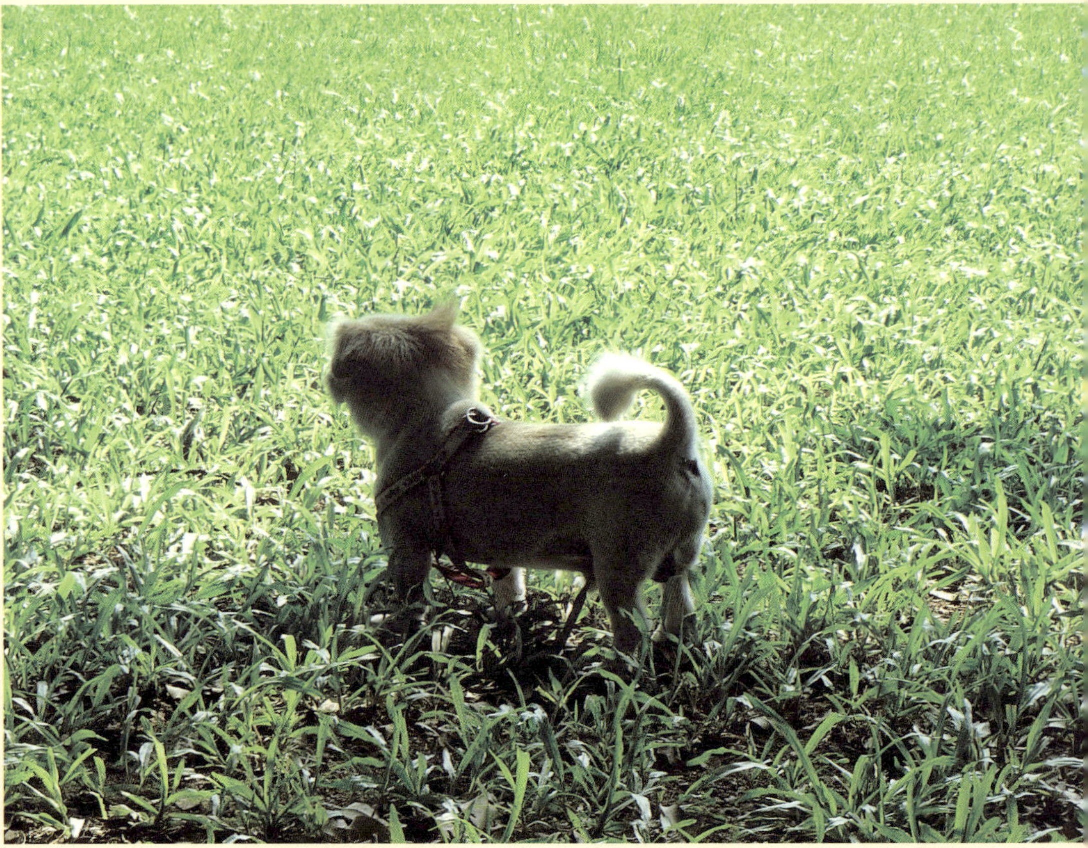

再坚持两天，观察一下，说不定适应适应就消了。

过了两天，李兰妮致电母亲。

你下午在家吗？我上门传授经验吧。我算半本"抑郁症指南"耶。

不需要指南。我找过主任了。他让我找手下一个女医生，开了弗伏沙明。

那也好。抑郁症药有很多种。说不定这个药合适你。加油！

别吵我。你话太多。管好你自己。不要来烦我。你来我就不试这个药了。病人要安静。让我安静。

懂。我懂。我也不喜欢人家来探病。这就是抑郁症病人的毛病。

别打电话催我烦我。有没有效果我自己会告诉你。

不想听听一个资深吃药精神病人的血泪史吗？

躁狂。你歇着吧。让我也歇着。

李兰妮只能等。等了两天没动静。她坐出租车去父母家。吃闭门羹。老两口不在家。

晚上致电过去请安。父亲接的电话。

李兰妮说：下午你们到哪里去了？我扑了个空。

父亲说：过日子事情多。拿药啊，去银行啊。叫你不要来，管好你自己。

请咱家一把手接电话。

她不想接电话。待在自己屋里不让人吵她。有啥事我转告吧。

关心她呀。吃弗伏沙明怎么样？

不怎么样。

没效果？过敏吗？

不过敏。但是没看出有什么效果。照样严重失眠，心情差。情绪很不好。

坚持。我当初吃药，坚持了一个月才见效。

不能这么比。她年纪大，又摘了胆。她说要停药。

你告诉她，本人癌症三期，挨过三刀。我能坚持，她也能坚持。

话给你带到，听不听她做主。

见习医生周乐乐出动。过了几天，李兰妮通过弟弟知道父母在家，没打算出门。她立刻与周乐乐坐出租车前往妈咪家。

李兰妮按门铃。爹地开门时，她听见妈咪在屋里说：都说了不要跑来跑去，各自在家待着就好。我累了。不想见你们。

李兰妮把周乐乐往屋里一放说：不是我想见你。是你老疙瘩想见你。

妈咪抱怨的声音立刻转为惊喜：哎哟，老疙瘩呀。妈咪的老疙瘩。我们孩子病好了？完全好了吗？姐姐有没有欺负老疙瘩呀？来，妈咪抱一抱。

妈咪一见到老疙瘩，眼睛就闪光，人也振奋起来。张开两只手，追着乐乐逗他玩。又到厨房找了一块叉烧肉，撕成小块，放在一个干净的纸壳上，权当食碟。李兰妮松了一口气。暂时安全了，妈咪在五分钟之内不会说负面丧气的话。喘口气。她坐在客厅沙发上，看到一面墙有长长的裂缝，渗水，墙皮有些霉点。

李兰妮说：你们的墙得找人来看看。要修。

爹地说：找人看过。不好修。凑合吧。

李兰妮说：这房子发霉渗水，住在里面对身体不利。

妈咪边逗弄周乐乐边说：不修。我们还能活多久？我是活不到明年了。

李兰妮说：你每年都说这个话。你老家算命瞎子说你活不过二十七岁，你都超过七十二岁了。你命长着呢。

爹地说：可不是。别看你妈病恹恹的，她肯定活得比我长。

妈咪说：你是嫌我命长。心里想，老婆子，说死说死这些年都不死，耽误我的好事。

爹地对李兰妮说：说她有病不高兴。说她没病也不高兴。

李兰妮说：有病没病都得修修破房子吧。

爹地说：修啥呀。她就不想好好过日子。你看，刚才还躺着说心脏痛头痛，今晚不想吃饭了。见到一只狗，起来了。还来精神了。

李兰妮说：乐乐是医生。专治妈咪抑郁。

爹地看着客厅中间游戏的一老一少，故意大声对李兰妮说：狗这东西在北方最贱，不值钱。咱老家差不多每家都做狗皮褥子，这皮子暖脚。

李兰妮抗议道：你说这话多扫兴。

爹地嘟囔道：咱老家生孩子怕养不活，要取贱名保性命，就叫大狗、二狗、狗剩什么的。

李兰妮说：现在是二十一世纪，连珍姨上小学的儿子都知道，狗是人类最好的朋友。

爹地撇嘴，极其不屑。妈咪被激怒，手指爹地说：你就是故意的。自私，顽固，没有爱心。我跟你就是没有共同的语言。

爹地毫不示弱，说：资产阶级小姐跟农民当然没有共同语言。你每天炒菜锅要用洗洁精来洗，太讲究，太卫生，不环保。

妈咪道：嘿呀，还好意思说，你从来不用洗洁精洗锅，锅边上沾满了土豆泥、面条嘎巴，还说我不环保，这日子不要过了。

爹地说：不过就不过。吓唬谁呀。

妈咪说：分开过。你过你的，我去跟老疙瘩过。随你去当孤老头子。谁怕谁呀。

李兰妮大叫：停，停，拜托你们别吵了。

二位领导压根儿不听她打岔，开始了无休止的每日操练，各不相让。李兰妮惊叫：快看啊，老疙瘩吓傻了！

这话见效。妈咪听见了。停了嘴。用目光满地找她的老疙瘩。

乐乐跑到他的旅行箱跟前，小脑袋搁在箱里，弓着背，耷拉尾巴，显然让屋里的气氛吓着了。他想躲，想逃。

妈咪俯身搂住老疙瘩，轻抚他的背，细声细语说：老疙瘩，不要怕。妈咪不是骂我老疙瘩。摸一摸啊。妈咪气糊涂了，忘记老疙瘩了。看看啊，妈咪给你的小肉肉在这里。你怎么一口都不吃？

周乐乐感到屋里气氛和缓，情绪跟着好转，不再耷拉尾巴。他抬头看李兰妮，李兰妮冲他脸上吹了一口气。这是姐姐和乐乐玩耍时的习惯，吹吹风呀平安无事。

李兰妮人仗狗势,道:老疙瘩,咱们走。一来就听吵架。心脏受不了。

爹地、妈咪几乎同声挽留道:不吵了。歇歇吧。

李兰妮顺水推舟道:周乐乐,咱们再待半小时。你去跟妈咪发个嗲。

周乐乐没心思跟妈咪发嗲。他听见附近有狗狗叫,忙跑到阳台听动静。妈咪去洗手。摸过周乐乐,她照例要仔细洗手。李兰妮知道妈咪有各种家务手套,厨房、浴室、厕所都挂着薄厚不同用处不同的手套。还备有一大包一次性透明手套。

李兰妮说:以后乐乐来,你就戴上一次性手套摸他。这样就不用总洗手了。

妈咪觉得这个主意好。连忙找出两只一次性手套戴在手上。刚想坐在沙发上,看看两只手,又把一次性手套摘了下来。

李兰妮问:又怎么了?

妈咪说:这样抱乐乐,好像妈咪嫌弃老疙瘩。不戴这个,还是洗手算了。你吃药吃得怎么样了?

我去找主任说了,弗什么明没作用。主任给我开了赛乐特。叫我每天吃半片。我就是长期吃赛乐特,一天吃过三片的量。还有两三种药搭配吃。

我看你也没有好啊,还不是神叨叨的。

那也没有恶化呀。起码目前还活着。没跳楼。没发疯。可以了。还想怎么着?睡觉能睡几个钟头?

凌晨一点多两点睡,断断续续,醒三四次吧,将近六点醒,就很难再入睡了。比我强。我最多只睡两三个小时。有时通宵睡不着。

所以要吃药。我不吃药也是通宵睡不着。连续好多天。抑郁症病人干吗要死?就是扛不住了。我也恨不得自己明天就挂掉。

挂掉?你的意思……你可不能这么做。

要真想挂掉就不会跟你说这些啦。形容词。就是难受。不是真的要上吊。

噢……是难受。难受得要死。

对呀。我好几个朋友说,长期失眠太痛苦。一个个都形容说,想死的心都有。

她们吃药吗?

吃啊。

那我也下决心吃一个月的赛乐特。

这就对啦。周乐乐,快来,摇个小尾巴。给妈咪加油鼓劲。

周乐乐在阳台听见李兰妮叫他,以为可以出发了。忙跑过来,冲妈咪摇摇小尾巴,又去扒拉他的旅行包。旅行包的拉链没拉开,周乐乐钻不进去,干着急。

妈咪喜爱地抚摸他的头,去帮他拉开箱子拉链,把他放进去。她像玩游戏般享受这过程。学着小孩子那样摇头晃脑,嘴里学着童声唱道:请让我来帮助你,就像帮助我自己。请让我来爱护你,就像爱护我自己。让世界更美丽——

李兰妮傻了。她没听过这首歌。更没想到母亲会对周乐乐唱这么一首歌。唱的时候,母亲的眼神是温柔的,甚至是天真的。让李兰妮忽然想到母亲的六岁。她对着那两只德国牧羊犬,也是这样纯洁吧?也是这么快乐吧?

父母的房子渗水发霉。弟弟找人咨询多次,修缮难度大。姐弟俩商量着,要给父母租套房。靠弟弟家附近租,还是靠周乐乐家附近租?反复商量。既然周乐乐能博妈咪喜欢,有望成为医生,那就在周乐乐家附近租房吧。

李兰妮以周乐乐的名义给妈咪打电话请安。先让妈咪在电话中跟乐乐说几句话,乐乐听见妈咪的声音自然去闻话筒,摇尾巴以示想念。妈咪照例感慨狗狗比人靠得住,不势利,无邪天真,简单实在。

没等她进一步展开表扬,李兰妮急转话题,询问她吃赛乐特感觉如何。

这个赛特乐不能吃。我觉得……

是赛乐特。

噢。就是这个药。我坚持了一星期。实在不能吃。

为什么不行?

吃的呀头晕要吐。脑袋痛一天。一天日子没法过。

这是药物副作用。我也是这么熬过来的,比你反应还大。

不吃了。说什么都不吃了。

我吃了几年，至今还是有副作用。头晕、恶心、头痛、胃痛。日子就是一天一天熬过来的。

你还年轻，熬着吧。我不受这个罪。我一吃这个药，恨不得把脑袋砍下来。什么都不想，就想不要这个脑袋了。

我也是啊。为什么那么多人私自停药？就是难以忍受副作用。我知道好几个自杀的，都是吃过药的。病情缓和了，就急忙停药。接着病情反弹，忍无可忍只能了断。

所以我就不吃。到时候我控制不住，我要把脑袋搬下来。别吵我了。不吃。就这样。

妈咪不耐烦挂掉电话。

李兰妮呆了一下，放下电话。见周乐乐抬头看她，对周乐乐嘟囔道：她吃一个星期就想不要脑袋。那我呢，吃了几年。要跳楼早跳两三回了。

周乐乐用小舌头舔舔姐姐的手，又关切地抬头看着她。姐姐心情得到安慰，亲了一下乐乐的脑门。她做了一个关闸的手势，命令自己不要持续负面思维。

李兰妮和弟弟都是普通工薪阶层，买不起天价房。如果俩人合钱为父母租个两室一厅，钱倒是有富余。姐弟俩跑遍了附近的房屋中介所，发现租房也不易。有电梯的房子每月租金要四五千元，加上物业费，租不起。只能选择相对便宜没电梯的房源。

没电梯的房要选择三楼以下、光线好、噪音小，可选择的房源极少。同时找了三家中介所，为的是选择机会多一点。中介所的业务员迫于营业额压力，似乎患有轻度妄想症强迫症，从早到晚电话轰炸。

李兰妮抑郁的临床症状之一就是怕接电话。尤其怕保险推销员、房屋中介员的这类电话。说话不着边际天花乱坠，紧盯紧催一天出动两三回。李兰妮与弟弟火急火燎跟着去看房，十有八九是白跑。房屋实际状况与预想相去甚远。

不到一个月，李兰妮撑不住了。关了手机。她很怕见到那些业务员。剩下的日子弟弟独撑，由他与那些夸大其词急于提成的中介员周旋。弟弟若真发现一套可考虑的房，这才让李兰妮参与考量。

折腾近半年。姐弟俩把附近可看的租房看了一个遍，焦头烂额。没有合适的。

姐弟俩正想放弃努力，忽然天赐良机。果真租到一个三楼以下、光线好噪音小且交得起租金的小套房。屋里无家具、无电视、无煤气、无电话、无窗帘，家徒四壁。门窗天花板满布灰尘，地上垃圾散落。别说小坐，连个干净立脚的地方都没有。

李兰妮付钱请珍姨加班，擦窗拖地，大搞清洁。珍姨说，租房要租有家具电器，入屋就能住的房。这种房子人家一般不肯租。名字好听，叫"吉屋出租"。"吉屋"就是一无所有的屋。空空的，要什么没什么。光秃秃看起来意头不吉不旺，所以俗称"吉屋"。

珍姨说：李老师，你要想清楚。这种屋要住人，要费好多工。

李兰妮说：我知道不容易。

珍姨说：这种吉屋没有人气的。要布置成一个家，要花很多心思的。就怕到时候搞一半你就病了。

李兰妮说：不怕。我病了，还有我弟。

姐弟俩利用业余时间，四处奔忙。蚂蚁搬家，买床买桌买衣柜买沙发窗帘，买床单枕头蚊帐被套丝绵被茶几凳椅，买电视买冰箱买电话买煤气炉洗衣机DVD机等等，一一申请开通。物质的、精神的必需品全得备好。必须营造一个实实在在过日子的环境。

这等于安置一个新家。点点滴滴，一针一线，集腋成裘。对于李兰妮这种癌症抑郁症病人来说，整个过程熬人。要比自己过日子操心，必须想得更周到细致。让她焦虑沮丧的是，一切努力不被父母认可。她和弟弟都知道，父母几乎百分之百会拒绝接受变化。姐弟俩只能互相鼓励。

弟弟说：他们肯定不会搬过来住。咱们就等着挨骂吧。

李兰妮说：但求问心无愧。

弟弟说：你挨骂算少的。你有病，他们不太敢惹你。我就惨了。谁叫我是孝子啊，我得当好出气筒。火力太猛，真的怕。

你就说主意是我出的。我硬拽着你。领导不高兴，让他们来骂我。我是癌症我怕谁呀。

这年头，做好事不容易。反正我挨骂习惯了。豁出我一个，幸福一家人嘿嘿。幸亏父母当年生了一儿一女。听说本来不打算生第二胎，所以你小我六岁。嘿嘿这就叫养儿防老。有事我扛着。你活着就好。

李兰妮又跑到超市菜场小商品街，买了热水瓶、煮水壶、垃圾筒垃圾袋厨房纸、小夜灯晾衣架木衣夹、牙刷牙膏杯子毛巾香皂肥皂、洗衣液洁厕液消毒液……必须按父母的习惯买日用品，有些小用品李兰妮不知道去哪里买，要到处打听。父母起夜小便要用尿罐。每人屋里配一只尿罐。哪里卖尿罐？不能买病人用的尿盆尿壶。老人家忌讳这个。找卖痰盂的。不能买貌状豪华的，老人家痛恨浪费钱。不能买简便省钱的，万一坐上去破裂要出事故。搪瓷高脚的？太重，不便搬动倒尿。塑料的？有化工材料气味。老太太忌有异味。陶瓷的？容易摔烂。光是买两只尿罐，跑了一趟又一趟。老太太有洁癖，尿罐必须要有盖子。小店老板娘说：我卖的尿罐没有盖子的。哪里要盖嘛。你找张报纸盖。李兰妮说着好话央求：帮忙找一个盖儿吧。随便什么盖儿。能盖上就行。

原以为，用业余时间突击两个月，能布置好租房。想得太乐观。花钱购物容易。后面程序复杂：等待送货上门。申请有线电视入户、开证明、交钱预约、等待装机顶盒、机器调试。哪怕少一条什么电线，又要等待来日。每一件物品入屋安置妥当，都需时日、运气，考验耐心耐力。购买任何物件，交完钱，主动权便到了卖家手上。花钱买气受。就得忍了。几乎用了半年，这个过程才算完成。

16. 见 证

请珍姨加班,将租房打扫干净。珍姨做完卫生,打量着屋里说:哇——住在这里好舒服。你爸妈一定喜欢。

李兰妮说:不一定。

珍姨说:这里光线多亮啊。又通风。又安静。

李兰妮说:但愿他们也这么想。

李兰妮与弟弟商量好,选了个晴朗的周末,把父母请到租房检阅验收。为了表示诚意,弟弟一家三口都到齐。李兰妮家连周乐乐都没有缺席。这套租房,离李兰妮家走路只需十分钟。离弟弟家远一些,交通十分顺畅时,坐出租车半个多钟头。李兰妮的如意算盘:妈咪喜欢周乐乐,不妨让她每天见到周乐乐。宠物疗法对她会有效。给父母请个有经验的钟点工。小区物业的保安相对可靠。老人家住在这里安全。

两位领导在租房里巡视一番。看看卧室,转转厨房,开了开浴室的电灯、排风扇。一前一后,在阳台张望几眼。

李兰妮指着沙发,很殷勤地说:坐一坐。这里前后没有楼房遮挡,空气流通。舒服吧?

小侄女接话:舒服。我喜欢这里。

李兰妮庆幸,爷爷奶奶疼孙女,孩子说真话,二老对租房印象不会差。

两位领导没心情坐。站在客厅,发表指示。

我们不想拖累你们。自己有房,心里不慌。

不习惯。前不着村后不着店,像个招待所。

自己的寒窑破房睡得安稳。老啦,晚了。享福是享不上了。十年前,如果有这条件……老喽,活不了几天喽。

算你们心意到了。赶快把房退掉。又是李兰妮的馊主意吧。你就折腾吧,命都难保还折腾。躁狂。想到哪出是哪出。这不是孝顺,是发疯。

什么叫孝顺?孝顺主要就是一个"顺"字,顺从父母。做得到吗?

赶快退房。我们绝对不会来住。

烦啦烦啦。走啦。看到就烦。

姐弟俩早有心理准备。知道这个时候说啥都没用。不能劝,不能僵。必须拿捏分寸。要留有回旋的余地。

你们不想住,就放着。合同签了三年,退不了。钱已经付了。

乐乐,这屋子让妈咪跟老疙瘩住好不好?

李兰妮把周乐乐塞进妈咪怀里。周乐乐一双大眼睛望着妈咪,好像在等妈咪的回答。什么叫无言胜有言?眼神一交流,妈咪刚硬的心就融化了一丁点儿。妈咪疼爱地抱紧周乐乐,临走留下一丝口风:现在不讨论,以后再说。老疙瘩,你真的想跟妈咪住吗?可惜妈咪太老了,不能带乐乐出去遛弯了。

计划受挫。李兰妮问弟弟:怎么办?租的房子退不退?咱想尽孝人家不接受。谁叫咱是绝症病人,父母信不过。

弟弟说:不退租房。就当这一年几万元租金炒股亏掉了,不要了。一年不住,我们等第二年;第二年不住,我们就等第三年。问心无愧就是孝。

李兰妮道:经上说,哭有时,笑有时。撕裂有时,缝补有时。我和爸妈的关系还要修补、祷告、等待。

弟弟说:这么多年,你在外奔波,然后又病得死去活来。家里等于没有你这个人。他们从来不指望享你的福。你要给他们时间来过渡。让他们慢慢想。

李兰妮道:听你的。耐心等。

弟弟说:你给他们说说周乐乐抑郁的事。老疙瘩可比咱俩有本事,人家啥也不说就能让妈咪心疼。柔弱胜刚强。妈咪想保护这个小东西。

李兰妮道:对,让周乐乐拿下妈咪。

周乐乐抑郁那段时期,哥哥姐姐曾经达成共识,为了周乐乐的心理健康,尽量不要同时出差。如果时间实在错不开,会议时间宽松的其中一方要提前返回。不要超过一周以上让周乐乐独自在家。

为了培养周乐乐当医生,姐姐要把乐乐推上一线发挥潜能。要制造机会让妈咪心疼乐乐,知道老疙瘩需要她的保护。出差前要故意告诉妈咪,让妈咪知道老疙瘩独自在家当留守儿童很可怜。姐姐把计划分别告知哥哥和珍姨。

哥哥说：我懒得听。我按我的时间走。你走你的。

姐姐说：我就是说一声，有这么个试验。你出差以后，我也会在这期间回深圳。仅此而已。

一会儿一个主意。随你啦。

我会拿捏好时间。出差前反复告诉乐乐，姐姐很快回来，姐姐会给乐乐打电话，会给乐乐买玩具买小肉肉，回来会带他去二沙岛跟小朋友玩。补偿措施到位，他会适应的。

哼。但愿。

珍姨担心。她甚至提出，哥哥姐姐出差期间，如果有必要，她可以在客厅长沙发睡两三个夜晚陪乐乐。她想起乐乐抑郁期间的模样心有余悸。

李老师，你的试验我不太赞成。

你不用特意晚上来陪他。这个试验对他也有利。他要学会独自在家等待哥哥姐姐出差回来。哥哥姐姐回来就带他去二沙岛玩，奖励他。这是良性循环。

这样啊……就试试啰。

如果妈咪来电话问乐乐，你就实话实说。

你们不在家，每次我走的时候乐乐一定送我到门口。眼睛一直盯住我，舍不得我走。我知道他怕孤独，我就会在门边多待一阵子。我出去锁门，听到他挠门。他不想自己关在屋里一关十几个小时。有时听到挠门声音我心都软了。很想再回去陪陪他。

以后妈咪住到附近来，可以每天来看乐乐，乐乐陪妈咪开心。对大家都有益。

你说有益就试试啰。就怕试来试去没有用。

按计划实施试验。哥哥去澳洲开学术会，姐姐正巧要出差去北京。不是故意安排，确是机缘巧合。

姐姐出差前，给父母电话请安时说乐乐有点郁闷，看到姐姐收拾行李箱，便钻到床底下不出来，故意不搭理姐姐。妈咪在电话那头不为所动，只说，有珍姨照看你放心。

姐姐在北京开会，抽空给妈咪打电话，报告周乐乐情况。珍姨说乐乐不肯听电话，躲在茶几下不出来。硬被拖出来放在电话机旁仍反抗，用小屁股对着话筒，誓将抗议进行到底。妈咪说，人家不想接电话，就不要强迫嘛。有啥好说的？浪费钱。神经病。

到了姐姐出差的第四天，妈咪独自出门。坐上公交车，花去一个多小时，经十几个站，上门看望老疙瘩。

爹地想不通。一只杂种狗，有粮吃，有水喝，自个儿待着多享福。凭什么要去安慰他？老太太对老伴、儿女都没有这份耐心，这不是存心气人吗！难道三个大活人还不如一只狗贴心？

他反对。反对无效。老太太还把瓦锅里的淮山炖猪心汤渣捞出来，选了几块猪心用保鲜盒装好带走。

妈咪看乐乐，从来不空手，哪怕是一块鸡肉、几粒花生，不管乐乐吃不吃，妈咪心意在其中。

妈咪开了门。乐乐趴在门边看看她，没有吼叫，也没有迎接摇尾巴。妈咪说：老疙瘩，别难过，妈咪来了，妈咪带了小肉肉。

她连忙蹲下身，掏出保鲜盒里的猪心，放在乐乐鼻子下，让他闻。乐乐勉强站起身。闻闻妈咪的手，对猪心没兴趣。趴回原处。

妈咪换上拖鞋。到厨房找到乐乐的碟子，用剪刀将几块猪心剪成细丁，放在锅里蒸热了，猪心的香味出来了。她将碟子放在乐乐跟前让他吃，乐乐把头扭到另一边。

妈咪到厨房洗干净手，来到客厅地板上坐下。她用手抚摸乐乐的头，轻声说：妈咪知道，老疙瘩心里难受。想姐姐了？还有哥哥。这两个家伙都跑了，留我老疙瘩守家。晚上一个人在家害怕吧？勇敢的孩子不害怕。

乐乐的小身子动了动，把头抵着妈咪的裤腿。很轻很轻地叹了一口气。妈咪低头亲亲他的头，一遍一遍抚摸他，从头顶摸到小尾巴尖。

妈咪说：老疙瘩，再等一天姐姐就回来了。妈咪老了，不能在这里陪乐乐，也没力气带乐乐走。好孩子，不会说话心里啥都懂。听妈咪的话，不许咬人。咬人不是乖孩子，妈咪不喜欢。你咬人姐姐要赔钱，姐姐赚钱容易吗？不容易。咬人警察要抓你，犯法的事情不能干。

妈咪说累了，就在沙发上躺着，眯着双眼养养神，否则没力气坐公交车回家。躺着居然眯着了一小会儿。醒时觉得后背暖，手一摸，是乐乐贴着妈咪的后心窝。不知什么时候乐乐跳上了沙发，见妈咪侧身躺着，他便蜷缩在妈咪的背后。

妈咪心口一热，转过身把乐乐抱在怀里。乐乐一动不动，小脑瓜抵着妈咪的心口，像个撒娇的 baby 仔。

当天，李兰妮在北京接到弟弟的电话。

弟弟说：喂，妈自己去你家待了五个小时。

李兰妮说：终于忍不住了？

弟弟学着妈咪的口气说：给我家老疙瘩送温暖啊。

你煽动她搬过去住。

说了。没用。叫我退租，她绝对不去住。

告诉她合同签了不能退。要退就罚钱。罚大把钱。

该说的都说了。强迫症的人你知道的，听不进去。

我继续祷告。凡事盼望，凡事忍耐。

又到了四月。每年这个时候，是抑郁症病人高发高危期。李兰妮听精神科主任说过，省里某大学一个月有五个学生自杀。开始报纸还报道，到了第四个，就不许报道，封锁消息，以免引发连锁效应。李兰妮想，下达封锁令的人太不了解精神障碍这类疾病，靠封锁只是让缺乏常识的正常人减少讶异而已。对重症病人和病人亲属没有实际帮助。傻子都会算：往少里说，就算一个大学一个四月份仅自杀三人，全市有多少所大学？全省有多少所大学？全国有多少所大学？

李兰妮每年到了四月都会想起这个词：四月天，杀人天。讽刺吧？抒情文章喜欢说"人间最美四月天"，那是健康人的概念。对精神障碍病人来说，还是应了那句老话：菜花黄，痴子忙。

吃了几年抗抑郁药，没有减药，没有停过一天药，熟读抗抑郁辅助疗法，几乎天天各种疗法混合使用：药物疗法、信仰疗法、认知疗法、食物疗法、光照疗法、宠物疗法，但是，阻挡不了抑郁的心魔在四月像少壮狮子，向李兰妮的灵魂吼叫。

每年从三月中下旬就开始严重失眠，每晚吃两片阿普唑仑无效，必须中午加一片，晚上吃三片。往书房里喷香水，狂喝咖啡，喝红牛、力保健、葡萄适，吃可可含量百分之九十九或百分之九十八的黑巧克力，如水过鸭背——无效。只能尽量减少见人、接听电话、不接抑郁症话茬儿、不出差开会……苦熬。慢慢熬。熬到四月。

天天盼望四月过去。每天撕下一张日历，心里就想：快了，危险又减少了一天。心魔像个吸血鬼，像一只在去年干枯饿死碎尸万段的蚂蟥精，它闻到熟悉的气息，活了。醒了。动了。吸血。壮大。膨胀。作乱。它让幻觉幻听提醒李兰妮：血。鲜血。让鲜血喷薄而出！一个灵，不停催促李兰妮：杀。杀呀。杀了李兰妮。我要见她的血喷出来，鲜红的！一刀。一刀。刀刀刀——快拿刀！

李兰妮保持警醒。不受诱惑。要扛住诱惑很累不能有一丝懈怠。太累太倦。心烧得烦痛，烤得糊焦，忍不住了。快忍不住了。一个幽灵在轻声说：把血统统放出来，让鲜血喷薄而出。多美丽。多灿烂。鲜血流淌出来，心就不会难受了。李兰妮读经祷告：耶稣说，撒旦退去吧！

她知道，必须扛住。

经上说：论到一切活物的生命，就在血中。因为一切活物的血就是它的生命。凡吃了血的，必被剪除。

经上说：因血里有生命，所以能赎罪。

李兰妮是一个活物。李兰妮不只是一个活物。她躁狂地渴望抽血放血，不可自制地要让这个活人的鲜血流淌，是因为什么呢？

是谁要吃李兰妮的血？是邪灵吗？是吸血污鬼吗？

难道是潜意识中的本我需要用生命的血气来赎罪？赎个人的罪，还是集体的罪？

她不懂。不能分辨。不可遏止。就是要将血气生命抛洒在地。

扛到四月三十日这一天。早上，李兰妮撕下二十九日的那一页日历，看着三十日这张日历想：黑暗即将过去。今年的四月我表现大致正常。我没有子夜站在十六楼天台渴望翱翔，没有盯着十二楼阳台企图打开防盗网小门的铁锁，琢磨从哪个方向飞下去。李兰妮，你进步了。李兰妮，你的躁郁症减轻了。你可以减药了。

上午喜悦地写下认知日记，积极正面地表扬李兰妮的进步。写完，跟周乐乐在客厅地板爬来爬去，抢迪斯尼粉红卡通小猪玩具。乐乐很卖力，他一定要赢。姐姐愿意让他抢走小猪猪，乐意看他胜利后的憨笑。哥哥在墨西哥开会。珍姨休假。妈咪爹地在他们破旧渗水的家中忙着收起冬衣。一切平安无事。天气晴朗。正常。

午休时。没有加药。似乎不需要再加药。李兰妮在床上眯了一会儿。眯着眯着。心烧。头痛。胃痛。透不过气来。李兰妮从床上坐起来。周乐乐在床底下，他侧着身子，横躺在床边睡觉，半个小脸露出来。看见周乐乐，李兰妮警醒自己，镇定。冷静。祷告。不要轻举妄动。千万不要脑子突然一片空白。要镇定。镇定！

她坐着难受。坐不住。血管里有什么活物要冲出来，破茧而出，喷薄而出。李兰妮觉得形势可以控制。她起床，到客厅里走动，她要甩掉妄念的纠缠。周乐乐一看姐姐起床，他立刻钻出来看动静，跟着姐姐到客厅。他很关切地抬头看姐姐在客厅里来回走。姐姐尽量从容地安慰他说：乐乐，不怕。正常。没有问题。不怕啊。姐姐走一走。

周乐乐跳到沙发上趴着。看李兰妮脚步越来越急，越来越乱。

李兰妮开始自语：我不是要自杀。不是。没有自杀的想法。我只是想放血。正常的放血。治疗。把血放出来心就舒服了。上帝，宽恕我。我撑不住了。我不自残，不割腕，我……我抽血，我必须必须抽血。抽一碗鲜血出来我就收手。

周乐乐抬头盯住李兰妮。表情严肃。李兰妮安慰他说：没你的事。不要怕。

李兰妮祷告：上帝，请让我放血治疗。允许我，帮助我。放我一条路，我要抽血要抽血。

李兰妮跑到书房衣柜，从角落里拿出一包一次性针筒，熟练地找出长丝袜、碘酒、棉签，又到乐乐的杂物柜，找出乐乐的小枕头。

抽血。抽血。当务之急是抽血。不对。要找到一个白色的盘子，洁白的瓷盘，装血。装满满一盘。

抽血。第一针，扎入左边胳膊最显眼的血管，针管进血了，真好，一针见血。拉针筒往后抽，要抽满一针管。拉断了！他妈的！伪劣产品。误事误事！

把抽出来的鲜血挤进洁白的瓷盘里。真好看。可是太少，太不过瘾。腿肚子靠膝盖弯处也有一小摊血，是针管上的血滴到了腿上。真窝囊。笨手笨脚。抹起一滴血看看，不好。太稀。好像掺了一半水。有一点点腥。

第二个针筒。第二支针头往左手背血管扎进去，扎得太急太深，没扎进血管，在肉里。把针头拔出一点，搅动。痛。痛。扎进血管。拉针筒，拉不动。鲜血出不来。李兰妮突然嗯嗯嗯地小声急哼，像体内有个小女孩的声音在焦急地要哭要哼哼，是急于要怎么着而不能怎么着那种不满、撒娇、接近要尖叫的哼哼。血管鼓起一个鸽子蛋大小的青包，血管戳破了。拔出来。快呀。第三针。

李兰妮扎第三针。针头扎入手腕边的血管。

头晕。晕得站立不住，必须坐在地板上，闭上眼睛。闭上眼睛也晕，觉得屋子在旋转。镇定。放松。深呼吸。

只抽出半针筒血。太少。为什么鲜血不能迸发开花？开一大朵一大朵血花？

一个灵在催促：杀死李兰妮。杀杀杀啊——啊——针头不行。要拿刀。刀！

一个灵在呵斥：退去退去！不要不要！停止——

16. 见 证

第四针。第四针的针头扎向左脚背。血出来了。鲜血。还是少。要割腕放血才痛快。上帝。请你宽恕我。我不是想死。不是自残。我只不过想放血,一盘子血。你为什么不让我的血流淌痛痛快快地流淌呢?求你。求你。让我的鲜血飞出来。它们要飞出来。我不要这些血,这不是我的血。李兰妮去找瑞士军刀。她的手脚、全身因焦急而颤抖,抖得不能自控。翻抽屉。找军刀。放在哪里了?放在哪里了!快出来快出来来来呀呀呀!!!

找到了。往哪里切?!手腕吗?手腕血管太细,要流多久才满一碟?胳膊窝。切下去才能喷血。镇定。镇定!不对!不对!我是冷静的我是清醒的。我不是要自杀自残!这么切要缝针的。人们会说这是自杀。自杀是犯罪。对不起上帝。对不起所有鼓励我帮助我的人!怎么办?怎么办?电话。快电话。告诉刘稚李媚范生平王云快帮我祷告,我撑不住了。冷静。啊啊啊电话没人接。电话电话关机!这个号码通了通了。李兰妮对着手机喊:我在抽血。快帮我祷告。说完,体内有股力量把她的手机摔了出去。接着抽血。继续。手机里有人在说话。不去管她。不要接听。你给我抽血抽啊啊啊啊啊!!!

李兰妮抽完第六针,累得摊在地板上,她的头正对着摔掉的手机。手机里,朋友李媚焦急地喊:兰妮。我们都在为你祷告。兰妮,我们好多朋友都在为你祷告。

体内有个灵命令李兰妮,踩烂手机踩烂踩烂!不要听不要听。李兰妮心里说:上帝上帝,帮助我!李兰妮坐起来,用瑞士军刀切胳膊窝处血管。切不开。讨厌讨厌!军刀没开刃!为什么没开刃!去哪里开刃!她开始抓住手机号叫起来。号叫!

手机声音:兰妮,你在哪里?你身边有人吗?李兰妮又想扔手机又想对电话说什么。她号叫。房屋震动,耳朵疼痛。她累得倒在地板上。一手拿着手机,一手拿着军刀。这时,周乐乐在她身边扒拉她的手,扒拉她抓军刀的手。周乐乐用前爪使劲扒拉李兰妮,似乎要唤醒她的神志。周乐乐嗯嗯嗯,焦急嗯嗯嗯。他趴在李兰妮头上,舔一下她的眼睛,舔一下她的脸,又跑去舔她手背上的血包。他害怕地趴在李兰妮心口。李兰妮一把抱住他。将头脸埋在乐乐的毛发里,深深吸气呼气。静了片刻。李兰妮喃喃道：乐乐，乐乐你来了。你来救姐姐。你担心姐姐。我知道。我快好了。别害怕。这时，手机里面传来李媚的声音：兰妮你怎么样啦？李兰妮说：乐乐来了。乐乐跟我一起。乐乐。乐乐——

李兰妮倦极，仰面躺在地板上。她看见窗户外有白色的云，清风吹了进来。她想起经上说："上帝以风为使者……"她望着窗外，感觉到体内邪灵退去了。天使在她身边。

我又梦见了考试。

陌生的一座小城。我与一群赴考的人来自各地，被安排住进一家招待所。

知道是为考试而来，却不知道考什么？什么时候考？待考的人可以自由活动，聊天、散步、下棋、健身。但是人人绷紧神经，期待早点考完省心。

焦虑。觉得要复习看书。可是书很多，我不知要看哪本书。看哪本书可以应对考试？我在想一个航天工程的术语，总想不清楚这个术语全称怎么说。

我想上网找航天工程的最近新闻，提醒自己要掌握最新数据。但是，我没带手提电脑。我懊悔。突然发现住房里没有宽带上网装置。我有点释然。

我要为考试做准备。

我往黑色大挎包里放签字笔，一支两支……五支六支，控制不住强迫症又来了，我放了一大把笔进去。我把住房里能找到的笔都放进挎包里。我又放进铅笔、铅笔刀、橡皮擦、笔盒。

我的心静不下来，又找东西往挎包里放。

我放了苏打饼干、速溶咖啡、巧克力、大杏仁、橙子、橘子，我要为考试保持体力。我担心应付考试时体力不足，精力不济。黑色的大挎包塞满了考试备用品。我的心情稳定下来。我对自己的准备功夫满意了。

为什么这么安静？隔壁、楼上、楼下、走道没有说话、走路的声音。人都到哪里去了？

我走出房门，一路寻找。看见一个房间半掩着门，推开一看，这里正在考试！

什么时候开始的？我怎么没有听见考试的铃声？糟了糟了，我还能参加考试吗？

我来不及打听，赶快跑回去拿我的黑色大挎包。可是，挎包瘪瘪的，里面什么都没有。我放进去的东西呢？难道是幻觉？哪个是幻觉？刚才还是现在？

来不及追究细想。我要镇定。争取参加考试。不要慌，一切还来得及。

我又跑回考场。这时我才发现，考场里没有桌凳。一屋子考生要么趴在地上，要么坐在地上答题。屋子里光线暗，看不清他们在写什么。我想问问。可是每一个考生都全神贯注地答题，我不敢惊扰任何人。

屋子一角有一张小四方台。很小的一盏灯，灯光昏黄。有四个考官模样的人各坐一方。离我最近的是个扑克脸的老教师，眼皮泡肿。即使在昏黄的光线下都可以看出，他的脸色发黑，嘴唇黑紫。

我有点害怕地凑过去，问：我不知道什么时候考试，来晚了。我想考试。请你让我试试，我能写完。

扑克脸老师居然立刻批准了。我转身往地上看，寻找哪里还有空地可坐。

我想起手上一无所有，又转身求扑克脸老师：我没有笔，请你借一支笔给我。

扑克脸老师指指他面前的台面，我看见有四支原子笔。每支都是一根细圆木上插个笔尖，笔尖是歪的。这种笔能写字吗？能用来考试吗？我不敢质疑，也没有选择。

我委婉地说：用原子笔写试卷可以吗？老师很肯定地点头表示可以。

我突然想起手上没有考卷没有纸，又问：我没有卷子没有纸。

老师指指他跟前台面的左下角，那里有一沓四方的浅黄色的纸。我拿起一张，心中奇怪，怎么像草纸呢？

小时候上厕所，草纸分粗草纸和细草纸两种。一般人家用粗草纸，硬，糙，不太吸水。好像又叫马粪纸。讲究人家用细草纸。软柔韧吸水。好像细草纸还可以写毛笔字。

那是很多年前的纸，似乎绝迹了，怎么又变成考卷了？难道不是草纸是宣纸？考试是重要的事，怎么会用草纸呢？应该是宣纸。

我不许自己质疑考卷纸。我要抓紧时间答题。可是，强迫症又来了。我拿起这张纸对着灯光照，就是薄草纸。绝对不是宣纸。我无法骗自己。考卷上没有字，也就是考题不在上面。

我心情紧张起来。不再思考是草纸还是宣纸。我要赶快问考题是什么。赶快找个空地趴下答题。

我问老师：考题是什么？

老师说：自己去想。报到的时候跟你们说过的。

恍惚中觉得好像是知道的，报到时大家议论过。我赶紧在屋子边角找到一小块空地，刚刚够我趴下。换做一个胖子或大高个儿，这点空间挤不下。我趴在地上，紧张地捏住那支歪头原子笔。对着那张浅黄色的考试草纸使劲想，想啊想，考题是什么呢？考题……我应该是知道的，隐隐约约，快想起来吧，再耽搁，时间不够了。

镇定。别慌。定定心。定定神。答案应该在脑子里存着，储存着。只要考题想起来，答案自会浮出脑海。集中注意力。集中。想……

想……我为什么非要趴在这里考试？非要考吗？不考会怎么样？不考会……想不清楚。

趴着多累。坐着想。模糊。想什么都模糊。

只有一点念头反复闪，反复闪：我可以选择不考。我可以不考。不考。起来。走出去。起来呀。走出去。不要犹豫。不要害怕。走啊。出去。

我醒过来。

严重抑郁那一两年，我不断梦见死亡和考试。待我对尘世的欲望放手后，有很长时间没有梦见考试了。

这个梦境的深处，显明了我的重新入世，以及我对世俗名利的追求，潜意识对这种追求的不适与抗拒。

我焦虑。

死神暂时离我而去。某种程度，我失去了躲在死神背后的依赖。我必须直面喧嚣的尘世，摸索该怎样活。

嗯嗯嗯（ノノノ）。嗯嗯嗯（ノノノ）。

姐姐爬到沙发床底下去了。她躲在里面不出来。她的头歪在墙壁那一边。她生病了吗？我乖乖，不吵她。我守在她书房门口，我看家。我保护姐姐。我听到姐姐心脏里有个小小的声音。它撞姐姐的心。它是什么呀？它想钻出来。我听到姐姐血管里的血轻轻叫，咕嘟咕嘟，像煮开水的声音。姐姐那头越来越热，好烫啊。哪里着火了？姐姐身上发出焦糊味，这是危险的味道。快看，姐姐从沙发床底下爬出来了。她跑到衣柜里躲起来。姐姐生病了。我不知道怎么帮助她。我跑到客厅门口去挠门。没有人来开门。

哗啦啦，姐姐把好多东西扔到客厅地板上。她光着脚丫到处跑到处翻抽屉。啪——一瓶碘酒打烂了。洒在地板上。我熟悉碘酒的味道。有碘酒就有伤口。

姐姐用针管在抽自己的血。针头长长的，扎进血管里。我闻到鲜血的味道，刺鼻子。这是危机的味道。怎么办？我害怕这味道。我的心怦怦乱跳，快要跳出来了。姐姐把针管里的血挤在白色盘子里画圈。乐乐怕。姐姐把血画了一个大圆脸。脸上有个呵呵笑的大嘴巴。脸上有只大眼睛看着我，有只小眼睛对我说：吃掉你吃掉你。

赶快藏起来。这是毛妖怪。不对。这是魔鬼。魔鬼的大嘴巴笑：哈哈哈……杀杀杀！我躲在茶几下面。我闭上眼睛不看。血的味道像尖刀扎我。我忍住不叫。

姐姐的血洒在地板上。碘酒、鲜血的味道压到我的脑袋上。我想逃出去。姐姐手机响。姐姐疯了。她像狼嚎叫。她一边嚎一边跳。我的耳朵快聋了。我的心脏要爆炸了。谁来救救我们啊？姐姐不是姐姐了。姐姐突然不见了。屋子里只有魔鬼啊啊啊。一屋子毛妖怪啊啊啊啊啊啊——我抽筋了。口水吓得哗哗流。我想挖个地洞藏起来，不让鬼怪发现我。可是，我要保护姐姐。我跑了谁救姐姐？我不怕鬼怪。我是神犬叨叨。我要守住家。我守家。扑通！看见了。我看见姐姐了。

姐姐摔在地板上。我去救姐姐。我去挠她的手。姐姐，不要怕。乐乐在这里。我舔姐姐胳膊上的伤口。我用头去顶她的头。姐姐，醒一醒，乐乐在这里。姐姐不要怕。姐姐睁开眼睛看我。姐姐抱住我。嗯嗯嗯噢噢噢呜呜呜啊啊啊汪汪汪。我守住家。守住姐姐。

很久很久。姐姐坐起来。姐姐说，乐乐，姐姐没事了。乐乐不怕。姐姐好了。恐怖耶，姐姐拿起白盘子，用手擦盘子里的血，盘子里血光光。我躲在茶几下，伸出脑袋看姐姐。姐姐说，魔鬼走了。天使来了。乐乐，姐姐抱抱。

我不让姐姐抱。姐姐很倦地眨了一下眼睛。她明白。姐姐去洗手洗盘子。姐姐把针头针管碘酒棉签统统扔到门外去。

姐姐洗头洗澡洗衣服。

我趴在门口守家。我保护姐姐。

喔喔喔。嗷——呜。嗯嗯嗯。

尾 声

《旧约·利未记》："六年要耕种田地，也要修理葡萄园，收藏地的土产。第七年地要守圣安息……你们就要吃饱，在那地安然居住。"

乐乐七岁生日。

姐姐煮好一个鸡蛋，在蛋壳上面写了一个"福"。哥哥递上一个献爱心玩具熊。

哥哥对乐乐说：生日快乐！

他指着李兰妮对乐乐说：这是妈妈。妈妈。

乐乐没有任何反应。

李兰妮说：他不懂。

他会懂的。你要有耐心。不断地告诉他，妈妈，我是妈妈。天天说。他会习惯的。妈妈。姐姐妈妈。乐乐看，听我说，姐姐妈——妈！妈——妈！

哥哥爸——爸！爸爸。哥——爸爸。爸爸！

妈妈。妈妈！嘿，他看你了。

儿子。我是妈妈。妈妈爱乐乐。

乐乐七岁。渐渐适应称呼的转换，姐姐哥哥变成了妈妈爸爸。

乐乐出门遛弯，耍赖不肯回家。只要珍姨说：妈妈在家等乐乐。回去找妈妈。告诉妈妈乐乐追猫了，乐乐吵架吵赢了。

乐乐会抬头看珍姨，想一想，拔腿往家的方向跑。

回到家，他习惯第一时间找李兰妮。客厅、书房、卧室、阳台全找遍。一看到李兰妮，立刻凑过去。妈妈必须摸一摸。

李兰妮照例要说：儿子呀，今天出去乖不乖呀？见到小朋友了？玩得高兴了？那就洗小脸蛋好不好？

乐乐听完妈妈表扬，这才心满意足去浴室洗脸洗脚。

有时天气差，出门没见到小朋友，回家乐乐就不让珍姨洗脸洗脚。珍姨没法子，就把他放在洗衣机上晾一阵子。晾个十几分钟乐乐依然不让碰，珍姨就去书房找李兰妮。李兰妮就会放下手头的事情，去给乐乐洗脸。

李兰妮边洗边说：儿子，你又撒娇。要妈妈来洗小脸蛋。洗洗小脸蛋呀，洗洗小脑袋瓜，洗洗小尾巴呀，洗洗小脚丫。我家儿子多干净啊。妈妈亲一口。

周乐乐伸出粉红色小舌头嗲嗲地笑。李兰妮把他抱到沙发上，轻轻挠他的小肚皮。乐乐晾着小肚皮，举起两只前爪，用力蹬后爪，伸个大大的懒腰。头朝一边歪，半眯着眼睛乐。嗯嗯嗯。妈妈的手凉凉，香香。香香喔。

珍姨在一旁笑，说：我儿子昨天收养了一只流浪狗。他跟一起玩的同学说，以后不许吃狗肉。小狗是我们的兄弟。人不能吃兄弟。我儿子十二岁，听他这么说，我的心真的很安乐。

李兰妮小心抱起周乐乐，像摇晃婴儿那样，摇一摇，晃一晃，说：爱狗的孩子心地善。会孝敬父母。你就等着享福吧。

珍姨说：我没读过多少书，但我知道，爱狗的人比较信得过。虐待狗的人，再有文化我都信不过他，看不起他。

那天上午，李兰妮照例读经、默想。她读的是《创世记》第八章"洪水消退"之第六节："他又放出一只鸽子去，要看看水从地上退了没有。但遍地都是水，鸽子找不到落脚之地，就回到方舟挪亚那里，挪亚伸手把鸽子接进方舟来。他又等了七天，再把鸽子从方舟放出去。到了晚上，鸽子回到他那里，嘴里叼着一个新拧下来的橄榄叶子，挪亚就知道地上的水退了。"

心里一闪念，"七"是一个奇妙的数字。它与新的盼望紧密相连。

从网上搜索数字"七"。解释一为：圣经使用数字"七"（七天或七年）代表一个完整的循环；或是属灵的完全。解释二为：人体的全部细胞据说每七年会完全更换一次，生命是细胞更新换代不断延续的过程。

七年了。时候到了，今天就是了。李兰妮盼望带着儿子周乐乐，一同进入新天新地。

妈咪爹地做了老疙瘩的邻居。

周乐乐先去爹地房间听听，接着跑进妈咪房间闻闻，阳台、厨房、浴室巡视一遍。看见自己的一个小窝摆在爹地妈咪客厅里，他欢喜地跳进去。左刨刨，右抓抓。将里面的小毛垫子铺好挠顺，舒舒服服趴下，乐呵呵看看屋里的人，嘴里嘿嘿嘿，好像说：一个家。新的家。

李兰妮对父母说：钟点工请好了。明天来给你们做午饭。

妈咪说：叫你不要折腾。我们要去吃食堂。

李兰妮说：食堂的饭硬。菜咸。钟点工会煲四季老火靓汤。你们想吃什么，她就给你们做什么。

妈咪说：四季啥？我们只住一个月。绝不多住。

李兰妮说：这里什么都齐全……

爹地说：这里不是我们的家。金窝银窝，不如自己的老窝。我们住这儿有个病啊灾的谁管啊？

我管呀！

你能管好自己就不错了。

是啊李兰妮，我告诉你，我们对你只有一个要求：多活几年。这回来住，是了你的心愿。住过了，你就算尽孝了。

可是……既然来了，哪怕住一年……

说好一个月。你不同意，我们马上就走。

七十不留宿，八十不留饭。我们八十多岁了，死也要死在自己家里。不能做孤魂野鬼。

哎，你们十六七岁就离家当兵，转战南北，驻地换过无数，哪里才算你们自己的家啊？

哪里才算？是啊哪里才是……反正不是这里。

尾　声

我不想拖累儿女。我们老了，死了就死了。我最怕，熬来熬去，儿女熬死了，剩下两个老东西……

拜托。打住。乐乐，周乐乐，来给妈咪发个嗲。妈——咪，呢呢要七小右右。

周乐乐仰起头，小脑袋瓜左歪一下，右歪一下，黑亮的眼睛炯炯地盯住妈咪。妈咪的注意力被转移，她冲乐乐嘟起嘴，说：老疙瘩，妈咪差点忘记了，妈咪给我老疙瘩准备了小肉干。老头子，乐乐的零食盒。在你兜里嘛。

爹地掏摸出零食盒，递给妈咪。这是一个装润喉糖的小铁盒，里面放了两根狗狗吃的鸡肉干。妈咪手心捧起小肉干，递到乐乐嘴边。乐乐闻了闻，不吃。他咧开嘴，卷起粉红色的小舌头，娇憨地笑着，冲妈咪摇摇小尾巴。妈咪笑眯眯，去亲乐乐的小脑门。

爹地对李兰妮说：不明白。小狗还真能当医生？

李兰妮笑：宠物疗法就是爱的疗法。周乐乐，周大夫，以后咱们每天来给妈咪爹地请安。乐乐陪妈咪出去散步。

听到"出去"二字，乐乐嗖地跳跃出窝，欢欢喜喜跑到门口去挠门。

李兰妮说：你们先住下吧。试试平安喜乐的日子。一个月就一个月。哪怕就一天。

周乐乐起劲挠门。他回头看看，嘴里嗯嗯嗯，噢噢噢，说：还等什么呀？出发。出发啦——

图片初选完成于 2011 年 10 月 16 日

第一稿完成于 2012 年 3 月 2 日

第二稿完成于 2012 年 6 月 6 日

终稿完成于 2012 年 7 月 2 日

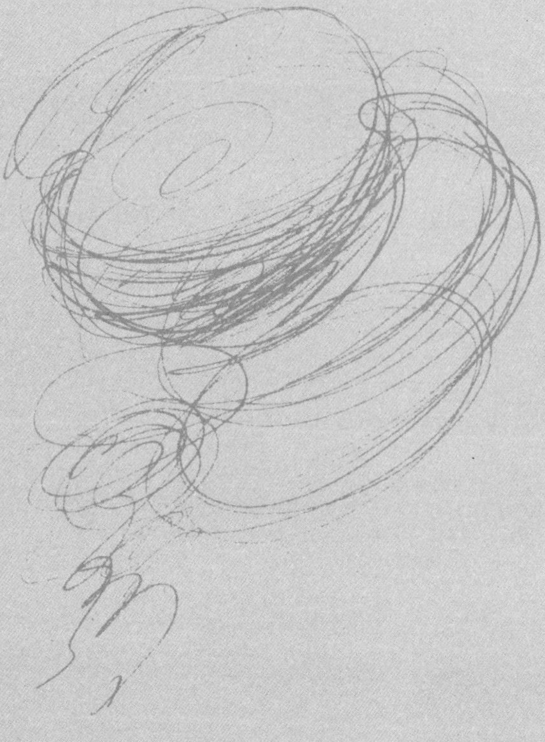